この国のかたち 三

風塵抄

司馬遼太郎全集 67

文藝春秋

司馬遼太郎全集第六十七巻

装幀　三井永一
題字　中田　功
　　　字游工房
AD　栗屋　充
　　　坂田政則

この国のかたち　二

目次

この巻には文春文庫版「この国のかたち」全六巻のうち、六が収録されています。

六

117 歴史のなかの海軍（一）

海軍という概念は、そのころの日本人にとって、尋常なものではなかった。

むりやりに近代の曙のなかに立たされた日本人にとって、悪状況のなかから自らを救いだす夢だったし、単に軍事的概念であることを越えていた。そのことを考えなければ、そのころのことがわかりにくい。

そのころとは、嘉永六（一八五三）年とその翌年の安政元（一八五四）年の〝ペリー・ショック〟とそのあとの幕末とよばれる騒乱期のことである。

ペリーは、にわかに江戸湾にきた。最初は旗艦以下四隻をひきい、アメリカ合衆国大統領の国書を手交した。翌年、その返事を得べく七隻をひきいて江戸湾頭を圧した。開国をせまったのである。

巨艦群によって新文明を誇示しつつ、ペリーは傲然《ごうぜん》としていた。

当然ながら、文明の使者として、善事をなしているつもりだった。

よくいわれるように、M・C・ペリー准将は、十九世紀後半のアメリカ人の〝明白な運命《マニフェスト・デスティニー》〟という信念を共有していた。白人優位の精神でもって北米全体に領土を膨脹させ、文明を普及し、周辺の劣等民族を感化するという自明の働きのことである。

このペリーの態度は、日本人の感情を刺激した。

結局、幕府の腰はくだけ、二度目に来航したペリーとのあいだに、神奈川条約を結んだ。このことは、多くの日本人に、幕府に対する信をうしなわせた。

国内の世論は、これを城下の盟（降伏）であるとした。攘夷《じょうい》論が沸騰した。

多くの攘夷論者たちは、鎖国が神代以来の日本の神聖な国是だとおもっていた。

ついでながら、そのころの日本の読書人層は、『史記』や『春秋左氏伝』などによって中国古代史には通じていたが、日本史については、頼山陽の『日本外史』で知るのみだった。『日本外史』には、鎖国令までは書かれていなかった。いうまでもなく、鎖国は三代将軍家光のときにはじまる。

やがてその事実を知るころ、攘夷論者のあいだで理性が加わるようになる。一つには、艦船や兵器において、旧来の刀槍では勝てないことを知るのである。

それでも、手放しの開国論者はすくなかった。そういう者は――佐久間象山《しようざん》のように――狂信的な攘夷家によって殺された。

土佐の坂本竜馬が、文久二(一八六二)年に脱藩したころは、単純な攘夷家だった。友人の千葉重太郎とともに幕府の軍艦奉行並《なみ》勝海舟を訪ねたのは、開国論者としての勝を、場合によっては斬るつもりでいた。

が、その場で豹変した。勝に世界情勢と日本のあるべき方向を説かれ、その説に服したのである。

のち勝が神戸で私立の海軍塾を興したとき、その塾頭になる。

このあたり、勝も放埒《ほうらつ》でなくはなかった。幕臣でありながら江戸を離れて居住し、諸藩の士や浪人を集めて私塾をひらくなど、穏当ではなかった。

勝にすれば、この開塾は一種の思想行動だった。国内に充満している攘夷熱に対し、正面から開国論を唱えることなく、

「海軍」

という風孔《かざあな》をあけることによって、攘夷論の閉塞に一石を投じたともいえる。

実体は、航海学校だった。

この塾で、勝は、「万国公法」の存在や内容についても、多少の講義をしたはずである。

船舶はその国の領土であるという新知識がこの当時世間にひろまったが、卸し元は、神戸の勝だったかもしれない。つまり、船をもつことによって、そのぶんだけ日本が広くなる、という言い方は攘夷論への鎮静剤として有効だったと思える。

以下の挿話は、よく出来すぎている。

竜馬の同藩の郷士で檜垣直枝《ひがきなおえ》という者がいて、土佐勤王党に加盟し、のち藩の獄に下ってはげしい拷問に遭った。明治になり、新政府の警視になったりした。

その檜垣の差料《さしりよう》は、短かった。

竜馬が、その身長のわりには短い刀をさしていたので、檜垣はまねをしたのである。

ところが、ある機会に竜馬に出会うと、竜馬はふところからピストルを出してみせた。

檜垣はこのあと手をつくしてピストルを手に入れ、つぎに竜馬に会ったときにそれをみせた。竜馬は笑って、

「オラは、ちかごろ、これさ」

といって、万国公法をみせたという。

いまの国際法のことである。それが冊子としてどういう形をしていたのかわからないが、ともかく竜馬は万国公法につよい願望をもち、この法に拠《よ》って護身もでき、国も守れると思っていたふしがある。

むろん、竜馬は、船乗りの実務として、海洋秩序に関する慣習には多少とも通じていた。

かれは、のちに長崎で、浪人による結社としての海援隊をおこす。

慶応三（一八六七）年四月二十三日夜、海援隊の伊呂波丸が東航中、讃岐《さぬき》沖で、西航してきた紀州藩汽船明光丸に衝突され、備後《びんご》鞆《とも》沖で沈没した。

伊呂波丸側に過失はなかった。同船の当番士官が、明光丸の白色の檣灯《しょうとう》と緑色の右舷灯をみとめ、左転して避けようとしたところ、明光丸は無法にも右旋してそのまま伊呂波丸の右舷に突っこんだ。明光丸は八八七トンで、伊呂波丸の五倍も大きく、小船の伊呂波丸はひとたまりもなかった。

そのあとの竜馬の行動は、いかにも万国公法的だった。かれは明光丸にとびうつり、航海日誌をおさえ、かつ衝突時に甲板上に一人の士官もいなかった事実を相手に認めさせ、さらに長崎に回航させた。

やがて海事慣習どおりに談判をすすめ、結局八万三千両の賠償を紀州藩に約束させた。

海援隊は、場合によっては〝私設海軍〟にもなるという印象があったが、日常的には海運と貿易の結社だった。この時代、世間のほうも海軍と商船のイメージが未分化だったようにもみえる。

徳川慶喜《よしのぶ》による大政奉還のあと、竜馬が薩摩の西郷隆盛に、自分は新政府の官吏にはならない、〝世界の海援隊〟でもやりたい、といったということからみても、かれの関心は商船のほうにあったのだろう。

ついでながら、スペイン史や英国史では海軍が孤立して存在したということはなく、商船隊の保護として発達した。

竜馬は勝から海軍を学びつつ、商船のほうに自分の

将来像を見ていたとすれば、元来、商船隊があってこその海軍であるという発達史の基本を、かれは一身で感じ取っていたともいえそうである。

歴史のなかの海軍（二）

昭和四十年前後だったか、『坂の上の雲』を書きはじめたころ、畳の上で水練をするように、海軍の気分を知ろうとした。

いくどかべつの場所でふれてきたが、元海軍大佐正木《まさき》生虎《いくとら》氏が、そのことでの恩師だった。

正木さんは、痩身で気品があり、声が低く、つねに控えめで、しかもユーモリストだった。海軍二世で、父君は日露戦争に参加し、のち海軍中将になった正木義太提督である。

ことさらに愚問ばかりを、手紙で書き送った。

「なぜ海軍士官の制服には、袖に金の条《すじ》がついているのですか」

そういうたぐいの、子どもじみた問いである。

これに対し正木さんは、歴史学者か文化人類学者のように丹念に調べてくださった。

まだ海賊時代の英国海軍では、甲板士官は勤務中細いロープを袖に巻いていた。それがやがて士官をあらわす袖章《そでしょう》になった、というのである。

海軍は、軍医を優遇する。軍医だけでなく、主計、技術といった兵を指揮しない諸専門の人達を士官として大切にした。

「軍医のはじまりについて」

と、私が質問したことについての正木さんの調査は、おもしろかった。

英国海軍が海賊まがいであったころ、地中海のどこかに村じゅうの男どもが外科治療に通じた島があったというのである。お伽話《とぎばなし》のような話だが、英国の船がその島に着岸し、よさそうな男をいわばさらって船に乗せる。航海中は士官として鄭重《ていちょう》に礼遇し、一航海がおわると、島にもどした、という。

英国では医者への敬称はいうまでもなくドクターだが、外科医にかぎっていまでもミスターとよぶという話を、元駐日大使のサー・ヒュー・コータッツィの『ある英人医師の幕末維新』（中央公論社刊）で知ったのだが、その淵源《えんげん》の一つはこういうところにもあるのかもしれない。

大航海時代の開幕には、英国は参加しなかった。

イベリア半島のスペインとポルトガルが先鞭《せんべん》をつけ、十五世紀末、ローマ教皇の許可によって、この両国は、地球をリンゴを二つに割るようにして領域をきめるまでになった。

前章で、商船隊という言葉をつかった。世界史の上ではまず最初に商船隊があって、海軍はあとでできた。商船隊を守る機能としてである。

このイベリア半島の両国の商船隊は、ポルトガルは南アジアから香料を、スペインはアメリカ大陸とくにメキシコから銀を運び、巨利を得つづけた。

海軍の機能を最初に自他ともに認めさせたのは、ポルトガルだった。

それまでインド洋の貿易は、イスラム商人が占有していた。

あとから割りこんだポルトガルはこれに対し、最初から国家――海軍――の力をもってその商権をうばうべく企図した。

その決戦は、一五〇九年二月、インドの西海岸のカンベイ湾のディウの沖でおこなわれた。

ポルトガルの初代インド総督アルメイダはみずから十九隻の艦隊をひきいていた。

これに対し、エジプトとアラブの連合軍は、百隻をこえていたが、海軍とはいえなかった。

ポルトガル海軍はわずか十九隻ながら、大砲その他の武器をよく使い、敵船団を分断し、よく運動して潰《かい》滅《めつ》的な打撃をあたえた。

イスラム教徒は、元来キリスト教世界にまさる技術文明をもち、造船、天測その他の航海術においても、ヨーロッパの師匠だった。ただ、海軍という専門集団をもたないために敗けた。


余談ながら、一九八二年秋、私はポルトガルのリスボンにある海洋博物館を訪ねた。館長が現役の少将で、副館長が大佐という、現在のポルトガル海軍を象徴しているような博物館だった。あらかじめ手紙をもって、

「甲板は、いつどこのたれが発明したか」

という質問を送っておいた。

日本の江戸時代の大船は――幕府が航洋船を許さなかったからだが――甲板がなかった。千石船も五百石船もいわばお椀に飯を盛るようにして荷を積み、高浪には弱かった。

甲板は、船を樽にするようなものだと思えばいい。樽に栓があるように、船にも艙口がある。艙口を閉めるだけで船そのものが樽になり、容易に沈まない。私はこの甲板が発明されてから、ポルトガル、スペインによる大航海がはじまったのではないかと思っている。

館内を案内してくれたのは、副館長の大佐だった。一緒に歩きながら、私は手紙の返事を求めた。

「ああ、あの質問のことか。残念だが、答えがみつからない。アラビア人が発明したのではないか」

大佐の返事は、それっきりだった。


スペインが新大陸から輸送される銀によってヨーロッパの覇権をにぎっていたとき、海をへだてて北の英国の人々は実直に毛織物を織っていた。

英国人は、スペイン人に毛織物を売ることによってかれらの銀を得た。ついでながらスペイン史の基本的な失敗は、新大陸から貴金属を掠奪《りゃくだつ》してくるのみで、みずからの工業を興さなかったことである。

英国人は、当初、毛織物を海外に売るということから、貿易への関心を持った。

やがてその関心は冒険化した。

英国の海港都市プリマスの商人が、みずから商船隊

をひきい、スペインの威権のもとにある新大陸まで出かけるようになったのである。

あるとき、その商船隊が、メキシコ沖でスペイン艦隊に懲罰的な攻撃をうけ、惨敗してわずか二隻が英国に帰った。そのうちの一隻の船長が、のちにスペイン商船隊への海賊として名を馳《は》せるフランシス・ドレイク（一五四一～九六）だった。

ドレイクというこの有能な船長に、プリマスの商人たちがあらそって投資をした。ドレイクはあるときは、南米のチリからスペイン本国にむかう商船隊を襲撃し、二万ポンドほどの貴金属を得たりした。かれは戦利品の多くを女王エリザベス一世に献上してナイトに叙せられたりする。

エリザベス女王はやがてこれらの海賊に私拿捕《しだほ》特許状という勅許状をあたえ、さかんにスペインの商船隊を掠奪させた。

当時、ポルトガル国王を兼ねていたスペイン王フェリーペ二世はこれに憤慨し、英国の海上勢力をつぶすべく無敵艦隊《インヴィンシブル・アルマダ》を編成した。

当時、英国はまだ海軍らしい海軍をもっていなかった。これに対し、無敵艦隊は計百三十隻、戦艦だけで六十八隻という史上空前の海上戦力だった。

ドーバー海峡での海戦は、一五八八年七月三十日に幕を開けた。

英国側は、小型船をそろえていた。

海戦の場合、戦艦が圧倒的に強いとされてきた。スペイン側は主として衝角を利用し、英国側の小型船を圧《お》しつぶすつもりでいた。

が、英国側の小型船は脚が速く、運動が活発で、その上、射程の長い軽砲をそなえており、それらの利点をうまく利用して最初から戦いは英国に有利だった。

英国側は、ゲームのように戦った。サッカーやラグビーなどの集団競技を生んだ国らしく、どんな小さな艦の艦長も大局をよく見、自艦がなにをなすべきかをよく心得ていた。

スペインの無敵艦隊は惨敗した。

以上、商船隊と海軍の関係を見てきた。日本の場合である。

ペリー・ショック以後の江戸幕府は、海軍の建設に熱心だった。一隻の貿易用商船ももたない安政二（一八五五）年、オランダから教師団をまねいて長崎海軍伝習所をひらいたり、また幕末のぎりぎりに横須賀に造船所を興したりした。まず海軍があった、といえる。

明治政府も、よく似ていた。

遠方に植民地をもつことなく、ただ自国を守るためという目的のみで、海軍を育成した。

119 歴史のなかの海軍（三）

幕末、国論が二つにわかれた。

一派は過激派で攘夷をとなえ、攘夷を朱子学的に尊王に結びつけ、略して尊攘などと称した。

これに対し、幕府の開国をやむをえぬものとする穏健派が存在した。長州藩では、藩内のこれら穏健派のことを因循党などとよんだりした。

これらの状況のなかで、〝海軍〟という概念を持ちだすことは、密室の壁に通気孔をあけたようで、一種の思想語であるかのような観があった。さきにふれたように、〝尊攘家〟時代の坂本竜馬が、勝海舟を斬りにゆこうとし、その論に服して門人になったというのも、海舟によって〝海軍〟が持ちだされたために、それに服したのである。

その勝海舟が海軍を学んだのは、幕府によって長崎に設けられた海軍伝習所においてだった。勝の入校は、安政二（一八五五）年である。

ついでながら、鎖国日本とオランダとの格別な関係が、幕府の開国によって終幕した。周知のように幕府は清国《シン》とオランダとにかぎって、長崎において貿易を認めてきた。オランダはこれによって、とくに江戸中期までは莫大な利益を得たことはよく知られている。

オランダは、いわば感謝の意味をこめて、日蘭の特別なかかわりの終幕にあたり、蒸気軍艦一隻を寄贈してくれた。海軍伝習所は、それを練習艦として、長崎西役所で開校された。

オランダ側は、鍛冶工や船大工までをふくめた選りぬきの教師団を組織した。それらの第二次の長のカッテンディーケ中佐は、のちに海軍大臣になる人である。聡明で柔軟な人柄だった。

幕府のオランダに対する態度は、伝統的に横柄だったというほかない。オランダ側も商利のためにこれに耐えた。日本開国後、他の国々の外交団がオランダ人の幕府への卑屈さを知って、ヨーロッパ人の恥だという者さえいた。

その終始ひかえめだったカッテンディーケに、『長崎海軍伝習所の日々』（水田信利訳・東洋文庫）という回想録がある。

当時のオランダ人は、教える立場にありながら、幕府に対し、生徒の質や年齢についての強制もしなかったようである。四十人の生徒――幕臣――のなかには海軍を学ぶには老《ふ》けすぎた者や、物覚えのよくない者もいた。

オランダ側が、生徒に対して訓練服さえ強制しなかったのは、前述のような関係がながくつづいたせいである。

生徒たちは侍姿に大小を差して、マストに登ったり、海軍歩兵の訓練をうけたりした。

「日本の服装は、艦上にせよ、また陸上にせよ、すべての教練に不向きなものである」

と、カッテンディーケはその回想録のなかでこぼしている。

なによりも生徒たちの昼食が、大変だった。

西洋式艦船の構造は、二百人ほどの食事を一個の厨房でつくるという点で、みごとなほどに機能化されている。が、生徒たちはそれを利用しようとはせず、一人一人が甲板上に七輪を持ちだして煮たきした。

軍隊教育というのは、それを教える側が、生徒に対し、生活の根底から軍隊文化を圧倒的に押しつける以外に成立しない。海軍教育の場合、海軍という世界共通の〝文明〟を日本人に伝え習わせるためには、服装から起居の動作まで固有の文化を一時捨てさせねばならないのに、長崎の海軍伝習所ではそれができなかった。

話がすこしそれるが、この教師団の一員だった軍医少佐のポンペが、幕府の依嘱により、ただ一人で西洋医学を組織的に教えたことは有名である。

付属病院も建てられた。ただ入院患者の士分の者は、他の身分のものと同室することをきらったりした。

西洋の技術の導入には、海軍であれ医学であれ、明治維新と文明開化が必要だったことは、右の二、三の事例だけでもわかる。

薩摩人の山本権兵衛《ごんべえ》（一八五二〜一九三三）が、明治中期からの海軍建設に大功があったことはよく知られている。

権兵衛は、戊辰《ぼしん》戦争（一八六八年）のとき、齢を二つばかりいつわって十八歳であるとして藩兵になり、越後口から奥羽へと転戦して鹿児島に帰還した。ついでながら、山本家には家督を嗣《つ》ぐ長兄がいた。

三男の権兵衛は、身を立てる工夫をせねばならなかった。一説では、薩軍が東京に滞《とど》まっていたとき、同郷の戦友日高壮之丞（のち海軍大将）とともに相撲とりになるべく陣幕久五郎という親方を訪ねたというのである。いかにご一新とはいえ、士族で相撲とりになろうという話はめずらしい。

ついでながら陣幕は出雲の出身で、はじめ大坂相撲に入り、次いで江戸に出て秀ノ山部屋に入った。当時の強豪の不知火《しらぬい》や鬼面山を圧倒して第十二代横綱になった。薩摩藩のお抱え力士でもあった。

陣幕親方は両人と話すうちに、

「せっかくだが、ご両所はこの道に適《む》きませんな」

と、ことわったという。二人とも頭の働きが機敏すぎる、そういう者は力士として大成しない、というのである。

権兵衛は、鹿児島に帰った。

かれの生家は、甲突《こうつき》川が彎曲している土堤下にある。そのやや低湿気味の一郭を加治屋《かじや》町《まち》といい、下級武士の団地というべきところで、平地が一戸百坪ぐらいに碁盤の目に区切られ、七、八十戸の武家屋敷がならんでいた。この七、八十戸の郷中《ごうちゅう》から、西郷隆盛、大久保利通、大山巌《いわお》、東郷平八郎、それに山本権兵衛が出た。いわば、明治維新から日露戦争までを、一町内でやったようなものである。

権兵衛はふたたび東京に出、旧幕府の講学（漢学）の機関である湯島の昌平黌《しょうへいこう》に入った。この間、勝海舟を訪ねた西郷隆盛が権兵衛に対し、

「海軍をやれ。ついては勝先生に相談せよ」

といったらしい。

海舟は何度か権兵衛の訪問をうけるうちに気に入り、ついに食客にした。

前時代の賢者だった海舟が、新時代の権兵衛という少年に〝海軍〟を伝授してゆくさまは、『史記』のなかの鬼谷子《きこくし》という隠者が、蘇秦や張儀に縦横術を教える光景を思わせる。

そのうち、海軍事情が一変する。

東京築地の一郭に、明治三（一八七〇）年、のちの海軍兵学校の前身である海軍操練所（海軍兵学寮）ができたのである。開校早々は、主として旧幕府海軍出身者が教授した。権兵衛も日高壮之丞とともに藩の貢進生としてその第一期に入校した。

在学中の明治六年、英国式にかわった。

政府は英国から海軍教師団を招き、いっさいを一任したのである。

あたかも築地のそのあたりが小英国になったようだった。

教師団長のアーチボールド・ルシアス・ダグラス少佐は、起居動作まで英国式を強要した。

元来、英国での海軍士官の養成は陸上の建物を持たず、ダートマス軍港に繋《つな》がれた軍艦を校舎にしてきたのだが、日本では陸上建物を校舎にしているため、ダグラスは当初は戸惑ったらしい。そこで、日常での起居のしつけは、かれの母校である寄宿学校《パブリック・スクール》のウィンチェスター・パブリック・スクールに範をとることにした。

すべて押しつけだった。食事も、西洋式になった。

権兵衛のような典型的な薩摩兵児《へこ》が、神妙にナイフとフォークを動かして西洋食をたべているさまを想像したい。

ダグラス少佐は、座学よりも術技を重んじた。術技はすべて英語だった。校内では英語が公用語というべきだった。

この押しつけぶりを、旧幕府時代の長崎海軍伝習所とくらべると、じつにおもしろい。

120

歴史のなかの海軍（四）

旧幕のころ、幕府をはじめ諸藩が、小規模ながら艦船をもっていた。

　明治初年、政府はそれらをかきあつめて日本海軍の体裁をとったが、実態はかぼそかった。

　一方で、国産による建艦は、着実に進んでいた。このあたり、技術好きの国民性がよくあらわれている。

　明治九（一八七六）年、小さな国産軍艦「清輝」が横須賀で竣工した。木造風帆蒸気艦で、八九八トン、十五センチ砲を一門だけもつという粗末な軍艦だったが、それでも三年後に世界一周航海をやって、新興国らしい心意気をみせた。

　明治二十年代に入ると、艦艇がややそろって、二流ながらも、海軍らしくなった。

　ただ海軍当局の人材は玉石混淆《こんこう》し、旧幕海軍や旧薩摩藩など諸藩の海軍にいた者のうち、実力もないまま、いわば位階俸禄をむさぼっている者も、すくなからずいた。

　ここで、改革者としての山本権兵衛が登場する。

　その後、日露戦争までの海軍は、ほとんどかれ一人の頭脳と腕力で建設されたものといっていい。

　権兵衛の年譜をみると、大佐になるまでのほとんどの歳月を海上勤務ですごした。明治十年、二十六歳、少尉のとき、ドイツ軍艦ヴィネタおよび同ライプチッヒに乗り組み、世界周航した。いわば徒弟奉公のような留学だった。

　この経験が、権兵衛にとって貴重だった。かれはとくとヴィネタ号の艦長フォン・ラモント大佐を尊敬し、艦の運用から軍政、それに一国の政治経済のことまでこのプロシア貴族から学んだ。

　権兵衛は、故郷である薩摩の甲突川のほとりでの少年時代、とくに秀才だったという評判はなかったが、その緻密《ちみつ》で卓越した思考力と、すきとおった合理主義、さらにはみずから一判断に達すれば容赦なく実行するという精神は、のちに養われたものといっていい。

　容貌は、若いころも老いてからも、豹のような面構《つらがま》えだった。独特のユーモアもあったが、他者にはむしろ峻烈な皮肉にきこえた。

ときに世界は海洋の時代に入っている。このため、地理学的に、朝鮮半島が、玄界灘一つをへだて日本列島の脇腹をおびやかす形状を呈するようになった。その上、朝鮮国そのものの政治形態は上代のままで、力をもたなかった。さらには朝鮮の宗主国である清国は、従来の好もしい礼教的な超然主義から、西欧的な属邦にちかい干渉をこの国に及ぼすようになって、日本の危機感覚を増幅した。

一方、ロシアは、帝国主義的野心に満ち、朝鮮を影響下に置こうとしていた。

明治日本の危機意識は、つねにその中心に朝鮮の帰《き》趨《すう》があった。このことはさまざまな意味で、のちの日韓（朝）関係の不幸をつくる。

そのことはさておき、山本権兵衛が軍政を担当したのは、かれに海軍を一新させたいという政治レベルの判断があったからにちがいない。

権兵衛が海軍大臣官房主事になったのは、四十歳、明治二十四年のことで、このとし、日本の朝野が、清国海軍の圧倒的な示威運動によって狼狽させられたのと無縁ではなかった。

清国の海軍建設の出発は日本より遅れていたが、大国だけに最初から世界第一流の大艦をそろえていた。この明治二十四年七月、その北洋艦隊六隻が、名を親善に藉《か》りて長崎、呉、神戸を経、東京湾にその威容を示威した。

とくに旗艦定遠と鎮遠という装甲艦は、ドイツで建造され、七三三五トン、主砲が三〇・五センチ四門で、この二隻だけでも貧弱な日本艦隊が総がかりになっても及ばなかった。

ロシアも、同様の示威運動をした。これより二カ月前、ロシア皇太子が来日したとき、六隻の艦隊をひいて、その実力を貧弱な海軍国の日本に示した。

一介の大佐だった山本が海軍建設にほとんど独裁的な辣腕《らつわん》をふるうことができたのは、海軍大臣に西郷従《つぐ》道《みち》を戴《いただ》いていたからだった。いうまでもなく従道は大西郷の実弟で、維新生き残りの元老であり、廟堂での政治力は十分以上にあった。山本の立案は、諸事西郷が実現した。

ただ、明治二十六年、山本がやった一大人員整理だけは、従道も驚いた。無能老朽の将官八人——多くが同郷の薩摩人――に、佐官、尉官をふくめて九十七人のくびを切り、かわって海軍兵学校（兵学寮）の人材を海軍の中心に置いたのである。

日清戦争は、その翌年におこる。

清国の提督丁汝昌《ていじょしょう》は日本側との早期決戦を求めた。日本側ももとより早期決戦を求め、互いに求めあって黄海で実力が遭遇した。

日本側十二隻、清国側十四隻で、かれが多くの甲鉄艦をもつのに対し、日本側は一隻しか甲鉄艦がなかった。大砲の大口径においても日本側は劣っていたが、ただ平均速力においてまさっていた。

清国側が横ならびの単横陣をとったのは、海上の一大砲台としての定遠・鎮遠の大口径砲に卓越した力を発揮させるためだった。

これに対し、日本側は、一本の棒のような縦ならびの単縦でもってまっしぐらに北進した。

海戦四時間半、この間、横ならびの清国側は動きがすくなく、一方、単縦陣の日本側は敵とすれちがってはひきかえし、執拗《しつよう》に敵の各艦の周辺にあって打撃をあたえつづけた。その運動と打撃を可能にしたのは日本側の速力の優勢と、小口径の速射砲の活用にあった。

速射砲は敵にたとえ致命傷を与えなくても、多量の小損傷をあたえつづけて相手の戦力を麻痺《まひ》させる効があり、この戦法は山本権兵衛の立案ではなかったにしても、かれにおいてまとめられたものだった。

大艦定遠・鎮遠は無力化したまま清国艦隊は大敗し、旅順港に逃げ、さらに威海衛の奥に籠り、降伏した。


その十年後に、日露戦争がおこる。

この間、権兵衛（海軍大臣就任は明治三十一年）のやった海軍建設はみごとだった。

英国その他に注文して軍艦の質は高水準のものをそろえ、また同型艦の場合、同速力を利して連繋《れんけい》運動ができるように配慮した。機関の能力を高めるために燃料は良質の英国炭に統一し、また砲弾の補充の連続性を保つため注文は英国のアームストロングのみにかぎった。

十年前の戦役になかったものとして、無線電信機を重視した。主力艦から駆逐艦にまで搭載し、熟練した将校三十七名、下士官兵百五十名を配置した。日露戦争の海軍の勝利は通信の勝利という説さえある。

一方、ロシアは極東において旅順とウラジオストックに二艦隊をもち、さらに開戦とともに本国艦隊（バルチック艦隊）がこれに加わる。

　これに対し、日本は一セットの連合艦隊で戦わざるをえなかった。

　さらに山本に課せられた命題は、一隻のこらずかれらを沈めるということだった。でなければ、〝満洲〟でロシア軍と対峙《たいじ》している日本陸軍が、その補給路を海上で断たれて干《ひ》上《あ》がってしまうのである。

　山本は、人事の名人でもあった。

　この当時、山本と戊辰戦争以来の同藩の朋友の日高壮之丞が、常備艦隊の司令官をつとめており、当然、開戦とともに連合艦隊の司令長官になることは自他ともに信じていた。

　が、山本はこれを無視し、舞鶴鎮守府司令長官として定年を待っていた東郷平八郎をえらんだ。東郷は大佐のときすでに退役リストに入っていたこともあり、一般には冴えない存在としてみられていた。

　日高は、勇猛をもって知られる男だった。かれは山本の大臣室に押しかけ、短刀をもって、「おれを殺せ」といった。

　山本は、日高と東郷の優劣につき、緻密かつ端的にのべた。日高は山本の論理に服した。

　山本は日露戦争の海戦を勝つべく設計し、十分に用意し、結果はそのとおりになった。

　が、みずからの功を誇ることなく、戦後、東郷の功のみをほめたたえた。

121

歴史のなかの海軍（五）

日本海軍は、世界史のなかの海軍がそうであったようなものではなかった。つまり侵略用でもなく、植民地保持用でもなかった。

その原型は、明治三十八（一九〇五）年五月、欧州から回航されてくる帝政ロシアの大艦隊を、対馬沖で待ち伏せ、これに対し百パーセントちかい打撃をあたえるべくつくられた。げんにその目的を全き形で果たした。つまり防禦用だった。

当時のロシアの膨脹主義はおそるべきものだった。その海軍は、旅順とウラジオストックの二港にそれぞれ艦隊を蔵し、日本海と黄海に威圧をあたえていた。

この両艦隊に加えて、欧州からのバルチック艦隊が加われば、日本国の沿海はロシアの海になり、満洲における日本陸軍は涸《こ》死《し》する。国家そのものがロシアの属領になってしまうのである。

これに対し、日本海軍は、一方においてウラジオストックの港外をおさえ、また旅順を封鎖しつつ、主力をもって対馬沖でバルチック艦隊を要撃した。これを完全試合のごとくに撃滅した。世界海戦史上、このように絵に描いたような完勝例はなかった。

明治の脾弱《ひよわ》な国力で、この一戦のために国力を越えた大海軍を、もたざるをえなかった。問題は、それほどの規模の海軍を、その後も維持したことである。

この主題の連載のなかで、ふつう大海軍は広大な植民地をもつ国が必要としたものだということを、以前のべた。

たとえば十六世紀を最盛期とするスペインの例をあげた。スペインの場合、新大陸からの果実を運ぶために商船隊が大西洋を梭《ひ》のように往復したが、それらを海賊から護衛するために海軍を必要とした。ついには無敵艦隊《インヴィンシブル・アルマダ》とよばれるほどの大海軍に成長した。

一種の天敵であるかのように、これらのスペイン商船をねらったのは、主としてイギリスの海賊だった。かれらは企業化しており、株主をもち、それらから私掠をうけおい、掠奪品を株主たちに分配した。

それらを、イギリスの国家が後押しするまでになって、両国の関係が悪化した。

一五八八年、スペインはイギリスをこらしめるべく、戦艦六十八隻を中心とする百三十隻の無敵艦隊をドーバー海峡に派遣した。ここで、スペインはイギリスに完敗した。

その後、イギリスが海外における植民地獲得に熱中し、やがて大海軍をもつにいたる。

アメリカの場合は、イギリスの植民地であることから出発し、独立を獲得してからは、その独立と、その長大な――大西洋と太平洋にわたる――海岸線をまもるために海軍が建設された。その地理的理由から、その海軍は陸軍よりもはるかに大規模たらざるを得なかった。第二次大戦までのアメリカ陸軍は、ごく規模が小さかった。

要するに日本の場合、海軍の興起と発達の条件が、右のような世界の先例と異っていた。

バルチック艦隊を日本海の西の入口で撃滅するという条件で成立し、いわば一局面で要撃し、撃滅するという形態であった。その条件が消滅すれば、規模が縮小されても当然だったといっていい。

もしここに、架空の話ながら、無私にして全能の政治判断機械が存在するとすれば、日露戦争後、日本海軍は何分ノ一かに縮小されていたろう。

が、人間の歴史は、その人間のなまみで存在し、発展する。現実はそのようにはならなかった。

海軍は、近代化を遂げた日本国民にとって栄光の存在だったし、その担い手が海軍省と海軍軍令部を形成している。当然その規模が維持された。

維持こそ大変だった。海軍は機械によって出来ているために、艦艇はたえずモデルチェンジされねばならなかった。それには、莫大なカネを食う。

第一次世界大戦後、英米でさえ建艦競争に耐えかね、海軍軍縮をとなえ、いわば世界の公論として日本に持ちかけた。

日本としては渡りに舟とすべきだったが、海軍のなかでも軍縮派は少数だった。多くの海軍軍人は、いまでいう〝省益〟のために軍縮に反対した。

一九二一年十一月から翌年二月までのワシントン会議によって、主力艦の建造は十年間休止すること、既存艦の一部はこれを廃棄すること、保有の総トン数の上限は、米・英をもって五十二万五千トンとするのに対し、日本はその六割とすることなどがきめられた。

全権大使は、山本権兵衛以来の逸材といわれる海軍大臣加藤友三郎だった。山本が創建し、加藤が縮小した。加藤は本来、日米戦争などは日本海軍にとって不可能であるという理性に立っていた。

ついでながら、どの国の陸海軍でも軍備上仮想敵国を設けていたように、日本海軍もアメリカ海軍を想定していた。あくまでも仮想であって、実際に戦争をするわけではなかった。しかし、海軍部内の俗論は、「対米比を七割にせよ。でなければとても勝てない」として、軍縮派を呪った。加藤はともかくもそれらをおさえた。

べつにいえば、大正・昭和に入って、日本海軍は存立を危うくするほどの致命的欠陥をかかえるようになっていた。

第一次大戦後、艦艇は石炭から石油で動くようになっていた。その石油はアメリカなどから買いつづけねばならない以上、対米戦など、万が一でもおこせるものではなかった。

しかしそのことについて、海軍は外部にはあまり洩《も》らさなかった。

とはいえ、この課題は機密でもなんでもなく、常識をもって推測すればわかることであった。ところが、大正末年から昭和にかけての言論人や政治家、陸軍の一部は、この一事に気づかなかったか、あるいは気づかぬふりをして海軍軍縮派の〝軟弱ぶり〟をののしった。

ともかくも重油によるエンジンの出現とともに、日本海軍は、すくなくとも長期間は戦えない海軍になっていたのである。

軍縮会議は、さらに細部をきめるために、昭和五（一九三〇）年、ロンドンでひらかれた。

英米ともに代表は文官になった。軍人を代表とすれば問題が先鋭化して妥協を見出しにくいというのが、理由だった。

日本もそれにならい、文官の若槻《わかつき》礼次郎が全権大使になり、海相の財部《たからべ》彪《たけし》大将が全権委員になった。結果は、対米妥協のにおいをのこして妥結した。

いまみれば妥当な結果かと思えるが、海軍軍令部が猛反対した。ときの首相は、大蔵省出身の土佐人浜口《はまぐち》雄幸《おさち》で、重厚清廉で人気があった。海軍部内の反軍縮派が猛烈な反浜口の攻撃をし、これに乗じ、昭和期の政治的一変態ともいうべき右翼まで暗躍した。海軍と一部政党人が、のちに陸軍が十八番《おはこ》とする〝統帥権《とうすいけん》干犯〟という、結果として酒精度の強烈な亡国的言辞を浜口内閣に対して吐いたのはこのときである。

浜口内閣は昭和五（一九三〇）年の総選挙で圧倒的多数を得ていたため、強気をもって、同十月、右の条約を批准させた。おかげで、大不況期における国家財政は、多少は救われた。

ただし、その翌月、浜口その人は、東京駅で右翼によって狙撃され、ほどなく死ぬ。憲政に力のあった時代は、浜口内閣のあたりで終焉《しゅうえん》したともいえる。

（未完）

〔随想集〕

旅の効用

一九七六年、オーストラリアの木曜島に行ったとき、この小島に半世紀も居ついてしまっている藤井富三郎という紀州出身の老人に出会った（この島でのことは『木曜島の夜会』という作品に書いた）。

藤井さんは、古錆《さ》びてしまっているように無口である。いかつい下顎と骨太な体をもち、表情も古い切株のように重かった。しかしその誠実さのために、島の貴族のような飲んだくれの老看護婦も、一旗組の白濠主義者も、有色《カラード》の港湾労働者も、みな一目置いていた。かといって特異な印象の人ではなく、戦前の日本ならどの村や町内にもざらにいたごく標準的な老人だった。

かれは、重い口で、最近、日本に行ってきた、といった。日本は、別の国のようだった、ともいった。日

本で最も驚いたことの一つとして、

「働いている者とそうでない者との服装がおなじだった」

ということをあげた。藤井さんの用語でいう働いている人というのは、体を使っている職業という意味らしかった。たとえば、農民、きこり、木挽《こびき》、大工、左官、旋盤工、魚屋、土工、溶接工……。

そうでない者は、村役場の吏員、医師、小学校の教員、県庁の役人、会社員で、このひとたちは背広を着ており、従って、かれの用語では、働いていない。

ところが、日本では村の教員のようにぜんぶ背広を着ていた。これでは誰が誰やらわからないではないか、というのである。誰が誰やらというのは、職業も階層も、という意味らしかった。言いかえれば、自己の存在を服装によって特定する社会から、べつの社会になっていた、ということであり、いわば大衆社会である日本を、藤井さんは異国のようにおもったのである。

「京都の坊さんは変っている。あの連中、平気で法衣《ころも》姿で街を歩いているんだ」

と、私にいった東京の町寺の僧侶がいる。東京じゃたとえば地下鉄のなかで坊主姿の人なんか居ないよ、と、やや首都の風《ふう》を誇るかのようにいった。東京のお寺さんは逮夜《たいや》まいりにゆくときは背広でゆき、檀家で法衣に着かえる。帰りは背広姿にもどって、あらたに形成された大衆社会の中にまぎれこむということであろう。大工さんも溶接工も自衛隊員もそのようにしている。つまりはたれもが職業上のユニフォームを着ずに、背広という大衆社会のユニフォームを着ているのである。この傾向は、首都においてもっともつよい。

「食品関係です」

と、テレビの視聴者参加番組で司会者から職業を問われたとき、八百屋さんがそのように答えているのをみた。またコンクリートのワク組みをしている大工さんが、私は建設関係です、といっているのもきいた。

「大工です」

と、なぜか特定して職業を答えようとしないところに、いまの世のおもしろみがある。だから日本は駄目になったのだ、という意見があるかもしれないが。

藤井さんは、年少のころにこの南半球の小島にきて、黒蝶貝《くろちようがい》や白蝶貝をとる潜水夫をしていた。いまでは、小島ではいちばんの分限者になり、中国人を父とする混血の夫人が経営するモテルやレストランの持主になっており、型どおりの楽隠居である。ただ、このひとは大戦中、日本人収容所で大工のしごとをしたために、素人ながらその腕がある。島でただ一つの病院は、建物や備品の修繕をするのに藤井さんにたのむしかなく、頼まれると報酬とは無関係に出かけてゆく。私は、滞在中、二度、日本式の大工道具をかついで渚《なぎさ》づたいに東へ歩いてゆく作業衣姿の藤井さんをみた。どこからみても歴とした存在感があって「建設関係」者ではなかった。

要するに私どもは、八百屋さんという「食品関係」者から大根を買い、「交通関係」者が運転するタクシーに乗る。ともかくも、そういう「関係者」たちは不特定大衆のなかにまじったとき、個人であることを特定されたがらない。

自分が属する社会の本質など、常日頃は気づかない。何かで気づかされたとき、突きとばされたような驚きをおぼえる（そういうことが、私が小説に書く動機の一つかもしれない）。

さらにいえば、自分が属する国が、さまざまな歴史的要因の作動によって世界でもめずらしい大衆社会を現出させてしまったことに、大げさにいえば世界史的な感動もおぼえている。

といって、この大衆社会の正体がわかっているわけでもない。ただ、正体を構成する無数の要素のなかに、未開時代からひきずっている感情もあるらしい、と気づいている。たとえば、仏教や陰陽五行説などに仮託したさまざまな迷信あるいは現世利益《げんぜりやく》宗教の氾濫、また手相、四柱推命、星座占いなどの流行などは、戦前にはなかった。まして文明度の高かった江戸時代にはわずかしかなかった。この大衆社会にあっては、未開返りの要素も濃いのではないか。

私ども日本人の八割までが村の生活をしていたのは、近々半世紀前までのことである。

村の暮らしにあっては、うまくゆけば生涯、個としての判断をせずにすむ。たとえば、茄子《なす》の種子をまく時期についても、自分で調査をし、自分で決断することなく、村のどこかからきこえてくる声に従ってゆけばよい。村にくるまれて生涯を送れば、飢饉が無いかぎり、都市生活にくらべて、ごく安気《あんき》なものであった。

その点、いまは逆に人口の八割以上が都市に住んでいる。都市は、何らかの意味における多様な才能の市《いち》と考えてよい。頭脳が買われ、学歴が買われ、運動能力が買われ、平凡な作業に堪えうる持続的な性格が買われる。むろん商才が買われ、歌舞音曲《おんぎょく》の才や工芸の才も買われ、ときに恐喝の才やおべっかの才まで買われる。

上代以来、村生活にくるまれて暮らしてきた者の子孫としては、父祖が経験したこともない苛烈な売買の市場にさらされている。個がたえず衆目に見られているのである。それも、村のように代替がきく個ではない。日本人の場合、その八割までがこういう苛烈さのなかにいるということは、かつての歴史にはなかった。世界の他の国とくらべあわせてもめずらしいといえるのではないか。

繰りかえすようだが、都市にあっては、村とちがい、個が一人ずつ切り放されてほうり出されている。方途はつねに自分がきめねばならず、水田農村のごく単純な生産内容とはちがい、規準が多様で、必要な規準がつねに存在するとはかぎらない。ときに存在すらしない。その規準をさがすのも個なのである。未開の闇に置きわすれた迷信でもひきだす以外にないではないか。

さらにいうと、未開人は自分の本当の名を相手に知られることは正体が明かされることとして怖れる。まして敵に知られた場合、生命が虚《うつ》ろになる。

『古事記』『日本書紀』の時代でも、本当の名は生前には秘し、通称がつかわれた。死後ようやく本名でよばれた。

諱《いみな》というのは、忌名のことである。西郷隆盛の場合、吉之助が通称で、本名（諱）は友人にも知られていなかった。明治後、西洋にならって本名が戸籍名にされるようになったとき、西郷の幼少のころからの友人が代って届け出た「隆盛」とはじつはかれの父親の忌名だった。

「大工です」

と、不特定大衆の前で自己の正体を露《あら》わにすることを怖れる現代社会から、木曜島に行ったおかげで、戦前の社会の大工という職業人の雄々しさというものを見ることができた。旅は、そのように、自分自身を見つめ直させる力をもっているらしい。

うたうこと

人間は、太古から唄ってきたにちがいない。

ある娘さんは、夭折《ようせつ》した秀才の叔父さんを敬愛している。理由をきいてみたが、むろん、愛など、容易に説明できるものではない。娘さんが、三、四歳のころ、頬っぺたにごはん粒をつけてすわっていた。叔父さんが入ってきて「ごはん粒つけてどこゆくの？」と唄いながら、顔をのぞきこんでくれた。その即興の唄にこめられた愛をたまらないほどに感じて、いまなお忘れられないという。

この場合、愛が唄の形式をとらなかったら、幼女の心にひびきにくかったろう。未開時代、言葉をもって、いとおしさやよろこび、あるいは悲しみを表現する場合、修辞や理論を用いることなく、節《ふし》をもってしたろうと思う。

カトリックにあっては、神への讃《たた》えは、聖歌で表現された。絵画も援用されたが、視覚は耳やのどほど生理的でないというか、感性のすべてをふるわせるというほどのものではなかった。

西洋にくらべると、東アジアの諸民族は、未開時代にうたい飽きてしまったのか、それとも言語が多様な声楽にむかなかったのか、ごく近世までさほどにはうたわれず、うたっても単調なうたが多かった。


信じがたいほどのことだが、現在中国の漢族にあっては民謡というものがないにひとしい。酒席などでも、伝統的にうたうということはしない。佐渡おけさのように踊りとともにうたううたもなく、ソーラン節のような漁師の労働歌もなく、道普請のときに「たこ」をあげては突くときのうたもなく、田植のうたもない。一時期、中国で会うひとごとに、そのことをきくのだが、ない、とどのひとも言う。

「わが国で民謡といえば、新疆《しんきょう》ウイグル自治区の民謡のことです」

といった人がいる。そういえば、列車に乗ると、たえず車内に流れてくるうたは、解放後につくられた西洋風のものか、民謡といえばウイグル人の民謡ばかりであった。

ウイグル人は、私どもも日本人と似たような構造をもつトルコ語を話すが、四世紀前後までにイラン系を征服して混血したために、仮りにかれらをパリの靴屋で働かせて靴の底を打たせてみても、たれもモンゴロイドとはおもわない。器楽もインドをふくめた西方のものであり、声楽は西洋そのものである。私はウルムチの夕方、服を着かえて劇場にかれらの歌唱をききに行ったことがあるが、発声、表情、体をうごかすリズム、すべてが西方のものだった。アーリア人種と混血することによって、歌舞音曲までが血のなかに溶け入ってしまったという感じだった。このため、ウイグルの民謡は、厳密にはアジアの古謡のなかに入れにくい。

中国の古典には、すくなからず音楽のことがでてくる。なかでも、孔子が音楽好きだったことは有名である。孔子は壮年のころ、斉へ行き、宮廷音楽の「韶《しよう》」(古代の舜のころの音楽)というものを聴いた。あまりのすばらしさに、その後、三月、肉を食べても味がわからなかった、という。ただ、この古典楽に声楽が入っていたかどうか、よくわからない。

また『周礼《しゆらい》』において士たるものが学ぶべき六つの教科のなかに楽が入っている。古代、楽は重んじられてはいた。しかしうたがさかんに古楽のなかでうたわれたかどうか。

民衆のうたは、漢楚のころ、四面楚歌という「事件」があったように、当然、さかんにうたわれたはずである。士たる者も、うたった。後漢の末に青年だった諸葛孔明は、ときに家の西方の楽山《らくざん》にのぼって、故郷の山東の古い民謡である「梁父吟《りようほぎん》」をうたったという。「梁父吟」は、日本の浄瑠璃ほどにながくはないにしても、叙情でなく、叙事的な叙唱であったように思われる。

中国にあっては、王朝が宮廷音楽を所有している。雅楽がそうだが、王朝がほろびると音楽もほろびる。おそらく伶人《れいじん》が四散して野《や》にかくれ、遺臣であることが露顕しないように二度と楽器を手にしないためであろう。このため歴朝の壮麗な音楽体系は一つとして遺っているものはない。

「ふしぎなほどです」

と、中国で話してくれたひとがいる。唐朝の雅楽が日本につたわって日本の雅楽として保存されていることは周知のようである。唐朝の雅楽は、中国本来のものというよりも、西方のアーリア系の国である亀茲《きじ》国(現在、新疆ウイグル自治区の庫車《クチヤ》)から導入したといわれる。ただし、雅楽は主として楽器の演奏と舞いで、独唱や合唱が入っているわけではない。

儒教を礼楽というほどだから、本来、音楽の要素がつよい。儒教が国家宗教であるとすれば、雅楽は宗教音楽として分類すべきものである。高尚で典雅であるのは、儒教をもって国教とした王朝が、堅苦しく選別してそのようにしたのである。

儒教の教祖孔子は、春秋時代の国である鄭《てい》と衛の音楽が淫猥《いんわい》で人心を乱し国をほろぼすものとしてするどく排した。歴朝、宮廷音楽を定めるものは、儒者であった。かれらが、古代の鄭声《ていせい》（鄭や衛の音楽）がどういうものであったか知るよしもないながら、「これは鄭声である」といって、人の心をよろこばせる音楽をいちいちつぶし、その王朝の雅楽を定めたのであろう。こういう審判者は、地方にも大小の地方官として存在した。野《や》にのこる音楽がしだいに衰弱したのは、かれらのせいであったかもしれない。

中国内陸部の少数民族の社会や、周辺の諸民族には、当然ながらうたがある。たとえば、モンゴルには、ホーミーという、信じがたい発声法のうたがある。同時に二つの音を出す。歌詞はない。聴き手に決して快感をあたえないが、音の奇妙さを愉しむものなのかどうか。この声帯と口の曲芸ともいうべきうたは、なまなかな訓練ではとても出せず、モンゴルのウランバートルでもうたい手は数人だという。この源流はわからないが、韓国にもこのうたを伝承しているひとが何人か（あるいは一人だったか）いるという。北アジアの草原のホーミーがなぜ韓国に遺っているのか、なぞといっていい。

韓国の伝統的な文化の特徴は、支配階級の文化と庶民の文化とが、さほどにいりまじらずに中世以来――あるいはそれより古くから――流れつづけてきたことである。この両層のうち、庶民がうたをうけもった。

私は、韓国の古代文化が、出土した帯鉤《たいこう》の模様などで察するに、中国には似ず、むしろ紀元前、カスピ海北岸の草原でひらかれたスキタイ（イラン系？　騎馬民族の最初のひとびと）の文化に共通しているように見える。いわゆるシルクロードという絹商いの隊商が通った道よりもずっと北の道が、ユーラシア大陸をむすぶ騎馬民族の道ともいえる往来路だった。その往来路は、当然、中国文明を内側にくぎっている長城のそとにあり、そこに往来する文明は、中国の影響をあまりうけずに済む。その東方のゆきどまりの一つが、中国東北地方（いわゆる満洲）の遼寧省であることは、出土する文物によって察せられる。文物には、スキタイの香りがする。その遼寧文化がさらに南下して、朝鮮の古代文化に影響したのではないか。

民謡の文化として息づいているうたの発声にまでそれが影響しているのではないかと思える。はっきりと、西方のうたいかたである。

李朝五百年の歴史は、本場の中国以上にきびしく儒教主義をとった。儒教とはかかわりないが、地域差別もはなはだしかった。全羅道は差別された。

その全羅道に、パンソリというすばらしいものが残っている。日本の浄瑠璃のようなものだが、発声法が西方にちかく、こんにち西洋の声楽に馴れた耳で聴いて、浄瑠璃の古さからくる違和感を感じさせない。李朝の儒者はこれを「鄭声」であるとして弾圧しつづけてきたにもかかわらず、庶民のパンソリへの愛が強すぎたためにのこった。

この稿は、東アジアのなかでの日本のうたについて書くつもりであったが、周辺諸国のことで紙数が尽きてしまった。以下、次章にゆずる。

声明と木遣と演歌

日本文化のおもしろみのひとつは、過去からの連続性が濃厚なことである。その上、貯蔵能力も高い。古代や中世の歌謡の歌詞までが豊富に保存されているのは、中国にはない現象で、ヨーロッパでも、宗教的な歌をのぞけば、日本ほどではないはずである。

『古事記』『日本書紀』には、あわせて二百三十五という大量の歌謡が記録されている。ほかに神楽歌《かぐらうた》や催馬楽《さいばら》といったふるい時代のものがあり、中世になると『宴曲集』があり、流行歌（今様《いまよう》）をあつめた『梁塵秘抄《りょうじんひしょう》』があり、『閑吟集』があり、狂言のなかの歌謡がある。本来、口誦されて消えるべき性質のものが、これだけ記録としてのこっているのは尋常なことではない。

たしかに、うたうことのすきな民族だったことはわかる。しかしどういう調曲《ふし》だったかとなるとわからない。とくに奈良朝以前のむかしとなれば、茫々としている。「上代の歌謡は恐らく平家琵琶の白声のように、朗読風に近いものであったのではなかろうか」（『芸能史叢説』）と岩橋小弥太博士はいわれるが、おそらくそうであったろう。

自分自身を楽器のようにしてうたうという思想も技術もなかった。またリズムやメロディよりも、口から出てゆくコトバそのものの呪術性のほうが当時の宗教感情としては大切であった。言霊《ことだま》としての歌詞が、神である自然や、心をもつ相手の女や男に理解されなければ無意味になってしまうため、岩橋博士のいわれるように、ある程度の抑揚をこめて朗誦したものかと思える。調曲よりも歌詞が大切とされたからこそ、語部《かたりべ》の記憶に貯蔵されて行ったものにちがいない。

文化というのは、外来のものからの刺激で広さ、深さ、多様さを形成してゆく。

古代日本人もまた身ぶりをまじえ、足を踏みならし、言葉にふしをつけて自他ともに愉しむということを知っていたにちがいない。しかし、粗笨《そほん》なものであったろう。まだ、天才が出現して型をつくりだすというまでには至らなかったと思われる。

集団で、同じ所作をして踊り、かつうたうというものが型として成立するのは、記録では踏歌《とうか》からである。

踏歌は、河内や大和に住んでいた漢人《あやひと》のあいだでは、早くから伝承されていたかもしれない。漢人とは、記録としては、朝鮮半島から渡来したひとたちである。ただし、かれら自身は百済《くだら》人とも高麗《こうらい》人ともいわなかった。中国人の末裔《まつえい》であると自ら称し、中国の文章を書くという技能によって、古代の官僚機構のなかで特殊な地位を占めていた。『日本書紀』の持統天皇七（六九三）年正月のくだりに、

漢人《あやひと》等、踏歌ヲ奏ス

とある。以後、宮廷のある場合の儀礼のなかに、踏歌を奏することが組み入れられるようになった。踏歌の源流《もと》は、記録としては朝鮮半島ではない。唐の長安の正月十五日上元の夜、高灯のもとで子女が袖をつらねて歌舞した風俗にあるという。歌詞もはやしことばもすべて漢語漢音であった。このため、当時の日本人は、拍子だけでおもしろさを感じた。

おそらく踏歌は声楽といえるほどのものではなかっ

たにちがいないが、型にはなった。型をみながまなぶうちに、天才がその内容に不満をもち、それを動機に、変形をうんだという効用はあったろう。それが嬥歌《かがい》(歌垣《うたがき》)でのうたい方に変化をあたえ、のちの盆踊りの音頭や拍子に影響をもたらしたろうことは想像できる。

声楽といえるものが入るのは、平安初期、真言宗《しんごん》の創始者空海や天台宗《てんだい》の円仁によるといわれる。かれらが入唐《にっとう》して「声明《しょうみょう》」というものをもたらしたということになっている。声明はいまでも聴くことができる。僧が法要などで唱えているあのふしぎな発声と高低抑揚の調曲のことである。

ついでながら、記録にあらわれる仏教音楽(むしろ声明が主であった)の日本への導入者は、空海ではなく、かれよりすこし先輩の永忠《ようちゅう》という僧であった。永忠は山背《やましろ》の秋篠氏の出で、若くして唐に留学し、在唐三十年というひとであった。

空海が長安の西明寺に寄宿したとき、偶然かどうか、寺の者が空海に、かつて永忠が住んでいた部屋をあてがった。奈良時代、日本が唐に送った仏教音楽の専修者は永忠だけではなかったはずだから、声明の伝来はもっと古いかもしれない。

声明の源流は古代インドにあった。この地で多様な楽器、声楽がさかえたことはよく知られている。古代インドでは、声が神秘的にあるいは音楽的に出されることによって呪力を帯びるという信仰があったらしく、やがてその文化が、神聖なものを讃えることに使われ、発達した。発声を快感の体系にする――芸術化する――ことで自他とも愉悦するというシステムの完成は、一説によると古代インドはヨーロッパより早かったといわれており、グレゴリー聖歌の淵源《えんげん》まで古代インドの声明にもとめるという考えもある。

声明は、仏教東漸の道をつたって中国に入った。中国で整理され、日本にもたらされた。平安期の仏教界では僧侶のなかでも特殊な技能者として声明師という専門の声楽家が誕生し、いまも日本の仏教各宗にその技術の系譜がつづいている。

平安期の声明師たちは専門の声楽家として存在した。かれらは多くの弟子を養成し、やがてその種子が一般にまで散って根づき、日本文化のなかでうたを育て、さまざまな形になって芸能化された。平家琵琶のうたい方もそうであり、謡曲もその系譜をひいている。さらには江戸期に発達した邦楽のうたい方も、もとはすべて声明にある。

ここまで書いてきて、木遣《きやり》をきいたときの気分のいい音色が、耳の奥によみがえってきた。

『胡蝶の夢』という小説を書こうとしていたときである。その主人公のひとりは、江戸末期の幕府の医官の養子として江戸で青年期を送った。かれも当然、木遣を青春のどの場面かできいている。

ついでながら、土地土地の気分は、存外芸者が伝承していることが多い。私は『峠』を書いたときも、越後長岡の気分は、人が入れかわったようにべつな町になっていることにおどろき、ついに芸者をよんでもらって、さまざまな音曲をきき、救われたことがあった。私などの年代ではもう芸者に性的魅力を感ずるなどという感覚はもちあわせていないが、それだけに、彼女らが、ときにその土地の土霊であるかのように、土地のにおいのこもった芸を伝承していることに純粋に――子供っぽく――驚かされてしまう。

右の『胡蝶の夢』の主人公のひとりは、遊里の情緒を解したずいぶんな遊び人であった。このため、『峠』の場合と同様、主人公たちの気持になって、神田の明神下《みようじんした》へ行ってみた。

明神下はいまはさびれている。しかし芸者の歴史としては、東京でもっとも古く、幕末には、講武所芸者などとよばれて格の高さを誇ったものであった。友人をさそってそこで一夕飲んだが、その後きくと、その小さなやかたも、時代の波というか、立ちゆかなくなって廃業したという。ともかくその夕、その席に、老若ふたりの芸者がきた。

べつに何の注文もせずにいると、若いほうが演歌を自慢で二、三うたった。さすがにうまいものだと感心したが、しかし内心、東京の芸者はそれしかできなくなっているのかと、失望したりした。酒を十分過ごし、そろそろ立とうかとおもったところ、若いほうの妓《こ》が、不意に、木遣をやりましょう、といって、ながながとうたった。じつにみごとなものだった。

きくと、祖父かなにかが鳶《とび》の頭《かしら》だったという。東京の彼女のうまれたあたりでは、鳶の頭が死んだとき、若い者たちが青竹を組んだ担架のようなものに死者を寝かせ、それをかついで、木遣をうたいながら世話になった町内を練りあるくのだという。そのときの木遣です、と彼女はあとでいった。

この齢になるまで、木遣は幾度かきいた。小耳にはさむ程度の関心でしかきかなかったが、彼女の木遣には、発声法といい、節といい、もっとも筋のいい声明が、脈打つようにして生きていた。

明治後、オルガンにあわせてうたう小学唱歌の普及が、声明式の神楽のうたを一挙に、過去のものにした。大正期から流行する流行歌が、日本人のうたの感覚から、声明を消し去った。敗戦後、声明の末裔の枝わかれともいうべきなにわ節もすたれた。

ただ、敗戦後に流行歌の首位を占めはじめた演歌というものが、声明のいのちというほどでなくても粘液のようなものをかすかに伝承しているのではないかと思ったりするが、これは多分に聴きようの問題に属していて、異論があるかもしれない。

醬油の話

信州というのは、近世以後、堅実な知識人を出しつづける風土として知られるが、源平時代以前は太古以来の森のようにしずまっていた。

木曾谷から木曾義仲が出たときから活況を呈するようになる。かれは一国の武士層をこぞって平家と戦い、頼朝より先んじて京に入った。のち頼朝の政戦略のためにやぶれはするものの、ともかくもその配下の信州人たちは、一度は京で兵馬の権をにぎり、天下意識をもった。このことは、古沼のような風土をかきまぜて酸素を入れる効果があったのか、右の時代につづく鎌倉時代になると、多くの変った人物がこの地から出る。

のちに臨済禅《りんざいぜん》の巨人のひとりになる覚心（一二〇七～九八）もそのひとりであった。ただ、かれには、鎌倉期の禅僧にありがちな華美なところがない。

鎌倉期の禅僧のあいだで「頂相《ちんぞう》」が流行した。禅は、本来、極端に個人主義である。そのさとりは師一個から弟子一個に以心伝心される。法を嗣《つ》いだ弟子は師の肖像画や木像をつくって鑽仰《さんぎょう》した。このため、この時代、肖像の上手な画家や彫刻家が活躍し、多くの傑作がのこされた。

覚心にも木像がある。曲彔《きょくろく》にすわった全身像（京都・妙光寺蔵）で、八十六歳のときのものである。鎌倉彫刻の傑作のひとつだが、出来ほどに知られていないのは、素材である覚心の相貌《かお》が地味で造作が小さく、さらには老いすぎていて、造形以前の迫力に欠けるところがあるせいではないか。木像になってもめだつことをしない人物ともいえる。

かれは、いまの松本市の西南方にある神林《かんばやし》という里にうまれた。俗姓は、常澄《つねずみ》氏という。おそらく農民の子だったろう。『元亨釈書《げんこうしゃくしょ》』（鎌倉末の成立。仏教史書）によると、母が戸隠《とがくし》の観世音に祈ってみごもったという。かれには母親の存在が大きく、十五歳で神宮寺に入って、仏書や経書を読んだという履歴も、母親のすすめによるものにちがいない。源平時代以前なら農村に埋没して当然だった境涯の子が、鎌倉期になると親がすすめて学問をさせるというふうに時代のにおいが変ったのである。

この時代、平安期の仏教である天台・真言もおとろえ、すでに禅・浄土教などという新仏教が登場している。が、かれは奈良の東大寺に行って受戒（正規の僧になること）した。華厳経《けごんぎょう》を主とする東大寺などは、最澄《さいちょう》・空海のころでもすでに古びたものとされていたが、覚心は信州の田舎から出てきたために、思想の潮流がよくわからなかったのであろう。そのあと、高野山にのぼり、伝法院と金剛三昧院で密教をまなび、行《ぎょう》勇《ゆう》という高僧から相伝をうけた。華厳から真言にいたるなど、奈良・平安の仏教史を体験的に逆にたどっているようなものであった。しかも密教については、鎌倉の寿福寺の紀綱《きこう》をつかさどったというから、こんにちでいえば大学の助教授ほどであったかと思える。

その後、師の行勇が死ぬと、京にのぼり、禅に転向した。禅も、流行の臨済禅ではなく、宋から曹洞《そうとう》禅をもちかえった道元（一二〇〇〜五三）に就いた。年は三十半ばになっていた。晩学ながら大いに修行し、道元から、戒脈をさずけられた。

密教と曹洞禅では思想の根底からして異っている。そのいずれものいわば学位を得たというのは、覚心にとって求道《ぐどう》よりも、異る思想体系を学ぶことが楽しみだったのかもしれない。四十をすぎて上州の世良田の長楽寺にゆき、栄朝という学僧のもとで修学した。栄朝が死ぬと、鎌倉の寿福寺にもどって朗誉という学僧についた。もはや仏教の思想的遊歴者というべく、寺々での顔も広くなった。あるとき、寿福寺の大殿ですわっていると、ふところからぞろぞろと小蛇が出た。幻覚が去ると、意外にも心が晴れている。

——従前ノ学解ハコトゴトク究竟《くっきょう》デハナカッタ。

いままで仏教を知的に理解しただけで、解脱《げだつ》でもなんでもなかった、ということにおそまきながら気づくのである。

かれは、入宋《にっそう》を決意した。前後から考えて、紀州由良《ゆら》（高野山領）の地頭で僧としての名を願性《がんしょう》という者が、費用を出したらしい。

四十三歳、由良から出帆し、博多をへて、こんにちの浙江省の寧波《ニンポー》（当時の明州）に上陸した。径山《きんざん》にのぼって癡絶《ちぜつ》という僧に参じ、さらに各地によき師をたずね歩き、ついに四十七歳のとき、無門という師を得て大いに悟り、印可《いんか》を得た。宗旨は、臨済宗である。

在宋六年で由良にもどり、地頭の願性が建てた西方寺（のち興国寺）に住して、田舎僧になった。

その後、かれの名は高くなり、九十二で死ぬまでのあいだ、亀山上皇や後宇多天皇など権門勢家からしばしば招きがあった。ときに京の巨刹《きょさつ》に住したこともあったが、わずらわしさに堪えず、あるとき脱走して紀州由良にもどり、終生西方寺を離れなかった。

覚心は、味噌がすきであった。とくに径山寺で癡絶に参学していたときに食べた味噌の味がわすれられなかった。

紀州の由良は入江である。また由良の北にも入江があって、湯浅《ゆあさ》という。覚心は湯浅に行ったとき、その地の水の良さが気に入り、径山でおぼえたつくりかたで味噌をつくった。炒《い》った大豆と大麦のこうじに食塩を加えて桶に入れ、ナスや白瓜などをきざみこみ、密閉して熟成させる。

こんにち私どもが「きんざんじみそ」とよんでいるなめ味噌の先祖だが、覚心の味噌醸造にはそれ以上に奇功があった。のちにいうところの醤油までできてしまった。

醤油以前の調味料としてはひしおなどがつかわれていたが、径山寺味噌の味噌桶の底にたまった液で物を煮ると、その美味はひしおのおよぶところではないことがわかった。湯浅のひとびとはその溜りをさらに改良し、文永元（一二六四）年にはこんにちの醤油の原形ができた。

醤油の古い起源が湯浅にあることはほぼ異論なさそうだが、その後の発達史については多様でここではふれない。

私がおもしろいとおもうのは、覚心の人生である。かれは愚直なほどに各宗の体系を物学びしたが、古い宗旨の中興の祖にもならず、また一宗を興すほどの才華もみせなかった。

しかし以上のことはかれの人生の目的ではなかったが、日本の食生活史に醤油を登場させる契機をつくった。後世の私どもにとって、なまなかな形而上的業績をのこしてくれるより、はるかに感動的な事柄のようにおもわれる。

言語についての感想（一）

モンゴルは、二つの国にわかれている。一つは、モンゴル高原という広大な空間を占める人民共和国で、ソ連の影響下にある。いまひとつは内蒙古で、ここは中国の自治州である。

いまはどちらも近代化したために言語事情がかわったが、私が習ったころのモンゴル語は、やさしいことばだった。

「四百語ほどの単語をおぼえておけば、包《ゲル》で暮らせる」

と、諸事たかをくくるのが好きな先輩からいわれ、匈奴《きょうど》の子孫のことばをならうことに過大な期待をもっていただけに、志が萎《な》える思いがした。食べる、眠る、風が吹く、風邪をひいた、羊、馬、駱駝《らくだ》、牧草の名、犬をつないでくれ……そういう日常生活単語をあつめると、四百か、多くて六百ぐらいにちがいない。たとえそこで土着しても、四百語だけで生涯がすごせる。ついでながら、モンゴル語の構造は日本語とおなじだから、文法を覚える必要はないのである。

そのころ、私のいた学科は、学校がモンゴル語を習得する負荷が軽いとみていたのか、中国語とロシア語の習得を同時に課していた。ロシア語は文法がむずかしくてつらかったが、その点、モンゴル語はざっとした総括でいえばおなじ語族（アルタイ語族）に属しているから、覚える上で快感があった。ヨーロッパのある国の学生が他のヨーロッパ語を習得するときにはこういう快感があるのではないかと思ったりした。

この稿の主題は〝単語四百〟ということについてである。

そういうことでいうと、当時のモンゴル草原だけでなく、たとえば二百年ぐらい前のヨーロッパで、アルプスの斜面で羊を飼っていた人々も、ピレネーの山の中できこりをしていたひとびとも、それだけの単語で生涯をすごせていたにちがいない。

こんにちでも、家族のなかでは、多くの場合、そうである。高度のしごとをしている人でも、休日に家でごろごろしているときは、百種類ほどの単語も使わないのではないか。ときに、文脈すらととのえず、未開語のように意思を伝達する。「水」と名詞だけいえば、コップ一杯の水が運ばれてくる。ひどい場合は「お風呂に入る？」と問われて、ただうなずいたりする。ここまでくると、他の哺乳類とあまりかわらないところまで言語の機能を低下させている。

というより、大脳の中の言語の機能を休養させている。

べつの面からいえば、休養させねばならないほど、言語というのは緊張を必要とするものらしい。言語は、いうまでもなく人間が生物としてよほど進化して――大脳が発達して――から獲得したものである。だから休息中はなるべく言語を節約しているともいえる。呼吸機能とはちがうのである。もっとも呼吸をするように喋りつづけている、という人もいるが、その場合、わざわざ言語表現を必要とするほどの主題もなく喋っていることが多く、精神的緊張をほぐすためか、逆に快感を感じているためか、いずれにしてもこの主題の例にはならない。

私の若いころ、もし「満洲」にゆくことがあればそのひとびとに会いたいとおもった民族に、ホジェン族

があった。総数わずか六百人といわれている稀少な民族で、かつて漢民族から、

「魚の皮を着た韃靼人《だったん》（魚皮韃子《ユイピーターツ》）」

などといわれていた。かれらは、すくなくとも今世紀のある時期まで鮭《さけ》の皮のズボンをはき、黒竜江や松花江のほとりにすんで、鮭や魚をとってくらし、その社会も小さく、家族単位程度しかひろげず、従ってその言語も日常語だけですませ、生涯、単語の数も千ほどにすることとなくすごしていたはずである。

ホジェン語も、私ども日本語とおなじ文法のツングース語の一派で、おそらく抽象語はなかったにちがいない。私どもが家族内では抽象語はほとんどつかわないように、ホジェン人の生涯もそのようであったはずである。

物の本によると、こんにちのホジェン族は、『老子』にいう小国寡民《しょうこくかみん》という空想的とまでいえる社会からぬけ出して、中華人民共和国という近代的な広域社会の構成員に組み入れられたために〝小国寡民〟式ののんきなホジェン語を忘れざるをえなくなった。中国側は少数民族対策としてその言語文化の保存をたてまえとしているが、広域社会の構成員（つまり国家に対して権利義務をもつ人民）になったために、ホジェン語では政治、法律、思想などを表現することができず、従って中国語を身につけざるをえないのである。でなければ、生産大隊という広域の政治経済社会の単位のなかで自分自身を社会に機能させることができない。黒竜江の対岸のソ連領にいるホジェン族も、とっくのむかしにその言語はロシア語だけになり、ホジェン語は消えたといわれている。近代というもののおそろしさというのは、言語を改変したり、ときに失わせてしまうものである。

私ども人間は、言語体系によって世界を把握している。その言語量は、私の五代前ぐらいの江戸時代の山村の農民からすれば、気の遠くなるほどに膨大なものである。江戸時代の山民は、そのつもりでいようとすれば、かつてのホジェン族ぐらいの単語の数でらくらくと生涯暮らせた。まことに気楽なものであった。

ホジェン族の変化をひとごととしておどろいていられないのである。江戸期がおわったということは、大変なことであり、その後の一世紀余の日本人は、ホジェン族的変化以上の激変のあげくこんにちまできた。

もっともここで考えておかねばならないのは、江戸期の農民がホジェン族的な言語生活であったかどうか

ということである。

自給自足的な江戸時代の山村（ホジェン族も自給自足だった）から低地に降りてきて都市近郊の農村に住むと、そこには商品経済が、地域によってはうっすらと、べつな地域では濃厚に浸していた。ある地域では、農民といっても商品生産者としての異質な半面をもっていて、半ば商人化していた。

商業は、人間の社会をいやおうなしにひろげてしまう。

それに、商業は、人間に初歩的な抽象というものを教える。

たとえば、紀州南部（熊野）の山村を舞台に考えたい。ここは耕地がすくなく、ひとびとは山林に依存してくらしてきたが、しかし孤立した自給自足社会ではなく早くから商品経済に入りこんできて、いわゆる〝人智が発達〟していた。熊野では、江戸期の他地域にもまして道具類などを工夫し、改良する能力に富むようになった。山村のひとびとをこのようにつくりあげた要素のひとつは、木炭である。

自給自足経済なら、木炭でありさえすればいい。ところが商品経済になると、熊野で要求される木炭は備《びん》長炭《ちょうずみ》である。

——当店はびんちょう炭を使っています。

という店頭のはりがみを、いまでも東京の蒲焼屋さんなどで見かける。江戸期の江戸でもそうであった。

備長炭は熊野に多いウバメガシという樫《かし》の一種を乾留してつくる。白炭《しろずみ》ともいい、打ちあわせると金属音に近い音が出る。ふつうの木炭（黒炭とよばれる）のように一時的に高い火力が出て持続しないのとはちがい、温度は低いながら持続する。このため蒲焼だけでなく、江戸の高級料亭や大名屋敷ではこれをつかった。

木炭《すみ》でさえあればいいというのは、粗放な経済社会である。備長炭ともなると、「物」から品質を抽出して考えねばならない。また、寸法をそろえねばならないから「物」を計量的に考えるようになる。すべてが、いわば知的になってくる。その上、紀州藩が、財政的にこの備長炭の上に乗りかぶさってきたから、生産者も仲買人も税ということを通じて政治を考えるようになる。

備長炭は、主として熊野の新宮湊から紀州廻船の手で江戸へ送られた。山中で炭を焼く人々の意識の中の地図にはつねに江戸があり、江戸での品質の評判があり、相場の上下があった。

右のようにみると、製造にともなう技術用語、流通にともなう経済用語が、豊富に山中でつかわれた。炭焼きの人が家族内でいるときは単語四百で済むが、一個の木炭乾留技術者として山中にあるときは語彙《ごい》の数もふえざるをえない。備長炭の仲買人にいたっては、たとえ口語でも文脈をととのえて文章的表現をせねば、取引上の齟齬《そご》をまねくために、論理を通し修辞を加えるといったふうで、言語生活上の緊張はきわめて高いものになった。さらに新宮あたりの炭問屋となると、口頭言語よりも、商業行為の肝腎の節目《ふしめ》節目は文章表現しなければならない。江戸期は、知識人からみればたかが炭とみられがちな世界でさえ、文章表現の練磨や習熟という高次の言語現象がみられる。

言語についての感想（二）

あるとき、大阪から京都まで人と同乗した。四十半ばの篤実な中国仏教史の学者で、車中、どのぐらいの原典を読むのですか、となかば同情しつつ、きいてみた。

「いえ、中国史は原典の量でいえば楽です。その点、日本史の人達は大変です。文章資料がくらべものにならないほど膨大ですから」

と、そのひとがいった。

中国の場合、文章は、統治の道具であり、官僚は自分の行政管轄のことについて営々と作文し、上奏、上申した。野にある読書人も、さまざまな事物について文章を書いた。残っていれば膨大なはずだが、治乱興亡がはげしかったせいか、ほとんど散逸した。おかげで読むべき文章資料が多くない、という。

この稿は、文章日本語の歴史をふりかえっている。

上代の単純な社会での言語の機能は、生活の用を果たすだけでよく、それ以上に複雑な修辞や論理を必要としない。私どもの先祖である平安時代の農民は、

「めしは？」

と問われれば、

「食べた」

と答えるだけで済んだ。こういう暮らしのなかから、農民による文章語がうまれることはなかった。

しかし京都には、貴族という遊閑階級がいた。そのなかから『源氏物語』をはじめとする王朝文学がうまれたのは、世界史的な場においても、奇跡であったといえる。

十二世紀後半に成立した鎌倉幕府は、農民の政権であった。かれらをもって「武士」などとよぶのは定義のあいまいな呼称で、公家《くげ》からみれば律令《りつりょう》農民であり、かれらが私的に結束し、ほしいままに武装し、律令土地制度の矛盾のはざまに成長して土地制度を働く側から恣意《しい》的に合理化した非合法政権といっていい。しかしながら、こんにちまで脈絡のつづく日本社会史は、このときからはじまったといえる。

この鎌倉幕府の官修の記録が『吾妻鏡《あずまかがみ》』（東鑑）で、文章は残念ながら和文ではなく、和臭のある漢文である。官の記録は漢文という京の伝統が、鎌倉にひきつがれた。

しかし鎌倉の世は庶民（公家以外のすべて）がせりあがった世であるだけに、庶民の耳目のための文章語が編み出された。たとえば、『平家物語』の成立である。ただし、徹頭徹尾文章意識の上に立っている漢文とはちがい、『平家』という長大な叙述は、あくまでも琵琶法師が琵琶の伴奏を入れて語るということが文章発想上の意識であり、目的であった。それにしても、日本語においてこれほどながながと独り語りできる表現法が完成されたのは『平家』の功績といっていい。

この時代、語らずに読むだけを目的とした文章も成立した。史論『愚管抄』である。筆者は慈円（一一五五〜一二二五）で、関白九条兼実《かねざね》を兄にもち、三十代で天台座主《ざす》になり、歌人としても知られた。日本史を上代から説き、立場上かつての公家政治もみとめつつ、それを倒した武家政治についても「末代の道理」としてあわせてみとめており、言おうとするところは、慈円という知識人がもつ茫《ぼう》とした観念（上等にいえばかれの政治意識を反映させた歴史哲学）というべきものであった。

『愚管抄』は、そのなかで筆者も「仮名ニ書《かき》ツクル」

といっているように、漢語まじりの日本語で書かれ、しかも漢文訓《よ》みくだし式の日本語ではなく、といって『平家』のように聴き手の情感に訴える語り調でもない。叙事要素が濃厚ながら一個の観念をくりかえし述べ、読者の知的な部分の反応を期待しているという点で、十三世紀の文章日本語の一祖型といっていい。

それだけに『愚管抄』の日本語は難解である。その理由は、いつに未熟にある。慈円の文章力が未熟なのではなく、その時代の社会が共有している文章日本語というものがないにひとしいため、大げさにいうと慈円みずからが文章としての言語を創始せねばならなかったのである。

慈円は、

「なぜ真名《まな》（漢字）で書かず、仮名（日本文）で書くか」

という命題で書いているくだりがあるが、後世の私どもには何をいっているのかわかりにくい。私など『日本古典文学大系』の注釈のたすけを借りても意味がはっきりしない。

十三世紀最大の教養人で、かつ文学的才能に富んだ慈円も、日本語文章を手作りすることによほど苦しんだらしい。誤読かもしれないが、私が理解したひとくだりに、つぎのような一種の文章論がある。大意は、仮名で書くのはひろく世間の人々に本当の物事を知ってほしいためだ、ということらしい。

仮名で（日本語の文章で）このように書こうと思いたったのは、物事を知っている人がいないからである。……ところで仮名だけで書くと、日本語の本来的性格（本文では、倭詞《やまとことば》ノ本体）上、漢文的表現から遠くなる。そこが世間の人は、仮名で書いてもなお読みにくい、とし、またつまらない、とする。（以下、彼は例をあげる。本文のまま）ハタト・ムズト・シヤクト・ドウト、ナドイフコトバドモ也。是《これ》コソ此ヤマトコトバノ本体ニテハアレ。

はたと気づくとか、むずと組む、どうと倒れるというのは、いずれも擬態・擬声語で、これを多用する言語は、論理・修辞のうえで未発達の段階にあるといわねばならないが、それを「ヤマトコトバノ本体ニテハアレ」というのは慈円の言いすぎのように思える。漢文の副詞・形容詞に擬態・擬声語がふんだんにあることを慈円はわすれているようだし、平安期の物語を見ても、漢文とくらべて日本語の本来的性格だとは感じにくい。しかし当時の日本人は、日常会話のなかで、こんにちの劇画によくつかわれるようなオノマトペをよくつかっていて、慈円も日ごろ、「まことにわが国のことばは卑しい。唐土にはこういう物言いはあるまい」とおもっていたのであろう。ともかくも『愚管抄』は四苦八苦の手作り文章語であることにはまちがいない。

慈円が死ぬころ青年だった道元も、十三世紀の日本で、文章日本語を手作りした人である。その大著『正法眼蔵《しょうぼうげんぞう》』は、当時の日本語で形而上的分野を表現しきった最初の巨大な文章遺産といっていいが、言いまわしを強引に手作りでやってのけたところがあり、後世の私どもにしばしば意味が通じにくい。このために他に影響をあたえるところがすくなく、文章としては孤立しているといっていい。

ややくだって、室町期は、日本的散文の共有性がはじめて確立する時代である。

そのための一種の文章学校の時代でもあった。『源氏物語』の釈講をきくことが、中央の貴族や、地方の守護・地頭にとって必須の教養的行為とされた。連歌師宗祇《そうぎ》の生活の資のひとつは、『源氏物語』の講義にあった。一方、琵琶法師によって『平家』が語られつづけた。さらには謡曲も口誦による散文として考えてよく、次いで口誦の台本である『太平記』がひろまって、その文体を真似さえすれば一応事物を表現することができるようになった。とくに『太平記』が、江戸初期までにさかんに書かれる大名の興亡記につよい影響をあたえる。

江戸期は、あらゆる階層が文章を書いたといっていい。ただ、江戸期の文章日本語は叙事・叙景に長じているが、観念的な分野まで覆いきる日本語の文章を作った人は多くない。江戸後期では本居宣長と上田秋成のほか数人があげられるし、末期には何人かみごとな例があるが、問題は明治維新でのすごさである。それらの共有財産がいっさい使用不能の過去のものになってしまった。

言語についての感想（三）

学校の教科内容に「国語」が存在する。なぜ存在するのかなど考える必要がないほどに自明のことになっているが、かつてはそうではなかった。

明治以前、どの藩校、有名私塾、あるいは民間の寺子屋にも、国語教育というものは存在しなかった。藩校や有名私塾で教えられるものは漢学で、寺子屋にあっては読み書き・そろばんのみであり、その読み書きについても、市民生活に必要な書簡や帳付けのための基礎教育をほどこす程度のものだった。

国語教育がはじまるのは、明治になってからである。それも、すぐではなかった。

明治維新の目的を洗ってみれば、植民地化されることから脱するための富国強兵ということであり（この目標においては、その後に展開される自由民権運動も同心円のなかにあった）、そのために徹底的な文化大革命がおこなわれた。教育の面でも同様であった。

新政府は、旧幕府所有の洋学機関を接収し、これを開成学校・医学校と改称し、やがて法学・理工科系を大学南校、医学系を大学東校とし、明治十年の東京大学の成立にまでいたる。この間、国語学・国文学を研究教授する機関は、国公立学校には存在しなかった。理由は、それらは固陋《ころう》だというひとことに尽きていたらしい。

薩摩人森有礼《ありのり》（一八四七〜八九）は、慶応元（一八六五）年、藩命によって十八歳でロンドンに留学したため、日本的教養もすくなく、幕末における志士活動の経験もなく、革命の果実だけを食う幸運を得、いわば藩費でできあがった質のいい坊やという一面をもっていた。かれは明治三（一八七〇）年から三年間、少弁務使として駐米したとき、おそらく欧化しがたい日本に絶望したのであろう。日本はだめだという理由を日本語にもとめた。

この時期、医学や理化学用語の一部以外は日本語訳（漢訳）されておらず、西洋の諸概念さえとらえる能力を日本語はもっていなかったから、森の絶望もむりからぬことであった。

森は、ついに、日本は日本語を捨て、英語を国語とすべきだと思いつめるまでになった。

かれはこの〝案〟について、一八七二（明治五）年、エール大学教授W・D・ホイットニーに手紙を書き送り、意見をもとめ、反対された。森以外にこういう考えをもった高官はいなかったようで、それだけにむきになり、とくにアメリカ人の意見をきいてまわったらしい。

右のような森有礼説は極端ながら、要するに日本語は、明治初年、それほどひどいあつかいをうけた。

民族というのは、煮つめてしまえば、共有するのは言語しかない。森は、晩年の言動でもわかるように、極端な国家主義者であった。国家は、いわば民族というみにとってのふたなのだが、そのふただけが富国強兵であればよく、みである民族文化など衰弱してもどうでもいいというふしぎな純粋思考を森有礼はもっていた。幕末から明治にかけて欧米を見てしまったひとの病的な切迫感からかれを見てやらねばならない。が、この稿は森有礼論ではない。

各府県に中学校が拙速ながら整備されはじめるのは、明治十年ごろからである。当時の中学校は、多分にそれ以前、主要都市に存在した洋学校の色彩をもっており、国語という科目はなかった。

正岡子規（一八六七～一九〇二）が愛媛県立松山中学校に入学するのは明治十三年で、四年生まで在学して、退学する。

子規が松山中学校にいるとき、おそらく全国的にそうであったろうが、国語科というものがはじめて設けられた。学校当局も何を教えていいかわからず、近所の神主をよんできて祝詞《のりと》を教えさせたという（このことについては子規の文章があるのだが、いまどうにも見当らない）。

ただ漢学科はあった。松山中学校の場合、子規の当時の漢文の先生は村井俊明という人で、子規入学と同じ年に奉職した。その村井俊明自身の文章が、子規と松山で同学だった柳原極堂の『友人子規』にのせられている。それを孫引きする。

……当時の日本は何に因《よ》らず旧風打破を専《もっぱ》らとせり。此の如き塩梅《あんばい》故学科目中に修身、国語などいふもの無し。国語科を置れたるは明治十四五年の頃なりしかと記憶す。始めて国語科を置くべき法令の出たる時、受持ちの教師無く神官にても雇はんかなど評議の末、俊明多少素養のありしを幸に其衝に当ることゝなれり。併し生徒の嫌がる事非常なりき。

これによると、最初の国語教師は神官ではなく、村井俊明が国語科を兼ねたことになる。授業内容が祝詞なので、子規は、村井は神官だと思いちがいしていたのだろうか。

政府が、国語科を設置した動機や事情は、いまとなればわかりにくい。当然、このことについての御雇外国人の公式非公式の意見も、参考にされたろう。欧米における初等・中等教育の中心はその国の言語を教えることだということぐらいは、かれらは日本の役人に言っていたにちがいない。

「それは、英国や仏国のように進んだ国になればこそ、進んだ国語を教えるべきでしょう。日本語はだめです。固陋ですから」

などと、返答する役人もいたのではないか。

そういう御雇外国人の意見とはべつに、明治十年ごろから、欧化主義のゆりかえしとして復古気分があらわれはじめていて、それも動機の一つになったにちがいない。

たとえば、明治十年、東京大学文学部の講義内容のなかに「和文学・漢文学」が設けられた。これにつき、『東京帝国大学五十年史』（上下・昭和七年刊）に、綜理（総長）加藤弘之の文部省への上申書がのせられている。

今文学部中特ニ和漢文ノ一科ヲ加フル所以《ゆえん》ハ（中略）自ラ日本学士ト称スル者ノ唯《ひと》リ英文ニノミ通シテ国文ニ茫乎タルアラハ真ニ文運ノ精英ヲ収ム可カラサレハナリ但シ和漢文ノミニテハ固陋ニ失スルヲ免レサルノ憂アレハ並《ならび》ニ英文哲学西洋歴史ヲ兼学セシメ……。

加藤弘之といえば幕末以来の代表的洋学者なのだが、この文章にあるように、学問や教育の一科としての日本語については、日本語がなにかのバイキンであるかのような思想しかもちあわせていなかった。

私は、述べてまだ途上にいる。論旨のつづまるところ〝共通文章日本語の成立〟にまで至りたいのだが、明治初年における官教育の場での日本語のあつかわれ方のひどさに、あらためておどろいている。同時に、この面からみても、明治維新はめずらしいほど激しい革命であったことがわかる。

この稿は、そのことを詠歎するためのものではない。明治維新は、文章日本語においても瓦解であったことにふれたいために道草を食っている。

言語についての感想（四）

もともとこの論旨は、すでに一九八二年六月五日、NHKホールで話したことなのである。題は、「社会的に見た文章日本語の成立」という長ったらしいものだった。

テーマを、ざっというと、

「文章というものは社会が成立して（日本でいうと明治維新があたらしい社会を成立させて）百年もたつと、たれが書いても似かよったものになる」

というものである。さらにいえば、

「文章（スタイルといってもいい）というものは、社会的には共通性への指向をもっている。四捨五入した言い方でいえば、一つの社会が成熟するとともに、文章は社会に共有されるようになって、たがいに似かよう」

というようなことである。

むろん、そのことのよしあしを言っているのではない。

右のお喋りは、そのままNHKの教養番組にも放映された。それをこの全集続刊の編集を担当している和田宏氏がきいていて、月報にあらためて書けばどうか、とすすめたので、つい魔がさした。

しかし、書いていて、どうも勝手がちがう。「話し言葉」として喋った場合におもしろくても、「書き言葉」になると実証を多少は綿密にせねばならず、お喋りではゆるされる論理の飛躍も、書き言葉になると、ゆるされず、毎回、書きながら、こんなものを読まされる読者はたまったものではあるまいと思うようになった。

「耳はばかですから」

と、むかし、酒を飲む席で、秋田実氏がいわれた。この人は、いまは亡い。昭和初年に東京大学を出ると、大阪にもどってきて、旧弊なマンザイを一新した人である。万歳を漫才という文字に変えたのもこの人だったと思うが、漫才はむしろ論理やつじつまが飛躍しなければならない、飛躍のあざやかさこそ漫才の本領なんです、と秋田さんはいわれた。ラジオの漫才を聴いている人は、たとえば毛糸編みの編み目をかぞえながらでも、聴くことができる。耳というのは言葉についてそれほど許容量の大きいものです、といわれた。

「目は、そうはいかない。じつにうるさい」

この人は、日本で最初に漫才の台本を書いた人であり、かつべつに著作がある。耳と目の両方の言語世界を往復されていた人だった。

そのころ、私は幕末から明治にかけての噺家《はなしか》で、不世出の名人といわれた三遊亭円朝（一八三九～一九〇〇）のことが知りたくて、古本で『円朝全集』（大正十五年・春陽堂刊）十三巻を買い、なんとか読もうとしていた。しかし読みづらかった。この描写の名人が、精根を傾けた描写のくだりがふんだんにあるのだが、それが活字になってしまうと死物になっていて、イメージをどうにも結びにくい。また作品の中には日本的な陰湿さをもった悪漢文学《ピカレスク》が多いのに、そのモラルのひだまでが、読むという感覚では、とらえにくかった。

円朝をいまなお神様のようにあつかっている人も多い。むろんそういう評価に値いする天才である。かれは口演者として卓越していただけでなく、明治期における有数の物語創作者でもあった。お岩さんのはなしである『累ケ淵《かさねがふち》』を創作したのは安政年間だった。明治後の言語社会にも活躍した。明治初年には、例の皿屋敷のお菊（『菊模様皿山《さらやま》奇談』）の速記を本にした。また塩原多助を創りだし、さらには中国の小説から翻案したものながら『怪談牡丹燈籠《ぼたんどうろう》』を口演し、かつ出版した。

しかし、目で文章をたどってゆくかぎりでは、円朝が展開する演劇的世界に感情移入してゆきにくい。

（やはり、円朝は聴くべきものだったのだ）

と、私は秋田さんの話によって、平凡な発見ながら、驚きとともに思った。円朝ほどのすぐれた言語的展開でもそのまま文章にひきうつされると、こうまで生彩をうしなうものかと、むしろそのことに関心をもった。

明治維新で、旧社会が崩壊したとき、江戸期に共有されていた文章もまた過去のものとなったということはすでにふれた。明治のある時期から、小説を書くひとびとが、あらためて文章をそれぞれの手作りで創りださざるをえなくなったとき、他に参考にすべき見本がなかった。あるとすれば、円朝およびその系譜の人情噺だけだったために作家たちは、寄席《よせ》に通ったり、速記本を読んだりして、自分の口語文章を手づくりするための参考もしくは触媒にしようとした。もし円朝やその流派の影響の痕跡をみつける作業を綿密にすれば、たとえば泉鏡花の初期の作品の中になにごとかを感じとることができるはずである。

鏡花といえば、この人の文章も、私には読みにくい。ひとつには、私が遅くうまれすぎたせいでもある。すでに文章というものを目によってしか読まない時代に成人したが、それでも私の少年のころには、新聞小説などを、大声をあげてよんでいる老人を多く見た。このことは、文章語と口語とを考える上で、重要な記憶だと思っている。

むかしは、文章を、声に出して読んだのだということに気づいたのは、兵隊にとられる前、岩波文庫の『歎異抄《たんにしよう》』を読んだときだった。最初、目で読んだとき、なにか、つまらない内容だと感じた。試みに声に出して読んでみたところ、文字が息づきはじめ、行間のひびきまでつたわってくるような気がして、まったく別の文章の律動のなかに入りこんでしまった経験がある。

『歎異抄（鈔）』は親鸞《しんらん》の口頭による言語を唯円《ゆいえん》が文章にした。唯円は（おそらく当時の習慣によって）声を出しつつ文章を書いたのであろう。それをもう一度、肉声に再現して読むとき、はじめて唯円の文章が、湿度と音律をよみがえらせるのだとおもったりした。

同様の実感を、中里介山《かいざん》の『大菩薩峠』や吉川英治の『鳴門秘帖』においても持つことができる。『大菩薩峠』の新聞連載は大正二年から開始され、『鳴門秘帖』は大正十五年からである。どちらも広範な読者をもったことで知られるが、私など後生が目で読むと、円朝や鏡花と同様、最初から入ることをこばまれるような感じで、西鶴の時代の小説を読むほどの覚悟が要る。文体は蒼古としていて、それ以前の夏目漱石のほうがはるかに近代的なのである。つまりは、漱石は目で読みうる。

おそらく、右の二つの作品は、音読を常習とする――平素、読書には縁のうすい――ひとびとを意識して書かれたもので、作者自身も、声を出して文章を書くという、中世以来の方法をとっていたのではあるまいか。

ついでながら、見本をあげてみる。読者は、最初、漱石の作品を読むように目で読まれよ。ついで試みに声を出されてみるがいい。

「弥陀の誓願不思議にたすけられまいらせて、往生をばとぐるなりと信じて、念仏まうさんとおもひたつこゝろのおこるとき、すなはち、摂取不捨の利益にあづけしめたまふなり。弥陀の本願には、老少善悪の人をゑらばれず、ただ信心を要とす、としるべし。そのゆへは、罪悪深重・煩悩熾盛《しじやう》の衆生をたすけんがための願にてまします。しかれば、本願を信ぜんには、他の善も要にあらず、念仏にまさるべき善なきがゆへに。悪をもおそるべからず、弥陀の本願をさまたぐるほどの悪なきがゆへに」と云々。（『歎異抄』岩波日本古典文学大系）

安治川尻に浪が立つのか、寝しずまった町の上を、しきりに夜鳥が越えて行く。

びッくりさせる、不粋なやつ、ギャーッという五位鷺の声も時々、――妙に陰気で、うすら寒い空梅雨の晩なのである。

起きているのはここ一軒。青いものがこんもりとした町角で、横一窓の油障子に、ボウと黄色い明りが洩れていて、サヤサヤと縞目《しまめ》を描いている柳の糸。軒には、「堀川会所」とした三尺札が下がっていた。

と、中から、その戸を開けて踏み出しながら——

「辻斬りが多い、気をつけろよ」

見廻り四、五人と町役人、西奉行所の提灯《ちょうちん》を先にして、ヒタヒタと向うの辻へ消えてしまった。

あとは時折、切れの悪い咳払いが中からするほか、いよいよ世間森としきった時分。(『鳴門秘帖』吉川英治文庫・講談社刊)

吉川英治の場合、その後の作品では『鳴門秘帖』と同じ作者とは思えないほどに文章が変っており、徳川夢声の『宮本武蔵』における名朗読があるとはいうものの、目で読むための文章になっている。文章社会史という分野がかりにあるとすれば、このあたりに読み手の社会の潮目が大きく変ったのではないかと思ったりする。

言語についての感想（五）

私は、社会的に共有されるという意味での文章を、ここでは成熟度の高い文章（あるいは文体）とよぶことにしている。そういう文章は、多目的工作機械のように、さまざまな主題の表現のための多用性をもつものと思っている。

幕府瓦解後、文章は社会的に成熟せず、書き手たちの手造りだった、ということについてすでにのべた。その極端な例として泉鏡花をあげた。右の多用性ということでいえば、鏡花の文章では恋や幻想は表現できても、米ソ問題や日本農業の将来は論じられにくい。——といって鏡花の文学価値はそのことで減じることはない。

ただその文章が特異すぎ、文章の社会共有化についてのるつぼの中に入れられる（無意識にまねをされる）ことがなく、いまなお孤立している、というだけのことである。従って、これは鏡花論ではない。

この点、漱石の存在はあざやかすぎるくらいである。かれの文章は、その時代では稀有《けう》なほどに多用性に富み、人間に関するすべての事象をその文章で表現することができた。このことは、セザンヌという絵画史上の存在にも適用できる。セザンヌはただ絵を描いたのではなく、絵画を幾何学的に分析して造形理論を展開し、かれの理論を身につけさえすればたれもが絵画を構成することができるという一種の普遍性に達した。これに感動した同時代の後進であるゴーギャンにいたっては、さあ絵を描こう、というとき、〝さあ、セザンヌをやろう〟と言ったほどだったという。

漱石の門下やその私淑者にとって、言葉にこそ出さなかったが、文章については〝漱石をやろう〟という気分だったにちがいない。この意味で、漱石の文章は共有化され、やがて漱石自身とはかかわりなく共有化されてゆく。文章史上、〝漱石〟におけるような性能をもち、似たような役割をはたしたものとして子規の散文があげられる。むろん鷗外も加えられるべきだが、露伴はすこしちがうかもしれない。

露伴の文学はもっと再認識されてもいいと私は思っているが、ただ、その文章にかぎっていえば漱石や子規とはちがい、文学の重要な要素の一つである日常の些事《さじ》や愚痴をのべる性能をもたなかった。むろん、文学としてはむしろそこに露伴の特徴があるといっていいが、しかし、こんにち、社会的に共有化されてしまった文章日本語の場からふりかえってみると、露伴の文章は鏡花のそれとは別趣ながら、成熟への過程に参加する度合がすくなかったような気がする。そのことがこんにち、露伴の日本語を身近でない存在にしているのではないか。

明治後の文章の歴史を考える上で、丘浅次郎（一八六八〜一九四四）は貴重な存在といっていい。かれは漱石や子規とほぼ同年代に大学予備門に在学し、作文と歴史の二科目ができなくて連年落第したため、規定上、退学させられた。無資格であるため、大学（理学部）も選科をえらばざるをえなかった。

このため、かれは明治の文章教師たちの〝規範〟を憎悪していた。丘は、動物の形態・分類学者としてすぐれた業績をあげたが、それ以上に進化論の紹介者として、また進化論的な文明批評家として、大正期における印象的な文章活動をした。

丘の文章は、地理の教科書のように事物を明晰《めいせき》にとり出し、叙述も平易である。たとえば「善と悪」（大正十四年）という高度な倫理学的主題について生物学の立場から展開した文章などは、述べかたが犀利《さいり》で、論旨が明快なだけでなく、一種ふしぎな憂憤がこめられている。このため読む者は論理のすじをたどるだけでなく、文中の微妙な感情のなかにも快く入ってゆける。

丘のおもしろさは、大正期にその文章がいくつかの中等学校教科書に名文の例として掲載されていることである。明治十年代の後半に、作文で落第した人物が、大正末年には逆に文章の一規範にされているというところに、歴史を感じさせる。

丘に「落第と退校」（大正十五年）という文章がある。一部、抜萃する。

私が二年と二学期、予備門にいた間にすこぶる点の悪かった科目は、歴史のほかに漢学と作文とがあった。（中略）私の考えによれば、作文とは自分の言いたいと思うことを、読む人によくわからせるような文章を作る術であるが、私が予備門にいたころ（註・明治十五～十七年）の作文はそのようなものではなかった。むしろなるべく多数の人にわからぬような文章を作る術であった。例えば、金烏が西の山に入ったとか、玉兎《ぎょくと》が東の海に出たとかいうように、謎か、判じ物のような言葉を使うて文をつづり、一番わからぬ文章を書いた者が一番上等の点をもろうたように覚えている。

丘がこぼすのもむりはなく、旧文章は幕府の瓦解とともにほろんだとはいえ、学校教育の場にひそんで生きつづけていたのである。作文教師の多くは旧幕時代を経た漢学者だったが、かれらは文章というものは中国の典籍か故事などを踏まえて修辞するものだと信じていたため、丘のような文章は、車夫の雑言としかおもえなかったのにちがいない。

近代社会は、商品経済の密度の高さと比例している。商品経済の基礎は、物の質と量を明晰にすることを基礎としているが、文章もまたその埒外《らちがい》ではない。

福沢諭吉の文章もまた、漱石以前において、新しい文章日本語の成熟のための影響力をもった存在だった。かれは、自分の文章は猿にさえ読めるように書くといった人物であり、丘が落第した時期、『学問のすゝめ』や『文明論之概略』は新・古典に近かった。それでも官学の牙城である大学予備門の作文教師の文章観を変えさせるまでには至っていなかったものとみえる。

以下、福沢に即してのべる。かれでさえ、自分の文章から脱皮したのは、六十すぎに刊行した『福翁自伝』（明治三十二年刊）においてである。明晰さにユーモアが加わり、さらには精神のいきいきした働きが文章の随処に光っている。定評どおり自伝文学の白眉といっていいが、ただ重要なのはこれが文章意識をもって書かれた文章ではなく、口述による速記であるということである。幕府瓦解までの自分とその周囲のひとびとの心の動き、進退についての人間くさいおかしさは、新時代らしい文章の書き手だった福沢でさえ、自分が手造りした文章ではそれらを表現しにくく、口述にたよった。

福沢の時代のひとたちは、事柄を長しゃべりするとき（たとえば講釈師のように）つい七五調になってしまう伝統があったが、『福翁自伝』にもその気配がにおう。このため内容の重さにくらべて、文体がやや軽忽《きょうこつ》になっている。

しかし『福翁自伝』によって知的軽忽さを楽しんだあと、すぐ漱石の『坊っちゃん』を読むと、響きとして同じ独奏を聴いている感じがしないでもない。偶然なのか、影響があったのか。私は論証なしに、あったと思いたい。

ついでながら、明晰と平易という意味で大正期的な名文である丘浅次郎の「落第と退校」も、精神の活性を表現する上では明治の『福翁自伝』に及ばない。むろんこのことから、自分の事歴を表現するための言語は、なお口述のほうが、この時期、文章よりまさっていたという結論はひきだせない。福沢の言語表現の才は、元来、けたちがいに大きいのである。

サア夫《そ》れから江戸に帰た所が、前にも云ふ通り私は幕府の外務省に出て飜訳をして居たのであるが、外国奉行から咎《とが》められた。ドウも貴様は亜米利加行の御用中不都合があるから引込んで謹慎せよと云ふ。勿論幕府の引込めと云ふのは誠に楽なもので、外に出るのは一向構はぬ。只役所に出さへしなければ宜しいのであるから、一身の為めには何ともない。却《かへっ》て暇になつて難有い位のことだから、命令の通り直ぐ引込んで、其時に西洋旅案内と云ふ本を書いて居ました。（『福翁自伝』）

言語についての感想（六）

私は昭和二十七、八年ごろ——筆者は文芸評論家だったろうか——ちかごろの作家の文体が似てきた、という意味の文章を書いているのを読んで、じつに面白かった。ただ、惜しいことに、筆者はそのことを老婆のように慨嘆しているだけだった。なぜ驚かないのか。

驚くことはたやすくない。大型動物を見て樹の上に跳びあがるリスのように、生まれたままの、さらには素裸の感覚が、物を見、感じ、かつそれを表現する者にはいつも用意されていなければならない。その上で、さまざまな次元での比較や、比較を通じてやがて普遍的な本質まで考えてゆくことが、物を書くということの基本的なものである。前掲の筆者が、〝たれの文体も似てきた〟ということに気づいたのは、十六世紀の航海者が新しい陸地を発見したほどに偉大なことである。ただ、その〝異変〟に出くわして幼児か老婆のように泣いてしまった。

たれでも、一日のうちで、幼児になったり、老婆になったりしている。私がそれを読んだ瞬間では、幸い、コドモの気分でいた。

（ついに似てきたか）

と、私のなかのコドモは躍りあがるようなときめきをもった。文章も、文明の一部である。文明というものは物理現象のように共通化の方角にむかうもので、そのことは、好悪の問題ではない。江戸末期に共通化されていた文章日本語が、維新で瓦解し、あらゆる文章参加者が、それぞれ手作りで自分の文章を造り、すくなくとも昭和のある時期まで作家たちはまちまちの手製の文章で作品を書いてきた。それが、似てきたという。

言いかえれば、たれの文章の一部を切りとっても、たとえばオーストラリアの大学の日本語科の期末テストの問題になりうるのである。ついでながらこの言い方は、私の友人から得た。私がここに書きつづけてきた主題について考えている時期——昭和五十年ごろだったか——ドイツ語に堪能な哲学教授の橋本峰雄氏に、ドイツ語とはどんな言葉か数秒で教えてくれ、とせがんでみた。かれは即座に、「たれが書いても期末テストの問題になりうるという言葉だ」とじつに含蓄のある答え方をしてくれた。かれの答えの中の一つの要素には、ドイツ語がその文法から強く拘束をうけている、という基本的な性格もふくまれているかと思われるが、いま一つはすでに文章ドイツ語が共通化への成熟を了《お》えた、と解釈していいようにも思われた。

私は若いころ語学校にいたが、ヨーロッパ語というのはロシア語初歩をわずかに学んだにすぎない。ただ、その後、語学者になった友人が多く、いちいちフランス語やスペイン語などについて、同意趣のことをそれぞれの専攻者に質問してみると、〝数秒〟の返答はみなおもしろかった。ただ橋本峰雄氏ほどに警抜な返答をした人はいなかった。

次いで、そのことから離れ、以上、書きつづけてきた趣旨について質問しようと思いたったが、そのためには長い前口上が要る上に――まことに贅沢なことながら――相手は、文明についてながが年考えつづけて来られた観察と思想の老熟者であらねばならないと思い返した。あるとき河盛好蔵氏をつかまえ、また別な場所では桑原武夫氏をわずらわせた。両氏とも私のながい前口上をよく聴いてくださった上、この手前味噌について異論なく賛成してくださった。両氏がフランス文学の碩学《せきがく》であることはいうまでもないが、私は親しさに甘え、フランス語において共通性の高い文章が成立したのはいつですか、という旨のことをきいた。両氏とも即座に、それはいつだということを答えてくださったが、その内容については誤記するおそれがあるのでここでは触れない。ただ私には、フランスにおいても右に触れてきたような現象（むろん、日本よりずっと年代が古いが）があったということを知るだけで満足だった。

桑原武夫氏の場合、重要な意見を付加された。私は文章日本語が共通化したのは、冒頭にふれたように昭和二十七、八年とおもっていたが、氏はもう数年下げて、

「昭和三十年代、雑誌社が週刊誌を発行してからだと思います」

と、明晰に、それも論証とともにいわれた。ついでながら週刊誌は、戦前から昭和三十一年まで新聞社の刊行物とされ、それが固定観念になっていた。しかし昭和三十一年、新潮社がそれを発行することによって

慣例がやぶられ、ひきつづきいくつかの大出版社がそれを発行し、当時の流行語でいう〝週刊誌ブーム〟が現出した。

それまで、企業として文章を書く能力をもつ団体は新聞社だけとされてきたし、事実、そうだった。いわば文章を企業的に書く作業は新聞社によって独占されていた。しかしこのときから、雑誌社が、自社の社員や、依嘱した記者に書かせることによって大量の文章を世間に配布することになった。世間に、文章の洪水が氾濫した。文章語としての日本語の歴史の中で、こういう現象はかつてないことだった。それらの文章は、明治の新聞の雑報欄の文章からみればはるかに語学的に良質（内容はべつである）で、文意がつかみやすく、格調も低くなかった。当初は社によって多少の特徴があり、それが個性というよりも、しばしば生硬さとしてうけとられもしたが、品質向上のために相互に長所を模倣しあうことによってみじかい時間内に共通化がごく自然に遂げられた。

共通化というのは、精度の高い型を生むことである。言うまでもないことだが、私はこの現象に目をむけることで文章の社会的ステロタイプ化を礼賛しているのではない。ただ自然史で自然が述べられるようにしてそれをのべている。さらに言わでものことながら、これについての価値論的な意見や好悪という政治的あるいは美学的課題についてはふれていない。私がいっているのは、〝語学的〟な意味での文章の型のことである。

そのとき、桑原氏は、その友人であるすぐれた科学者の場合を例としてあげられた。その人は地球の極限的な地域で国費によって大きな調査と研究をされたのだが、帰国後、べつにその体験を一般書として書くことなく過ごしておられた。ヨーロッパではむかしから国外で異常な体験をした人々（たとえば航海者、探検家）や、その人の人生そのものが社会にかかわりがつよい場合（政治家、軍人など）は、必ずといっていいほど回想録を書く。それが社会への義務であるかのように慣習化しているのである。そのおかげを私どもも蒙《こうむ》っている。幕末・明治の日本を知ろうとする場合、アーネスト・サトウその他、日本経験をした欧州人の回想録がいかに光度のつよい照射力をもっているか。その逆の場合がいかにすくないか。逆というのは、明治期、国費で留学した人達のことである。かれらが留学先の国情や社会像についてどれだけの報告を日本社会にしてきたか、まことにお寒いといわねばならない。

話を、もどす。

おれには文章なんか書けないよ、とそのひとが桑原氏にいった。それに対し、桑原氏は、なんでもないことだ、大阪への行きかえり（その人は京都に住み、大阪の大学の教授をしていた）の電車の中でたとえば「週刊朝日」でも読めばいい、というと、その人はいわれるままに実行し、やがて型をおぼえ、ほどなくすぐれた文章を駆使して、精密な内容をもつ本を書いた。

これが、文章という文明の一機構の成熟というものだと私はおもうのである。

誤解のないように繰りかえしたいが、右のことは、文章を書くうえで週刊誌のまねをせよということではない。ただ、そこにも、手軽に型を見出せる。そういう意味である。型とは、文章日本語として、論旨と描写を明晰にするための型であり、明治百年ちかくかかってようやくできたものが週刊誌にも用いられている。つまりは、その型に参加することによって、本来、内蔵されていてそとに出るはずのない自分の思想や感情、あるいは観察などを、過不足なく外部にむかって出すことができるのである。型の成立が一国の文章言語の共通化への成熟というものだというのである。

時代をさかのぼらせていえば、明治時代、徳富蘇峰と泉鏡花と北村透谷、植村正久、内村鑑三、大町桂月などがたがいに外国人同士であるかのように雑居していて共通の型をもたなかった文明としての時期に、もし文章の専門家でもない者が何年ペテルブルグに滞在して帰国したところで、ロシア事情とかの地における自己を文章として明晰に表現することは至難のことなのである。

以上は、ただそのことを言ってきたにすぎない。

さらに、くどいようだが、だからどうだ、ということについてはべつの課題であり、まして、文章の内容の疎密はどうなる、などということは見当のちがう分野である。そのことをしつこくことわっておかねばならない。

言語についての感想（七）

少年のころ、最初に読んだ小説は徳富蘆花の『寄生木《やどりぎ》』だった。なんともいえぬ暗い気持になった。その後も蘆花について考えるとき、その時の暗い印象がつきまとったが、『殉死』を書いたとき、乃木家の書生だった『寄生木』の主人公についての暗い気分が、まだつづいていたように思える。

少年期の私にはたとえば漱石の『行人』や『こゝろ』の内容がわかるわけはなく、子規にいたっては子供の感受性にはまったく無縁で、蘆花ばかりは、やや色気づいた中学初年級の年齢にとっておもしろかった。それらを読んだのは、父の多からぬ書架に全集としてそろっていたためで、自分が選んだわけではない。

それらは、空襲で灰になった。戦後、世の中が落ちついてきてから、古本屋をまわったり、頼んでおいたりして再入手した。

大正六～八年刊の岩波版『漱石全集』と大正十三年刊のアルス版『子規全集』の入手はたやすかったが、あかるいブルーの地に鶴を白ぬきした昭和三年刊の新潮版『蘆花全集』は手に入れにくかった。

やっと手に入れたとき、亡父の体臭を嗅《か》いだような思いがした。しかしせっかくの『蘆花全集』もひらく気がせず、再読したのは『謀叛論』だけで、なにかの形見のように書架にねむらせてしまっている。

それにひきかえて『子規全集』は折りにふれて読むようになった。とくに、昭和五十年ごろから刊行されはじめた講談社版『子規全集』の編集に関与してからは、この版のほうがなじみぶかくなった。読むべき本がないまま、そぞろにすごしている日は、テレビでも見る程度の気分で、自分のいまの齢よりもはるかに若くして死んだこのひとの散文を読んだりする。子規には、どこかひとをあかるくさせるとびきり上質な幼稚さがある。あるいは体温そのものを感じさせるユーモアがあって、元気がわいてくるのである。

子規は、ときにこちらの大人くささが厭《いや》になるほどに子供っぽい。かれ自身、むきであるため、読んでいて、そのことに批判的になるよりも、愛を感じてしまう以外、手がない。

たとえば、かれの写実的文章論への提起の問題である。つまりは、無内容な美文はいけない、という。写生でなければいけない。しかしながら単なる写生では平板だという。そこで、ヤマがなければいけないとするのだが、子規の場合、それだけでとどまらない。

秉公《へいこう》とよんでいる同郷の河東碧梧桐《かわひがしへきごどう》や、おなじく清サンとよんでいる高浜虚子らを根岸の病室にあつめ、文章を持ちよらせて朗読させ、品評し、いいものは雑誌「ホトヽギス」にのせた。脊髄も骨盤も片肺も腐りはじめた死の二年前の九月ごろのことである。その会を、子規はことさら自分の主唱に即して、

「山会《やまかい》」

と名づけた。その命名に、主唱者のむきさ加減が稚気になってあらわれている。子規という中年書生に、齢若の書生がとりまき、とくに松山組にいたっては、子規を通称の昇――ノボサン――とよんで、兄貴株あつかいをしているふんいきのなかから、素朴リアリズムによる文章改革運動がはじめられ、同時代に大きな影響をあたえた。

蘆花、漱石、子規の三人は、明治元（一八六八）年うまれの蘆花だけが一つ齢下で、ほぼ同年のうまれである。蘆花と子規の文章は、その前期においては多分に美文的であったが、後期にはともに写実性が高くなった。ただ蘆花は後期になっても、修辞性がつよかった。このことは蘆花が固有にもつ酒精分のつよい資質――たとえば抑鬱気味の感情や、正義意識、さらには宗教的感情――と無縁ではないが、子規は修辞という言いまわしの多用を好まず、対象を青眼《せいがん》で見つめ、酒精分を排し、水のような態度で、それらの関係位置や成分を見きわめようとした。蘆花の作品が古び、子規の散文がいまなお気楽に読めて古びないのは、多分そのことによる。

以下の子規の明治三十四年の『墨汁一滴』のひとくだりは、右のことを実証するための例としてではなく、一興趣としてあげる。

この例は、子規が、世情や物事について驚きを感ずるについても、無用の正義意識や修辞意識という精神の酒精分を排しているということのささやかなしるしになるかもしれない。

五月二十八日付の『墨汁一滴』において、一教師からきいた話として、子規は都鄙《とひ》の一側面にふれている。東京の子供は、田舎の子供とちがい、小学校の高等科の子でも、半紙で帳面をとじることができない。しかし東京の子供は田舎の子供にくらべ見聞のひろいこと

は非常なものである、とする。

「これは子供の事では無いが」

と、子規はいう。かれが田舎から出てきて驚いたことの一つは、東京の女がみずから包丁をとって魚の料理ができないということであった。子規はその理由を知っている。それらは魚屋がやるため、その技術を身につけずにすむからだ、という。

百事それ〴〵の機関が備つて居て、田舎のやうに一人で何も彼もやるといふやうな仕組で無いのも其一原因であらう。

その翌二十九日付でも、同主題の文章をかかげている。体操、唱歌は東京の子供にこれを好む傾きがあり、田舎の子供は男女にかぎらず、この課目をいやがる、という。そのことは、以下のこととも関係がある。

東京の子は活潑でおてんばで陽気な事を好み田舎の子は陰気でおとなしくてはでな事をはづかしがると云ふ反対の性質が（註・体操、唱歌についての両者の好悪において）既に萌芽を発して居る。かう云ふ風であるから大人に成つて後東京の者は愛嬌があつてつき合ひ易くて何事にもさかしく気がきいて居るのに反して田舎の者は甚だどんくさいけれどもしかし国家の大事とか一世の大事業と云ふ事になると却て田舎の者に先鞭《せんべん》をつけられ東京ッ子はむなしく其後塵《こうじん》を望む事が多い。一得一失。

その翌三十日付には、子規はいう。

……これも四十位になる東京の女に余が筍《たけのこ》の話をしたら其の女は驚いて、筍が竹になるのですかと不思議さうに云ふて居た。（中略）余が漱石と共に高等中学に居た頃漱石の内をおとづれた。漱石の内は牛込の喜久井町で田圃からは一丁か二丁しかへだたつてゐない処である。漱石は子供の時からそこに成長したのだ。余は漱石と二人田圃を散歩して早稲田から関口の方へ往たが大方六月頃の事であつたらう、そこらの水田に植ゑられたばかりの苗がそよいで居るのは誠に善い心持であつた。此時余が驚いた事は、漱石は、我々が平生喰ふ所の米は此苗《このなえ》の実《み》である事を知らなかつたといふ事である。都人士の菽麦《しゅくばく》を弁ぜざる事は往々此の類である。若し都の人が一匹の人間にならうと云ふのは（註・言うのなら）どうしても一度は鄙住居《ひなずまゐ》をせねばならぬ。

この逸話は漱石を知る上でもおもしろいが、しかしそういうことよりも、以上のように、べつに雑報欄の珍事でもなく、天下の一大事でもない日常茶飯の随想が、硬質な新聞として知られる陸羯南《くがかつなん》の「日本」に、百六十四回連載されたということである。高調子や思い入れをこめた文体は他の欄に満載されているが、「規」という署名だけのこの欄では、呼吸の温かみのあるふだんの声で、しかもただの世事や、ほのかな心境が語られている。子規の『墨汁一滴』こそ、かれ自身の文体の遍歴のすえ創始された文体といってよく、しかも子規は、横丁で遊ぶ子供のように、仲間をあつめてその共有化のためにささやかな文章改革運動をさえおこした。

山会は、子規の死後も、虚子編集の雑誌「ホト丶ギス」において継続された。子規死後二年、漱石はこの山会のためはじめて創作の筆をとった。明治三十八年一月号から連載された『吾輩は猫である』である。山会の延長線上でとらえるべきかもしれない。

雑話・船など

『坂の上の雲』から『菜の花の沖』にかけて、海が出てくる。昭和四十年代のいつごろからか、私は書斎の中の船乗りになった。

余儀ないことながら、一種の船ぐるいだった。道を歩いていても、体にあたる風のことをあれこれ考えたりした。いまは西北の風だから帆をどのように上手《うわて》廻《まわ》しして〝まぎり〟して風上にのぼってゆかねばならない、といったぐあいであった。

『坂の上の雲』の時代は、すでに蒸気の時代である。それでも極東への――艦隊ぐるみの世界周航《サーカム・ナヴィゲーション》という意味で――壮大な航海をしとげたバルチック艦隊の側においては、古い士官のなかに帆船時代を経てきたひとが多かった。かれらはながい航海中、

――港々で真っ黒になって石炭運びをしなければならないこんなアイロンのような艦《ふね》など、艦じゃないよ。

などとこぼした。かれらは、帆船をなつかしんだ。風と帆と舵がうまく適合しているとき、船体はふしぎなしずかさを帯び、波をカミソリで切ってゆくように走る。その〝適合感〟というのは名状しがたい快感だった、といったりした。このため、書斎の船乗りである私も、帆船からはじめねばならなかった。

私は、少年のころ、見わたすかぎり草がつづいているという風景がすきで、海などは好まず、海底に沈んでいる死体よりも、陸地で腐乱している死体を望んだ。幸い――でもないが――戦車科にとられた。当時、騎兵がほぼ九割方廃止されていて、古ぼけた中、少尉のなかに、騎兵科から転科してきた人がおり、そういう将校を、初年兵のころ、営庭のはるかなむこうで見た。みな長身で、騎兵時代を誇りにしているのか、長い騎兵刀を腰に吊り、刀緒《とうちょ》とよばれる吊りひもは、革でなくグルメットとよばれる騎兵用の鎖だった。鎖では戦車の中で電気系統にふれてショートをおこすおそれがあり、無用有害の小道具だった。かれらもまたバルチック艦隊の老士官のように、過去の文化を懐かしんでいた。

話がそれたついでに、一九三二年のロサンゼルス・オリンピックに、馬術の大障害で覇者になった騎兵将校西竹一《にしたけいち》のことにふれておく。

かれの生涯は中年でおわったが、その晩年、戦車科に転科させられ、旧満洲の戦車連隊長になった。他の戦車連隊との対抗演習のとき、主将のかれは自分の戦車に乗らず、馬に乗って連隊を指揮したという。いかにも男の自己愛《ナルシシズム》を感じさせられる話だが、私はこのうわさを、おなじ旧満洲できいた。その後、西竹一は連隊ぐるみ硫黄島に移され、米軍の艦砲射撃にさらされた。どの戦車も火山島の土の壕に容《い》れられて砲塔だけを出し、ついに一メートルも動くことなく全滅した。

海に、話をもどす。

書斎の船乗りだった私は、帆船と航海あるいは海流に関する本をあつめられるだけ集めた。想像の風濤のなかで航海しているうちに、本物の船乗りや、商船大学の教授、あるいはかつての軍艦乗り、さらにはなまなかな専門家以上に船についてくわしいマニアのひとたちと親しくなった。

一方、瀬戸内海の古い漁港や、日本海の江戸期廻船の寄港地をたずねまわっては、和船経験者の話をきいたり、付近の潮流や気象のことをきいたりした。

さらには、船乗りの体験記や海洋小説を読んだ。これらは表のついた資料よりも、じかに海風が体の中に入ってくる気分をもたせてくれた。

そのなかでも、C・N・パーキンソンの『ホレーショ・ホーンブロワーの生涯とその時代』は、十八世紀の英国の帆船時代を感じる上で、役に立った。

ただし、これにはいわくがある。

パーキンソンは、一九〇九年、イングランド北部のダラムのうまれで、「パーキンソンの法則」で知られた政治・経済学者である。余技として、帆船時代の海戦小説を書いた。ホレーショ・ホーンブロワーという帆船時代の奇傑を創作したのは、故C・S・フォレスターだそうだが、この作家については私はなにも知らない。

歴史上のホーンブロワー提督は、決して主要な海戦で立役者になることがなく、主として海のゲリラ戦で戦局の好転に功を示してゆくといったいわば鞍馬天狗のような存在だった。晩年は功によってバス最高勲爵士に叙せられ、子爵となった――とパーキンソンはいう。本当だろうか。しかしこの提督は、本当以上に実在していた、というカードを、無数に、パーキンソンはわれわれの前にならべてみせるのである。パーキンソンは、故フォレスターの作品もまた、ホーンブロワー家が旧所蔵主である当時の書簡集をつかって書かれたものだ、と私どもに親切に教えてくれる。

その書簡集というのは、ホーンブロワー提督から四代目のホーンブロワー卿が、一九二七年にグリニッジの海軍大学校に寄贈したものだという。しかも現在は国立海事博物館に保管されている、という。読者にすれば、そこへゆけば閲覧することができる、とのべてゆくうちに、私どもは事実群《ファクツ》としての臨場感をもたされる。

ただし、パーキンソンは、ただ一通だけは例外だという。ホーンブロワー提督は、生前、その子孫に対し、「自分の死後、百年経って開封せよ」と、地元の銀行に書簡をあずけておいた、というのである。子爵家では、六代目が家を相続したとき、パーキンソンはその好意によって、その書簡を披見することができた。

その書簡の内容は、ごく簡単だった。「文書資料が三箱、弁護士ホッジ氏にあずけてある」というのである。十九世紀半ばに、寄託した書類が、まだ残されているだろうか。第一、ホッジ法律事務所というのがなお存在するか。パーキンソンは苦心の捜索のすえ、さがしあてた。その膨大な資料によって『ホレーショ・ホーンブロワーの生涯とその時代』という偉大な伝記は書かれたのである。

が、実際は、ぜんぶうそだった。

前掲の本の訳者は、出光宏氏である。私とほぼ同年輩の人で、至誠堂という小さな出版社を経営される一方、日本海事史学会の理事である。また海洋協会の理事長でもある。

そういう練達の人でさえ、この本を最初に読まれたときは、実在の人物と考えていたらしくおもえる。ただ、氏は、「訳者あとがき」に、英国の貴族・勲爵士の名鑑と、船名の名鑑の二冊の書名をそれぞれあげて、

前者の貴族名簿、後者の船名簿のいずれを見ても、Hornblowerという名はない。

と、ただそれだけ簡潔に書いておられる。英国史のどこにも、一介の庶民から身をおこして最後は元帥になり、バス最高勲爵士に叙せられた人物は、存在しないのである。

当のパーキンソン教授は、むろん、作中のどこにも、この提督が架空の人物であることをほのめかしもしていない。むしろ架空であればこそ、その事実群はかえって重厚である。客観的資料をたんねんに積みあげ、ちりばめ、貼りあわせ、いわば実在以上の人間をつくりあげただけでなく、この知的遊戯を完璧にするために、本の口絵には「現ホーンブロワー子爵所有」という油絵の肖像画までかかげている。しかもこの絵は「一八一一年、王立美術院会員サー・ウィリアム・ビーチーが画いた」とまでパーキンソンは説明を入れた。おそらくパーキンソン自身が、画家にたのんで、十九世紀初頭の画風によってそれを描かせたのにちがいない。

これらは、英国の知的社会でのみ理解されるやや腐熟したユーモアとしてうけとられるべきかと思えるのだが、しかし私どもの社会ではトマトでいえばまだ熟《う》れておらず、この種のユーモアはうまれないし、またうまれる必要もない。こういう、人生と社会の退屈さに風穴をあけようとするための一種の高級な文化は英国人にまかせておけばいい。

ただ、本そのものがトリックであるという黒っぽいユーモアを仕上げるために、著者は船橋《ブリッジ》に立つ航海士のように、風や波や海流に通暁している。また掌帆長《ボースン》のように動索と静索をたくみにあやつり、また砲撃されて折れた主檣《メインマスト》の帆桁《ほげた》の破片を避けながら甲板を走っている水夫のような機敏さもその叙述はもっている。さらには造船上の知識をもふくめ、それらの事実群の

浮子《ブイ》に浮かびあがらされた主人公がいかなる実在者よりも、その時代の英国人の一典型たるにふさわしい人物になっているのは、愉快なほどである。

コラージュの街

大阪の市中ながら、「靫《うつぼ》」という界隈《かいわい》には、行くべき用事が、まずない。先日、ひさしぶりでそのあたりを歩いた。四百年の熱鬧《ねっとう》のなかで、こういう廃墟がありうるのかと、息をのむ思いがした。

「靫」

というのは、奇妙な地名だが、江戸期、船場《せんば》とならんで大坂の商業の中心地のひとつだった。船場——とくに北船場——の場合、全国の大名に金を貸す鴻池《こうのいけ》など大小の金融機関がひしめいていた。ほかに、長崎経由の輸入生薬《しょうやく》や唐物など、全国規模の流通の中心をなす問屋街でもあった。

堂島という界隈もあった。これも江戸期のことだが、全国の米がここに集まり、相場が立った。大坂にはそのほか、全国の銘木をあつめて市が立つ界隈などがあり、いずれも幕府からゆるされていた商権だったが、明治になってすべて消滅した。維新は士族だけを失業させたわけでなく、大坂を一時的に大陥没させた。

江戸期の靱の界隈は、金肥《きんぴ》の問屋がひしめいていた。

棉作などに必要な鰊《にしん》その他の魚肥や、塩干物などがあつまっていて、せまい間口の店でも、日に千金の取引をするといわれた。とくに北海道からくるほしかの市は、運河の曲り角にある永代浜でおこなわれ、市ごとにすさまじい額の金銀がうごいた。

明治維新は、国際経済の仲間に入ったということでもあった。たとえば、安くて良質の英国綿が入ってきて、江戸期のひとびとに木綿を着せつづけてきた棉作を潰滅《かいめつ》させた。従って棉作肥料のほしかも不要になり、靱の商いも衰弱した。

——太政官《だじようかん》は、けしからぬ。

という不満は、明治初年、全国の士族・農民をうごかした。とくに武力でつぶされた会津士族には恨みが残り、また「処分」された琉球にも鬱懐がのこった。

が、大坂は江戸期の商権をことごとく明治にうばわれながらも、怨念《おんねん》の声というものはない。農民や農民に寄生している士族とはちがい、商業は論理で成立している。論理はそれ自身で完結しているため、怨念の噴き出しようもなかった。商業とか商人とかいうものは、そういうものであるらしい。

明治期いっぱいでほとんど亡んだに近い靱の界隈も、大正期まではまだ食品としての海産物問屋がのこっていた。

それらの問屋のむれも、昭和六年の中央卸売市場という、行政指導による流通の一本化のために靱から去り、かれらが営業していた問屋ふうの建造物も老朽化した。私は少年のころしばしばこの界隈を通ったが、どこか木造船の廃船捨て場のような印象をうけた。

ただ、陰気さはなく、機能がとまった古機械群のようにあっけらかんとしていた。そのときの記憶をもとにして、『浪花名所図会』や『浪華百景』などをかさねてゆくと、機械がふたたびうごきだすようにして靱の全盛期をイメージのなかで再現することができた。『菜の花の沖』にこの界隈が出てくるが、少年のころに歩いた記憶が役立っている。

靱には、さらに末路が待ちうけていた。

昭和二十年三月の米軍の大空襲によって八割方が灰になってしまった。ほどなく進駐してきた米軍は、焼跡にブルドーザーを走らせ、地面をのしいかのようにひらたくした。やがて軍用の小型飛行機が発着しはじめた。都市の――それもかつて殷賑《いんしん》をきわめた――界隈が飛行場にされてしまったという例は、他にあるまい。靫は、維新に負け、明治期の世界経済に負け、太平洋戦争に負け、戦後処理にも負けた。

　靫は、さらに変る。昭和二十七年、対日平和条約の発効によって日本の主権が回復したが、その六月、米軍（正式には連合国軍）はこの飛行場を大阪市に返還した。大阪市は、これを公園に仕立てなおした。広さ二万七千七百六十二坪という大型の靫公園は昭和三十年に完成し、当時若木だった樹々もいまは鬱然としている。ただ樹々の下を歩いて、かつていらかをつらねた蔵、土間いっぱいの荷、店頭のにぎわい、糶《せり》の声のさえぎなどを想像するのは困難である。

　いまも、靫の界隈の残片はある。中央部が飛行場から公園になったりしたために、その残片は他の市街部との間の機能的連繫《れんけい》がうしなわれてしまったような感じで、雑然としているが、古写真のように生気がすくない。

　残片の街は、居住区ではなく、商いのまちである。その商いもかつての靫を特徴づけた海産物ではなく、雑多な小資本の商業が、朽ちた建物のなかでおこなわれていて、せまい路上は秩序感がない。不法駐車のぼろ車、古びた看板、ゴミ箱といったものでちらかっており、この街で商うひとびと自体、街の手入れをあきらめてしまっているようである。

　狭い道を歩くと、二十歩ごとに車に追われて軒下に身を避けねばならなかった。私は、画廊をさがしていた。友人の玄文叔という人のお嬢さんで、玄美和という彫刻家が、この街のどこかで個展をひらいているはずだった。略地図をたよりにさがすうち、路上に、手描きで「玄美和展」と書かれた小さな置看板が出ていた。見ると、大正時代ぐらいの小型ビルの廃屋だった。

　なかへ入ると、荷出しのための通路が奥まで通っている。壁のタイルは古めかしいながら舶来物で、二階へあがる階段の手すりの装飾もみごとなものだった。盛時はよほどの商家だったろうと思いつつ、荷出し通路の奥までゆくと、中庭があって、空のあかりが落ちている。古い大阪の商家に多い構造である。そのつきあたりが、什器蔵《じゅうきぐら》だった。店舗は明治洋館風で、蔵は、江戸時代のものである。

　その蔵が、画廊だった。重い扉をぐゎらりとあけると、板敷と白い内壁だけの空間になっている。

（まちがえたかな）

と、一瞬、思った。絵も彫刻もなかった。

扉の音をきいたのか、画廊の女主人が、蔵の二階から用心ぶかい足どりで降りてきた。

「どこに、作品がありますか」

ときくと、女主人は、無言で壁を指さした。そこに古新聞をちぎったものが貼りつけられていた。

「ああ、コラージュですか」

私は、話にはきいていたが、この種の造形様式を見るのがはじめてだった。ピカソやブラックもやったというから、すでに古典的になっている手法なのだが。

よく見ると、おもしろかった。

作者の玄美和さんは若いだけに、この現代の古典形式をこんにちふうのポップ・アートに通ずる感じでやってのけている。コラージュとは、既成の勿体《もったい》ぶった美術意識を蹴とばす精神から出た芸術らしいが、見ているうちに、結構、連想がわいてくる。

厚さ十センチほどの古新聞の束をざっくり截断《さいだん》した切り口の材質感をさりげなく見せてくれたり、いきなり破っただけの古新聞なども掲げられている。当の美和さんはこの作品群の前でつつましく腰かけている。小麦色の可愛い顔のこのお嬢さん自身、人類が生んだ大切な作品のようでもある。

「東京からきて、ずいぶん画廊をさがしたんです。ここへきて、この画廊を見たとき、ここしかない、と思ったんです」

と、彼女は気取りのない声でいった。

ふたたび路上に出ると、もはや廃墟ともいうべきこの鞆の生き残りの街までが、ぬきさしならぬ作品のように見えてきた。むろん、作者は歴史であるだろう。鞆をさまざまに切りきざんで、いまはコラージュの作品としてわれわれに見せてくれているのではないか。ついい、酒も飲まないのに、白昼の酔いを感じた。

原形について

あたりまえのことだが、他国については、自国の尺度で見ればすべてまちがう。国、あるいは社会または民族というものに二つのものなど存在しないのである。

これもあたりまえのことだが、そういう多様さがありつつ、最後には「人間」という大きな均質性で締め括《くく》られるところが、この世のたのしさといっていい。

さらにいえば、他国を知ろうとする場合、人間はみなおなじだ、という高貴な甘さがなければ決してわからないし、同時に、その甘さだけだと、みなまちがってしまう。このあたりも、人の世のたのしさである。

一つの国、あるいは民族は、自然およびあらゆる歴史的条件の巨細《こさい》となない集積の結果である。街頭でみる小さなできごとがいかに珍奇にみえても、それらはすべて歴史的事情からでている。不意にそれをさとったときのうれしさは、ちょっと名状できない。

歴史的事情というのは、むろん社会科学の用語ではない。強いてその言葉をつかうと、その事情は、無量ともいえるほどに、多量かつ多様な破砕群であって、一つの文化のなかにありつつ、たがいに矛盾しあってもいる。

その矛盾を整合し、また偶然の混入物質や、あまり本質的ではない枝葉などをとりはらって原形のようなものをとりだせないか、という衝動がつねに私の中にある。

私は、少年のころからアジアが好きであった。そのころ、不逞《ふてい》にも、心のどこかに明治憲法風な〝近代〟思想と宮崎滔天《とうてん》ふうな田舎民権主義をアジアの他の国々へ輸出したいという子供じみた(現に子供だったが)妄想があったが、しかし兵隊にとられて「満洲」にいたころ、中国の農民を多く見て、日本と中国と、原形や発現の仕方がちがえばこそたがいにすばらしいのだ、と思うようになった。

『長安から北京へ』は、面映ゆさを押していえば、自分が感じつづけてきた中国の原形というものを他の人に知ってもらうことが、中国的現象を見る場合、大本を見誤ることがややすくなくなるだろうと思って書いた。

この稿を雑誌「中央公論」に連載しているとき、中国はいわゆる「四人組」の時代だった。北京の当該官庁は毎号翻訳して、検討し、著者は中国に悪意をもっているのか、それとも基底にあるのは好意なのか、という次元で判断が振幅した、という話をのちにきいた。原形をとりだそうとする場合、基本的に愛情がなければならないが、悪意や好意などという、瑣末《さまつ》な感情が入りようもないのである。

『項羽と劉邦』を書いているときも、右と同様、原形を感じたいという動機が混入していた。

ただ、『項羽と劉邦』の場合、われわれの古典世界でもある。私どもの先祖は、日本人の典型よりも、むしろ『史記』などから無数の人間の典型群を学び、人間の現象を知ることができた。繰りかえしていえば、『項羽と劉邦』は中国人とは何かという特殊な分野を、濾過《ろか》紙を透過することによって、人間とは何かという普遍的な命題に至らせたかった。みずから戒めたのは、ことさらに日本的な心情にひきよせまいとしたことだけであった。

話題を変えるようだが、新中国の要人だった廖承志《りようしようし》さん（一九〇八〜八三）に会ったときのことをいま思いだしている。

廖さんは東京小石川のうまれで、生っ粋の江戸っ子の風韻をもちつつ、一方、中国革命の申し子というべき人（父仲愷《ちゆうがい》はテロで倒れ母何香凝《かこうぎよう》も闘士だった）でもあった。この人自身、長征以来の古い革命歴をもっていた。が、一瞬もそういうけわしい前半生をひとに印象させたことがなく、北京政府の同僚たちから、このひとだけは旧中国の大人《たいじん》に対する尊称である「廖公」とよばれていた。むろん、新中国では、思想としてこういうよび方はよくないとされている。しかし周恩来は、

「廖さんだけはべつだよ」

といっていたという。

毛沢東は革命後、多分に象徴的な位置にまつりあげられた。しかし、その後、軍隊を工作し、少年（紅衛兵）を煽動するという異常な手段で奪権運動をはかる。プロレタリア文化大革命といわれた狂気の時代であった。その中心的存在は、毛沢東夫人の江青だった。その彼女を、それまで無名だった「上海組」（張春橋、王洪文、姚《よう》文元）がとりまき、古来の宮廷政治を再興し、

全中国に皇帝への忠誠運動と、それについての宗教的歓喜、同時に政治的パニックをひきおこした。

こんにち、中国では、この「文革」の時代を「動乱の十年」（一九六六〜七六）とよんでおり、功罪の判定は後世にゆずるとして、人によっては中国建設が百年遅れたとなげく。

私はこの時期、江青を筆頭とする「四人組」の権力がかたまった一九七五年五月に訪中し、刃物のような表情の姚文元に会い、帰って『長安から北京へ』を書いた。前記のことばをつかえば中国の原形論でありながら、紀行のかたちをとった。

そのさわぎが終った翌七七年、はじめて西域へゆくべく、いったん北京に寄った。そのとき、廖さんが私ども一行（団長・中島健蔵氏）をホテルにたずねてきてくれた。

廖さんは、ユーモアをまじえて、当時の混乱と政治的惨状を、江戸弁で話してくれた。公開の場でないだけに、暗黙のうちにオフ・レコードの気分があったが、廖さんも鬼籍に入られたし、歳月も経ているから、記憶している一部をここに書いておきたい。

廖さんは、のっけに、

「部屋に、朱徳さんが、大変だ、といってとびこんできたんですよ」

といった。異常な季節はそこからはじまった。

朱徳（一八八六〜一九七六）の名は、私などにとって歴史上の人物である。

新中国の「建軍の父」といわれるが、戦前、新聞の外電などの印象では中国共産党の代表的存在は、毛沢東よりもむしろ朱徳だった。野人で磊落《らいらく》で、なによりもかれを魅力的にしていたのは権力欲がうすく、私党をつくらないことだった。

「皇帝（註・毛沢東）が、宦官《かんがん》をひき入れたよ」

と、朱徳がいったという。

「動乱の十年」については多くの本があるが、事態の原因についてこれほど本質的に言いあらわしたことばを私は読みも聞きもしていない。宦官というのは、いうまでもなく、去勢をして（あるいはされて）皇帝の家庭（宮中）に仕える者のことである。かれらは皇帝の身辺の世話をするだけでなく、后妃以下の宮廷女性の面倒を見る。皇帝や皇太子の生母に密着しているため、自然、病的な権力を得、しばしば府中（政府）を圧倒した。清朝の終末まで、古代以来、中国政治史は、宦官の害毒史であったともいえる。

たしかに、「四人組」の三人はもともと無名にすぎなかった。宮廷の江青夫人とその背後の毛沢東に密着することのみで権力を得たことも、また府中を圧倒したことも、歴史上の宦官とおなじである。

「宮中・府中の別をたてよ」というのは古くから政治論文につかわれてきたフレーズだが、宮中とは、即物的には宦官のことをさした。朱徳がかれらを「宦官」とよんだことは、一国家（あるいは社会）が、いかに固有の原形から離れがたいものかということを、この事件は考えさせる。

私どもを、最高幹部の一代表として人民大会堂の広間で接見した姚文元氏は、色白で、ゆたかな頰と額がつやつやかだった。しかし実務の風霜にきたえられた相貌ではなく、水のように光る目は、議論の強者をおもわせるだけだった。三年前の七二年の新聞では、「姚文元が毛体制後継者か」と報ぜられたこともあり、私は会いながらその記憶をよみがえらせたが、目の前の人物は、政治家としての現実感がうすく、いまわれわれは劇場にいるのだ、としきりに思おうとした。

祖父・父・学校

学校が、どうにもいやで、就学中、もし来世というものがあるなら、虫かなにかにうまれたほうがいい、と何度おもったか知れない。

それとは何の関係もないことだが、私の祖父である惣八という人は、子である是定《しじょう》（私の父）からきいたところでは、学校についての極端な否定者だった。

いま播州姫路の南郊に旧称広《ひろ》という古い在所があって、そこに天満宮がある。惣八は明治のはじめ、広から大阪に出てきて小さな成功をした。そのあと、この故郷の氏神になにがしかの寄進をした。

その名残りが、境内の玉垣に残っている。昭和四十年ごろ、姫路へ行ったついでに、夜、広の天満宮に寄り、同行の友人が玉垣の列にむかってなにげなく懐中電灯をむけ、点灯したところ、ただ一度で「福田惣八」という名がうかびあがった。私における惣八についての視覚的イメージはそれだけである。ただ、丸顔で小柄だったこと、晩年は片脚をいつもひきずるようにして歩いていたこと、声が私にそっくりだったことなどは、父からきいていた。

かれは男の児にめぐまれず、二人の娘しかいなかった。

粋《すい》という長女に養子をとって稼業をつがせ、小ぜんという次女に婿をとって分家させた前後に、私の父親がうまれた。六十そこそこで死んだ惣八にとって、晩年に得た男児だった。大よろこびして、

「この子は、学校にはやらさんぞ」

といったという。かれは、長女も、また養子とのあいだにうまれた娘も、世の慣習にしたがって学校へ入れたのだが、その理由は女の子だから、ということだった。

かれの中に、少年期にペリーがきた衝撃がそのままのこっていて、はげしい攘夷《じょうい》主義者だった。時計とこうもり傘のほかは西洋のものは身につけないというのが自慢で、西郷隆盛という、ほとんどその名と伝説が流動体のように全国にひろがった英雄の崇拝者でもあった。

惣八は、西郷を革命者としてとらえていたのではなかった。西洋文明の輸入と伝播《でんぱ》の装置になってしまった東京政府の反対者であり、その城山における最期が、反西洋の殉教者としての死だったと信じていた。

実体としての西郷は、輪郭や内容のさだかでない巨大な情念をもつひとではあったが、西洋の文物についての感受性は複雑で、むしろハイカラ好みの面もあった。たとえば、時計がすきだった。かれが、頑質な儒教的保守主義者とみられたのは、世間に、薩摩の藩父である島津久光の性行とかさなってのことだったのだろう。

余談だが、明治後、薩摩に隠棲した西郷は、よく知られているように多くの犬を飼い、猟にあけくれていた。その犬のうち、洋服を着た人間に会うと吠える癖の犬がいた。諧謔家だった西郷は、その犬に、

「攘夷家」

と名づけて、からかったり、楽しんだりした。惣八は吠えこそしなかったがそれに似ていて、小学校や中学校を西洋のものであるとして憎んでいた。

惣八は、気質的には、自分が属しているものに自己《アイデン》同一化《ティファイ》しすぎる気質群に属していた。かれは門徒だったが、つねづね、

「西本願寺はいいが、東本願寺はつまらん」

と、まことに無意味な選別をしていた。

かれの遠い先祖は、戦国末期、織田信長の勢力が播州を併呑《へいどん》しようとしたとき、広の近くの英賀城《あがじょう》に籠城したひとびとの一人であった。英賀城は、姫路付近の本願寺の大坊《たいぼう》である亀山の本徳寺を味方にひき入れ、士民ことごとく本願寺門徒になって戦った。

落城後、英賀近くの広に帰農したのだが、関ケ原のあと、家康の政策で本願寺は東西にわかれた。亀山の本徳寺は西本願寺別院になり、末寺だけを支配して、直門徒《じきもんと》をとらなくなった。惣八の先祖は、右のような事情で、江戸初期、心ならずも近所の東本願寺末寺である西福寺に宗門帳をあずかってもらうことになった。このため、西福寺の過去帳には「本徳寺よりのあづかり門徒」ということになっている。

親鸞の著作である『教行信証《きょうぎょうしんしょう》』のうち「行」の巻にある六十行百二十句の偈文《げぶん》は、それだけを独立させてとなえる場合、『正信偈《しょうしんげ》』とよばれる。『正信偈』は、在家の家々でもとなえた。東本願寺の場合、本願寺から独立したとき、本家（西本願寺）とのちがいを立てるためか、『正信偈』も『阿弥陀経《あみだきょう》』も、節《ふし》を変えた。坂東節《ばんどうぶし》とよばれるやや勇壮なふしであったが、惣八の先祖たちはこの節をきらった。西福寺さんがお逮夜《たいや》のたびに坂東節でお経をあげてくださるのに、それを異とし、代々自宅では西本願寺流でお経をとなえてきた。

大阪に出た惣八はやがて子を儲け、老いて長女の家に孫娘ができたとき、その幼女をつれてよく御堂《みどう》さんに遊びに行った。御堂筋には、東西両本願寺の大阪別院がそれぞれならんでいるが、東本願寺のほうには、境内の土さえ踏まなかった。

かれは明治維新後の通称「断髪令」にもしたがわず、総髪にしてまげを結び、三十余年、それでくらした。バルチック艦隊が対馬沖で沈んだとき、やっとまげを切った。ペリーの艦隊とバルチック艦隊とが、イメージとしてかさなったものだったにちがいない。

かれは、自分の息子に、是定という宋元音《そうげんおん》の僧侶名をつけた。それとは関係がないと思うが、極端な偏食家で、肉食をしなかった。魚をたべず、かつおのだしさえ口にしなかった。このため血管が早くから老化し、五十代で軽い卒中をおこし、死因もそうで、堂島の米相場の会所で脳出血してたおれた。素人相場師だったが、ほとんど当ったことがなく、皮肉なことに、脳出血で即死したとき、はじめてといっていいほど、当てたそうである。

こういう偏見家に溺愛された私の父親こそ迷惑だっ

たとおもわれる。

かれは小学校に就学させてもらえなかった。漢文の初歩と和算は惣八が教え、ついで「士族　松平某」という表札の出た家に通わせて四書五経と『日本政記』を習わせ、さらに、道修町《どしょうまち》の何某の家に通わせてドイツ語を学ばせた。ドイツは西洋でも別趣だと思っていたのだろうか。

そういうふうにして、小学生の年齢がおわるころ、惣八は死んだ。このため、父親は小学卒業免状がないために、中学へあがれなかった。

惣八の死後、父親は長姉のかかりうどになった。独立するためには、無資格で受験できる国家試験の受験をめざさざるをえず、このため、北浜の緒方病院の薬局に無給書生としてつとめさせてもらう一方、道修《どうしゅう》薬学校という、現在の大阪薬科大学の前身の私塾に通った。

つらかったろうと思うが、私は子供のころ、学校がきらいなあまり、惣八が学校を夷狄《いてき》視したという部分だけが共感でき、教室でじっとすわっていなくてもよかった父親の少年時代に羨望を感じた。

そういう私に、父親のほうは失望していた。小学校の一年生のときの算術の試験が三十点で、その答案をもって帰って見せたときの暗い表情をいまでもおぼえている。

開平・開立という代数の初歩は中学一年生のころに習ったとおもうのだが、いまでも何のことやらわからない。当時、思いあまって、その宿題を父親に教わろうとした。父親は問題をじっと見つめていたが、やがてソロバンをもちだし、答えを出して、

「答えは、こうやけど」

と、気弱く笑った。

かれは、惣八から譲られた関孝和流の和算でやったわけだが、代数には代数のプロセスがあるはずで、答えだけ出てもどうにもならない。このとき、はじめて父親に異邦人を感じた。

「むかしは、こうやった」

と、父親としては、そういわざるをえなかったのだろう。しかしむかしといっても、けたが大きすぎる。惣八が少年期を送った播州の江戸末期のことなのである。そのころ、姫路周辺では和算が大流行していて、奉納仕合まであった。あるとき、「京の三条大橋の円周率を出せ」という設問が宮本という和算家から出て、惣八がそれを解き、前記の広の天満宮に「算額」をあげた。惣八にとって、生涯、誇りにした語り草だった。

父親は、学校という子供の社交の場を経なかったせいか、人に対して猜疑《さいぎ》ぶかく、また極端に気おくれのするたちだった。それに、体操ができなかった。晩年、運動をすすめても、単に歩くという動作さえ、ぎこちなく、終日うつむいて本ばかり読んでいた。友人は一人か二人あったが、それとのあいだの調和の仕方もうまくゆかず、先方の寛容によって関係が持続していたような格好だった。

そういう父親のことを考えると、学校制度というのはあったほうがいいと思うのだが、個人としてはごめんである。もし文学学校というものに入らねば作家になれないとしたら、むろん私はこういうしごとはしていない。

ただ学校は徒手体操を教えてくれた。このおかげで運動不足をおぎなっている。

街の恩

学校の途中で兵隊にとられたために、私などには、実質、青春といえるほどのものはなかった。

敗戦後、しばらく家でごろごろしていた。学校にもどろうにも、仮卒業が自動的に本卒業になってしまっていたからもどるわけにもいかず、就職しようにも都市は焼けていて、瓦礫《がれき》の原だった。生産が回復していないばかりか、どの会社も、復員してくる社員をうけ容れるのが精一杯で、新規に従業員を採ろうというような酔狂な会社は、まずなかった。

そのころ、焼けなかった京都が、戦前の都市の体裁をそなえた唯一のまちだった。夜、新京極を歩けば華やかに灯がともってむかしの繁華街そのものだったし、河原町通りの古書籍街は、いまよりも商品があふれていた。売り食いのために本を始末するひとが多かったためで、このため売り値もやすかった。

とくに雑誌類の古本がやすく、ただ同様だったといっていい。世の中の価値観が黒から白に転換して、敗戦以前など無価値どころか、思いだしたくもないという気分が、世間をおおっていた。

歴史は、それを考えるよりも以前に、遠い世の空気をできるだけ正確に感じることが大切なのだが、そういう意味でいえば、当時二十三、四歳だったわたしの感受性では、戦後は敗戦というより革命という感じだった（もっとも、私は革命を経験していないから、軽々にこのことばを使いにくい。たとえば、内外蒙古の牧畜民にとって辛亥《しんがい》革命――一九一一年――のとき、漢民族のいう「ガミン」とは、群盗という語感だった。革命の名をかりて徒党を組み、物品を強奪する漢民族が多く、すでに蒙古人たちは漢民族の高利貸のために馬や羊をうばわれ、草原の乞食のようになっていたときで、ガミンのためにわずかに残った家畜まで奪われたりした。孫文の語感での革命とはちがうのである）。

ともかく旧時代はすべて悪だったし、職場でも酒の座でも、人をやっつけるときは「反動」ということば一つで十分だった。また大学・会社での戦時協力者は追放され、たれもが空き腹の上に熱発したように、民主主義と平和を口にして歩いていた。

そういう世の中の波風も、大阪から京都までくると、どこかゆるやかだった。このことは、街が焼けず、暮らしが持続しているということと不離であったはずである。ただ、さきにふれたように、敗戦以前に刊行された古書籍の暴落ばかりは、古本屋の多いまちだけに、大阪よりもめだった。ある書店には、歩道にはみだすようなスペースをとって、昭和初年から敗戦までの「中央公論」と「改造」のバックナンバーがうず高く積まれていた。それらは昼食代程度で買うことができた。

若さというものは、奇妙なものだった。自分が属している時代の風俗は、ひびくようにわかるのに、自分が育ってきた時代についてはたれもが無知なものらしい。私自身がうまれた大正デモクラシーの時代も、その後の動乱期も、すべて両親の世代が体験した時間で、それを追獲得するには、活字によるしかなかった。

このバックナンバーのおかげで、私はいわゆる〝満洲事変〟の勃発（昭和六年）も、『大言海』の出版（昭和七年）も、滝川事件（昭和八年）も、大本教弾圧（昭和十年）も青年将校の暴発（昭和十一年）も、すべてその時代の言語によって知った。昭和六、七年までの文章は、とくに眉にツバをつけつづけねばならぬほどのものではなかった。また大本教弾圧については、三段組みながら、大宅壮一という無名（？）の若い筆者が、ほとんどアナーキーといっていい自由さで書いているのが、あざやかな印象をうけた。

この前後に、私は京都詰めの新聞記者になった。早々のころ、滝川幸辰《ゆきとき》教授に会った。

滝川さんは、いわば官から勘当をうけていたのだが、戦後、京大法学部に復帰した。古雑誌のおかげで、昭和八年の滝川事件を知っていたから、印象がひときわ濃かった。滝川さんの思想的体質は、意外なほど保守的だった。戦後の〝進歩的〟空気からみれば「右」といっていいひとだった。ご自身、

「ぼくはつねにまともであるつもりだ」

とおっしゃっていたが、滝川さんのような人を〝赤化教授〟として大学から追った昭和八年という空気がどういうものであったかを思い合わせると、深刻な感慨をもった。

昭和八年当時、滝川教授を罷免《ひめん》した文部省に対し、各大学の学生がストライキで抗議をし、かつ京大法学部の教授以下副手にいたるまで三十九人が連袂《れんぺい》辞職した。滝川さん個人を守るのでなく、学問の自由をまもるためだった。

右とほぼ同時期、昭和八年に抗議辞職したひとたちのうちの末川博博士と親しくしていただいたが、この末川さんに会ったとき、眉をひそめて、

「滝川くんはいかんよ、復職したりして。――」

と、非難された。滝川さんが復職したのはいけない、という。

滝川さんにすれば、十五年戦争が終了し、軍部帝国がつぶれ、敗戦のおかげでまともな近代国家になったために復帰したのだが、末川さんは、その復職は個人の節操としておかしい、という。歴史の変化に問題をすりかえて、かつて罷免された官学に復帰するというのはすじが通らない、進退は時代の問題ではなく個人の問題じゃないか、と言い、私は復帰しませんよ、といわれた。

局外の私にとって、どちらがどうということはできない。ともかくも二人の気骨に富む紳士のありかたをなまで見聞してじつに印象的だった。この印象に濃い陰翳をつけてくれたのは、あの当時の京都の河原町通りの古本屋街のおかげだったといえる。

私にとってのそのころの京都は、焼けていない――つまりは文化が継続している――ということで、誇張ではなく、宝石のようにかがやいていた。大阪から六年間かよったが、毎日、京都駅に降りたつと、旅行者

のような新鮮さで、駅前の建物や停留所や市電の景色を見た。言いかえれば、それほど、大阪という焼跡のまちは殺風景だった。

そのころの京都には、いまはないふしぎな活気があった。

六年間、京大の記者室に詰め、疲れると西本願寺の記者室へ行って息を入れた。当時の西本願寺には、昭和初年にまじめに資本論をかじった僧が何人かいて、戦後、マルクス主義がはやると、そういう世相に対し、本気で親鸞の思想と対決させるべく考えこんでいる人たちもいた。私自身、ついひきこまれて、たとえば清沢満之《まんし》の熱心な愛読者になってしまった。清沢満之は、明治中期、親鸞の思想をドイツ観念論哲学で分解しなおして再構成したひとである。素人にとって、原形的な親鸞よりも、清沢満之のほうがわかりやすく、その小さな窓を通してマルキシズムという大景観を見れば山河のはしばしが多少はわかるような錯覚をもつことができた。

大学も、兵隊帰りには退屈しない場所だった。人文科学系統の研究室にはいっさい近づかず、自然科学の研究室ばかりを訪ねた。そのほうが、記事になる発見や発明が多く、私には実利的だったのである。むろん専門のことなどわかるはずがなく、鰻《うなぎ》屋の前で蒲焼のにおいをかいでいるだけのことだったが、ただ、人間はどう思考し、何をどう確かめるべきかということについて、人文科学よりも単純明快にわかりやすいような気がした。

昭和二十四、五年ごろから学生運動が盛んになり、朝鮮事変のころは、構内にいるかぎり、あすにも革命がおこるかという気分を学生たちと共有することさえあった。しかしそとに出ると、ただのまちと暮らしがひろがっていて、瞬時に憑《つ》き狐がおちる思いがした。毎日それをくりかえしていると、共同幻想というもののおかしさまで味わうことができた。

それらは、昭和二十二、三年から、同二十七、八年までのことで、あとは大阪へ転任した。その時代の京都というまちからうけたさまざまのことは、いまもわすれがたい。

大阪から京都へは、冬は国鉄を利用し、春は京阪に乗り、秋は阪急に乗った。菜の花のころは、奈良の西大寺駅までゆき、当時奈良電とよばれていた電車に乗り換えて京都へ行った。物のない時代だったが、電車だけは活溌にうごいていた。たいていの運転士は、復員者だった。

源と平の成立と影響

平安初期、天皇家の財政が困窮し、多くの皇子たちを養ってゆけなくなった。むろん皇子の困窮はこの時代にはじまったわけではなく、前時代にも、落魄者が多くいたらしい。

そういうことから、

「源《げん》」

という姓が創設された。弘仁五（八一四）年、嵯峨天皇のときで、多くの皇子皇女に「源」姓を持たせて臣籍にくだした。臣籍に入れば、官位にありつける機会も多いということだろう。

源は、訓読してミナモトともいう。天皇家に源を発する意味だともいい、また説によっては、中国の北魏（異民族王朝）のとき、世祖が、同民族の禿髪破羌《とくはつはきよう》という鮮卑人の家来に「源」という姓を下賜し、名を賀と称させたという故実（源賀は四〇七～四七九。北魏の重臣）からとったというが、考えすぎかもしれない。

右のように、八一四年に源姓が成立したということは、その後の日本人の社会意識にゆゆしい影響をもたらしたことをおもわざるをえない。

雑談ふうにのべる。

まず「源」が、中国ふうの一字姓だということである。中国では、二字姓は前記禿髪の例でもわかるように異民族出身である場合が多く、貴《とうと》ばれない。ついでながら国名ですら中国内地の王朝は一字である。たとえば殷《いん》・周・趙《ちよう》・燕・秦・漢などといったふうで、これに対し蕃国は二字にきまっている。たとえば、匈奴、柔然、康居、新羅、西夏、日本。……

源姓が創始された八一四年は、まだ遣唐使の時代である。遣唐大使は、巨勢《こせ》、土師《はじ》、吉備《きび》、阿倍、藤原、大伴、長岑《ながみね》といったように、二字の姓で、かれらのすべてがそうは思わなかったかもしれないが、長安の社交場で自分の姓を田舎くさいと感じるむきもあったのではないか。源姓が創始される十年前の八〇四年に出発した大使藤原葛野麻呂《ふじわらのかどのまろ》の場合、入唐《につとう》すると、公文書での自分の姓名を、

「藤賀能《とうがのう》」

とあらためたりした。

源姓は、名の様式まで変えた。源の下に、たとえば葛野麻呂とか入鹿《いるか》とか、今蝦夷《いまえみし》とかという日本固有の名前はつけにくいのである。

げんに、臣籍降下して源姓を名乗った最初の人物は、源信《みなもとのまこと》と源融《とおる》である。ゲンシンとかゲンユウなら、たとえ遣唐大使を命ぜられても、長安の人士から違和感をもって見られずにすむ。

ついで、源の成立から十一年後の八二五年、桓武《かんむ》天皇は葛原《かつらばら》親王の子を臣籍にくだし、はじめて「平《へい》」という姓をおこさせた。初代は平高棟《たいらのたかむね》である。音《おん》でよめば、唐人の姓名になりうる。姓にひきずられて名前まで入鹿や今蝦夷、葛野麻呂の時代がおわって、新様式がおこり、たとえば高棟と同時代の初期平氏一族の名が高望《たかもち》、知信《とものぶ》、良兼、良文といった中国風の名になったことは見のがせない。二字の漢字をならべて、漢字としても意味をもたせつつ、わざわざ訓よみするというこの命名法は、こんにちにいたるまで生きつづけているのである。

その後、源・平は、ふんだんに創られた。

源氏の場合、最初の嵯峨源氏をふくめ、淳和《じゅんな》、仁明、文徳、清和《せいわ》、陽成《ようぜい》、宇多、醍醐、村上、花山《かざん》というように十人の天皇の枝脈《しみゃく》が大量に源氏になった。その多くは降下後数代で零細な存在になり、とくに清和源氏（初代は九六一年に成立）が地方に土着して武家化し、ついには後代、関東を制するにいたったことはよく知られている。

平氏は、桓武をふくめ、仁明、文徳、光孝の四人の天皇のわかれが賜姓された。関東で土着するのは桓武平氏で、平安末期には、「坂東《ばんどう》八平氏」などとよばれた。それぞれが地名を名字にして、千葉、上総《かずさ》、三浦、大庭《おおば》、梶原、秩父《ちちぶ》、長尾、土肥《どひ》の八氏を言い、かれらは坂東の「開発人《かいほつにん》」として武力を誇った。

平安末期の武装農場主が「武士」とよばれるようになるのだが、坂東八平氏などはまだ筋目がはっきりしているほうで、そうでない大小の実力者など、筋目などじつはあろうはずがない。

平安中期ごろには、公地公民をたてまえにする律令制はくずれつつあり、農民が「公田」の「公民」としてくらすのがつらく、多くが逃散《ちょうさん》して浮浪人（当時の用語）となり、坂東をめざした。かれらは実力ある非合法農場主の支配に入り、家来になって土地をたがやし、合戦には雑兵《ぞうひょう》としてあるじの供をした。そういう無名のあるじたちが、あらそって、源・平もしくは藤原氏を自称したのである。

「氏素姓はいかに」

と問われれば、

「平氏に候」

などと、平然といったりする。妻の遠縁の者がたまたま平氏であったというだけの理由で平氏を称する者もあり、平安末期ぐらいには、坂東だけでなく、奥州のはしから九州にいたるまで源平（これにわずかながら藤橘《とうきつ》が入る）のいずれかでない者はいなくなった。

京における公家政治がおわろうとするころになって、津々浦々に公家の末流と自称する者がみちみちたことになる。戯画的連想ながら、フランス革命でブルボン王朝をたおした民衆が、ことごとく自分こそブルボン家の末流だと合唱している図を想像してみるといい。

ひとつには、平安期の土地制度による。

この時代、たとえば坂東の野を拓《ひら》いて農場をつくっても、開発人の所有にはならなかった。京都の公家や社寺の所有にし、自分はその管理者というかたちで、平安末期の武士は成立したのである。京の公家たちが、もし気まぐれをおこして、

「その土地はお前に差配させぬ」

といえば、それっきりという不安定さであった。これによって、地方の武士たちは京にのぼって有力な公家に奉公して、その機嫌をとった。

公家たちは、こういう無給の奉公人に、ほうびとして兵衛《ひょうえ》という下級の官職をくれてやった。明治後の軍隊の伍長ぐらいの職であろう。やがて日本の人名に「ナニ兵衛」というのが一般的になるが、もとはそういう事情による。

それでもなお不安だった。

京に、それら武士たちの所領安堵のための口利き人《にん》ができた。それが源頼朝の先祖たちのしごとだった。かれらは宮廷では公家ではなく、官人という程度の身分だったが、諸国の武士たちから「頼《たの》うだる人」としていわば主君《あるじ》同然の尊敬をうけていたために、公家からいやしまれつつも武力があった。

主として西国《さいごく》のほうは、平清盛の父祖たちがその口利き人になっていた。清盛の父の忠盛が、財力と武力をもちつつもいかに公家たちからいやしまれていたかということは『平家物語』の「殿上闇討《てんじょうのやみうち》」に活写されている。

平安期の末期に、諸国の武士たちがすべて都に「頼

うだる人」を持ち、公家屋敷にも自前の奉公をしていたことを考えると、

「それがしは何国何荘《なにしょう》の住人、遠く清和源氏の流れを汲み」

という氏素姓が創作されざるをえなかった事情が、ごく平凡に理解されるはずである。結局、十万を越えたであろう〝公家の末裔〟が、兵衛佐《ひょうえのすけ》というひくい位階をもつ頼朝を擁し、武家政権をつくり、ほとんどが偽作された源平藤橘の家系を大切にしつつ、世々をへて明治維新にいたる。

このことから、平安末期に日本人が、この国がほぼ統一体である感覚をもっていたこと、鎌倉幕府が王朝を討滅しなかったこと、また栄誉的存在としての公家が、明治までのあらゆる政治的変動の中で生きのびたことなども理解されうる。

こういう歴史的な成分は、とても原理などという高度な言葉をつかえないほどつまらないものである。しかしそういうものも見なければ、一国の歴史というものはわかりにくい。

役人道について

官僚と腐敗

出典はわすれましたが、十九世紀のころに、ヨーロッパから東南アジアをまわってきて、やがて日本の長崎にくる一人のフランス青年が、嘆いたという話があります。神の恩恵の深いアジアに較べれば、ヨーロッパは本当に北寄りの地で、地味も肥えていない。そういう土地に神はわれわれを置いて、この怠け者たち――十九世紀のヨーロッパ人たちはアジア人を怠け者と考えていた――を恩恵深い土地に置いた。これは非常に不公平じゃないかというわけです。

福沢諭吉が悪名高き「脱亜論」を書きました。「脱亜論」の内容については私は福沢に面憎《つらにく》さを感じてすきではありません。

この人の文明観からみればアジアはとるに足らぬ世界だったかのようです。明治八年に書いた「亜細亜諸国との和戦は我栄辱に関するなきの説」でも、朝鮮をもって「亜細亜州中の一小野蛮国」として「其文明の有様は我日本に及ばざること遠しと云ふ可《べ》し。之と貿易して、利あるに非ず、之と通信して益あるに非ず、其学問取るに足らず、其兵力恐るるに足らず」というような始末で、他民族とその文化への尊敬という感触は感じられません。同論文では、中国についても「支那帝国は正に是欧米諸国人の田園なり。豈《あに》他人をして貴重なる田園を蹂躙《じゅうりん》せしむることあらんや」としています。福沢は、征韓論に反対する論者でありました。その反対の論拠は、他のアジアへの共感にあるのではなく、欧米諸国を挑発することになる、というところにありました。しかしながら、論文というのは、歴史のなかで不磨《ふま》というわけにはゆかないものです。福沢が経た、時代のなかでの感受性というものを考えてやってもいいかと思ったりします。この人が、幕末、ヨーロッパに行くとき、船が上海に寄港して、英国人が中国人に威張りかえっているのを見て、もうアジアはダメだと思う話があります。それで自分の息子は神父にしたいと思う。神父ならひっぱたかれないだろうというわけです。つまり幕末の尊王攘夷時代、彼は攘夷志士ではありませんが、そこを経てきた人として、アジアの滅亡はもう目の前に来ているという状況の中で青春を送った人ですから、中国の港で、漢学の世界の唐土ではなく、生のアジアを見てしまったことは衝撃であったに違いありません。その衝撃のなかでこの生のアジアの状況が、つまりひっぱたかれている状況が、やがて日本にくると思ってしまう。福沢のことですから、この場合にも、日本を救おうという志士的なところと、わしはさっさと——つまり子供を神父にするという形で——逃げるという、非常にドライなところ——福沢は当時の英国哲学の功利主義によりどころを求めていたのかもしれません——と、二つの面があります。

話が余談になりますけれども、官軍がもう江戸に迫っている慶応四年、福沢は江戸城で外国方の役人を勤めています。但馬《たじま》の出石《いずし》藩の出身で、洋学者として幕臣に取り立てられ、後に東京大学の開創のころの〝綜理〟になった加藤弘之という人が、まだ慶喜《よしのぶ》が江戸城におりましたとき、上下《かみしも》をつけて廊下をどんどん歩いて、徹底抗戦の陳情に行こうとする。〝加藤さん、血相を変えてどこへいらっしゃいます〟ときいて、徹底抗戦の一件を知ると、とんでもない、そういうことなら私はさっさと逃げますと言った人ですから、自分の息子を神父にするという話は、福沢さんの思想からいえば、不自然でなく符合します。

「脱亜論」はそういう歴史と個人の感覚の流れのなかで息づいているものだということを見てやる必要がないではありません。

それから、かつての中国的なアジアを成立させている原理は、いうまでもなく儒教でありました。儒教はファミリーの秩序をもって最高の価値にします。一村には、父もおれば、叔父もおれば、祖父もおれば、遠縁の年長者もいるということで、そこから一人官吏が出れば、その人たちの縁族の面倒をみんな見なければならない。一村は、科挙《かきょ》の試験に青年が一人通ると、もう大騒ぎするぐらいのお祭りになります。それでもう一村は潤うんです。ほかにも、もっと潤う人々がたくさんいて、汚職というのは、これは約束されたものです。それをしない官吏というものは、たいていはうまくいかずに没落している。それは非難を受けるからでしょう。清官が地方官としてやってくると、みんな土地の人が顔を顰《しか》める。つまり、中国の清朝末期までの行政組織というのは、一種の、群がって食べるための生物的な組織、とでもいうべきもので、人民にとって王朝こそ敵でありました。王朝の目的はごく単純で、人民を搾取するためにありました。中央から官吏が幕僚を連れてきます。幕僚は、官吏が勝手に採用した高級秘書です。土地には吏というものがいて、これはノン・キャリアで、ただ事情に明るいベテランです。それが官吏を担ぎ上げ、倉庫にはこれだけのものが入ってますとか、取り立てはこれだけのもので、あなたにはパーセンテージこれだけが懐に入る、とかを教えます。その間に彼らは自分の懐を肥やすわけで、そういう人たちがおって、その町はみんなめしを食っているし、商業機構も動いているし、職人もそうやって動いている。ですから清官がくると、町の経済は成り立たなくなるわけで、そういうことが古いアジアというものでした。

アジアの巨大な病巣

私は子供のころから、アジアという歴史地理的空間に身を置いているという感じが好きでしたし、宮崎滔《とう》天《てん》のような生涯を送れればどんなにいいかという子供っぽい夢を持っていました。いまでも自分の可視範囲は、西はパミール高原か安南山脈までで、そこを西へ越えるとダメだと思っています。以下、ここでアジアというのは、そういうあたりのことです。

アジアの中心というのは、古くから文明をつくった中国にあるというのはいうまでもありません。ただし私自身は、その中国よりも、長城の外の遊牧世界のほうが好きでした。遊牧世界というのは文化的には一つの雄大な空っぽの天地です。そこから見ますと、中国の山河とか、人々というのは、わりあい私なりにはよく分かるわけです。だから中国への私の関心は、そういうブーメランみたいに一つ曲がって持っているように思います。

ですから、戦後俄《にわ》かに日本のインテリが——日本のインテリというのはヨーロッパ志向だったわけですが——アジアというものを大事に思うようになってきたのは大変にありがたいと思っています。ただちょっと物足りないのは、アジアを観念化して、ときに論理の構成上、神聖な存在として規定されるところがないでもなかった、ということです。

アジアは神聖でも何でもなく、逆にひとつまちがえばおそろしい世界だということがいえます。

近代がヨーロッパからやってきたとき、アジア的状態というのはそれそのものが巨大な病巣のようなものだったことを思わざるをえません。近代以後のアジアにおける革新・革命運動は、みずからの中からアジア的なものを抜く運動であったともいえます。

一九一九年五月四日、北京に噴きおこった五・四運動は、痛烈なアジアからの脱却運動でした。マルクス主義運動が興る寸前の花火のように束の間のことながら近代的合理主義のはげしい運動があったのです。アジア的専制の基礎をなす家族制度をこわさねば中国は死骸になってしまうというものです。すべての悪をささえているものは儒教という奴隷道徳であるとされました。その後三十年経って成立する新中国のエネルギーにも社会主義によるアジア的なものからの脱却という重要な一面がありました。

逆に、侵略者の側は中国におけるやわらかい腹——アジア的なもの——の中にもぐりこむことによって政策をすすめました。十五年戦争時代の日本もそうですし、その後国民政府を後押ししたアメリカもそうでした。アメリカはその後、ベトナムに対してもそれをやり、サイゴンにチュー政権というまったく前時代的なアジア的体質をもった政権をつくりました。アジア人が近代にむかおうとするとき、自らのアジア的なものを脱却したいという強烈な政治的本能をもつということをアメリカは知らなかったのです。私はイランのことはよくわかりませんが、アメリカは物質文明が近代であると考え、それを与えることでアジア人を懐柔しようとしたことはまちがっていました。物質文明を与える場合、もっともアジア的な政権（イランの場合ではパーレビ国王）に与えるという失敗をおかしました。

かつての日本が、大正時代、寺内内閣が中国の古くさい軍閥の親方の段祺瑞《だんきずい》（一八六五〜一九三六）という不人気な人物に工作し、借款五億円をあたえ、また昭和になってからは、清王朝の末裔の溥儀《ふぎ》氏を皇帝にして満洲国をつくって中国のアジア的体質と握手し、それを温存させようとした戯画のようなやり方と酷似しています。福沢の論旨とはちがうとはいえ、その論文の題を借りると、アジアで学生や知識人、民衆にうけるものは〝脱亜論〟であることを知らなかったのです。朝鮮の現代史において李承晩政権が失陥するのもそれであり、朴正熙政権も多分にアジア的であるということで不人気でした。その後に出現した新政権が、政治・行政のなかからアジア的な古怪な汚職体制から脱却しようとしていることで人気を得ているらしいことが、ほのかに感じられます。

長州藩における平等の忠誠心

日本の近世封建社会は、アジアの中では毛色が変っていました。

江戸封建制の特徴のひとつは、藩主の自然人としての権威・権力が、時代がくだるに従って抽象化してゆくということだと思います。まだ江戸初期には、藩主の自然人としての威力が多少ありました。その人物が死ぬと殉死ということもあり、また殉死を禁ずる禁制も出されたりして、藩主に対する個人的な忠誠心というものがありましたが、江戸中期以後になりますと、諸藩とも多分に法人化してゆきます。中期以後の藩は、法人としてとらえたほうが、事象としてわかりやすいように思われます。

たとえば、幕末の長州藩など、まったく法人で、藩主は象徴的な存在でした。「長州藩士」（長州藩でなくてもいいのですが）という言い方そのものが法人的で、たれも「毛利大膳大夫家来」とは名乗りません。これが、そのかみの元禄忠臣蔵のなかで「浅野内匠頭《たくみのかみ》家来大石内蔵助」と名乗った時代からみれば、幕藩体制の組織感覚が、その間に質的変化したことを思わせます。

　忠臣蔵でいいますと、寺坂吉右衛門は足軽でした。侍身分の仲間では人《にん》として認められず、さらには一同のように切腹する名誉も持ちませんでした。ところが、同じ身分の者が、幕末になると、長州藩士伊藤俊輔になり、同山県狂介になって、ときに藩を代表して他藩の者と交渉します。「藩」というものの質が、すくなくとも長州藩においては変ってしまっているとしか思えません。また毛利大膳大夫は、君臨すれども統治せずという、明快な一つの解釈の上に坐っていて、藩士たちも、長州藩は大事だけれども、自然人である藩主は、老病生死がありますから、取っ替えがきくと思っているふしがあまた見られます。

　非常に極端な例として、長州藩主で巷間《こうかん》「そうせい公」といわれていた毛利敬親《たかちか》が、明治後、別の旧大名に、なぜあなたは藩論が佐幕になれば佐幕に乗っかり、藩論が勤王になれば勤王の上に乗っかったのか、と聞かれた時に敬親さんは、ああしなければ殺されておりましたろう、と答えています。繰りかえすようですが、忠誠心が、変化していたのです。自然人である毛利敬親に対する忠誠心がきわめて淡いものになり、転じて藩への忠誠心になっていた状況下では、身分制の感覚も稀薄になり、足軽といえども長州藩のためにということで平等の忠誠心をもつことができる気分になっていました。桂小五郎（木戸孝允《たかよし》）は堂々たる士分でありましたが、元来、足軽身分とも言いがたかった時期の伊藤俊輔に対し「君と僕とは対等である」として上下の礼（これはうるさいものでした）をとる必要がない、といっています。このことは同志ということが強烈なものになったということもありますが、藩が法人化してしまったということの証左でもありましょう。

　そういう長州を成立させたのは、多少の特殊事情があるにしても、ごく一般的な江戸時代の社会の進み方にもよっています。大きな商家でも似たような現象がおこっていました。幕末における鴻池《こうのいけ》、住友、三井などは運営の責任を支配人がとり、当主は多分に象徴的な存在になっていました。中規模の商家にもそういう形態が多く、そういうことが明治の資本主義にふかくかかわってゆくと思います。

「アジア離れ」と汚職の追放

　どうも、雑談ですから、話がとびとびになっていけませんが、東南アジアあたりの華僑の資本主義というのは、右のようなふわふわしたものではなさそうですね。

あくまでも一族支配で、なまなましいほどの金利計算の思想の上に成立しているように思われます。だからどうしても投機と商業が中心です。たとえばベトナムにおけるかつての華僑は主として米相場をやることによってふくらみ、そういう形でベトナムの農民に対し経済的に支配していました。そこへ民族国家が興ってしまった。その新国家という〝公〟に調和することができず、国家の外へはみ出さざるを得ませんでした。新国家は、いろんな問題をもっているとはいえ、社会主義という形で自らのアジア的なものを抜きたいというのが初期の気分だったはずですから、古いアジア的な華僑思想というものと相容れなかったという見方もできます。それからタイにもマレーシアにもいろんな問題を残している華僑がいます。

東南アジア華僑は、旧中国の大商人・大地主と同様、儒教的な家族秩序の上に資本主義を成立させています。さらにはその活動は商業と相場操作と金融ですから、工業という、金利を度外視して遠い将来に果実を想定するような思想をもちませんでした。そういう金を寝かせるくらいなら、金が金を生むほうがよい。そういうことで華僑はずっと来たものですから、新中国の助けにはあまりなっていません。新中国が技術立国を目指すときに、華僑の技術を導入できるという状態なら、中国にとって非常に幸福だったろうと思うのですけれども、そういう具合にはゆきませんでした。アジアの発展途上国にとっても華僑資本は公に奉仕するという思想が未熟であるために今後も、華僑自身が、いかに聖人君子のような人達であっても、存在としてむずかしい問題をおこしてゆくだろうと思います。以上は、華僑論でもなく、華僑の悪口でも決してありません。私は、華僑が好きなのです。しかし旧植民地で、民族的な国家が興るとき、華僑が古いアジアの大きな部分として残りがちだという観点からそれを見たかっただけのことです（さらにいえば、日本の商社が東南アジアにおいて華僑と手を握りがちだということもおもしろいですね。華僑が、商道徳において世界に冠たるものがあり、さらにはビジネスの相手として能力が高いということもあるのですが、結局は古いアジアと手を握っていることになります。まことに伝統的なことで、空おそろしい思いがしないでもありません。日本の資本が、真に明日のアジア像にめざめてくれて、華僑と一緒に体質をあたらしいものにして行ってくれるといいのですが)。

シンガポールの場合は、李光耀《リクワンユー》という首相が、徹頭徹尾華僑離れすることによって、つまりこれを立国の方針にしました。李光耀さんは客家《ハッカ》の出だそうで、中国的な家族主義という拘束から見ればやや身の軽いグループの出身ですし、また若いころ英国に留学したということで、アジアについて、非アジア的なもの(多分に抽象的な像かもしれません)を仮説してアジアでもヨーロッパでもない社会を想定して独自の政治思想をもつという立場をとっています。かれは徹底的に工業立国、近代化をはかって、汚職の追放をやり、それは成功しました。彼自身の両親は首相の権力の外におって暮らしているそうです。要するに、彼は一所懸命アジア離れしようとしているということです。

何にしても、官僚組織を作れば平然と汚職をする。それはいわゆるアジア的な家族主義で、自分が太ればいいというところがあります。そういうものを、李光耀さんは断ち切ったわけで、華僑国家でありながら、彼の最も対決すべき敵は華僑だといわれています。だから華僑の拠り所である南洋大学を彼は取り潰したりしました。李光耀における〝脱亜〟主義というべきものでしょう。

日本の厳格な役人道

話がちらばってしまうような気がしますが、いますこし日本の場合にふれます。

日本の場合は、江戸中期にはもう中国とはちがう官吏道が出来上がったわけです。現在の日本の国家・社会・文化の祖形は、鎌倉時代にあるような気がします。そのことでいえば、日本の官吏の祖は、鎌倉幕府の事務官だった大江広元(一一四八～一二二五)とか、青砥《あおと》藤綱(生歿年不詳)だったでしょう。かれらは中国風の儒教的政治家ではなく、日本的な法治主義者だったといえます。さらにいうと、両人とも私腹を肥やすということからおよそ程遠い人達でした。江戸幕藩体制の役人というものも、理想像としては、ほぼ大江・青砥の型であったろうと思います。

江戸期の役人にも、汚職というものがありました。しかしこんにちの政治家がやるような構造的なものではありません。

江戸時代の日本の基本的性格はいうまでもなく米穀経済です。しかし幕府開創早々に、幕藩体制にしたときにすでに貨幣経済が大いに興り、幕府もこれを許容しました。朝鮮の李朝がそれを許さなかったのと対照しておもうべきだと思います。貨幣経済が米穀経済の基盤を食いあらし、米穀——農村——をもって立脚している幕府・大名は時代が下れば下るほど貧乏していくわけですが、やがて彼ら自身——とくに諸藩——は産業を取り入れようとしてゆきます。その巨大な矛盾のなかで、諸藩に立て直し屋というのが活躍するようになります。

大野九郎兵衛なんていうのはじつは立て直し屋なんです。かれは「元禄忠臣蔵」の中で一番だらしない家老として知られていますけど、あの人は世臣ではありません。ですから彼は財政の立て直し屋として、殖産興業の専門家として、雇われたわけです。ですから騒動があったときに、一藩をまとめる精神の拠り所になるためにいたわけではないので、逃げたわけです。

だいたいそういう類いの人はみんな評判が悪かったのです。幕藩体制の矛盾のほころびを縫う役ですから、それはたいてい町人の資本と結びつくので、懐にお金を入れたりすることが多い。諸藩ともお家騒動が起こって、この連中に対するやっかみと、反発と、それから農本主義的な古いエネルギーが忠誠心の形をとって、このお家の奸物を退治するということになります。いまのテレビでもそうだろうと思いますが、悪役はだいたい経済官僚です。テレビは、江戸時代の諸騒動における伝承どおり——その伝承の価値観どおり——農本主義者の立場をとっているわけで、なにかばかばかしい感じがしないでもありません。

そういう存在の大規模な者が田沼意次《おきつぐ》でしょう。彼はもともと紀州の藩士で、本来的な幕臣ではなかったわけですが、紆余曲折を経て幕閣で立身し、大きな権力を握ります。それで歴世の幕府の政治家としてはきわめてめずらしく貨幣経済を容認し、殖産興業をおこす立場を取りました（殖産興業については諸藩は熱心でしたが、幕府はわりあいおっとりしていたのです）。そういう経済的な経綸《けいりん》能力があった人間ですから、いろんな問題に、お金が絡んできました。それで田沼の悪口は非常に言われたものなんです。田沼を追っ払って、次に幕閣——老中の首座につくのが松平定信です。この人はさっき言った農本主義的な、清純な、あるいはブッキッシュな儒教主義者で、古典的教養しかない人ですから、政治家としてはまったく無能でした。かれが否定した前時代の田沼意次は、大きな経費で間宮林蔵その他を蝦夷地《えぞち》に派遣して、文化行政をはじめその他も本土並みにする。アイヌも本土の百姓身分にするということをやり、さらには千島樺太を調査させている。その連中も、松平定信は全部田沼派として牢に入れたりするのですから、その北方経営の方針も定信によって一頓挫してしまいます。

田沼時代の評判のわるさは、かれが諸大名から賄賂として金品をとったということにあります。しかしこんにちの日本のような巨大な金権主義的なものではありません。諸大名が、大きな金で田沼を買収したという華々しいことではなさそうです。しかし、その程度のことで、田沼はいまだに汚職の代表者のようなイメージが継続されているほど、江戸期の日本では異例な存在だったわけです。

私は、『世に棲む日日』という小説で長州藩のことを書きましたが、長州というところでは、吉田松陰が八十石ほどの杉家に生まれて、同じ石高の吉田家に養子に行く。これは養籍を継ぐわけで、養父母がいるわけではない。八十石ぐらいですと、秀才なら郡奉行までいけるわけです。ですから吉田松陰の初等教育は実父がやって、中等教育を叔父の玉木文之進がやる。その間、玉木文之進のファナティックなほどの教育は、公人であるべく仕立てていくことです。田圃で、玉木文之進は一畝《うね》耕したら戻ってきて、畦《あぜ》で本を読んでいる吉田寅次郎に、分からんことがあるか、これこれが分からない、それはこうだと言って、また一畝耕しに行くわけです。その間に、本を読みながら、寅次郎が、ハエがとまったので頬っぺたを掻いた。それで死ぬほど殴られ、ついには土手の下に転げ落ちてしまう。玉木文之進によれば聖賢の書を読むのは官吏になるためである、その精神の仕度をしておるのに、そのときにハエがとまったからといって、痒《かゆ》いから掻くというのは私的行為で、それをいま許しておけば、そういう〝私〟が心の中に拡がって、郡吏になったとき、どういうことをするか分からん、ということでした。文之進もまた郡の役人をした人です。かれの思想から、もうすでに極端なまでに厳格な役人道が行なわれるまでになっていることがわかります。

薩摩藩の場合

ですから役人道というものは、江戸期にはもう確立していました。明治政府は、その役人道を相続した形です。明治の資本主義というのは、江戸期のそういうモラルを相続したおかげでできあがったといえます。明治政権は、釜石に製鉄所を作るとか、あるいは九州に製鉄所を作るとかいうことをし、そのため大きな金を寝かしましたが、それを管理する役人たちに、一人としてそれを食った者がいなかったことが、明治日本という国家・社会をアジアの一角で展開できたほとんど唯一の基礎的要件だったといえます。明治にも汚職事件はすこしありました。つねに井上馨が中心でした。かれは公の持ち物と自分の持ち物が分からない、天性汚職の人です。彼がいるから、全部が汚職したというわけではなくて、彼はあくまで特異な存在で、西郷の下野も、井上馨みたいなやつがいるからという気分が非常にあったようです。井上馨を三井の番頭さんと彼は呼んでいるくらいです。

西郷の場合は、さっきの農本主義の正義意識を濃厚にもっていましたから、太政官の会議中に、大隈重信が、異人さんと約束があるんで中座するのですが、異人さんとこの会議とどっちが大事かといって叱りつける。しかし、ちょっとむちゃくちゃなことを言ったのも、大隈が憎かったわけではなくて、財政官僚だった大隈に対するいかがわしい感じ方が西郷にはあったわけです。

旧薩摩藩で財政の立て直しをやった人に調所《ずしょ》笑左衛門がいます。調所というのは面白い名前で、図書《ずしょ》という姓の変化したものか、あるいは中国系の家系だったかもしれません。薩摩は藩士の筋目に中国系が多かったんです。貿易時代、鎖国以前に、坊ノ津に大きな貿易の中心があって、中国の商人があそこに屋敷を持っていました。鎖国になってうまくいかなくなったものですから、薩摩藩はそれらの貿易商人をわりあい数多く大小の藩士として抱えています。調所はそうなのかどうかわかりませんが、身分は初めは低くて、お茶坊主から上がりました。財政が極端に傾いたときに、立て直しの出来る者はいるかという一種の公募があったとき(ナショナリズムの強い薩摩のことですから、よそから大野九郎兵衛のような人を呼ぶわけにいかない)、調所が結局名乗って出ます。そして大坂に行って、大坂の鴻池その他大名貸しをしている町人たちに、借金のたな上げとか、いろんなことをやり、薩摩の物産を興したり、薩摩焼きを高い値段で売る道をつけたり奄美《あまみ》大島の人を奴隷的に砂糖黍《さとうきび》栽培労働者にしてしまったり、琉球を介しての対中国密貿易をやったりして、財政の立て直しをした。

ところがおもしろいことに、これが請負制だったみたいです。

これだけ立て直したから何割もらうというぐあいに。そのとりぶんでもって、立て直しのための経費をまかなう。その残りは個人として取得していいわけで、調所は大変金持になりました。

調所が立て直しの仕事をしている間、アシスタントとして海老原という者が働いて、それもやっぱり請負で財産を作ったようです。こうしたことは薩摩藩だけの習慣なのか、と思ったり、全国の諸藩はどうだったのか、よくわかりません。江戸期の諸藩の財政立て直し役人が、右の薩摩の例のように請負制だったかどうかについて、どなたか研究してくださるとありがたいと思いますね（政治の面で、請負というやり方が公認されるという伝統はふるくからあったようですが、財政面でのことになると、よくわからないのです）。

明治の役人の清潔さ

調所の立て直しが請負だったらしいということは、明治後の一現象から遡及《そきゅう》して想像されるのです。調所の協力者の海老原の子か孫に穆《ぼく》という名の者がいて、これが明治初年、激越な保守家として、西郷びいき——というより西郷が反乱に立ちあがることを熱っぽく期待した人物でした。西郷が下野して東京を去ったあと、穆は東京に「評論新聞」を興して、そこに記者を集めて、新政府の悪口を薩摩に送りつける。勝手に買って出た西郷の東京駐在情報機関になります。西郷は、そういう情報を初め信じなかったようですが、穆はしまいには西洋館の何か官庁が一つ出来たのを大久保の屋敷だといったりして、嘘の情報を送る。

事実大久保は、外国人接待のために、自分の私邸を西洋館にしますが、非常に素朴な西洋館です。しかしもっと贅沢な建物写真を送りつける。これは「評論新聞」の仕事です。西郷がついに気分的に大久保離れをするのは、繰り返し送られてくる「評論新聞」の傾向的な情報によるところが大きかったと思います。

この海老原穆の使った金が、調所笑左衛門の立て直し時代のサブをやっていた海老原の、お祖父さんだったかお父さんの遺した金でした。だから相当な金でしょう。江戸期にはそういう請負というケースもありました。ありましたけれども、調所や海老原の所得は公然たるもので汚職とは言いがたいと思います。

江戸期の幕閣を構成していた老中・若年寄は、周知のことですが、譜代大名から選ばれます。中国の地方官に贈られる賄賂と違って、ご挨拶程度のものであるとはいえ、特に外様大名は、幕閣にはずいぶんいろんな心遣いをしたようです。譜代の小藩の主が老中・若年寄になるのですが、かといって、そうしたみいりで譜代の小藩が豊かになったという話は聞いたことがありません。むしろ逆の、うちの殿様は政治道楽で老中や若年寄になりたがるから、藩の金がかかって困るというほうが多かったようです。

一応ならして言えば、日本社会は一般アジアとは違う社会だったように思うのです。

明治の政治主導による資本主義が形を成したのは、汚職しなかったからだけです。金銭の関係のない明治の役人たちというのは、いまから考えても痛々しいほどに清潔でした。

そういうことからいいますと、いまの日本社会は、やはりアジアに還《かえ》ってきつつあるように私には思えます。

かつての話ですが、台湾とか、韓国とかは、いろんな外交をするに当って、ロビィ外交を行なう。特に台湾の場合、国民党は、大陸にいたころから、アメリカにロビィを作った政権ですから、なかなかロビィ外交が上手なんです。蔣介石さんは、台湾に一つの政権を確立したときに、やはり日本にロビィを作りました。むろんそのあと韓国が日本にロビイストのようなものを作る。そういうときに、よその国に入ってゆく日本政治家に何が起こるか。たとえば、韓国との行き帰りをするうちに、韓国が持っている古いアジア的な部分にまみれて帰ってきます。よその国を触る人は、たいていその国のいいところを持って帰らずに、その国の一番遅れた、どろどろした古いアジア的な部分にまみれて帰ってくる。ですから、自民党というものは非常にアジア的な体質（むろん自民党の中にはいい人もいるわけですけれども）にまみれています。特に中国人なんかは自民党の一部を、昔の中国のようだと囁いているといわれています。そのようにして、いまの日本は、政界を核にしてアジア還りしているとはいえないでしょうか。本卦《ほんけ》還りといいたいのですが、過去に本卦があったかどうか。いまちょっと考えても、日本歴史の中で、先祖がえりするようなその先祖の時代が思い当らないのです。

織田信長の家来が汚職をしたかというと、いくら木下藤吉郎でも出来なかったでしょう。それから室町幕府は、これは曖昧ではっきりした政権ではありませんから、汚職などなかったでしょう。また、鎌倉幕府の成立のときに、大変うまい儲けをしたやつがいるという話は聞いたことがない。ですから、日本は他のアジアとは非常に違う社会の展開の仕方をしてきた。だからといって、ヨーロッパに似ているというのではありません。いわば大がかりな汚職のしにくい特殊社会を作り上げた、ということです。それから政権と馴れ合い、癒着が行なわれ、権力者との馴れ合いが行なわれることがあっても、決してそういう状態は長続きしない。そういう社会が日本でした。そういう社会であったのに、なぜ現在のような日本になったんだろう、やっぱり本質的にわれわれがアジア人だったからでしょうか。古代以来のいろんなアジア的なものを持ってるに違いないが、それが長い歴史の間で消え、ユニークな社会をつくりあげたこともあるけれども、それはやっぱり後天的なものなのでしょうか。やはり先天的にはアジアですから、まあええじゃないかというところがあったりするのでしょうか、このあたりはよくわかりません。

繰り返して言いますように、私は子供のときからアジアのことばかり頭にある人間なものですから、古いアジアのこまった面やおそろしい面について感じやすくなっているのではないかと思ったりします。

宮崎滔天が中国まで行かなくてはいけないと思って、誇大妄想になって出て行く。そのときは、古いアジア的体質の中で死にかけている中国の人民が気の毒だと思って行くわけでしょう。清潔な革命政権を作り上げたいと思って行くわけでしょう。それは一種彼自身の持っている素朴民権論の輸出です。明治が生んだ素朴民権論者というのは、地方の大小の庄屋階級や大百姓から出ているわけで、その人たちは、ほとんど身上《しんしょう》を潰してるわけです。熊本の荒尾という在所の宮崎家もそういう階級ですね。つまり、百姓にちょっと姓がついて郷士にしてもらった階級です。ですから彼は、いかにも民権論者が出そうな家筋に生まれて、土地の者に対して、自分たちは奉仕しなきゃいけない、と考える。それをこんどは中国に持って行く。ところがいま宮崎滔天がいるとすれば、田中角栄さんの新潟県に行かなきゃいけない感じです。もっとも行ったところで、かつての旧中国のようにひとびとが古いアジアの中で呻吟《しんぎん》しているのではなく、新潟県の場合、古いアジアのおかげでうるおっている人たちが多いかもしれませんが。

何か本卦還りしたんでしょうか。それとも、いまのアジアの中で、行き場を失った古いアジアが、どっと日本に上陸してきているのでしょうか。

江戸期の合理主義

私は、朝鮮、韓国には非常に関心の強い人間なんですが、ともかくも、朴政権のときに、韓国にあった古いアジアが、日本の岸信介氏らが日韓の橋（？）になったおかげで、こちらにやってきた部分もあるように思います。いまの全斗煥政権は、瓢簞《ひょうたん》から駒が出たようにして成立してきているわけで、外部から見れば駒の出方に非常に不自然な印象もあって、いかがわしく思っていました。ところが、シンガポールの李光耀さんみたいなことをやり出している。それはソウルの市民たちは知ってるようですね。もう汚職はすまい。閣僚たちは、何か物をもらったときは公開するとか、頼まれたときは、自分で処理せずに、他の閣僚たちにもオープンにしてしまう。そしてそれを利権の形にしないで、全部潰していくという格好でいるらしい。そうすると、韓国は、急速に、私が言っている意味の古いアジア離れをしつつあるということになります。

私は、日本がアジアの中で特異な社会をつくったというのは、室町以後と言いたいんですけれども、実際は江戸初期から江戸末期までに成立した。これは非常に精密な封建制と、それを支えた役人道とも言うべきもの、それから大変密度の細かい商品経済の発展――資本主義が、人間に物・事の質や量、個人の自由、合理主義を生んだといわれていますが、江戸期の緻密《ちみつ》な商品経済社会も、これが日本人の合理主義的な認識能力を非常に高めたと思います。また日本人に古いアジア型の大家族主義をもたせず、さらにいえば日本的な規模における個人というものを成立させました。だから、いとこ、はとこまで来て、この資本を食べ尽くそうという儒教的なものからまぬがれていましたし、あるいは一たん取った権力が会社から付託された権力であろうが何であろうが独裁者のようにふるまって、ついには子供に相続させよう、という精神が日本的なものではなかったのです。それが明治以後の日本をうまく運営してきたと思います。

ところが、いまはそういう伝統のたががゆるんできたように思います。

薩摩藩士五十一人の自刃

現在の日本の汚職というのは構造化しています。役人も代議士や市会議員、県会議員も、アジア化している。

最近は公共の土木事業における談合が問題になっていますが、江戸時代の土木というのはたとえば宝暦の木曾川の治水工事は、江戸幕府が薩摩藩にただでやらせます。薩摩藩をほとんど疲弊さすまでにさせるわけでしょう。薩摩藩は、自領と何の関係もない濃尾平野の治水をやって、伊勢までにいたる三百余カ村をうるおすことになります。費用は全額薩摩藩負担で、予算は二十万両ほどだった。それが結果としては四十万両になり、藩に損害をかけたというので、総奉行平田靫《ゆき》負《え》以下五十一人の藩士が工事がおわってから現場で切腹して死ぬ。これが、江戸期の役人道でしたし、土木工事でした。

私の住んでいる河内の端くれは、読んで字のように、昔は河が流れ込んでいた場所です。南河内というのは、上田正昭教授たちが名づけたように、古代河内王朝のあったところです。あのあたりは乾いてたんですが、しかし、中河内と北河内、特に中河内はびしょびしょの地で、可耕地がすくなかったのです。大和国というのは高台になっていまして葛城連峰の裂け目から大和川がどっと河内に落ちていって、八岐大蛇《やまたのおろち》みたいに枝川になりまして、大阪湾に流れてたんです。それが氾濫のために遊水池を無数に作っている。だからほとんど耕作出来る場所はなくて、古代に河内の古墳なんかあったのは、山寄りか南河内なんです。河内は大和川を堺に落としてしまえば、干上がるという考えを起こしたのは、中河内郡東六郷村の篤農家中甚兵衛でした。家産を傾けて調査し、かつ幕府に陳情し、ついに一七〇四年に完成して大和川はこんにちのように堺に落ちます。これによってできた新田は八百八十町歩で、とくに潤ったのは小百姓でした。それまで次男、三男で、一生その家で厄介者のように暮らしていかなきゃならなかったのが、どこそこに分村して何カ村かを作る。私がいま住んでいるところの村はそのころの分村です。

それは汚職の逆です。それをやった庄屋階級の一、二は、口碑として称《たた》えられてるだけで、別にそれが産をなしたとは聞いていない。江戸時代の大土木事業、公営土木事業というのは、そういうことばかりです。全部江戸的な小ブルジョアジーの犠牲によって出来上がっている。この富農階級は江戸後期には平田国学を共有して一種の平等主義と幕藩体制への穏和な批評者になり、明治以後はその階層から自由民権運動者を多く出します。旧中国の地主とくらべると、古いアジアを持ちあわせていなかったと思います。

さらに土木についていいますと、大坂城の築城については、よく分かりませんが、大名に手伝わせるんです。秀吉はあんまり金を出していないのではないでしょうか。

ただ、これは汚職と関係はありませんが、百姓たちは年がら年中田圃やってるわけではありませんから、大坂城の手伝いに行ったほうが金になるんです。一日分の日当を米でもらえるんです。そのほうが割得なものですから、摂河泉から百姓たちがどっと集まる。だから大坂城築城は万里の長城や大墳墓を造るときのように、中国式に、人間を徴発してきて、臨時に農民を奴隷化するわけではないんです。そのへんのものが手間稼ぎに来て築いたわけです。石は誰々が運べとか、土は誰が運ぶとか、誰々は櫓《やぐら》を作るとかいう具合で、みんな手伝いでした。

公営土木事業が妖術めいたやり方で社会を金権体質にしはじめたのは、最近でしょう。

関ケ原以後、長州の殿様が萩に城を造るときでも、大きな家老たちに割り当てるだけで、全部持ち出しでやらせるんです。その家老たちは、その分だけ稼ぎ出さなくてはいけないから、自分の領地から搾取はします。しかし、この場合、誰も儲かったわけじゃない。

萩はずっと毛利家のものだったんですが、普通は、たいていのお城は、大名の交替があります。福島正則は一所懸命、毛利家から引き継いだ広島城に手をいれて、そのあとに浅野家が行くんですから、家賃も買収費もいらないんです。広島城はそのまま浅野家のものになりますけれど、江戸時代を通じて何代も替っているお城がたくさんあるでしょう。それは最初の大名が興したお城なんだけれども、次の大名がそのまま入って、官舎みたいになっているんです。そうすると、所有権はどうなっていたかということになるでしょう。むろん最初の大名は、転封されたときに所有権が消滅してはいますが、そういうことの繰り返しのために、城地というものは天下のものだという思想が出来たんです。

江戸城だって、諸大名の手伝いで出来たわけです。一番しっかりした石垣は加藤清正が造ったそうです。それもあるパートだけです。そういう具合で造ってる。

それで明治になると、徳川慶喜はいっさいの什器、宝物、兵器を置いたまま風呂敷包み一つで自分の実家の水戸へ帰って行く。そのあと天皇が入る。徳川家の財産を相続したという考えは、みな持ちません。要するに百姓を搾った金で出来上がったわけだから、江戸城もそうやって交替した。小さなお城なんてどうなんでしょうか。松山城などは、もともとは秀吉の部将の加藤嘉明《よしあき》が一所懸命造った名城です。市街地のちょっと丘の上にあります。石を運んだりいろいろ運んだりするのは、全部侍がやるんです。もちろん百姓もやるが、侍以下が畚《もっこ》を担ぐんです。それは高知城もそうだった。山内家が高知に入って、高知城を興すときも、百々《どど》越前という設計の上手な人が雇われてきて、設計をやって、山内家は身分の上下なしに畚を担ぐ。松山城の場合、加藤嘉明の奥さんが路上で景気づけのために握り飯作って働いている者にふるまう。

思いうかぶままにいいますと、前田利家は加賀の城を造りました。利家夫人はおまつさんといい、未亡人になってから芳春院と言われた人ですが、自分の亭主の利家さんはいい人だったけれども、癇癪《かんしやく》持ちで、畚を担いでるときに、息子の担ぎ方が悪いと言って人前でも息子を怒鳴った。それは亭主の欠点であるといっている。ということは利家自身もその嫡子も、畚を担いでいたということでしょう。

だから、日本では私物から公共的なものに所有権が移行する形が、非常に江戸期は微妙です。とくにお城は大名の私物でなく公的なものだという思想が半熟ながら出来ていて、明治になりますと、明治政府はほうぼうの城を道に落ちているものを拾うように召し上げてしまう。兵部省のものにしたり、各自治体のものにしたりしていきます。個人の私物としてつづいたのは元東大文学部教授の成瀬さんの犬山城ぐらいのものかもしれませんね。成瀬さんのところは、尾張徳川家の付家老の家です。尾張の本藩の名古屋城はそのまま公的なものになるが、家老の城だから世間の目こぼしがあったのかもしれません。

明治になってから、中屋敷・下屋敷といった藩邸をよく召し上げますが、ほとんどただ同然でした。

明治初期の政府は、大名が国許にいては士族にかつがれて反乱の核になりかねないということで大名を東京に集中させました。やがて華族令を作って、かれらを西洋風に華族にした。大名を集中させたときに、どの大名も喜んだんです。つまり大名の個人経済というのは実に貧しいものだった。ほとんど藩士たちの石高や御扶持米《おふち》になっていきますでしょう。それで自分の取り分の中から行政費が出ていくわけです。だから自分の本当に贅沢に使える金というのは、ないに等しい。それが東京に行ったときに、お上からまるまる自分が使える金というものをくれたものですから、こんないいことはないと、ほとんど全員が喜んだといわれます。それが明治政府の廃藩置県の秘密だったと思います。大名が喜び勇んで東京へ行って、華族様として食え、もう家来を養うことも、行政費を出すことも要らない。以上のように、江戸時代の大名というのはその程度のものでした。農奴を何千、何万と耕作地に載せてその地主だった帝政ロシアの大貴族――濃厚なアジア的な――存在とは違っていました。

だから非常に不思議な社会を、鎌倉幕府の成立以来七百年ほどかけて作った。つまり律令体制と縁を切って以来、不思議な社会を作って幕末に及ぶわけで、むろん明治期までそれが継承されるわけです。

いまのような公共土木事業における秘密談合制というような不埒《ふらち》なものは、日本の伝統にはありません。これはやっぱり近代以前のアジアに戻りつつあるんですね。

日本的な「公」というもの

話は変りますが、日本のいい会社はほとんど社長権を制約してるでしょう。社長権というのは行使しようと思ったら無制限にやれる。極端に言うと、おれの子供に継がせると急に言い出しても、おべっか重役ばりだと、そうなるかもしれないでしょう。ところが会社は預かりものだと思ってるから、狭い権限内で、自分の出来る範囲内のことを可愛らしくしている。可愛らしくないやつを世間が叩くわけです。自分の中にある、自分が我慢してきた、日本歴史そのものが我慢してきたのに、あいつは何だという「公」の思想が無意識のうちに批判の基準にあるのです。この、日本歴史そのものが我慢してきたのだ、というほとんどフォークロアになってわれわれの中に溶けこんでいる〝日本的な公〟というものの信仰がわれわれから薄らげば、日本の社会はアジアのどの国よりも旧アジアになってしまうでしょう。

（編集部註・「役人道について」は口述をもとに加筆したものです）

（この国のかたち二　おわり）

風塵抄

目次

一

二

1 都市色彩のなかの赤

私には、鉄斎（一八三六〜一九二四）に感動できる装置が故障しているようである。

三十代のころ、鉄斎展をみて、じつに平凡な印象をうけた。三条大橋のらんかんに美人がもたれているといった四条円山《まるやま》派ふうの絵で、技術さえ身につければたれでも描けそうだと思った。もっともこれは五十代の若描きだった。

よくいわれるように、鉄斎は六十をすぎてなにごとかをぬぎすて、真の鉄斎になった。その後の鉄斎こそ真の鉄斎といっていい。

小高根太郎氏の『富岡鉄斎』（吉川弘文館刊）によると、鉄斎についての国際的な評価のなかに「鉄斎の芸術はセザンヌのように構成的で、ユーゴーのようにロマンティックだ。彼は、ゴヤ、セザンヌとともに十九世紀の世界三大作家の一人だ」ということばがある。

最晩年の鉄斎は、胸中の理想世界（仙境）を多く描いた。右の展覧会で、最初は失望し、次第に心が高まったかのようであり、やがて、目に痛いほどの赤を感じさせる作品にゆきつく。水墨で表わされた夕暮れの山中に、豆粒ほどの人物が、赤い衣を着て、草むした土橋をわたっている。

赤といっても、水滴に朱を点じた程度の淡さである。であるのに、その小さな赤は、小指をピンで突いたように全体に痛みを広げるほどに衝撃的だった。

私はこの一作のために鉄斎が大好きになった。

もう一度その絵にふれたいと思い、機会があるごとに気をつけてきた。ところが、その後、三十年間、赤の効果という点ではあの作品をしのぐ鉄斎を見たことがなく、いまだにその作品にも再会できずにいる。

話がかわるが、南河内（大阪府河内長野市）の丘陵地帯に、観心寺がある。境内は山里の嵐気《らんき》に洗われたように清浄で、その金堂の内陣は黒く沈んでいる。六百年の油煙が、うるしのように、闇をつややかにしているのである。その内陣の奥に厨子《ずし》があり、如意輪《にょいりん》観音がしずまっている。

秘仏であるために、毎年四月十七、八の両日以外に開扉されることはない。

この観音像は、空海の在世中か、その没後ほどなくつくられたもので、天平彫刻の系列とはべつの――インド的な聖なるエロスともいうべき――思想が濃密に表現されている。

ゆたかな頬、妖しいというほかない肢体は、官能を通してしかあらわしようのない理趣経の世界をそのまま象徴している。

千年のあいだに金箔や緑青《ろくしょう》などが半ば剝落《はくらく》し、風化がかえって肉感性と形而上性を微妙に調和させているのだが、そのなかで一点、御唇《ぎょしん》のみが赤い。この一点の朱こそ地上欲望から理趣経の法身《ほっしん》の世界へ昇華しようとしてなおたゆたっている密教世界の不可思議を感じさせるのである。美というのは、地上からあやうく天上へゆきかける揺蕩《ようとう》の瞬間にあるのではないか。

さて、私は、都市色彩における赤について書こうとしている。

戦前、町や村では、赤い色は多用されなかった。

わずかに消防車があった。一般の自動車に赤を塗ることは、消防車とまぎらわしくなる（消防車の〝警報性〟を減じさせる）という理由からか、たしか禁じられていたはずである。

ついで、特別なものとして赤い球形の外灯があった。それらは、医院、病院、それに交番に限ってつけられていた。いずれも、ひとびとの身に危険が生じた場合、めざすべき機関である。赤が危険に関するアラームの色であることは、これでわかる。

赤は刺激の色でもある。スタンダールの『赤と黒』の赤が軍服を象徴していることはいうまでもない。旧陸軍も、制帽の鉢まわりと階級章の地《じ》にだけ赤を残した。刺激の色といえば、世界じゅうの多くの国旗が、主調が赤になっている。これは国家というものの性質上、当然といえる。

ところで、赤提灯は、戦前にもあった。夏目漱石（一八六七〜一九一六）は学生時代、正岡子規（一八六七〜一九〇二）とふたりではじめて京都にきたが、この偉大な古都になんの感想ももたず、ただ赤提灯に〝ぜんざい〟と四文字を塗ってある感じがじつに下品で、それだけしか印象にのこっていない、という意味のことを書いている。何のためにぜんざい屋がアラームの色を発せねばならないか、その性根《しょうね》をおもうとじつにいやだとでも言いたげである。

私は戦前に恋しさをもたない人間だが、こんにちのようにこの警告と刺激の色が街路や盛り場にはんらんするなかにいると、ついむかしの街の色がなつかしくなったり、あるいはヨーロッパの街がうらやましくなったりする。

なにしろいまは住宅街にまで赤が及んでいるのである。銀行の看板まで赤いのがある。自動販売機がなぜ赤でなければならないか。ともかく色彩の騒音のようなななかにいると、なんとか穏やかに暮らせないものかと思ってしまう。

もっとも、赤の多用は都市格差とも関係がある。大阪は東京よりはるかに多用されていて、わが故郷ながらいやになる。同じ大阪のなかでも、キタよりミナミが多用している感じで、言いすぎを勘弁してもらえば、赤が多用されればされるほど、町のガラはさがるようである。

私の住んでいる町に、ちかごろすし屋が店舗を白木づくりのイメージで改造した。せっかくの白木づくりであるのに、その看板が——ちょっと信じがたいことだが——赤地に白ぬき文字だった。すしのイメージは伝統と新鮮それに清らかさなのである。すしが、危険と刺激と警告を意味する赤が適《あ》わないということを、感覚を売るはずの改装業者が、依頼主に助言してやるべきだった。というより、そろそろみなで都市色彩のことを考えるべき時期にきているのではないか。

（一九八六年五月八日）

2　言語の魅力

　ニューヨークに滞留していたとき、歌舞伎がやってきた。見に行った同行の友人が、暗い表情でもどってきた。

　歌舞伎はすばらしかったが、開幕前、ロビィで、日本のえらい人のごあいさつがあったのをきかされて滅《め》入《い》ってしまった、という。

　日本的な規準でいえば、べつにわるいスピーチではない。ここでいう日本的とは、たとえばできるだけ私情を入れず、その催しの概説をのべ、公演の意義にふれ、さらには公演にいたるまでの関係各位の労をたたえる、といった〝ごあいさつ〟をさす。

　日本人のあいだでなら、それで十分足りる。私ども日本人は、無意味な言語に忍従するように馴らされている。さらにいえば、言語というものは魅力のないものだとあきらめてもいるのである。

　この場合、友人が心を暗くしたのは、そのスピーチを地元のアメリカ人とともに聴かされたということだった。たとえがわるいが、立小便をしている父親の姿を、年頃の娘がたまたま街角で友達と一緒に見てしまった心境に似ている。

　言語は、ひとりごとである場合以外は、他者のものでもある。聴かされる側にとって、自分の時間と体力と、それに相手の言語が喚起する想像力という三つのエネルギーを話し手に提供しているのである。魅力のない言語は、拷問にひとしい。

　しかも人間は、言語こそこの世の魅力の最高のものだ、とたれもが意識の底でおもっている。乳幼児は言語こそ発せられないが、たえず母親のことばによって、聴覚を通し大脳に快く刺激をうけつづけている。人間が最初に出会う〝芸術〟は絵画でも音楽でもなく、言語なのである。

　やがて幼児が言語の意味を解するようになると（言語によって想像力を喚起されるようになると）、母親が話してくれるおとぎ噺《ばなし》に、宇宙のかがやきと同質のものを感じてしまう。

　三遊亭円朝（一八三九〜一九〇〇）は、幕末から明治中期にかけての噺家《はなしか》で、不世出の天才だったらしい。

創作もした。『怪談牡丹燈籠』や『真景累《かさね》ケ淵《ふち》』、あるいは『塩原多助一代記』はかれの作品である。私はその速記録『円朝全集』をもっているが、どうにも感情移入ができなくて四苦八苦してしまう。やはり円朝は音声言語で聴くべきものかと思い、円朝以後にうまれたことを残念におもっている。

かれの生涯で、山岡鉄舟(一八三六〜八八)との出会いは大きい。

鉄舟はあらゆる面で、磨《す》りあげたようなサムライの典型だった。幕臣で不世出の剣客であり、禅の徒でもあり、薩摩の西郷隆盛が尊敬してやまなかった人物である。維新後は西郷のたのみで明治天皇の教育掛にもなった。死の床にあったとき、最期を予感し、寝具をとりはらい、座禅のまま臨終をむかえたという。

鉄舟は円朝を尊敬していた。あるとき自宅に招待し、一席の噺を請うた。

鉄舟が、いった。自分は幼いころ寝床のなかで母親から桃太郎の噺をきいたが、この齢になってもそのおもしろさが忘れられない、ぜひ桃太郎の噺をしてもらいたい。……

円朝は大いに怖れ、とても自分には先生の母君が幼い感受性にあたえたような能力がない、とことわった。請うた側のほうの鉄舟も、ことわったほうの円朝も、言語における魅力とはなにかということを知りぬいていたのである。

私がいおうとしているのは、円朝・鉄舟における言語の本質論というような大それたものではない。

ちょっとした方法論をいおうとしている。

話し手の正直さこそが、言語における魅力をつくりだすということである。それが唯一の条件でないにせよ、正直さの欠けた言語は、ただの音響にすぎない。

幕末以来、日本の外交態度について、欧米人から、この民族は不正直だといわれつづけてきた。私は日本人は不正直だとは決して思わないが、しかし正直であろうとすることについての練度が不足していることはたしかである。ナマな正直はしばしば下品で悪徳でさえある。しかし練度の高い正直は、まったくべつのものである。ユーモアを生み、相手との間を水平にし、安堵をあたえ、言語を魅力的にする。

もしニューヨークでの歌舞伎の開幕前のスピーチで、えらい人が、じつをいうと私は日本人のくせに歌舞伎には関心がうすく、見巧者ではないのです、と正直に言ったとしたら、もっとすばらしかったろう。たとえば、以下のように。――

「……私が半生無関心でいつづけたあいだに、歌舞伎は世界に出て行ってしまったのです。ぜひきょうは皆さんのまねをして、私も後ろの席で見ます。芝居がおわったあと、どこがおもしろかったのか、こっそり耳打ちしていただけないでしょうか」

先日、英国のチャールズ皇太子のさまざまなスピーチが、日本じゅうを魅了した。言ってみれば、練度の高い正直さというべきものだった。言語化された人格がひとびとの心をとらえたばかりか、その背後の英国文明の厚味まで感じさせてしまったのである。日本人は喋り下手だといわれているが、それ以上に、正直さに欠けているのではないか。政界のやりとりをみると、ついそう思ってしまう。

（一九八六年六月二日）

3

正直

前稿で、説明もなしに〝練度の高い正直さ〟ということばをつかい、気になっていた。

まことに人の世は生きづらいが、なんとか日々あかるく過ごせる唯一の徳目をあげよといわれれば、正直しかない。

昭和史をみると、国家が国民に対して不正直になった例をみることができる。昭和十年ごろから超法的存在（陸軍自身の用語。『統帥参考』より）になった統帥機関が日本を支配したが、この機関が不正直の巣窟のようなものだったことは記憶にあたらしい。結局は十年ばかりで国家をほろぼしてしまった。

江戸期、幕府の最高機関である老中・若年寄の政治というのは、かならずしも正直ではなかった。とくに幕末、かれら幕府の要人に接した外国の代表たちは一様にそのことを感じ、日本人はずるいとさえ思ったようである。

江戸期の教養は儒学だった。儒学は孔子のむかしから士大夫《したいふ》（官吏）のための学問で、治められる側の学問ではない。

儒教で五つの徳目を五常というが、紀元前に成立した『孟子』までは仁義礼智までの〝四常〟しかなく、いずれも為政者の徳目であったことがわかる。

この四常に、あらたに信という〝正直〟が加わるのは、漢以後とされる。私見だが、このことは漢の経済社会が広域化したことと無縁ではなかったろう。つまり商売が信というモラルを生んだのである。

が、「信」は、商人における証文、士大夫における生死などがかかっているようで、かたくるしい。そこへゆくと、正直という意味や語感はひろびろとして、生きものとしての皮膚のぬめりさえ感じられる。「こどもは正直だ」ということばがあるが、「こどもは信だ」とは言わない。

正直はセイチョク（漢音）とよめば漢語になって、語感や意味までちがってしまう。やはりショウジキという呉音（坊さんよみ）でよまねば日本語にならない。

「正直こそ仏のモトである」

という意味のことが鎌倉期の民衆宗教家によってつかわれているから、日本語として七百年以上の古さをもっていることがわかる。

正直は、いわば百姓ことばであった。しかしこのことばが存在したおかげで、明治後、オネスティということばが入ったきたとき、ぴったりした対訳語として生かされたのである。

ともかく、正直ということばは、小むずかしい儒教の徳目にはなかった。近代以前の中国・朝鮮といった儒教国で、士大夫が民を治めるとき、かならずしも正直である必要はなかった。このことはアジアの前近代的な政治体質と無縁ではない。

日本でも、江戸期の役人には正直の近似語として廉《れん》直《ちょく》が要求されたが、しかし〝私は正直者でございます〟というふうなことばは、幕府の老中や若年寄はつかわなかった。〝民は由《よ》らしむべし、知らしむべからず〟（『論語』）というのが江戸期のいわば憲法のようなものであったから、為政者としては民に揉み手して〝正直〟というような俗語や俗倫理に従う必要がなかったのである。

正直ということばは、江戸期では商人や職人、あるいは下僕《げぼく》の美徳としてつかわれた。〝正直者の権助〟

とか〝正直いちずのお松つぁん〟とか、〝手前ども越後屋は正直だけを商法にいたしておりますンで〟といったふうにである。

このいわば庶民の徳目が、江戸期の高度な商品経済のなかで大きく成長してゆくのだが、おそらく西欧でも、商工業やプロテスタンティズムの興隆とともに〝正直〟は上昇したのであろう。

いわば正直ということば・論理は、明治後、欧米思想に接するにおよんで格が大いにあがった。この事情は、友情ということばに似ている。友情は外来語の対訳として成立した日本語で、明治後に成立したことばである。

明治二十二年、日本は立憲国家になった。立憲というのは、国家機関や政治家が正直であることを基礎としている。事実、日露戦争終了までの明治期の為政者の正直度は、相当な高さだったといってよく、でなければ明治の奇跡とよばれる時代は創《つく》りだせなかったにちがいない。

われわれは旧憲法については国民を成立させてくれた恩がある。また、戦後憲法は個人を創りだしてくれた。いまの憲法による日本国は個々の自覚の総和の上になりたっているのである。個々が正直さをうしなえばたちまち崩壊してしまう。

むろん個々だけではない。それを代表する国家機関や政治家が不正直であれば、手にもった薄いガラス器具を落とすようにこわれるのである。

（一九八六年七月一日）

4 高貴なコドモ

私は、以前、この「産経新聞」に『菜の花の沖』という作品を連載した。

主人公は、江戸後期の航海家で商人だった高田屋嘉兵衛（一七六九〜一八二七）である。

嘉兵衛は貧家にうまれた。十二のとき、

「いいとしをして、親に食べさせてもらっているわけにはいかない」

と、心に決したというから、ずいぶんませた小僧だった。そのことばどおり、隣村の商家に奉公した。

ふつう世間に早く出すぎると、自分のなかのコドモの部分が干からびてしまう。

人間はいくつになっても、精神のなかにゆたかなコドモを胎蔵《たいぞう》していなければならない。でなければ、精神のなかになんの楽しみもうまれないはずである。

いい音楽を聴いて感動するのは自分のなかのオトナの部分ではなく、コドモの部分なのである。また小学生のたれもが、担任の先生を尊敬するように、他者に偉大さを感ずるのも、コドモの部分である。

小学生は、清楚な女性教師に聖性を見出す。この精神が生育してゆくと、青年期になって充実した恋ができる。不幸にも若くしてコドモを干からびさせてしまった場合、具体的なもの——性愛——にかたよらざるをえない。

人は終生、その精神のなかにコドモを持ちつづけている。ただし、よほど大切に育てないと、年配になって消えてしまう。

嘉兵衛は、卓越した操船技術をもっていた。それだけでなく、気象や潮流にも習熟し、そのおかげでかれの商船隊も事故をおこすことがなかった。この部分は、かれにおけるオトナの部分の機能《はたらき》である。経験を積むことと、また経験から法則をみちびきだすのは、コドモの部分の機能ではない。

が、激潮がうずまく水道（クナシリ島とエトロフ島のあいだ）を航海できる特別の航法をかれが着想したのは、そのゆたかなコドモの部分だった。想像力と創造力は、オトナの部分のはたらきではない。嘉兵衛の偉大さは、十二歳で世間に出ながら、コドモをみずみずしく保ちつづけたことである。

数学がいい例らしい。天才的な数学者は、たれでも二十代で偉大な創造をし、以後、とまってしまうといわれている。数学にかぎらず、学問においてなみはずれた仮説を立てる能力も、その人のコドモの部分である。

小学生を見ればいい。かれらは空や雲を見るだけで、宇宙や神の国を感じてしまう。どういう小学生でも、その瞬間、きらめくような宇宙科学者になり、詩人になるのである。こう考えると、人間というのは成長によってうしなう部分も大きい。中学生になると、もうコドモの量は急速に目減りしはじめる。

極端な場合、中学生ですでに干物のようになっている人もいる。なにぶんオトナといってもオトナの条件である経験がないから、変に世の中をシニカルに見たりする。あるいはオトナとしての具体的なもの（性愛や金銭）にはやばやと身をよせる。

正義もまた小学生の特権である。かれらが好む読みものやゲームを見ればわかる。そこには力づよい正義が表現されている。この正義という高貴なコドモの部分は、成人すれば複雑な現実や利害にとりかこまれて出場所をうしなうが、しかし干あがってしまってはどうにもならない。

職業として芸術家や学者、あるいは創造にかかわるひとびとは生涯コドモとしての部分がその作品をつくる。その部分の水分が蒸発せぬよう心がけねばならないが、このことは生活人のすべてに通じることである。万人にとって感動のある人生を送るためには、自分のなかのコドモを蒸発させてはならない。

じつをいうと、この世のたいていの職業は、オトナの部分で成立している。とくに法律や経理のビジネスの分野はそうである。ところが、うれしいことに、そういう職業人のなかに豊潤な観賞家や趣味人が多い。ごく自然に人間というのは、精神の平衡をとっているのである。

ついでながら、ここでいうコドモとは、成人仲間でみられる子供っぽさとか幼児性とかいうことではない。いくつになっても、他人に甘えっぱなしの成人がいる。それはコドモが豊富ということではなく、オトナとしての義務や節度、あるいはオトナとして最低限必要ななにごとかから逃避したいための擬似《ぎじ》コドモであるにすぎない。本来のコドモはりりしいものである。

また日本の成人に多い悪ふざけや秩序感のないはめはずし（関西弁でいうホタエル・チョケル）も、オトナであることのつらさを躱《かわ》すときの擬態である場合が多い。擬似コドモはいやらしい。

話を少年にもどすが、家庭や学校で、子供にわざわざ〝子供っぽさ〟を教育することはない。責任は回避すべからず、擬態でごまかすべからず、というふうに真のコドモを作るべくしつけるのが、精神のなかのコドモを充実させることなのである。

こんなことを書いたのは、先日、英文学者の菅《すが》泰男氏に会ったせいらしい。

菅氏は退官（京大）されたあと、名誉職である大阪府立国際児童文学館の館長をひきうけられた。雑談のなかで、ふと、

「コドモはオトナの父」

という、イギリスの文学者だったかのことばを引用された。たれのことばだったかは、わすれた。とくに知りたいかたは、同館（☎06・6876・7479）の「調査相談係」に問いあわされたい。よろこんで教えてもらえるはずである。

（一九八六年八月五日）

5 四十の関所

『源氏物語』を持ちだすのもことごとしいが、主人公の妻の紫上《むらさきのうえ》が厄年《やくどし》で発病するくだりがあるところをみると、あの時代から厄年があったらしい。

石上堅《かたし》氏の『日本民俗語大辞典』（桜楓社刊）は、辞典ながら、本のようにして読める。その「厄」の項によると、男の厄は本来二十五歳の厄でおわりだったというのである。四十二歳は厄でなくお祝いをしたものだという。めでたくも四十二まで生きた、ということだろうか。

めでたくもといえば、江戸時代の旗本や諸藩の家中《かちゅう》では、四十代で隠居をした。

あとは息子と交替した。封建の世では人間の能力は、さほどに期待されず、それよりも世襲の家禄や役職がぶじ相続されることに価値がおかれていたのである。大坂の商家などでも、似たようなものだったらしい。

私は病名のつくようなわずらいをしたことがない。

ところが、四十代は病人のようだった。疲労による微熱があったり、たまに威勢よく夜ふかしの酒を飲むと、あと三日ほど、水素ガスの減った風船玉のようにふらふらしていた。当時、よく新聞の薬の広告に〝不定愁訴〟という見なれぬ熟語が出ていて、自分のことをいわれているような気がした。

四十代というのはやはり男の関所だとおもった。

また原始時代の先輩たちのことを想像したりもした。そのころの男の平均寿命は二十代だったろうと推量されている。たれもがプロ野球の選手のように筋肉を弾《はず》ませて山野を走りまわり、イノシシやクマを獲っていた（私どもがスポーツを観賞するのは、遠い原始時代からひきついでいる感覚をたのしみたいせいにちがいない）。

ところが、女たちに子供を生ませると、たいていは産卵を終えたサケのように死ぬ。

いまは、文明のおかげで雨露に打たれて消耗することもなく、寒さのために肺炎になることもない。また病原菌に対しては抵抗力のある人間だけが生きのびるということもない。強者も弱者もこきまぜていっせいに四十代に入ってしまうのである。

しかしながら、四十代のころの私は、本来死んでいるべき（あるいは隠居しているべき）体質でありながら、文明の溶液で生命を薄めて生きているだけだと思ったりした。

滑稽なことに、当節はその年齢からいそがしくなる。私の四十代の場合は自分で勝手に課した義務として『坂の上の雲』という題の作品について、調べたり書いたりして、じつに消耗していた。

他の同年の友人たちは、管理職になったりして、若いころには遭遇しなかったくるしみのなかにいた。

三十代までは使い走りでもできる。人のためにたばこを買いにゆくことができるし、タクシーが見つからねば雨のなかを一キロも走って目あての時刻の電車に飛び乗ることもできる。まことに軽快で、小気味いい年代である。

四十男は、そうはいかない。

管理職にさせられたりして、ちょっと重々しくなる。人や仕事を管理する能力など、本来稀有《けう》なもので、まず徳がなければならない。徳など、若いころから自分を無にして他者や仕事に奉仕できるように自分を訓練してきた人にしてはじめてできるもので、年功序列がその徳をつくるものではない。

私の経験では、組織のなかのしごとというのは、変な会社の場合、組織の秩序維持のためにある。ひとびとはつねに無用の放電をしていて、よほど徳のある上司を得ないかぎり創造への意欲など充電されずに減ってゆくものである。

そういう意味で管理職というのはたとえ係長でもすぐれた才能と大きな徳を必要とするものなのだが、組織というのは童話のバケモノのようなもので、平然と四十男をさらってきて、管理という重職につかせる。

私は、初対面の四十代の人には、心から、大変ですな、と思ってしまう。

まず体力の面で気になる。私などこの関所を通過して十数年になるから、ずるく自分の体とつきあう方法を会得《えとく》してしまっている。しかし関所を通過中の人は、そういうことよりも、ふりつもる大仕事という雪に耐えることに精一杯で、たいていは疲れの溜まった顔をしている。

正確なことばとしては忘れたが、道元が「人身うけがたく、仏法あひがたし」といっている。

虫や魚に生まれることなく、すでに人に生まれてしかも四十年の人身を得た以上、あとは虚空《こくう》からこの世に客にきたと思うと、気楽ではあるまいか。ともかくも風と火に化する日までは、この世への奉仕に自分を使おうと思いさだめてしまえば爽快な四十代が送れるかもしれない。

人は四十代で人格ができあがるようである。よき四十代の人が、六十、七十になった場合、ただ存在しているだけでひとびとの心をあかるくするにちがいないし、老齢化社会についての問題の一部も解決するかもしれない。

四十代で鬼相を呈しはじめる人もある。むやみに権力好きになったり、また自己の利益にとらわれて他が見えなくなっている人がいる。あるいは犬が咆《ほ》えるように自分のささいな健康上の不調を会う人ごとに訴えて、そのため自己以外の他者が見えなくなっている人もいる。

以上のように見てくると、四十の関所というのは、容易ならざるものらしい。

（一九八六年九月一日）

6 自己について

人間には、すばらしいことに、一個ずつ「自己」というものがおさまっている。こればかりは一億台分のコンピューターもかなわない。

唐突だが、この世に、

「上司」

がいる。たとえば――訪問販売もそうだが――ヒトにナニナニせよという用件を持ってくる。私の場合、先日、そんな人と対話した。私は相手にその用件に応じたくないという理由を過不足なくのべたつもりだった。

相手は、一個人としては十分なっとくしてくれているのである。

ところが、

「そこを何とか」

と、押してくる。

「上司にそういわれたんですか」

「そうです」

こういう情景はじつに日本的で、いまこの瞬間にも、全国で数百万件はおこっているに相違ない。

他国の例をひけば、わかりやすい。〝ロシア人は一人一人になるといい人間が多いが、ソ連人の意識のもとにやってくるときは――あるいはソ連人が役人としてやってくる場合――じつにいやな人間になる〟といわれる。シベリアで奴隷労働を強いられた人ならよくわかるにちがいない。

日本人のことに、話をもどす。

むかいあっている相手に対し、私がのべつづけているのは、相手の〝自己〟に対してである。

ところが、相手が、

「上司が。――」

といって引きさがらなければ、私はホラアナにものを言っているか、ソ連の収容所の監督と交渉しているような気になる。

ここでいう〝自己〟とは、哲学とでもいうしかない。といって学校で習う哲学のことではない。

人間は、三十をすぎればたれでも物の考え方や、感じ方、とらえ方、さらには倫理感覚をふくめての思考と感覚の基本機能ができあがる。

難解とされている西田哲学でも、くりかえし読んでいるうちに、ふと西田幾多郎《きたろう》という人の基本的な思考機能（あるいは機構）がわかる瞬間がある。それをキーにして読みなおすと難解だった表現がじつは乱雑に茂った枝葉にすぎないことがわかり、根や幹がみえてくる。

友人とはなにかについても、これで規定できる。基本的には愛と尊敬がなければならないが、重要な条件として相手の〝自己〟（その人における事情ではない）を知っているということではないか。逆に友人が自分の〝自己〟を知ってくれていないと気づいたとき、これほどのショックはない。

『論語』に出てくる孔子の門人に子路《しろ》という人がいる。他の門人にくらべて知的ではないが、勇を好み、直情径行の性格をもち、孔子にとっぴな質問をしては、たしなめられてばかりいた。かれは衛の国に就職した。やがてその国に権力争いがおこった。うわさをきいた孔子は、

「子路はきっと死ぬだろう」

とつぶやいた。予想どおり子路は自己のルールに従って死んだ。子路は孔子に、〝自己〟を知られていて、幸福だったにちがいない。

いわでものことだが、この〝自己〟とは利害を中心とした自己とか、また心理学でいう病的な「自己中心性」（本来、幼児の心性）の自己、あるいは日本のあたらしい病弊とされるミーイズムの自己ではない。ふるくからの日本語でいえば「タマシイ」のことである。

「一寸の虫にも五分《ごぶ》の魂」の魂のことである。

私どもは、いつの場合も自分の魂をもって相手の魂に話しかけねばならない。

しかし、名刺に刷られた所属会社の社員といきなり話さねばならない場合がある。

その場合、相手がソ連の役人のように魂を上司や組織にあずけてしまっていては、対応のしようもない。

数日前、私の好きな老哲人に出会った。

「いまの日本はいつ全体主義になってもおかしくはありませんね」

と、その人は、テレビ・タレントへの熱狂ぶりについてなげいた。

私はべつの意味で、その危惧《きぐ》に賛成した。

明治期は、サラリーマンはわずかだった。いまは、成人の七、八割が組織の勤務者で、たれもが上司をも

っている。もし、上司に魂まで管理してもらっているような人間が多数を——一千万人も——占めたとすれば、ソルジェニーツィンの『収容所群島』に出てくる大小の役人たちとかわらなくなるのである。

といって私は管理社会フンサイ！　といっているのではない。おたがいに自己を陶冶《とうや》しましょうといっているのである。

（一九八六年十月七日）

7　ことばづかい

世の中の物事は本来あいまいなもので、○×では断じにくい。しかし煮つめてしまえば、答えは出る。

今回の主題は、お行儀とくにことばづかいについてのべたいが、結論はさきに出ている。ことばづかいのいいほうがよろしく、そういう人は人生の全線優待乗車券をもっているようなものだということである。

しかし、×のほうからのべたい。つまりことばがわるいほうが的確な表現ができるという例。

英語圏とされるアジアの良家に生まれて、中近東の航空会社でスチュワーデスをしていた女性が、名だたる河内弁世界（つまり私の近所である）に嫁入りしてきた。彼女は頭もよく、教養もある。だから上品な日本語を身につけたが、平素は最悪の河内弁（テレビでおぼえたらしい）を愛用している。日本の友人がそのことを注意すると、

「せやけど、こんな便利なことば、ないでえ」

たとえば、みな行列して電車を待っている。途中から割りこんでくる紳士がいると、彼女は、

「オッサン、イテモタロカ」

と、どなる。紳士は、逃げだしてしまう。

また満員でもない電車で、わざわざわずかな隙間にお尻をねじこんでくる中年女性がいる。彼女はすっくと立ちあがって、

「オバン、なんでヒトの体にすり寄って来ッならん」

たいていのオバンは泡を食って逃げ出す。まことにこのことば、意思表現が明快である。

Sという、私が尊敬する外科の老大家がおられる。絵も描かれる。外科医らしく精密な描写力を持った絵で、玄人でもこれほどの対象把握力はめずらしい。

ところで、この人は日本海沿岸の生まれでありながら河内弁を愛されている。とくに問診のときがそうである。黒白が明快で、灰色表現がないという。また痛みの種類についての表現が、どの方言もそうであるように、河内弁にも多い。

「先生、ウジウジ痛んで、そのくせ痛痒《いたが》いねん」

「わかった」

と、ひざを打ちたくなるほどに、症状がよくわかるという。

私の学校の後輩にKという人がいた。

紀州の海岸の生まれで、大会社につとめてきた。ところが中年になっても、役づきになれない。

「なんでやろ」

私にきいた。じつに可愛い感じで、私には物言いそのものがおかしい。私も調子をあわせて、紀州弁で、ちょっと上役に敬語でも使うてみたらどうや、と言ってみた。

「そんな冷たいこと、でけるかいな」

紀州方言には敬語がない、と方言学のほうでめずらしがられている。

ついでながら、紀州人は賢い。明治以前の日本の漁法のほとんどは紀州が発明したものだと言われている。カツオブシも濃口しょうゆも、紀州人の発明であった。

K君もその一人だが、頑固な紀州人たちはぞんざい言葉こそ親しみの表現だと思っている。

K君があるとき、上役と酒を飲んでいるときに、私も居合わせた。夜もふけたので、K君が上役のほうへ顔をねじまげ、

「クルマ、よんでッか」

といった。上役がしぶしぶ立ちあがったのをみて、

私は両方とも気の毒だとおもった。

江戸期、上質の日本語の習得のために、武士階級は謡曲をならい、大坂の町人階級は浄瑠璃をならった。

各地の農村では、寺のことばづかいを学んだ。江戸期、人の移動に制約はあったが、寺の小僧は住職になる修行のために京へゆき本山で学問をする。あわせて行儀とことばづかいを身につけ、村に帰る。それが、丁寧な日本語の普及に役立った。

明治・大正の大阪の船場《せんば》の商家では、お茶やお花の師匠を京都からよんだ。娘たちにことばの修業もさせるためであった。

江戸の旗本屋敷では、さらに厳格だった。

大人になって殿中や、他家を訪問して恥をかかないよう、母親が、息子や娘たちに丁寧な敬語をつかった。それが、明治後、山ノ手に住んだ薩長などの官員たちの家庭にひきつがれた。

いまはひどい。小学校は、多くの場合、児童が先生に友達ことばで話しているのである。

前掲のS先生の場合にかぎっては、話としてはおもしろくはあるものの、ことばの文化は、退化している。児童たちが先生にいくらぞんざい言葉をつかっていても、その一条件だけでは、歴史的紀州人のように、すぐれた創造のにない手になれない。

（一九八六年十一月四日）

8 顔を振る話

私は、日本語がすきである。だからテレビの画面に街の人が出てきて、独りしゃべりを始めると、身をおこして聴く。

たいてい感心するのである。不意にマイクをむけられながらも、一つの主題についてすっきりとおしゃべりできる人が多くなっている。

明治以前の日本の言語習慣には、そういうこと（不特定大衆の前で一主題のことを独りしゃべりすること）がなかった。

明治初年、福沢諭吉は、このことを懸念した。かれは西洋のスピーチを移植すべく三田《みた》に演説館をつくったのだが、日本人にスピーチの風習が定着するだろうかと心配した。

福沢をかすかに安心させたのは、僧の説教があったことだった。とくに福沢家の宗旨である浄土真宗は、聞法《もんぼう》ということを大切にする宗旨で、専門の説教師たちが寺々を巡回していた。

「あれがあるじゃないか」

福沢はおもったが、しかし当時の説教は唄であって、ナニワ節のようにフシがついていたのである。フシつきの独りばなしは、いまの感覚ではこっけいではあるまいか。

もっとも、女の子がしばしば語尾に力みを入れて「ナニナニでえ」という癖を出すのは、このフシつきに根ざした先祖がえりかもしれない。

ちょっと気になる流行もある。述語できっぱり止《と》めずに、そのあと、

「……といったカンジで」

とつける人が多く、また、

「……というミタイナことで」

という言いかたも多い。

三十年ほど前にケンブリッジ大学の日本語学科を出たイギリスの青年（いまはすっかり初老になってしまったが）からおもしろい話をきいたことがある。かれの在学中、日本語の先生（イギリス人）が、

「日本語はぜんぶ〝名詞〟でできあがっている」

と、教えたそうである。

「そんなばかなことないよ」

と、私はいってから、すぐ自信をなくした。案外そうかもしれない。ついでながら、この場合の〝名詞〟とは単語ではなく、センテンス全体の〝名詞化〟と考えていい。たとえば、

「円高の差益は私たちの消費生活までなかなかまわって来ない」

といいきらずに、この下に「……という感じで。――」とくっつけ、〝感じ〟までを名詞化することで、語り手はニッコリ安堵するのである。

「私はネコが好きです」

といえばいいのに、言い切りを避けたがる感覚が働くのか「私はネコが好き、ミタイで。――」といって、ことさらに〝名詞化〟してしまう。

日本語はもともと明晰《めいせき》よりも、どこかぼかしたあいまいさを加えるほうが、話し手にも聞き手にも安定感を感じさせる。だからカンジやミタイの多用は、ひとつには、そういう伝統回帰の要素があるのかもしれない（動詞で言い切ると切り口上になるという感覚が伝統としてある、という意味である）。

おもしろいことに、顔を振りながらものをいう女の人がふえた。

はげしいときにはこちらの目が疲れてしまうほどで、人によってはオミコシでも振っているように句読点ごとに顔を振り、終止符で一段と大きく振る。

なまの会話風景では顔振りは見られない。テレビ・カメラにむかって〝いざしゃべりましょう〟とかまえたときにこの現象はおこりがちなようである。

日本の伝統的な語りものに、義太夫がある。フシがつき、首を振る。首振り三年などともいわれる。そういう遺伝がひょっこり顔を出したのかもしれず、そうなると、日本語という言語の生理に関する興味深いテーマになってしまう。

以上、感想であって、よいわるいの話ではない。ともかく福沢諭吉の心配に関するかぎり、私どもの言語生活は大きくよいほうにむかっているのである。

（一九八六年十二月一日）

9 男の化粧

十三年前の春の夜、サイゴン（いまのホーチミン市）の裏通りを歩いていて、芝居小屋の前に出た。俳優の大写真がずらりとかかげられているのを見あげた。おどろいたことに、男優たちがみな白くぼってりとお化粧をしているのである。

私は、自分のアジア好きには年季が入っているつもりだが、これには気が滅入った。

そのあと気をとりなおして、これこそアジア人なのだと自分に言いきかせることにした。

第一、日本のお公家《くげ》さんも、女のように化粧していたのである。

マユの毛をぬいてひたいに殿上眉《てんじょうまゆ》を描き、歯を黒く染めていた。この風《ふう》は、十二世紀、平安後期にはじまったといわれる。

平家も、武士から昇格して公家になったから、その公達《きんだち》も、当然、化粧をして戦場に出た。むろん平《ひら》武者や敵の源氏の武者などは素《す》のままの顔だった。つまり貴種《きしゅ》だけが化粧したのである。

以下のことは真宗の僧にとって思い出したくない過去だろうが、説教師という専門職の僧は、明治のある時期まで、高座《こうざ》にのぼるとき、薄化粧をしていた。貴種のイメージを演出したのである。

歌舞伎でも二枚目は白く塗る。江戸期は照明がくらかったということもあるが、二枚目は庶民のイメージの上では擬似の貴種なのである。だから、白粉《おしろい》を塗らねば観客が承知しない。

貴種とは『広辞苑』によると、「高い家柄の生れ。高い血筋」とある。

ほかに、貴種流離ということばもある。貴種がなにかの事情で放浪するという説話の型で、日本では義経がその典型といっていい。歌舞伎では義経のことを判《ほう》官《がん》という。判官が赤ら顔で出てきては観客が面くらう。

私などの小さいころ（昭和初年）は、映画の時代劇もまだ歌舞伎の延長で、二枚目は気味わるいほど白く塗っていた。むろん観客もそれをあやしまなかった。

この風は昭和三十年前後になっても、続いていた。

そのころ、映画会社の人に、こんなふうに質問してみたことがある。

「ハンフリー・ボガートやジョン・ウェインなどが、白く塗っていますか」

しかし、映画会社の人は、いや、二枚目の顔を白くするとお客が喜ぶのです、といった。平安期からの伝統は、白塗り時代劇があきられるまでつづいたといえる。

日本だけではない。

中国でも、かつてはそうだった。京劇はむろんのことだが、ある時期までオーケストラの楽士までが全員薄化粧して演奏していた。

十数年前、中国のオーケストラが日本にくるという話がもちあがったとき、故中島健蔵氏が、誤解を生むのではないかと心配して、せめて日本での演奏中だけは素顔でどうだろう、と中国側（四人組時代だった）にいうと、それはこまる、という返事があった。

「民衆はそのほうをよろこぶのです」

と、中国側は、前掲の映画会社の人と同じようなことをいった（もっとも、この演奏はべつの事情でとりやめになった）。

ところが、ちかごろ、男の化粧が一部で流行しているそうである。

大阪だと、夜、心斎橋あたりにそういう〝子〟が出るという。流行の本場の東京では、そのための専門の美容室まであるらしい。

「もっとも、高校生ぐらいまでで、二十をすぎると、もうそういうことはしないようです」

と、消息通が教えてくれた。

ジュリー・沢田研二さんなどは舞台の上で化粧をしている。私の中の〝古層のアジア人〟はそのことに感動する。ファンたちもジュリーに、流離している貴種を——意識下で——擬似的にかさねたりしているのだろう。

ところが、最近の流行の場合、舞台や映画の上ではなく、町を化粧顔で歩いているのである。

日本の若者文化もその一部はそろそろ老化してボケの段階に入っているのではあるまいか。

民族の文化は、人格に似ている。老化してくると、ときにコドモがえりするように、アジア的古層という岩骨《いわほね》が化粧若衆の中にあらわれ出てきたのではないか。

（一九八七年一月五日）

10 受験の世

いまから書くことは、目下、受験というミキサーにかきまわされて挽肉《ひきにく》のようになりかけている人たちに、なんの役にも立たない。むしろ有害かもしれない。

世の中にはりっぱな(?)人がたくさんいる。学校が好きな人たちである。長じて成功者となり、老いて高校や大学時代の思い出をみごとな随筆にしたり、またしきりに同窓交歓して、その時代を天国のように幻想し、たがいにジグソーパズルの破片をもちあい、幻想の青春を再構築しあったりする。

若者たちが入学試験で大苦労するのはそういう老後の楽しみのためにある、などとはいわない。

人はなぜ学校へ行きたがるのか。

「学問したいから」

そのようにきっぱり——自分をあざむくことなく——言える人は、さほどに多くはない。

学問をするというのは、かがやくような心構えがいる。まず、子供が一定の好みのもとに物を収集するように、できるだけ多くの知識を記憶せねばならない。記憶するだけでは、学問にはならない。知識群を手がたい方法で分析し、また独自の仮説をうちたて、あたらしい理論を構築しなければならない。

今後の日本に必要なのはそういう能力群なのである(その点、明治・大正は学問の上では恐竜時代ほどのむかしで、西洋の理論や学説を記憶しているだけで多くの場合、学者とされた)。

ぜひ、創造の志をもつ若者こそ、学校に行ってもらいたい。たとえ学者にならなくても、世の中によき活性をあたえてくれる人になるにちがいない。

「教養を身につけたいのです」

というのなら、しいて大学へゆく必要はない。両親に経済力があれば四、五年の余暇をもらい、江戸時代の知識人のすべてがそうしたように、ほうぼうの塾へゆくことである。

もっともこんにち、外国語の塾はあっても、漢学塾や日本古典の塾、哲学の塾、経済概論や法律概論の塾はなさそうである。しかし社会に需要があればやがてできるにちがいない。

師を得なければ、図書館に四、五年通うのもいい。文科系の大学で教養として学ぶようなことは、本を読むことで十分である。

「いいえ、大学卒の免状がほしいんです」

となると、ハナシの質が一変してしまう。処世もしくは虚栄という問題になる。

しかし、現状は、世をあげての虚栄時代なのである。当節、入学難易度によって高校や大学を社会的に(!)秩序づけ、心理的には両親や当人のアイデンティティ(この場合は身分証明)の代用としている。

江戸期の身分制は遠い昔になったが、それにかわる秩序として、いまは学歴や出身学校が持ちこまれている。

受験用の勉強は、前記の定義でいう学問ではない。受験用の勉強とは、さまざまなシステムの内容を記憶し、また多種類のパズルのようなものを、いつでも解けるパターンとしておぼえこんでしまうことである。

このためには、偏執的な努力を必要とする。独創は不必要だし、ときに邪魔にさえなる。

それに適合しなかった敗者が、こんにち仮象《かしょう》の〝身分制〟の各段階に区分されて、就職から縁談にまでひびく。滑稽というほかない。

この「仮象」とは哲学用語で、しいて国語解釈すれば「実在するように見えながら、それじたいは実在性をもたぬ形象」ということである。

日本における学歴的な階層性こそ仮象で、議論の上でこそ「学歴なんか問題じゃありませんよ」と口先でいわれつつも、実社会では大きな実効性をもっているのである。かといって、南アフリカ共和国の人種隔離制やインドのカースト制のようではないから決して暴動が起こるということはない。

受験制というのは、社会を仮に秩序づける上でのすばらしい催眠作用をもっているのである。

「自分が大学(あるいは高校)にゆけなかったのは不勉強で受験に失敗したから」

とか、

「自分の受験の能力ではその程度の大学しかゆけませんでしたので」

と、スポーツの勝敗のようにたれもが自分を自分でなっとくさせている。

敗者は、その後、悪《あ》しく処遇されても、右のこの自己規定によって社会的に爆発を生むにいたらず、むしろ子の代に、受験の勝者になることを期待する。

まことに世の中が挙《あ》げて受験というゲームをしている。学問とも創造とも、あるいは教養ともかかわりなく、ひとびとは世の安寧秩序のためにこの遊びに熱中している。

問題は、その仮象のゲームに敗れるか、参加できない人たちが、どのように価値のある人生を送るべきかということである。

このもっとも重要なことについては、両親も学校も、さほどに知恵のある思案をしていそうにない。

できれば高校・中学ごとにこのためのボランティアの賢者の委員会でもつくるべきではないか。

むろん、賢者たちは既成の価値観を批判する能力をもってくれねばこまる。さらにはすでに足もとに潮がさしはじめているあたらしい社会についての想像と認識をももってもらわねばならない。単に老人たちが過去のゲームを語るようではこまる。

（一九八七年二月二日）

11 やっちゃん

「ボクがボクであることの証《あか》しはこれだ」

と、小学校五年生のやっちゃんは、まさかそんなむずかしい言いまわしはしなかったが、似たようなことを子供ふうのことばでいった。

まず、ぐいっと左耳を上げる。やがて上下に動かす。あとは電動式みたいにさかんに動かした。

難は、当人が笑うと耳が静止してしまうことだった。だから耳を動かすときは、真顔になる。

「右耳も動かしておくれ」

と、たれかが頼んだが、やっちゃんは丁寧にことわった。「いまれんしゅう中だ」

六年生になって、やっちゃんがめずらしく算数で百点をとった。先生がその答案を両手でかざしてほめると、この少年は地面から出てきたばかりのワラビみたいに、大きな首を垂れてはずかしがった。

それが転機になったのか、以後、耳を動かさなくなった。両者のあいだに、なにか心理的な関連があるらしかった。

十五、六のときに左官の徒弟に入った。この道では「土こね三年」というが、土こねや追いまわしばかりさせられて、そのうち兵隊にとられたため、十分な技術が身につかなかった。

戦後は、ヤミ屋の時代だった。

やっちゃんもその仲間にはいったが、すぐやめた。

「こんなもの、身につかないよ」

再び左官の子方《こかた》になってやりなおした。無収入同然だった。

そのころのやっちゃんに、大きな夢があった。

徒弟時代にみた姫路城の白亜や総塗籠《そうぬりごめ》の土蔵、あるいは高名な料亭の座敷でみた渋紙色の聚楽《じゅらく》の壁のようなものを塗りたいということだった。

しかし戦後の経済事情のなかでそんな古典的な普請がやたらとあるわけではなく、建売り住宅の壁ぬりやトイレのタイル貼りなど、ただの左官としてあけくれした。

三十前後で独立し、その後、ちまたの左官業として十分成功したが、ただあこがれの聚楽や白壁の注文はなかった。

もともと出発点がわるかった。京都の千家に出入りするような親方を師匠にもてばよかったのかもしれないが、そういう機会にめぐまれなかったのである。

六十すぎて、隠居をした。

マンションに老夫婦だけで住んだのだが、自宅の、スプレーでペンキを吹きつけただけの外壁や、安っぽい床の間の壁が気に入らなかった。

「この壁を聚楽にする」

と思いたったが、奥さんが反対した。マンションに聚楽はそぐわないし、掃除のたびにぼろぼろと砂が落ちる。それに冷暖房のために悪《わる》乾きに乾いて、ひびも入るだろう。

「世の中は、思うようにはいかないな」

と、ちかごろやっちゃんはいう。

「職人でも商人でも、若いうちにいい師匠を見つけることだよ」

そんなわけで、かれは贅沢な仕事という場数を踏んでいないのである。

だから、聚楽を塗ると思いたったにしても、

「おれには塗れやしないよ」

空想なんだ、といっていた。

「ただ、おれの頭のなかには、大した左官が棲《す》んでいるんだ。そいつは彦根城だろうと何だろうと、らくらくと塗ってしまう」

そういえば、引退後のやっちゃんは、建築史の学者のように、京都や奈良の建築や茶室の壁を見てまわっている。

「いい壁は、宝石だね」

しかしその〝宝石〟を塗る腕はない。

「ああいうのを見ると、自分の一生はでくのぼうだったと思うんだ」

「ところが、六十になって、こいつだけはできるようになった」

と、やっちゃんが急に真顔になった。

両耳を動かしはじめたのである。

「――女房のやつ、変におだてやがって」

私はやっちゃんの奥さんに会ったことがないが、きっと気がやさしくて賢くて、この鬱懐症《うつかいしよう》の亭主のあやし方を知っているのだろうと想像した。

「男の一生というのは単純だね」

そのようにいうやっちゃんが、私には聖者の列に加わっているように思えてくる。（一九八七年三月二日）

12 スクリーン

漢字では、聴と聞とは意味がちがう。聴はその気になってきく場合につかわれる。

「聴」には、頭にイメージが結ばれねばならない。そのためには、訓練が要る。

一時期、私は若い人に、ぜひこれを聴きなさいといって、桂米朝《かつらべいちよう》さんの落語のカセットをしきりに貸した。たいてい、目が覚めたような反応があって、他の演目のものを貸してくれといってくる。

身近にいる三人の娘さんなど、すっかり米朝ファンになってしまい、独演会にまでゆくようになった。まことに米朝さんは偉大だが、この稿は米朝論ではない。

訓練さえすれば（大変、楽天的な言い方だが）人の話のおもしろさがわかるようになる、ということについての話である。

たとえば相手が物をいう。ことばが連続して出てくる。その一語一語に頭の中のスクリーンが鮮烈に画像を映しつづけてゆかねば、語り手にとって、きき手は地蔵さんにすぎず、そういうきき手になりはてては、人生は痩せたものになってしまう。

私の遠縁に夫婦とも真暗なスクリーンの一組がいて、そのせいか、たがいの会話がない。

不満がときどき圧力釜のように高まって、ついにはフタが吹っとぶようにして――ヘタな新劇のように――どなりあっている。どなることは相手に動物的な恐怖はあたえても、言語のもつイメージの結像を相手に与えない。

そのご亭主から転業についての相談をうけたことがある。私は二時間ほどしゃべったが、その間《かん》、どの瞬間も、ご亭主の顔は鍋の尻のように無表情で、内部の映像が表情ににじみ出るということはなかった。最後に、その人はうっすら笑って、

「つまり、こういうことですか」

と、私の主旨とはまったく逆のことを問いかえした。

私は自分のなにごとかを表現することで生きてきたのだが、これほど言語についての無力を感じたことがなかった。

といって、頭のわるい人ではない。

ただスクリーンを持たないだけである。そのためか、かれは数字や統計でもって、自分自身の商売の状況や、世間の様子を把握する足しにしている。

こういう壁のような人を相手にしたおかげで、

――アメリカ人の統計好きもそうか。

と、思わぬ空想にふけることができた。

たとえばアメリカで状況説明のために統計が多用されるのは、世間にはスクリーンのない人がたくさんいることをかれらは知っているからではあるまいか（むろん半分冗談だが）。

統計でなければ、論理を持ち出してもいい。ヨーロッパ人が論理を好むのも、そういう機微をかれらは知っているからではあるまいか（むろんこれも、冗談である）。

統計や論理は、前提がまちがえば、なんの役にも立たないのである。基本的には情理をつくした言語表現でもって、人間は自分の状況や他者や世界を知るほうが、誤りがすくない。

ところで、かれの夫人は、ご亭主以上に天才的なの

である。

たとえば、平素世話になっている他家の奥さんになにかさしあげたいと思いたち、道で会ったとき、鉢植えの花はお好きですか、と彼女は質問した。

「――いいえ、鉢植えの花は」

と、その他家の奥さんは、多くのことばをつかって、鉢植えの花がいかに自分にそぐわないかを返答した。さらにいった。自分はうかつ者だし、留守がちでもあって、つい水を切らし、せっかくの花を枯らしてしまいます。

彼女は翌日いそいそと鉢植えの花をその奥さんの家に持っていったのである。彼女は根の賢い人なのだが、スクリーンがないため、相手のことばを単語だけがところどころ頭に入って、〝鉢植えの花はいやだ〟という文脈ができあがらず、好きです、になってしまったらしい。

こういう場合、鉢植えの絵をかいて、赤で×印をして示す以外にない。

スクリーンは、つねづね訓練して鋭敏にしておかねばならないのだが、学校の現場ではどう教えているのだろう。たとえばテレビ映像という当方にとって受身だけのものに接しすぎるのはいけないとか、またマル・ペケ式の教育にも害があるなどといったことをちゃんと教えているのだろうか。

（一九八七年四月六日）

13 〝独学〟のすすめ

以下は私事である。中学の一年一学期の英語リーダーに、New York という地名が出てきた。この地名にどんな意味がありますか、と先生に質問すると、反応が激烈だった。怒声とともに、

「地名に意味があるか!」

おそらく、意図的な授業妨害と思われたにちがいない。さらにその人は余憤《よふん》を駆って、お前なんかは卒業まで保《も》たんぞ、などといやなことまで言った。私は人に憎悪をもつようなしつこい性格ではないつもりだが、このときのその教師の顔つきをいまでもおぼえている。

まったく不愉快な思い出である。この日、家へ帰る途中、小さな市立図書館に寄って、司書の人に必要な本を出してもらって読むと、簡単にわかった。そのあたりはそれまでオランダの植民地で自国の首都の名をとってニューアムステルダムとよばれていたのだが、一六六四年、英軍に占領されてから、当時の英国国王の弟のヨーク公の名にちなみ、ニューヨークと改称されたという。

図書館にゆけば簡単にわかることが、学校では教師とのあいだで感情問題になってしまう。私の学校ぎらいと図書館好きはこのときからはじまった。

その後も、その教師から目のかたきにされた。

以下のことも思いだしたくないことだが、私のほうも、英語を学ぶについてその教師を黙殺してしまった。決意の要ることだったが、英語は参考書で勉強することにした。参考書のなかの単語とセンテンスは丸暗記した。その教師がつかっている教科書は見ないようにした。試験はその学期だけながら、白紙でだした。

この〝独学癖〟のおかげで、受験のときは英語に関するかぎり苦労せずにすんだ。

もう一つトクをしたことがある。

私は「産経新聞」に、かつて『竜馬がゆく』『坂の上の雲』それに『菜の花の沖』を書いた。

いずれも、海が出てくる。

私は子供のころ、船酔いのひどいたちで、兵隊にとられるときも、もし海軍ならどうしようと思ったりした。どうせ死ぬ。死体が海にただよっているより陸で

腐ってゆくほうがありがたかった。

そんなわけで、海のことも船のこともなにも知らなかった。

物を考えるときは、基本的なことをおさえる必要がある。海についていうと、なぜ、波がおこるのか、波はむこうからやってくるのか、それとも現場で上下しているだけなのか。どうして風がおこるのか。偏西風や季節風はどんな原因でうまれるのか。なぜ潮流・海流というものがあるのか。沿岸流とは、どういうものか。

そういう場合、いきなりむずかしい本を読んでもわからない。その場合のコツは永年の〝独学癖〟で身につけた。少年・少女用の科学本をできるだけ多種類読むのである。

子供むけの本は、たいていは当代一流の学者が書いている。それに、子供むけの本は文章が明快で、大人のための本にありがちなあいまいさがない。

そのあと大人のための本をよむと、夜があけたように説明や描写が、ありありとわかってくる。

また、専門家に質問する場合も、小学生でも顔を赤らめるような幼稚なことをたずねねばならない。

たとえば、

「なぜ海軍士官や、商船、航空機の高級乗員は、制服の袖《そで》に金筋を巻いているのです」

と、先達に質問してまわったことがある。四苦八苦してしらべてくれた恩人は、元海軍大佐正木《まさき》生虎《いくとら》氏だった。

「これは一説ですが」

と、そのとき正木さんはいった。

「英国海軍の草分けのころ、甲板《かんぱん》士官は細いロープを腕に巻いていました。それが象徴化されたというのです」

じつをいうと、こんないわば無用の知識は、作品を書く上で、じかには必要がない。ただ海軍草創のころの情景が、潮風のにおいとともに体に入ってくる感じがして、自信ができるのである。

そういう無用の知識を集積してゆくと、海事関係の本を読んでも、身うちのことのように親しみができる。

あのとき、もし、

「ニューヨークという地名のおこりはね」

と、その先生が物わかりよく教えてくれたとしたら、この〝独学癖〟はつかなかったかもしれない。その点、反面の大恩はある。

以上は、学生にも社会人にも通じる〃独学〃のすすめとして読んでもらいたい。

ただし〃独学〃は万能ではない。ひとりよがりの危険におちいることを常に感じておかねば、あぶない。『論語』にも似たようなことがのべられている。「学ンデ思ハザレバ則《すなは》チ罔《くら》ク、思フテ学バザレバ則チ殆《あや》フシ」

この稿では、独学独思を勧めつつも、一方でいい先生につくに越したことはないと言い添えておく。ただし、そういう幸運にめぐまれればのことである。

（一九八七年五月四日）

14 おばあさん

私は日本語をこよなく愛しているが（愛する以外ない。日本語によって日本人は成立しているのである）、しかしまれに、どうかなと感ずることもある。

たとえば、自分の祖母でもない見知らぬ老婦人に対し、

「ちょっと、そこのおばあさん」

と、呼びかけるのは、どうかしているのではないか（むろん、おじいさんであってもいい）。

あのとしよりはじつは私にとって祖父母同然でございますとか、あるいは、私はあなたの孫同然ですよ、といったふうの擬制（なぞらえること）もしくは〃おためごかし〃の心づかいからうまれたことばに相違ない。

相手がおなじ老人でも、過疎村などで日なたぼっこしている老婦人には、都会からきた女性アナウンサーなどが、

「ねえ、おばあちゃん」

と、なれなれしくよんだりする。この場合は、かすかながら強者が弱者にモノをいう水位が感じられる。その証拠に、首相夫人に、ねえ、おばあちゃん、などといってマイクをつきつけるアナウンサーはいない。

この擬制語が、もし擬制でなく、呼びかけ人にとって本気のことばなら、かれはりっぱに聖書のなかの〝善きサマリア人〟である。隣りびとを自分自身のように愛し、また老人をみてはその孫だと自分に言いきかせ、老人に道で出会えばこれを背負い、手を貸して荷物を持ってあげる。

そうする気があってはじめて「ねえ、おばあちゃん」なのである。

「ちょっと心やすく呼んでみただけです」

という弁解は、むろん正しい。ただこの〝心やすさ〟から出た擬制語が相手を堂々たる独立人格として認めていないところから出ているとすれば、いいかげんな弁解になる。

つまり、相手は単に年齢的存在にすぎず、

「そこな、町人」

と、時代劇のお侍さんが町人をよびとめる場合とおなじになる。お侍さんの場合は相手を階級語だけでとらえて、いばりかえっているのである。一方、「ねえ、おばあちゃん」とよびかける女性は〝私はあなたの孫です〟とへりくだっている。

いばるのも、ヘラヘラへりくだるのも、相手と自分との〝水位〟を意識してのことである。紙の裏おもてにすぎない。

むろん、以上のことはことばの問題でなく、日本人の意識の問題なのである。

きくところによると、NHKでは、右のようなよびかけはやめるようにしたという。まことに朗報で、大げさでなく日本語は一つ前進したといっていい。

小学館の『日本国語大辞典』の〝おばあさん〟の項をひくと、右のような使い方は伝統的なものらしい。むろん第一の語義は、自分の祖母のことをさす。第二の語義が、ここでのべてきた内容である。

「年寄りの女。また、老女を敬い親しんで呼んだり、盛りを過ぎた女性が自嘲的に言ったりする語」

とあり、使用の事例は明治期に存在する。むろん江戸期にさかのぼるだろう。お侍さんが「そこの、ばばどの」といったり、大工の下職が「どこのばあさんだか知らないが、横丁に犬がいるから気をつけなよ」などとよびかけたりしたはずである。

こういう日本語のあり方について、

「それは、儒教の影響でしょう。老人を尊敬するという儒教の倫理から出たことばにちがいありません」

という理屈もあるかもしれない。じつは、日本社会は、よくいわれるほどには儒教は入っていない（私はむしろそれを日本歴史の幸いの一つだと思っている）。

余談だが、中国では、老《ラオ》とか爺《イエ》という内容は、最高価値におかれる。とくに爺は、清朝のころ、皇帝に対して、たとえ幼帝であっても、

「皇爺《ホワンイエ》」

と尊称した。日本では爺《や》はオイボレとかジジイという語感で、尊敬の度合はほとんどない。

また儒教国だった韓国でも、老人に対しては、父に準ずるほどに敬意がはらわれる。老人の前でタバコを吸う勇気のある若者はいまなおすくないし、かつては老人に会うときは近眼鏡をはずしたりした。

以上のことは、明治期に成立した若い近代日本語がなお少年のように成長しつつあるということを言いたかったのである。

以下のことは、私ども普通人はあまりつかわないが、民放テレビのタレント司会者などが、ときにやる。会場の一般参加者にむかい、たれか不特定のなかから一人を指名する場合、

「そこのお母さん」

などと甘ったれていう。

相手が小学生ぐらいの子をもっていい年齢だからそうよぶ。

つまりは、家庭内で、自分の妻に、息子や娘にならって〝おかあさん〟とよぶ習慣と同心円的な擬制語といっていい。

これもヘンなものではあるまいか。見知らぬ女性を会場でつかまえて自分の女房あつかいしてしまうことになる。

（一九八七年六月一日）

15 風邪ひき論

風邪には半生苦労させられた。

私は基礎体温がひくく、それに低血圧のせいもあってか、熱が三十六度七、八分にもなると、交通信号がやっとわかる程度の注意力しかなくなってしまう。むろん本も読めず、原稿なども書けない。七度になると寝込み、八度以上になれば、ちょっと照れくさいが――遺言を考える。

すぐ扁桃腺《へんとうせん》にくるし、はげしい鼻炎を併発もする。頭皮がぶよぶよふくらんで顔の内側に腐ったミルクが充満してしまったような不快さ。風邪ほどいやなものはない。

もっとも日本的美学というのはけなげなところがあって、江戸時代、カッコのいいものとして、

「目病み女に風邪ひき男」

などといわれた。眼病の女は眼帯に紅《もみ》の布を当てたりして色っぽく、また風邪ひき男は江戸紫のちりめんの鉢巻のはしを長く垂らして、いきなものだったらしい。その証拠に芝居の助六は風邪ひき男のスタイルで出てくる。風邪をひきながら、かれは元気なことに吉原にやってくる（片岡孝夫の助六は近来のはまり役だと思うが、どうだろう）。

助六とは大違いの私などは、四十代までは、年に二、三度大風邪をひき、月に一度はうっすらとした風邪をひいて、微熱と気だるさにくるしめられた。そのころもそれ以前も、いかにすれば風邪をひかずにすごせるかということばかり考えていた。私に畢生《ひっせい》の事業があるとすれば、風邪の素人療法をあれこれ考えたことである。

本を読んでも風邪のくだりが出てくると、目をかがやかす。たとえばジョルジュ・シムノンの〝メグレ警視〟は私の愛読書のひとつだが、大男のメグレ氏がしばしば風邪をひくのを読者は気づいておられるだろうか（おそらく作者のシムノンがいかつい顔のわりには風邪をひきやすい人にちがいない）。ところで風邪をひくたびにメグレ氏はグロッグという強い酒をぐっと飲む。当

方は、そんなものでは癒《なお》るものかとこの名探偵のために腹をたてる。

素人研究（?）をかさねたあげく、ついに劇的な治療法などはなく、風邪は結局、ひかないようにする、というだけしかないということに思い至った。

幕末、幕府のまねきで、オランダから海軍を教える派遣団が来た。

団長はファン・カッテンディーケという海軍士官で、かれの滞日記録によると、日本の気候は風邪をひきやすいという。原因は気温の激変で、とくに十二月中旬以後においていちじるしく、げんに団員たちは長崎到着早々、病気にかかる者が多かった。

「日本人はなぜ平気なんだろう」

カッテンディーケが軍医にきいた。軍医は、やがて長崎で日本最初の組織的な医学教育を開講することになるポンペである。

「かれらは馴れているのだ」

と、ポンペは答えた。この応答に、私は身につまされる思いがした。私どもはどうやら風邪をひきやすい国にうまれついているらしいのである。

「いちばん留意せねばならないのは、日本では薄着は禁物だということだ」

と、ポンペとカッテンディーケは結論を出す。

そんな平凡なことがわかったのは、私の場合、四十をすぎてからである。

つまりは、ふせぐしかない。冷房の悪強い場所で長居はするな、せねばならぬ場合は上衣をもってゆき、また夏場に新幹線にのるときは、万一にそなえてレインコートを用意せよ、と自分に命じた。家にいるときも、気温が低くなるたびにこまめに衣類で調節するようにした。

あたりまえのことだが、人体は筋肉を動かしているとき以外は、何時間というような肌寒さに耐えられるようにはできていない。お角力《すもう》さんでさえ（むしろ、であればこそ）土俵からひきあげてくるわずかの時間でも筋肉を冷やさないように、バスタオルなどを肩にかけるのである。

お角力さん同様、タフなはずの映画の西部劇のあらくれ男たちも、野を吹く風でノドを痛めないように、もめんのハンカチ大のものを頸《くび》に巻きつけている。

「あれはバンダナというものです」

むかし、映画通が教えてくれた。英語の辞書にバンダナ（ban-dan-na）とあるのがそれで、もともとはヒンディ語（インド語の一派）だったらしい。一時、ヒッピーなどが鉢巻にしていたところから、いまは日本の女の子のオシャレ用品の一つになってもいる。これはまことに結構なものである。

ノドがかすかに痛いときなど、これを巻いて寝ると、翌朝必ずすっきりしている。おそらく頸を汗ばませることで血液の循環がよくなり、ノドのかるい腫《は》れ程度ならなおってしまうのかと思われたりするのだが、いずれにせよ、私にとっての西部劇の薬効の一つである。

あとは、これは効果のあるなしはべつとして、小学校でおそわったように毎日うがいをする。

おかげで、ここ十数年、風邪をひかないという奇跡の独走がつづいている。

つづまるところ、天《あめ》が下に新しいということもなく、奇手ということもないということではあるまいか。他のことについても、おなじにちがいない。

（一九八七年七月六日）

16
電車と夢想

人はたいてい〝電車〟に乗っている。

あるいは乗るべく準備している。

――うちの子も、やっと軌道に乗りました。

そんな慣用句でいうところの何かがここでいう〝電車〟である。大工さんや植木屋さんになろうと思えば、いい親方について、徒弟修業をする。腕ができれば、生涯の電車になる。

このことは、角力や野球の世界でも、かわりがない。

もし才能に自信がなければ、いい大学に入ればいい。それには小学校のころからたくさんの型をおぼえて、多少の応用も効き、決して物事を基本的に考えないという少年にならねばならない。

そういう少年は、ぜひ東大法学部を出て、上級職試験を何番かで受かってほしい。できれば大蔵省に入り、局長を最後に地方銀行の頭取かなにかに天くだってもらいたい。じつに結構な電車なのである。

むろん、地方公務員になるのも、わるくない。大中小の企業につとめるのも結構な電車だし、また医師や弁護士のように免許状のしごとにつくのも魅力的な電車だし、二種免許をとってタクシー運転手になるのも、電車であることにかわりがない。

画家や作家には電車がないということはない。官展で特選を何度かとりさえすれば、画商は好意的になるし、また在野公募展で会員になるのも、電車のひとつである。

小説家には、芥川・直木賞という電車があることは周知のとおりで、これはわりあい露骨な電車である。

農業がいい電車であることは、いうまでもない。競争相手がない上に、国家が農業を保護してくれてもいる。代々の田地もある。

以上が前置きで、じつは電車に乗らない人が今後ふえるだろうということを書きたかったのである。

かつて日本人が経験しなかった社会が来つつある。

高度の科学技術が、経済をうごかしはじめていることである。

その社会では天才かそれに準ずる才能群こそ生産の第一線もしくは原動力をなすようである。かれらは多様なかたちで組織を組み、大きな資金をつかって経済に活性をあたえる。

そういう意味で、総体として、生産にたずさわる人数は、うんとすくなくなる。生産の場での電車は減るのである。

そのかわりサービス業がうんとふえるというわけにもゆくまい。たとえば〝キュア(cure 治療)よりケア(care 注意)〟などといわれて練達の鍼灸師がいまよりふえるだろうが、ふえすぎてハリ医が他のハリ医にハリを打っても、しかたがない。うどんやが、おとなりのうどんやと客になりっこするようなら、経済からみて一種の自家中毒である(しかし、そうなりかねない)。

相当な知力の人で、生涯、アルバイトからアルバイトをしつづけて送るという、いわば軌道をもたないスタイルの人がふえるだろう。

そういう人が、かえってファッショナブルになって、既成体制(繊維業界や乗物業界)を刺激したりもする。

〝無乗車組〟が、ひょっとすると、社会の三分の一を占めるときがくるかもしれない。

以下は多分にバラ色の希望だが、そういう人たちが、時間を多量にもつという意味での精神の貴族になってくれれば、ひょっとすると、芸術への多様な感受性群がうまれる。受け手がいいから（願望である）わが国の演劇や美術、あるいは文学といった創造的な分野が、新展開をみせるかもしれない。

暗い想像もできる。それらの人たちの一部が、一見、会社ふうの組織をつくって、無力な人たちをだましにかかるということもあるかもしれない。豊田商事はその前ぶれのような事件だった。

西洋人は、個人が社会のなかで独立している、という姿を好み、依存をいやしむ。

〝電車〟に乗らないというのは、依存しないということである。そういう独立人のなかから深い思想がうまれてきたりすれば、未来の日本のために慶賀すべきことである。日本という体力のすぐれた社会は、十分そういう希望をもたせてくれるようにも思える。

（一九八七年八月四日）

17 握手の文化

先日、留守番をしてもらっていた近所の奥さんのK子さんが、小さな〝事故〟に遭《あ》った。笑《え》みくずれて家に入ってきた見知らぬ中年男性に、玄関内で握手されてしまったのである。

その手は、脂っこかった。潔癖家のK子さんはあとでたんねんに手を洗ったそうだが、といって、相手にかわる気があったわけではない。握手屋さんの背後にかれの夫人らしい女性がひかえていたというから、おそらく近くはじまる市会議員選挙に関係のあるできごとだったのだろう。

日本人は明治になって旧文化を大変革した。国家を生きのこらせるためだった。ひとびとは洋服をきて、靴をはいた。

しかし固有のお作法文化は残した。このため日本人同士で日常的に握手をしあうという光景はいまなお一般化していない。

たとえば、社長が部下をよんで、むずかしい任務をあたえる場合、おわって握手などするより、

「A君、頼みます」

と、目顔に力をいれるほうが、気持をつたえやすい。A君のほうも、心得ました、といってヒョイと握手をしたりはしない。

握手の文化は私どもにはむずかしい。

旧陸軍は礼儀がじつにうるさかった。以下は孫引だが、明治二十六年刊の陸軍士官学校の礼式の教科書である『典礼一斑』という冊にすでに握手のことが出ている。「外国人ニ対シテハ握手ノ礼アリ」とあり、もっとも注意すべきこととして西洋では「位地卑《ひく》キ者ヨリ之ヲ求ムハ不敬ノ甚シキモノトス」とある。むろん、面識のないレディに男のほうから握手をすべきではない。

日本人の礼式は室町の武家礼式にはじまって、いまなおつづいている。礼の基本動作はふかく頭を下げることである。

テレビのニュースなどで、日本のえらい人と外国のえらい人とが握手する画面が出ると、はらはらする。

むこうは直立して握手しているのに、当方は握手したまま、礼をさらにくわえて日本式のお辞儀をかさね、ペコペコして、なにやらお代官の前に出たお百姓にみえる。

ちかごろはそうなるまいとどなたも注意しているらしいが、ただ意識しすぎて握手したとたん爆弾でもつかんだような大げさな表情をする人もいるし、逆にそうなるまいと思って火事場で消火栓のハンドルでもつかんでいるような感じの人もいる。

日本人は握手をもっと上手にすべきだといっているのではない。むしろ根っからの日本人のくせに西洋人そっくりに演技してみせるような人はかえっていかがわしく、無器用なほうがいい。

それにしても、日本の選挙は、選挙文化というべきものをつくりあげた。

握手も、その文化のなかに組み入れられている。なんだか、お為ごかしで、いやしくて、しみったれていて、泥くさくて、感心しない。

さて、握手のことはこれでおしまいである。

礼のことを考えたい。礼は真心の形式化のことだが、少量でも相手への真心が入っていなければ、いやなものになる。

日本風であれ、西洋風であれ、いい礼というのは受けた者に閃光のような快感がおこるものである。人間関係のなかで、もっとも気分のいいものの一つで、人はみな礼を心の花として期待している。それだけに、礼を功利的に用いられると、手を洗いたくなるのである。


（一九八七年九月七日）

18 熱いフライパン

もし地価がゼロなら（夢想だが）いまの日本は後世に残すほどの構造物文化を建設するだろう。

たとえば、フランスが富強だった時代に、都市ぜんたいが芸術品のようなパリができたし、また大英帝国の盛時に、都市としてのロンドンが完成された。両都とも安定した地価の上に建設されたもので、建設の前提としての地価については〝本来、土地は公なるべきもの〟という悠然たる原理と、それにともなう政策がゆきとどいていたはずである。

地価がつねに高騰する危機をはらんでいるいまの日本のような状態では、とても冒頭のようなことは、望むべくもない。

もし地価が本来そうあるべき安さなら（むろん空想である）われわれは〝ウサギ小屋〟のような家屋に住

まなくてすむ。

さらには妥当な値段で飲食・宿泊することができ、またささやかな部品製造工場を営み続けることができる。

大きくいえば、せっかく開発した高度な工業技術も、ひょっとすると日本の地面の上で展開するのが困難な時代がくるのではないか。いまでも原価の中で地価が末期ガンのようにすわりこんでいて、技術を外国に移すほうが資本の論理に適《あ》う時代がすでにきているし、他のいくつかの要因も加わって、最後には日本に工業が消滅する日がくるのではないか。そういう想像も、妄想ではなくなるかもしれない。

——普天《ふてん》の下《もと》、王土に非ざるは莫《な》し。

というのは『詩経』のことばで『太平記』にもこのことばが引用されている。

近代以前は、洋の東西をとわず、ざっとこのようなものであった。土地は、利用者である農村・農民のためにあり、近代的な土地所有がはじまってからも、土地といえば田畑を意味する時代がながかった。

資本主義が勃興して以後、土地所有の形態は農業的利用から工業的利用のほうにすこしずつ変えられて行ったが、日本の場合、この調節に歴史という時間をかけるいとまがないまま、短時間に盛大な工業国になってしまった。

さらには、昭和三十年代の末ごろから太平洋沿岸、瀬戸内海沿岸、玄界灘沿岸が数珠玉《じゅずだま》をつなぐように都市化してゆき、土地所有のかたちも、土地の〝都市利用型〟になった。極端にいえば、日本一国が、都市になった。

都市といえば、都市が一国家になった例としてシンガポール共和国がある。

この資本主義国家では土地は国家のもので、使用権だけを民間がもっており、また英国の直轄植民地であるホンコン（香港島と九竜半島とその属島をふくむ）も、その土地は女王陛下のものであって、ひとびとは使用権のみをもつ。

日本の場合、土地は不健康にも不動産でなく、動産になっている。銀行がもっともよろこぶ担保は土地で（この習慣もふしぎである）それによって土地所有者は現金を借り、それを資金にして他の土地をゆるがすために使ったりする。

この間、さまざまな操作がおこなわれて、地価が暴騰する。国土が加熱されたフライパンになっていて、国民全体が、その上でアヒルのように足をばたつかせている。

アヒルは私ども住民だけでなく、工業というアヒルもいる。工業のために土地購入すればかんじんの資本蓄積がむずかしくなる。

政府も自治体もフライパンの上のアヒルである。充実した都市設計などはできそうにない。

日本におけるこういう〝土地問題〟は日本だけのものので、他の先進諸国には存在しないのである。

このことは、政治家がわるいのでもなんでもなく、資本主義国家を形成してゆく過程で、ボタンを掛けちがっただけのことのようにおもわれる。

おそろしいのは、掛けちがったまま、国民や企業のなかで、土地についての妄信じみた経済意識や商業習慣が根を張ってしまったことである。このために社会はいよいよ病むにちがいないが、それをふせぐのはむろん政治のしごとである。

ただ日本は独裁国家でないから、政治以前に土地に関する、銀行、企業をふくめた国民全体の意識に反省がおこらねばどうにもならない。(一九八七年十月五日)

19 歯と文明

人間は他の動物より幸福なのか。

動物のほうが仕合せではあるまいか。

と、私はこどものころ、学校ぎらいのあまり、何度おもったかわからない。たとえばワニは学校へゆかなくてもワニだが、人間だけがなぜ学校へゆかねばならないのか。

ただ、私はこどものころから歯痛になやまされつづけてきた。

そのころ、ふと、ワニたちの社会には歯医者さんがいないと気づいて、やはり人間がいいと思うことにした。人間の世には、文明があり、文明は歯医者さんを所有しているのである。

近代以前は、歯が、寿命の信号だった。漢字の〝歯〟

が年齢という意味を兼ねていることでも、そのことがわかる。

歯については、むかしの人はつらかったにちがいない。

清少納言の『枕草子』第四十五段に、いいとしをした「歯もなき女」が、若い男を夫にして、しかも妊娠してしまった（萩谷朴教授の推察）という話が出ている。

このため文中の彼女は酸っぱいものがほしくて口をすぼめて梅の実をたべる。「梅食ひて酸《す》がりたる」と、『枕草子』はいけずっぽく描写し、「年甲斐もない」と切りすてている。

こんなことを書いた清少納言嬢はおそらく若さのおごりの春のなかにいたのであろう。

ところで、文中の女性は、妊娠している以上、まずまず三十代とみてよく、となるとこんにちなら十分に若い。しかし当時の常で、歯がない。だから老女としてあつかわれているのである。

平安時代はすぐれた美意識を生んだ時代だったが、こと歯の問題となると、ワニやラクダの世界とかわらない。

室町文化や江戸文化もすばらしいが、私などいくら礼讃してもそこへもどろうとは思わないのは、ワニになるのを遠慮するのと同じ理由である。

われわれには、なにかの拍子に文明を否定する衝動がある。

幕末のことになるが、熊本の国学者たちは極端に神道化し、維新後、敬神党を結成し、文明開化をのろった。

明治九年十月二十四日、その同志約百七十人がにわかに挙兵し、文明の代理人である県令、鎮台司令官などの屋敷を夜襲し、かれらを殺し、一夜で敗滅した。神風連《じんぷうれん》ノ乱である。

――神風連は武士道の精華だった。

という評価が戦前あったが、ただかれらが否定した文明のおかげで、私どもはその一表徴として歯科医者をもち、三十女（？）も、清少納言に罵倒《ばとう》されるということがなくてすむ。

文明というのは、科学と技術と制度が多重に組みあわされたもので、そのためには各級の学校が必要なのである。

すでに生をうけてこの社会に属した以上、たとえ

——私の少年期のように——学校ぎらいでも、学校へは通わざるをえない。

そういう文明の上に、一人の歯医者さんが成立しているのである。

しかもその歯科医療機械をうごかしているのは電気で、その電気は石油によって作られる。その石油たるや、たとえばイラン・イラク問題のようにたえず国際紛争を生んでやまない。

私は若いころ、文明からの逃避をあこがれた。

が、歯が痛ければ歯医者さんにゆくということがあるかぎり文明からの逃避など夢物語で、逃げられない以上は、この文明に積極的に参加するほかなく、また文明の統御についても一人一人が考えざるをえない。エネルギー論についても同様である。

ということで、私はいまからペンを置いて歯医者さんにゆくことにする。昨夜から犬歯が痛んで、歯以外のことは考えられないのである。

（一九八七年十一月二日）

20 呼び方の行儀

私は日本という国に自信がある。七、八世紀以後、低からざる文明と文化を積みかさねてきたことについてである。

ただ、滑稽な面もある。

遠い縄文の世には、日本列島はポリネシア、マライシアといった太平洋諸島の諸民族と文化をひとつにしていたらしいが、いまも縄文未開の風《ふう》が、風習のどこかに残っている。

たとえば、他人行儀な間柄の場合、相手の名を剝《む》きだしによばないという配慮も、その一つである。未開社会では、自分の名をよばれることを忌《い》む。正体をハダカにされて心臓に釘《くぎ》でも打ちこまれるような衝撃をうけるらしい。

このため、ひとびとは他の呼称でその人のことをよ

んだ。法事などの席で、

「浦和はまだきていないな」

「目黒と一緒にくるんじゃないか」

というような会話がよく交わされる。浦和も目黒も姓ではなく、その人が居住している町の名であることは、いうまでもない。

話が変るが、お公家さんのほとんどは、藤原氏である。藤原さんが多すぎるせいもあり、またその人の名をむきだしによぶことを忌む心理も作用して、近衛通りに住む藤原氏は近衛さん、一条通りに屋敷をもつ藤原氏を一条さんなどとよんだ。

また、その人のおじいさんが加賀介《かがのすけ》(加賀の国司の次官)をしていたということであれば、〝加賀介の藤原さん〟とよび、つづめて、

「加藤さん」

などとよんだ。のち、加藤は姓になった。

本名もむろん忌む。

たとえば、源義経の〝義経〟という本名は、かれの生前ついによばれなかったはずである。無官のころは通称の〝源九郎《げんくろう》どの〟とよばれ、官位をもらってからは、その官位でよばれた。死後、ようやくひとびとは義経という本名でよぶ。このため明治以前では、本名のことを諱《いみな》(タブーの名)といった。

戦国の尾張の織田上総介《かずさのすけ》の諱は、信長であった。テレビなどで、かれの侍女たちが、

「信長様」

などと言いあっているような情景は、当時はなかった。死後になって、ようやくひとびとは信長とよんだのである。

私の知人に中小企業の女専務さんがいて、彼女には十数年来、家族ぐるみのつきあいの商店主がいる。そういう仲よしの両人が話しあっている現場に、つい入りこんでしまったことがある。

女専務は商店主を〝社長〟とよび、商店主は女専務を〝専務〟とよんでいるのである。古代の南方異俗の集落に入りこんだようで、気味がわるかった。

そういう場合、

「よう、田中」

と、相手の前にすわりこめるのは、コドモのころの友達だけで、オトナの社会に入ってからの間柄ではない。〝田中!〟とよばれたとき、当人はどきっとして、ついに正体があらわれたか、とキツネがシッポを出し

たような顔つきをする。

オトナ社会では、どこか見えざる覆面をしているというのが、日本の風習なのである。

中曾根前首相のことを、この人の子供のころ可愛がってくれたおばさんなどのほかは、決して〝ヤスヒロさん〟とよばないのである。義経や信長と同様、康弘さんもまた多分にタブーの名（諱）といっていい。

「おれをジョンとよんでくれ」

アメリカの小説を読むと、しばしばそんな会話に出くわす。まことに天空海闊《てんくうかいかつ》な社会で、しかも個人がなまなましく独立しているという感じがする。

もっともこんなのはどうやらアメリカだけで、フランスや英国でも、小説を読むかぎり、他人行儀の場合は姓をよぶだけにとどめているようである。

日本においては、バーなどでは、商店主以上、事業をしている人には〝社長さん〟とよび、そうでない人は〝先生〟とよぶらしい。話できいただけのことだが、台湾のバーでは日本人の観光客がくれば、二種類のどちらかでよべ、と女の子に訓練をしているという。つまり、社長と先生である。

中野区に住むＫ画伯は、魅力的な初老の人である。ゆきつけの大衆的な居酒屋で、いつも出くわす郵便局員ふうの客が、Ｋ画伯の風貌器量が好きらしく、画伯に接近すべく身もだえしている様子だったが、ある日、最大級の尊敬をこめて、

「係長！」

とよんだ。これはどう理解すべきか。

——せめて課長とよんでくれたらね。

Ｋ画伯は、苦笑した。

（一九八七年十二月七日）

21 職業ドライバー

戦前は、よろず、習練の時代だった。

たとえば大工修業はカンナけずりに尽きる。一人前になると、ほれぼれするようなケズリクズが出てくるのである。左官さんもそうで、以前、若い弟子が足で土をこねている姿があちこちで見られた。〝これ三年〟などといわれたものである。

職業ドライバーもそうだった。

戦前は、トラックでもタクシーでも、それを習おうとすれば、運転手を師匠とし、数年の弟子づとめをした。

「なかなか教えてくれませんでしたよ」

と、古い人はいう。助手はトラックの荷物のあげおろしや、車体や機関部の清掃をし、よほど安全な道路にくると、師匠がまれに運転をかわってくれる。そんなときは〝恋をしているようなうれしさでした〟。

そのころ、田舎のタクシーは、村の婚礼が書き入れだった。式に参加する客たちは四人詰めこんで乗る。助手ははみ出て、車外に立ち乗りする（戦前の乗用車には、デッキがあった）。立ち乗りしつつ、春風の中を、自分の親類のある村や、友人がいる村などを過ぎてゆくときの誇らしさはなんともいえなかったという。

助手時代に、エンジンの構造や簡単な修理はすべておぼえた。

「一人前になって町を走ったのが、昭和十一年でした。いちばんに母親を乗せました」

と語ったK老人などは師匠がことばの訓練までしたため、いまでもきれいな船場言葉をつかう。そういうことばをつかわなければ、ちゃんとした商家のお客を乗せるときなど、ぐあいがわるかったのである。

いまは、職業ドライバーまでがインスタントの時代である。

小さな企業の社長をやっていた人がある。それがつぶれてタクシー会社に雇ってもらうべく人事課で待っていると、同じような人たちが五、六人いた。そのあとみなで喫茶店へ行って互いに交流をふかめようとしたとき、全員、犬が嚙みあうような勢いで、昨日まで

自分がいかに成功していたかという自慢話をした。そのあげく、異口同音に、

「つまらんことになった」

といったという。こんなばかなことがあっていいものか。

「私のタクシー会社には、三百人の運転手がいます。一人として、はじめから運転手になりたいと思ってなった人はいません」

といった不平家の職業ドライバーがいるが、むろんウソで、私はその会社で、すくなくとも二人は好きでなった人を知っている。

五十手前のO氏は都市近郊の農村で育ち、車が好きでたまらず、中学を出るとタクシー会社の整備工場で働き、適齢をまちかねて車に乗った人である。

大変な音感の人で、ポピュラー音楽のレコードの収集家であるばかりか、もっとも年季の入ったアマチュア無線家でもある。

この人の車に乗ると、母親の子宮のなかにいるようなやすらぎをおぼえる。

さきの不平家の場合、長い運転歴の人だし、人柄もいいのだが、車がきらいなせいか、いつも我流で車を走らせている。

たとえば変速のごとに小マメにギアを入れるということをせず、アクセルを踏んだりゆるめたりするだけで済ませる。このため速力が安定せず、急にスピードがあがったかと思うと、すぐ消えるように落ちてゆく。

そのつど、乗せられている当方は体が前へひっぱられ、したがって慣性の理によって内臓だけが置きざりにされる。そのうち、目がおちくぼむほどに疲れてくる。むろん当人はいつも疲れきっていて、去年など、三度も事故を起こした。

「気分のいい人間でなきゃ、職業ドライバーはつとまらないね。それに、車が好きだということだ。好きだと疲れないんだ」

といったのは、まだ三十代のロンドンのタクシー・ドライバーである。ロンドンのタクシーは一台ごと自営で、タクシー免許の取得にはむずかしい試験があり、そのために数年は受験勉強しなければならない。むろん職業上の誇りもある。

好きと誇りがなければ、どんな職業でも保《も》たないが、とくに職業ドライバーはそうではあるまいか。


（一九八八年一月六日）

22 歩き方

「お侍さんというのは、それは凜々《りり》しいものでしたよ」

という伝承を、三十年ほど前、姫路の老婦人からきいた。その人の祖母が姫路酒井家の奥女中をしていて、孫娘であるその人に、古いご家中《かちゅう》ばなしをして聞かせたという。

その伝承によれば、軒下をこそこそ拾い歩きするようなお侍さんはいませんでしたよ。必ず道の真中を歩き、辻までくると、中央で直角に折れる。雨がふってきても、駆けだすようなことはありませんでした、というようなことだった。以前、日本人も堂々としていたのである。

「私の質問はこれでおしまいです」

と、映画のなかの刑事コロンボが、きたないレインコート姿でよたよたと部屋を出てゆく。ふと何かを思いだしたように、ふりかえる。「そうそう、くだらないことなんですが」といって、重要な質問をするのである。いつもの場面ながら、コロンボ・ファンにはこたえられない瞬間である。

コロンボがホシ（犯人）だとにらんでいる相手は、多くの場合ワスプ（WASP）という設定になっている。ワスプとは白人にしてアングロサクソン、さらには新教徒である。つまりは遠い祖を英国にもち、英国マナーを身につけたアメリカにおける上層の（貧しいワスプもむろんたくさんいるが）ひとびとである。たいてい姿勢がよく、歩き方に威厳を感じさせ、堂々として一個人としての容儀をもっている。

ところで、映画の上での名であるコロンボというのは、イタリア人の名である（十五世紀末、スペインの援助のもとに大航海を試みてアメリカ大陸を発見したコロンブスはじつはイタリア人だった。コロンブスとはラテン語の呼び名で、イタリアではこの名はコロンボとよぶ）。

アメリカにおけるイタリア系は十九世紀末の移民が多く、ある時期まで貧しいひとびとの代表格だった。したがって子弟のしつけも十分でなく、二十世紀のある時期までは、庶民の代表的なイメージとされていた。

右のテレビ映画で、主役の刑事をイタリア系とし、名前もコロンボとしたのは、それによって無名の庶民を代表させているのである。さらには庶民の賢さと正義感、それに様子ぶらなさという三つをコロンボの性格づけにしてある。

とくに歩き方に工夫がこらされたのにちがいない。ガニマタでよたよたと歩くコロンボ風の歩き方は、決してワスプではない。


私は毎日駅前あたりまで散歩する。

急行のとまらない駅ながら、公立二つ、私学二つの高校生が利用していて、午後の散歩のときなど、しばしば下校時の群れに出くわす。

景色のいい生徒もいるのだが、多くの諸君諸嬢の場合、コロンボ風に歩く。このため私などガチョウの群れにまぎれこんだような錯覚をもってしまう。

コロンボ映画のなかのコロンボ刑事には、痛烈な精神性があってまことに結構なのだが、諸君諸嬢の場合、天然自然にコロンボ歩きである。

むろん、それがわるいというのではないが、せっかく学校へ行っているのだから歩き方ぐらい教わればどうだろうと、ときに思ったりする。

——歩き方が体育の基礎です。

といった女子体育大の卒業生がいて感心したことがあったが、その人の母校では教科として歩き方を教わるというのである。

「一直線上を歩きなさい。前へ出す脚は、一歩ごとひざをまっすぐに。また上体を正して、無用に動かさないように」

といったことだろう。それに加えて下腹に力を溜めて歩けば、精神の訓練にもなるし、個人としての自然な威厳もでき、娘はまちがいなく何割か美しさを増す。

さきに四校といったが、比較的いい感じの群れもあって、くわしくいうと、学校ごとに歩き方がちがっている。ちかごろでは一見して学校名が当るようになってしまった。


（一九八八年二月三日）

23 イースト菌と儀式

儀礼、これは私にとって大のにがての一つである。ただし儀礼が文明もしくは文化の所産であることは認めねばならない。

古い日本語では、儀礼のことを、

「晴（ハレ）」

といった。〝晴の場所〟とか〝ここを晴と出立《いでた》つ〟などという。

これに対し、日常、ふだん、または私ごとのことを「ケ」といった。「ケ」は漢語では猥褻《わいせつ》の「褻」をあてる。この漢字の意味は、ふだん着ということである。

日本人はごく一般的にいうと「ハレ」のにがてな民族らしい。ハレの舞台ではお面をかぶったように無口になり、あるいは通りいっぺんのことしかいわないが、「ケ」となると、さかんにホンネをいう。

私など、生涯「ケ」ですごそうときめこんでいるが、ただし、ほめたことではあるまい。

その点、亡くなった作家の富士正晴は「ケ」に徹していた。

この人は婚礼・葬儀という儀式には出むかなかったが、最晩年、さすがに息子さんの婚礼にだけは出た。ただ、牧師さんがなにかいったとき「アホかいな」と大声でいって、満堂をすくみあがらせたらしい。病的なほどに欺瞞《ぎまん》や虚飾に過敏だったのである。

牧師さんのお説教がそうだったというのではなく、およそこの世の「ハレ」というものは、多少の欺瞞と虚飾というイースト菌を加えなければ、ふっくらとしたおいしそうなパンは焼きあがらない。牧師さんは、ほんのすこしイースト菌を入れたということであったろう。

漢の劉邦《りゅうほう》も、似たような人だった。

かれは儀式教ともいうべき儒者が大きらいで、儒者の頭を飾っている冠《かんむり》をひったくり、中へ小便をしたこともあった。

劉邦は、紀元前の人である。

のちに中国と東アジアをおおった儒教も、かれの時代にはまだ山東省あたりの小教団にすぎなかった。当時の儒生たちは一種の儀式屋さんで、古代の儀典を調べたり、儀式の稽古をしたりして、後世のようなぼう大な思想体系を所有しているわけではなかった。

儒教は、徳目としては孝を中心としている。親に孝、長者への敬意。それらを表現するものが礼とされたのである。礼こそ文明であり、これなくして世の安寧秩序もありえない、というのが儒教の考え方だった。

つまり、常住、

「ハレ」

であるべしという教義だった。

さらにいえば礼をもって文明とし、礼がないのは(「ケ」ばかりであるのは)野蛮であるとした。私などは、野蛮人というほかない。

劉邦は馬上天下をとったが、そのころの武将たちは荒くれ者ぞろいで、たれもが宮殿のそばの沙上で大あぐらをかき、論功行賞への不満の声をあげた。ときには白昼公然と反乱を相談しあったりした。そのありさまをみて、儒者の叔孫通《しゅくそんとう》が劉邦の前にすすみ出た。

「陛下、ぜひ儀礼を。そうすれば人心もしずまります」

以後、劉邦は儒教に寛大になった。

劉邦のはなしをつづける。たまたまその歳末に、新宮殿の長楽宮が竣工した。叔孫通はこの機会に、盛大かつ重厚な拝賀の儀式をやろうとし、劉邦から指揮権をもらい、諸侯や文武百官以下歩卒にいたるまで数千人をあつめて儀礼の訓練をした。

拝賀の儀式の主題は、皇帝への礼である。皇帝を懼《おそ》れ、尊ぶというたった一つの主題にむかって数千人が役割ごとに粛然と進退したため、劉邦はおどろき、

「わしは今日はじめて皇帝たる自分の貴さを知った」

と、いったという。儀式の本質をうがった挿話である。

カトリックがすぐれた儀式文化を積みかさねてきたことは、いうまでもない。

のちの新教(プロテスタント)はそういう虚飾と欺瞞をきらい、儀式のほとんどをすてた。

ところが、新教のなかでも英国で興った英国国教会(聖公会)だけは例外だった。儀式をのこしただけでなく、英国流にやりかえ、いっそう新鮮にした。このあたり、歴史のおもしろさといっていい。

カトリックは離婚を禁じている。十六世紀の王ヘンリー八世は王妃と離婚したいばかりにローマ・カトリ

ックと絶縁し、英国だけのキリスト教を樹《た》て、カンタベリー大聖堂をもってローマに代る大本山としたのである。

以後、英国国教会は制度も独自に変化したが、なによりも英国人好みのいい方向に変化したのが儀式だった。いわば洗練された。

英国が世界にうらやましがられていることの一つは、王室の儀式である。

もっとも、戴冠式その他王室の儀式がカンタベリー大主教によって主宰される以上、王室の儀典能力というより英国国教会がもつ儀式文化の高さというべきだろう。漢帝国は儀式によって国を安定させ、大英帝国も多分、儀式によって多くのトクをしたのにちがいない。

以上、儀式がにがてな私が、人間にとっての儀式の問題をあれこれ考えこんでしまっているのは、六月に婚礼に出席しなければならないからである。それも、仲人の席にすわらされる。

まことに名誉なことながら、「ハレ」にも適《あ》わず、「ケ」にも徹しきれぬ中途半端な人間としては、いまから身をちぢめている。

（一九八八年三月七日）

24

おサルの学校

私は、学校の多い町に住んでいるから、四月という月はにぎやかである。新品の学生さんが町にあふれて、こちらまで初々《ういうい》しくなる。

ところで、この季節、山のおサルはどうしているのだろう。ただ雨に打たれているだけなのか。

「かれらにも、学校があったほうがいいじゃないか」

ついうっかり、そんなことをいうと、私の処にあずかっている二十そこその娘さんが、怒りだした。

「そんなばかな。おサルには学校は要らないんです」

彼女にすれば、ほんの十年と少し前、顔いっぱいに口をあけて「おサルのかごや」を大声で歌っていたのである。やがてこの世におサルのかごやもサンタクロースもいないということを知って、そんな話はもういいかげんにしろといいたいらしい。

「ところが、ボクはその学校の理事になってしまったんだ」

これはホントである。

キリスト教では、一切万物は神によって創られたものとされる。被造物のなかでも人間だけはとくべつあつかいで、神はご自分に似せてつくられた。

その点、仏教は野放図なものである。人間はかならずしも別格ではなく、輪廻《りんね》という宇宙観にくるまれ、万物とともに生々流転《しょうじょうるてん》してゆく。今生《こんじょう》においてたまたま人間であっても、来世ではおサルになるかもしれない。

キリスト教では、そういうことはありえない。

神とかかわることができるのは人間だけなのである。司祭は人間に対してのみミサを与え、ロバやブタには与えない。もし与えれば司祭は異端の徒になり、中世なら宗教裁判にかけられて焼き殺されてしまう。

仏教では、おサルの供養もするし、あるいはクジラやネコに対してもこれを供養する。仏教ではかれらを有情《うじょう》だと考えるのである。有情とは仏性《ぶっしょう》をもつものをいう。

無情（山川草木）に対し、有情は〝生命をもつ〟ということで人もおサルも仲間なのである。たまたま山でそのうちの一ぴきに出あって、

「このところ、おサルやってます」

と、あいさつされても、仏教徒たる者は驚くべきではない。仏教ではおサルもヒトも、その世その世での役割にすぎない。

そういう思想があるせいか、日本のサル学は、世界でずばぬけている。

その頂点にいる人が、八十翁の今西錦司博士であることはいうまでもない。

『今西錦司全集』（講談社刊）を読んで感動するのは、あふれるような独創性と、物事を追求する知的筋肉のたくましさである。

今西さんは、若いころ、京の賀茂川の瀬で石をめくりながら、そこにすむヒラタカゲロウの幼虫をしらべていると、大小四種類が、流速のちがいに応じ、それぞれ処を得て生きていることを知った。

ダーウィンに自然淘汰論がある。それが本当なら小は大に殺されて消滅しているはずだのに、実際には棲み分けてニコニコ（?）生きているではないか。今西さんの有名な「棲み分け理論」はこのようにして出発した。

その後、この人の学問は大きく展開するが、終始動かない関心は、ヒトとはなにかということである。とりあえず人類の起源として、サルの研究をはじめた。以後、半世紀以上、なぜ一方がサルであり、一方がヒトなのかを考えつづけた。

もしこれがはっきりすれば、今西理論は大完成するにちがいない。

その間——いまから十数年前のことだが——山口県の村崎修二氏が、江戸時代の猿まわしを復興したいという志をたてた。

今西さんは村崎さんの壮挙を大いに応援された。私には今西学の機微がよくわからないが、どうもそこに右の研究についての刺激があると期待されたのにちがいない。

歳月がすぎた。

去年の秋、今西さんは村崎氏と、民俗学者の宮本千晴氏をよんで、

「わしも八十幾つだ」

と、いわれた。

「ずっとむかし、村崎君と約束したはずのおサルの学校のことだ。あれをはじめてくれないか」

たのむ、と深く頭をさげられた。

学校というのは芸を教える学校でなく、人間の場合と同様、純粋な学校なのである。

宮本・村崎氏は大いに感奮し、それぞれ自分の仕事を整理して、山口県で学校をはじめた。ちかごろ、こんな非功利的なはなしをきいたことがない。

今西さんは、名誉校長になった。

入学試験もおわり、丹沢からきた阿登夢《あとむ》君が首席で合格した。嵐山からきた一休君もがんばっているし、愛知県のモンキー・センターからきた新平君らも、宮本校長と村崎教頭を慕っている。

「そんなバカな。……」

拙宅のKちゃんは、いよいよ怒っているのだが、目的意識が露骨すぎるこの世に、こんな禅問答のようなはなしがあってもいいではないか。

（一九八八年四月五日）

25 殿と様と奥様

ことばに関心のある人は、ときに『日葡辞書《にっぽ》』をごらんになるといい。戦国期に滞日したポルトガル人宣教師が残した日本語辞典で、室町時代の日本語やその語感がよくわかる。たとえば、

「トノ（殿）」

いうまでもなく、トノは家臣をもつ身分の者への敬称である。

そのころからすでに殿より様のほうが敬称として上だったこともわかる。将軍は殿ではなく、様である。上様、天下様、公方《くぼう》様。

天皇については殿の敬称はなく〝禁裏様〟といったように、様だけが用いられる。神仏についても〝お不動さま〟であって、殿とはいわない。

いまでも役所では、市民個人を名ざすとき、えらそうに（?）殿をつかう。しかし日本一般の風《ふう》としては手紙のあてなに様をつかい、殿はつかわない。つかえば不快がられることをたれもが知っている。

どこの市役所だったか、市民の氏名に殿をやめて様をつかうことにしたそうである。やっと役所も一般なみになりはじめたらしい。

以下、敬称の話をしたい。

サンはサマから変化して、手軽になった敬称である。江戸以前から京・大坂で多用されてきた。

たとえば、江戸時代の京のひとびとは禁裏様などとはいわず、

「ゴッサン（御所サン）」

とよんでいた。大坂の人たちも、秀吉をあれだけ好きなのに、太閤さまといわずに太閤サンであり、いまもそうである。両親についても浄瑠璃の『傾城阿波鳴門《けいせいあわのなると》』にあるように父《とと》サンとい母《かか》サンという。神仏に対してさえ、おそれげもなくお伊勢さん、お稲荷《いなり》さん、観音さんであったし、いまもかわらない。

関東・東北や、全国の城下町では、折り目正しくサマを守る場合が多い。江戸期、大名、旗本の屋敷をよぶのに、江戸のひとびとは、松平様、大岡様、南部様、

細川様とよんでいたし、まして神仏に対してサンづけにすることはしなかった。浅草の観音様であり、お薬師様、清正公《せいしょうこう》様と、まことに丁寧である。

時代劇などで、家臣が第三者に自分の主君のことをいうのに、

「殿サン」

といえば、締まらない。ところが、戦国期、京ことばの影響のあった東限ともいうべき三河（愛知県東部）では、主君のことを京風に殿サンとよんでいたらしい。

三河出身の牧野氏は、江戸期には越後（新潟県）の長岡七万四千石の大名になる。私は『峠』という作品を書こうとしていたところ、この地の御家中（藩士）ことばを採集した。このとき、御家中は三河風に〝殿サン〟とよび、土地の農民や商人は土地の風によって〝殿サマ〟とよんでいたことを知った。忠誠心のつよさで有名な三河武士も、この点にかぎってはチョク（安直）だったのである。

いまの東京式の丁寧語は、江戸期、山ノ手に住んでいた旗本たちのお屋敷ことばだった。このため、いまも、東京のしかるべき層は〝おとうさま・おかあさま〟というようにサマを多用する。サマは、よばれて気分がいい。

こんにち、ホテルのロビィでよびだされるとき、

「ナニナニさま、いらっしゃいましたらお電話口まで」

といってくれる。もっとも、同じ人間が病人になって病院の待合室で待っているときは、〝ナニナニさァん〟でもってひったてられてゆく。

奥様というのは、本来、将軍にお目見得する資格をもつ者（大名・旗本）の正夫人のことであった。

が、江戸期ですでに崩れていて、京・大坂の町家でさえ鴻池《こうのいけ》クラスでは奥サンとよび、中以下の町家の場合は〝御家《おいえ》サン〟だった。サンはハンでもいい。サマはつかわない。

いまは京・大阪も、東京化している。パーティーの席などでは、奥サマというよび方をしばしば耳にする。もっとも、同じ人物が市場へゆくと、八百屋さんから〝奥サン〟とよばれている。舞台によってよばれかたがちがうのである。これは東京でも変りがない。

ことばというのは、おもしろいものである。

私事になるが、家内と一緒にヨーロッパ大陸の最西南端であるサン・ヴィセンテ岬に行ったとき、荒涼として人家も人影もなかった。そこへ、どこからあらわれたのか、みやげもの売りの老婦人が、家内に、

「マダァム」

とよびかけてきた。そのひとことで家内はすっかり上気《じょうき》してしまい、あわてて相手が持っている品物を買ってしまった。つけ加えるまでもないが、マダムはいまは一般化したとはいえ、日本語の奥様と同様、中世ではゆゆしい敬称だった。だから、いまなお、たれが使っても荘重なひびきを失わないのである。

（一九八八年五月二日）

26 名前を考える

日本は、もともと姓（苗字）の種類が多い。名の種類のほうも多いのである。江戸時代はさほど明治後ふえ、戦後もっとふえた。旧社会からの束縛がゆるむごとにふえたことになる。

日本の男の名の場合、ふつう漢字二個を自由に組みあわせれば作れるため、ほとんど無制限かつ野放図に製造できる。

フランスでは、姓の種類がじつに多い。そのことについてフランス通の友田錫《せき》氏にきくと、

「そのかわりというか、名の種類がうんとすくないんです」

だから、他人が記憶するための負担がすくない、ということだった。

フランス人にかぎらず、ヨーロッパ人は一般に名の

種類は多くないようである。命名に〃典拠〃がある。たいてい、聖書に出てくる名か、聖人の名をつける。つまり既製の人名リストのなかからえらぶ。そうでない名は、人名でないような気がするらしい。

聖人の名は、国によって発音がちがう。使徒ヨハネのよみ方は、英語のジョンになる。ドイツ語ではハンスになり、イタリア語ではジョヴァンニで、ハンガリー語ではヤニになる。発音の相違というだけで、ヨハネにかわりはない。

聖カタリナという女性はアレクサンドリアの人である。西暦三〇七年ごろ若くして殉教し、聖人になった。

カタリナは英語ではキャサリンになり、フランス語ではカトリーヌで、ロシア語では、十八世紀のロシアの女帝がそうであったように、エカテリーナである。さまざまなようでいて、一種類の名でしかない。

『アメリカ人名事典』（G・R・スチュアート著、木村康男訳・北星堂書店刊）というおもしろい本がある。三百ページたらずのなかに、ヨーロッパ系のアメリカ人の男女のファースト・ネームが、あらかたおさまっている。

それによると、女性名ジェニファー（Jennifer）などは、聖人に無関係らしい。アーサー王伝説のなかの不貞の王妃グエナヴィア（ウェールズ語 Gwenevere）の英語への転換形で、いうならば聖書からとられず、古典からとられた。だからというわけでもあるまいが、「ジェニファーという名は、性的魅力がありすぎる」という説がある。

ニューヨーク州のレンスラー工芸技術大学（RPI）のデボラ・リンビルという女性の心理学者の調査によるもので、それによると、シェリル、ドーン、ミシェルもセクシー度がつよいという。スーザンも色っぽすぎるらしい。

戦後、日本の女性名に〃子〃がはやらなくなった。

〃子〃は、上代は男女とも貴族につけられた。藤原鎌足はそれ以前は中臣鎌子だったし、日本における初期の仏教受容者である蘇我氏の当主は馬子だった。遣隋使小野妹子《いもこ》というのもいる。

平安時代は〃子〃はもっぱら貴族の女性につけられた。

明治後、一種の開化気分の変形として〃子〃のもつ王朝の典雅さにあやかろうとしたのか、大いに流行した。もっとも通称が多かったようで、戸籍名にはたいてい〝子〟がついていない。たとえば明治十一年うまれの与謝野晶子《よさのあきこ》も、戸籍は「志やう」だった。彼女はショウという音から晶をえらび、あきと訓《よ》み、子をつけた。

戸籍名にまで〝子〟がつくのは大正時代ぐらいからだろうが、戦後、しだいにすくなくなった。

「何兵衛とか、何左（右）衛門は、本来、朝廷の官職の呼称である。官職も得ていないのにそういう名を名乗るのは僭称《せんしょう》である。従ってそういう名をつけてはならない」

というくだらないおふれが、明治初年に出た。

その上、名を一つにせよ、というおふれも出た。

明治までは、苗字帯刀以上の者は「西郷吉之助隆盛」といったように、通称（吉之助）と諱《いみな》を持っていたのだが、〝どちらか一つにせよ〟ということで、西郷は諱である隆盛だけになった。もっとも西郷自身なら吉之助を選んだろうが、かれの不在中、友人が勝手に届け出たのである。

諱というのは、源義経でいうと、通称が九郎、諱が義経である。諱のほうが、えらそうにみえるから、明治後、有朋、博文といったように諱式の男子名が多い。

初代司法卿江藤新平《しんぺい》は、このおふれのとき、諱を届け出ず、通称の新平をとった。人が「それでは安っぽいんじゃないんですか」というと、

「じゃ、ニイヒラとでも訓んでくれ」

といったという。江藤の平民主義的な気分がうかがえる。

福沢諭吉の父の通称は百助で、兄は三之助だった。諭吉の諱は範（なんとよむのだろう）だったが、かれは通称の諭吉を選んだ。これも福沢らしくていい。

以上である。結論は、どのようにも読者にまかせたい。

（一九八八年六月六日）

27 窓をあけて

窓というのは、古語でありながら、現役の日本語でもある。モダンなにおいさえする。

たとえば、湖とか、湖畔とか白樺《しらかば》とかといったことばがモダンなようにである。明治以前の日本人は湖に鈍感だったが、明治後、西洋人が野尻湖などに赤い屋根と、窓のある洋館をたてるようになってから、湖が、あたらしい美意識で感じられるようになった。

明治以前の日本建築は、開放性が高かった。構造上さまざまな開口部（シトミとか明り障子とか）があって、採光と通風の役割をさせていた。

むかしの建築で窓といえば法隆寺回廊のレンジ（連子）窓、お寺などのカトウ（華頭）窓、また長屋門にうがたれた武者窓、あるいは茶室の窓などがあるが、一般民家では書院窓ぐらいで、なくてはならぬものとしては存在していなかった。戸障子さえあければ、光も入り、風も入るのである。

西洋の場合、建物は石かレンガで造られてきた。当然ながら密閉性が高いため、窓なくして建物がなりたたなかった。ポンペイの遺跡から銅の窓ワクが出土したそうだし、ともかくもローマ時代から、ガラス窓が存在したらしい。それだけに、西洋では窓とのつきあいが古い。

そのつきあい方が、しばしば深刻でもあった。石でかこまれた室内は、昼でも暗かったのである。窓からのみ外光が束になってさしこんでいた。その光が人物や家具の半面を浮かびあがらせ、同時に他の半面をヤニ色の闇が溶かしていたのである。

十七世紀最大の画家レンブラントの作品をみるがよい。かれは窓の画家といってよく、窓からさしこむ光によって人物と物体をとらえ、さらに闇を描くことによって、光の半面を感動的に押し出した。

こんにち、マンションや公団住宅は、私どもを変えた。なにしろ先祖代々、開放的な日本建築に住んできた私どもにとって、海の魚が、池に入ったほどの環境変化だった。

通気性から考えても、本来の日本の住居では、障子や雨戸、床板などのすきまから空気が出入りしていて、室内の空気がにごるということがすくなかった。

それがマンションやコンクリート住宅となると、通気は窓一つが頼りなのである。

ときに、こういう環境に遺伝的に（?）不馴れなため、換気を怠り、このごろどうも疲れやすい、とぼやいたりする。ひどい場合、そういう部屋で、ストーヴを燃やし、徹夜マージャンをして一酸化炭素中毒で全員が死んだ、などという事件がおこったりする。

西洋の小説などで、

「ちょっと空気を吸いに行ってくる」

といって、主人公がその現場から離れる場面がよく出てくる。

またシムノンが創りだした名警視メグレ氏にいたっては、はじめての部屋に入って空気がにごっていることに気づくと、あわてて窓をあけて、首をつきだす。

私は職業柄、その気持が身にしみてわかる。

なにしろ、私の仕事部屋はいまふうに気密性が高い。そのうち鼻さきの空気が動かず、自分が吐きだした空気をくりかえし自分で吸っているはめになり、やがて頸《くび》や肩が凝ってくる。

お勉強とか原稿を書く姿勢というのは、あらゆる労働姿勢の中で最悪のものらしい。

第一、筋肉が、たまったものではない。かれら筋肉の食べものは、酸素なのである。密閉した室内だと、筋肉どもはその働きに見合うだけの酸素をもらえないでいるために親方（つまり当人）のほうが、すぐぐったりしてしまう。

それに、大脳というのは、酸素の大食家だそうである。

だんだん空気がにごってくると、頭の中がかすんできて、仕事にならない。

だから私は、たえず窓をすこしあけておく。

その上、窓と反対の方角で換気扇をまわしておくようにしている。ようやく鼻さきの空気が、羽毛がうごく程度に動いて、疲れもすくなくなるような気がする。

窓のない思考というのがある。頭を穴ぐらに突っこんで、独り思いに落ちてゆく思考法である。自分と論理が一体になって自己旋回してゆくのは水中の感覚のように甘美でさえあるが、結論はたいていろくなことはない。

たとえば、むかし、日本の知識人や軍人を感心させたかつてのドイツ風の(知的閉鎖ともいうべき)論理などが多分にそうだったのではないか。

赤軍派の諸子にも知的閉鎖を感ずる。つかまった人をテレビでみていると、みな窓のない家、のような顔つきをしている。

窓のない人間になるべきでない、とかねがね思っている次第である。

(一九八八年七月四日)

28 表現法と胡瓜

中世の辻占《つじうら》は、うらなう当人がまず辻に立つのである。

心に道祖神を念じつつ、

「辻や辻、四辻《よつじ》か、うらの市《いち》四辻、うら正しかれ、辻うらの神」

と三べんとなえたあと、通りかかった人の話すことばをとらえて吉凶をうらなう。

この欄に書くべきことを思いつかぬままテレビをつけると、

「酢の物は、歯ぎれがかんじんです」

と、まことに本質を射ぬいたことばが、とびこんできた。土井勝さんの料理の時間だった。私は料理がわからないものの、この人の表現力には、毎度感心する。

たれにとっても、表現は本質的であるほうがいい。それに、短ければ短いほど、ことばというものは光を増すのである。さらには、論理に密着しつつ、感覚的であるほうがいい。右の場合、歯ごたえまで感じられそうである。

さて、当方のことである。この辻占によって、以下、酢の物について書くか、それとも主題を表現法にするか、と思ったりしたが、いっそ、酢の物から連想して、胡瓜《きゅうり》について書きたい。

中国の現代史で、プロレタリア文化大革命というのは、毛沢東が演じた病的な政治現象だった。このため中国の発達は五十年遅れた、といわれている。

その時期の最後のころ、私は中国に行った。場所は中国領シルクロードのあたりである。

そばに、タクラマカン大沙漠がひろがっていて、うっかりこの沙漠に水なしでまぎれこむと、人間がスルメのように乾いてしまうのである。なにしろタクラマカンとは〝入ると出られない〟（ウイグル語）という意味がある。

ところで、そのむこうに、中ソ国境がある。

「この間も、ソ連からきたスパイをつかまえました」

と、土地の共産党幹部がいった。スパイというのは、ウイグル人の老人とその孫の少年で、この二人は沙漠をこえてきた、とその幹部がいう。どこかとぼけた話なのだが、スパイである証拠品は、胡瓜だという。袋に食べのこしの胡瓜が入っていたというのである。

右はプロ文革当時の思い出の一つである。それはさておき、沙漠の旅の必携品は、胡瓜であることをこのとき知った。胡瓜が水筒がわりになる。

胡というのは、中国人が古来、周辺の異民族全体に対してそうよんだ。胡という語感に、デタラメとかトリトメナイというひびきが古来あり、いまでも中国語で、フーホワ（胡話）といえばたわごと、フーイヤン（胡言）といえばでたらめ話という意味になる。

ところで、漢の張騫《ちょうけん》は、紀元前二世紀の人で、世界最古の冒険的外交家だった。

かれは武帝の命令ではるか胡地である西域の地にゆき、十三年後に長安に帰ってきた。そのときもたらしたものが、胡瓜だった。いまも、中国語では胡瓜（フーグワ）というのである。

もっとも、中国では黄瓜（ホワングワ）ともいう。

漢がほろび、三国の世もおわって、異民族がどっと中国に入ってきた。その時期、石勒《せきろく》（二七四～三三三）という〝胡人〟が後趙国をたてた。

この異民族の王が、胡瓜の名称をきらい、〝黄瓜といえ〟と命じた話が、中国の古い本草書《ほんぞう》に出ている。もっとも、これもフーイヤン（胡言）のような話かもしれない。胡瓜は、奈良朝のころ日本に伝わったが、渡来当時、表記としては黄瓜・胡瓜がともに用いられた。黄なる瓜だから黄ウリという日本語ができたと考えるのも、愉快ではあるまいか。

「しかし、キュウリは黄でなく青じゃありませんか」

という人があるにちがいない。

ところが、戦国末期ぐらいまでの日本は、胡瓜は黄に熟れてから食べたらしいのである。

当時、滞日したイエズス会士ルイス・フロイス（一五三二～九七）というポルトガル人の宣教師が、その文章のなかで〟胡瓜はヨーロッパでは未熟の青いのを食べるのだが、どういうわけか、この国では黄に熟してから食べる〟とくびをひねっている。

もっとも江戸時代になると、青いままで食べるようになった。その証拠がある。

胡瓜は、夏の季題である。いまとはちがい、胡瓜のシュンはみじかく、これが出はじめると八百屋の店先が黄でなくみどり色であふれた。以下は、辞典で知った当時の俳諧だが、

胡瓜いでて市《いち》四五日のみどりかな

という句があるそうである。胡瓜の青さの寿命はみじかい。

中国では、古来、文明は中国にしかなく、遠国にはバカが住むとおもわれていた。張騫は、それを修正した。

「西域には、別系統のものながら、大いなる文明があります」

と、武帝につぶさに報告した。

一個の胡瓜にも世界史があると思えば、これまた愉快である。

（一九八八年八月一日）

29 心に素朴を

人の性は善である、と孟子はいう。なぜなら、たいていの人は、他人の常ならぬ——たとえば人が道に行き倒れているような——不幸をみたとき、

「可哀そうじゃないか」

という思いが自然におこり、抱きついて生きかえらせたいような衝動（惻隠《そくいん》の情《じょう》）をもつ。だからこそ人の性は善だという。


「国は小さいほうがいい」

といったのは、老子である。人口もすくないほうがよく、商業も技術もないほうがいい。国が小さければ車や舟も不要である。……

これが老子のユートピアであり、その思想は、そういう素朴社会を仮定した上で成立している。


こんにちの文明は、老子が願望したようにはいかない。

老子の時代なら、毎朝牛乳を飲みたいと思えば牛を飼うことからはじめねばならないが、いまは電話のボタンを押して申しこむだけで可能なのである。

ただしその仕組みのためには、牛乳配達人は、総合的人間であることをやめ、毎朝、定時に何百軒に配達をするというただ一種類の機能に自分を化してしまわねばならない。

私どもは機能社会に住んでいる。弊害もある。たとえばその人が犬好きであるとする。途中で顔見知りの犬が物を吐いて苦しんでいるのをみても、車から降りて犬猫病院にかつぎこむようでは、かれは機能文明のなかの人間として失格なのである。犬は機能社会のなかでは見すてられねばならない。

私どもは、異様な文明のなかにいるらしい。

「機能に徹せよ」

そういう思想は、すでに太平洋戦争の敗色濃いころから日本では濃厚だった。

「戦友」という軍歌は日露戦争のころのもので、以後、代表的な軍歌として陸軍で愛唱されてきたが、戦争の

末期、陸軍内部で禁じられた。

この軍歌にはストーリーがある。二人の兵が仲よき戦友になる。戦闘中、一人が負傷し、他の一人がとどまってホウタイを施すのである。

「戦友」の物語では、〝軍律きびしきなかなれど〟と二律背反の状況をなげきつつも、それをふりきって〝これが見捨てて置かりょうか〟と、惻隠の情を優先する。

しかし全体の戦闘運動からみれば、勝手な私的行為といわれてもしかたがない。

軍はそれを禁じ、機能に徹せよ、とした。

私は車の運転をしないから、一昨年の薄暮、その死体を見るまでは、交通事故による死の現場を見たことがなかった。

その場所は、高速道路の腹が屋根のように空をおおって普通路面も滑走路のようにひろく、中央を、分離帯が分断していた。その分離帯の芝生に、単車からとばされたらしいヘルメット姿の〝死体〟がころがっていたのである。

上下左右の道路には車が洪水のように流れていたが、私をふくめてたれひとり飛びだして〝死体〟の安危をたしかめようとする人がおらず、じつに不気味な光景だった。

たれもが、自分の機能に化してひたひたと走っているのである。ここで止めれば全体の車の流れを阻害するだろうし、また自分を駆りたてている目的にも支障がおこる。それぞれが属している無数の社会が無数の機械になっていて、ひとびとはその部品になっており、その総和が、いまのビジネス文明というものである。しかも日本社会は、その精度が世界一であるらしい。

（いずれ救急車がくるだろう）

というのも、機能別の文明が生んだ述懐にすぎない。老子のいう鶏犬の声が相聞えるような素朴社会なら、ひとびとは是非をこえてとびだし、孟子のいう人間うまれつきの衝動として〝死者〟を抱きおこすにちがいない。

いまの文明にあっては、そうではない。

結論をいうと、われわれが機能を越えた素朴の心をつねに用意していなければ、薄いガラス製の精密機械のようなこの文明は、まずいことになるのではないか。

人の難事をみれば、前後の見さかいなしにとびこむ。

そういう惻隠の情を専門的に機能化された職業が、警察官、消防官、医師、そして自衛官であるといっていい。

そういうひとびとまでが機械文明の部品になってしまっては、世の中の灯は消えてしまう。

(一九八八年九月五日)

30 よき象徴を

ひさしぶりで、阪神高速で神戸の三宮《さんのみや》に降りた。降りると、いきなり、左手の都市景観が一変しているのにおどろいた。かつての都心が、都市森林ともいうべき公園になっているのである。

「神戸は大した街ですね」

と、その日、この街で会う人ごとにほめた。

その日の私の目的は、詩人足立巻一氏の三回忌の集いにゆくことだった。三回忌は、三宮にある高層ビルの二十何階かで営まれていた。そのビルに入って、エレベーターのドアが各階でひらくたびに、感じいい古本屋さんや店舗工芸の秀逸なそばやさんなどを見た。

なるほどあの都市森林にかつていたひとびとはこのビルに集まっているのかとやっと気づいた。それにしても、よくみなさんがなっとくしたものである。

「街を美しくするためならね」

神戸市民ならたれだって協力しますよ、と三回忌の来会者のひとりがいった。行政がいいプランを出し、それを市民たちの代表が練りぬき、さらには居住者の地主たちと十分に話し合われた結果のことだったにちがいない。

「神戸の人はみな神戸が好きなんです」

三年前にこの街にきたとき、旧知の万年美人の女性がいった。

「——その証拠に」

と、このお嬢さんはいうのである。

「よその街にお嫁に行った人が、何人も神戸に帰ってきているんです」

「離婚して？」

「ええ」

まさか神戸が好きなあまり離婚して帰ったわけではないでしょうな、と問いなおすと、

「四捨五入すれば、そうなのよ」

彼女ははじけるように笑って、冗談とも本気ともつかなかった。

足立さんの三回忌の帰路、私は、マンガ的な妄想をした。

さて、どこかの街に地主がいたとする。かれは欲がふかく、土地所有権は万能だと信じている。

その人物が、世道浄化のためと称して、千トンの布《ほ》袋《てい》さんを造り、金メッキして都心（銀座か、成田空港を想像してもいい）にどっかとすわらせたとしたらどうだろう。

〝わしの土地に、何を造ろうと、わしの勝手じゃ、憲法をごらんなさい、所有権も表現の自由もそれに営業の自由も保障されておる〟

布袋の胎内をくりぬいて見物客を入れ、頭の部分から四方を眺望させる。むろん、おサイ銭という名目の見物料をとる。客の名は、参詣人《さんけいにん》である。

〝だから、これは宗教です〟

地主はいう。

〝布袋さんは、凡人の目からみれば肥満して滑稽なかっこうをしていらっしゃるかもしれん、しかし、中国の十世紀のころに実在した乞食坊さんで、じつをいうと弥勒菩薩《みろくぼさつ》の化身《けしん》だったんじゃ〟

信教の自由ということで、財力にまかせて銀座にも千トン、萩にも千トン、長崎にも千トンというぐあいに、布袋チェーンができた。

私どもは、現代人だから、象徴を解しているつもりである。象徴は都市森林であってもよく、ホワイト・ハウスやシドニーのオペラハウスや姫路城のような建物であってもいい。

上代にあっては、ひとびとは象徴を解しなかった。だから、高度に神聖なものは、人間の形をとった。仏像やカトリックのキリスト像、マリア像などのようにである。むしろそういうなまなましさこそ、上代人の心を打った。それらはいまは歴史的芸術性なのである。

が、現代文明は、象徴を愛している。

ニューヨーク港内の小島に立つ自由の女神は歴史的存在であるがゆえに意味をもつが、こんにち、他の場所で、あのような生《なま》リアリズムの巨像をつくるのは、気味がわるいだけである。

私は日本の観音像がすきである。かといって高崎市郊外の丘を圧して立つ巨大観音像には、不気味さ以外感じない。

また、先日、福島県の林の中を過ぎて、空いっぱいの顔があらわれたとき、きもをつぶした。新造の巨大観音ということだった。日本じゅうが、銅像をふくめた巨大像だらけになる勢いを、どうにか食いとめられないだろうか。

「日本人は、象徴ということを知らない」

といった人がいる。たしかにそうである。しかし、厳島《いつくしま》神社の鳥居や薬師寺の塔といった象徴をつくった先祖をもつこの民族が、象徴を解しないはずがないとも思うのである。

（一九八八年十月四日）

31 〃聴く〃と〃話す〃

私はどうも耳がよくない。

とくに左耳が子音のKによわくて、しばしば人の話をK落ちで聞いてしまう。K音がときにM音になったりして、他家にうかがったときなど「おコーチャはいかがですか」といわれて、

「いえ、オモチャは要りません」

とまではいわないものの、似たようなことで恥をかく。

そういう耳鼻科的な面だけでなく、耳と脳とつながったほうも弱い。子供のころ、教室などで、大ぜいとともに一人の先生の授業をきいていると、頭がぼんやりしてくる。あとで、試験前などに教科書や参考書を目でみて、おやそうかと意味がわかったりした。体操の時間などに、

「右むけえ、右」

といわれて、左を向いたりもした。

「こいつ、テイ（低能）じゃな」

と、教練の教師に、真顔でぼやかれてしまったことがある。

こんな調子だったから、旧制中学五年の三学期は病気届けを出して、学校から一キロ離れた図書館にいた。つまり、文章にたよった。

きくという漢字は、いくつもある。ふつうは〃聞〃だが、身を入れてきく場合は〃聴〃である。さらには、聴いて大いに理解する場合、古い漢文では〃聡〃の字を〃きく〃という動詞としてつかった。聡明な人というのは、耳できいてすっかりわかってしまう人のことなのである。

耳と脳の配線のいい人は、まことにうらやましい。ややこしい草花の名や、はじめて知る外国人の名前を耳できいていっぺんで覚えてしまったりする。

私など、加藤さんという日本人に〃カトウです〃と自己紹介されると、視覚化して（漢字を思いうかべて）おぼえようとする。ひどい場合、

「加えるの加に、フジの藤ですね」

と、念を押す。さらにくどく、
「愛知県のご出身ですか」
ときくときもある。関連でもって記憶の鋲止《びようど》めをしようとするのである。周知のように、尾張（愛知県）には加藤姓が多い。豊臣大名の加藤清正や加藤嘉明《よしあき》、あるいは現代の陶芸家の加藤唐九郎。……

そういう〝耳〟の私でも、一対一人なら、日本語の場合、十分に聴くことができる。四、五時間でも堪えられる。

ところが、こういうのは、江戸時代の師弟教育ならともかく、こんにちの学校教育ではやってくれない。

以上、わが無能について話したが、話すということについてふれたい。

ヨーロッパは、古くから言語で成立している。ギリシア・ローマのむかしから、一人の人間が不特定大衆に対して、一つの主題のもとに、論理を一貫させつつ、話しことばで演説してきた。

この習慣は、明治まで日本にはなかった。

日本の場合、言語の未熟ということではなく、おなじことを文章言語でおこなってきたのである。このため江戸期以後、文章日本語は大いに発達した。

ところが、口頭ではうまくゆかない。一時間も演説をきいたあと、
「それ、なにか、印刷物になっていないでしょうか」
と、申し出る人もいる。

口頭でもって、一時間も一つの主題（たとえば授業や講義）を話す場合、概念語や抽象表現を歌のようにならべるだけでは、お経にはなっても魅力ある言語にはならない。

まず話し手は、自分の体温を帯びた自分のことばで語らねばならず、またできるだけ日常表現で語らねばならない。

さらには、ユーモアをまじえ、ときには不正確になることをおそれずに形容やたとえを入れ、聴き手のイメージ能力を間断なく刺激しつづけなければならない。でなければ、他者の耳に入る〝言語〟にはならないのである。

明治の福沢諭吉は近代国家をおこす必須の一つとして、自由と権利のほかに演説を考えた。

このため三田に演説館をつくったのだが、おそらく知的日本語を高度に口語化してゆくことで、言語文化を高めようと考えたのにちがいない。

私にもしひまができれば、どこかの学校の授業や講義を聴講し、私の半世紀前とくらべ、どれだけ教壇の口頭日本語が進歩したか、このバカ耳でもってためしてみたいと思っている。

（一九八八年十一月七日）

32 都会と田舎

どうも私は以下の話が好きなようで、以前もどこかに書いたことがある。漱石が登場する。

かれの生家は、牛込（いま新宿区）喜久井町《きくい》一番地で、夏目家は江戸期、代々このあたりの名主だった。

もっとも市街地ながら、漱石の若いころは、まわりに田ンボが多かった。

ここで、子規が、登場する。伊予の松山から東京に出てきた正岡子規は、大学予備門で、同級の漱石と親友になった。

子規は、在学中の明治二十二年五月に喀血《かっけつ》し、学校を休んだ。翌月、よくなって、試験のことなどをきくべく、夏目家をたずねた。

漱石がすぐ出てきて、二人はそのあたりを歩いた。

初夏のころだった。

「大方六月頃の事であつたらう」

と、子規はその若い最晩年の明治三十四年、『墨汁一滴』のなかで、十余年前を思いだしている。

自然のすきな子規にとって、水田に植えられたばかりの苗《なえ》がそよいでいるのが気持よく、ついこのことを話すと、漱石は変な顔をした。

此時余が驚いた事は、漱石は、我々が平生喰ふ所の米は此苗《このなえ》の実《み》である事を知らなかつたといふ事である。(『墨汁一滴』五月三十日)

子規は東京人にはしばしば驚かされる。この『墨汁一滴』のくだりで、ある日訪ねてきた四十ぐらいの女性が〝あの筍《たけのこ》が竹になるのですか〟。

子規は驚きつつも、自分を田舎者であると規定せざるをえない。田舎では一家でナワもなうし、機《はた》も織る。女たちは包丁をといで、魚もさばく、とのべる。

「(東京は)百事それ〳〵の機関が備つて居」ると子規はいう。

つまり商業が発展して〝機関〟が市民生活に奉仕しているから、田舎のように生活の基本まで自分でやることはない。だから「若し都の人が一匹の人間にならうと云ふのはどうしても一度は鄙住居《ひなずまゐ》をせねばならぬ」。

それが、子規の処方箋である。

最晩年の病床の子規を、小学校の先生が訪ねてきて〝ちかごろの子供は、高等科でも、半紙を綴じて帳面にするということもできません〟と話した。

田舎の子ならそれができる。そのかわり、田舎の子は、東京の子とちがい、唱歌とか体操をいやがります、とその先生は子規にいった。

子規は、このあと都鄙《とひ》論をのべる。「東京の子は活潑でおてんばで陽気な事を好み」、大人になると、「愛嬌があつてつき合ひ易くて何事にもさかしく気がきい」た人間になる。

それに対し、田舎は子供までが陰気である。はでなことをはずかしがり、大人になっても「甚だどんくさい」。しかし、「国家の大事とか一世の大事業と」なると、田舎の者が先鞭《せんべん》をつけるようだ、という。つまり、「一得一失」だと子規はいうのである。都鄙があってこそ日本だった。

子規は最後に「併《しか》し田舎も段々東京化するから仕方が無い」と不安めかしく結んでいるが、八十七年後のこんにち、その予感どおり日本全国がべったりと都市化してしまった。

ごく最近、広島県竹原市の中学校で、理科の先生が生徒（一～三年、百五十三人）にニワトリの絵を描かせたところ、正しく描けたのは、わずか三人で、一割以上の十九人の場合、ニワトリに四本足がついていたそうである。

すべてが、流通の中で商品化されているため、子供たちはフライド・チキンを知っていても、庭を駆けまわる鳥を知らない。

「それでも、偉大な漱石が成立したではないか」

とひらきなおることもできるし、また逆に子規が感じたかすかな不安を拡大することもできる。

二百数十藩が解体されたあと、日本に残っていた多様性は、かろうじて都市・田舎の構造だったのだが、いまはそれもなくなった。

津々浦々の大人たちがいかに愛嬌よくてリズム感覚にあふれるようになろうとも、一国・一民族がのっぺら坊になってしまっては子規のいう「一得」もなく、「一失」もない。子規の時代の田舎はどこかにないだろうか。

（一九八八年十二月五日）

33 自助と独立

ロンドンの日本料理屋で寄せ鍋を囲んでいたとき、相手のジョン君が、

「……日本の神戸に五年住んで、おどろいたことの一番は」

と、話しはじめた。ジョン君は四十二歳で、ケンブリッジで言語学を専攻してから、いまは日本関係のしごとをしている知日家である。

「三十歳になる未婚の日本女性のことでした。その会合の夜、彼女は帰りが遅くなることについて両親の許しを得ていないということで、おろおろしていたんです」

三十にもなって、人格の独立が遂げられていないことに、ジョン君は文化人類学的なおどろきをおぼえたらしい。

結婚披露宴での両親のあいさつも、こんにち的な文化である。

「なにぶん、当人たちは未熟でございまして、今後ともご指導ご鞭撻《べんたつ》のほど、なにとぞよろしくお願い申し上げます」

父親にとってお経のようなセリフなのだろうが、逐語訳して考えてみると、二十七、八にも三十にもなったヒナ壇の一人格が、他人様《ひとさま》にひきたててもらえるよう、自分の口からならまだしも、父親にいわせていることになる。

明治期は〝自助と独立〟ということが、ブラスバンドのように吹奏されつづけた。

戦後のある時期、明治の美徳がふたたびよみがえって、結婚式の多くが何夫と何子の名でおこなわれた。いまは、たいてい何家と何家の名でおこなわれており、経費も双方の〝家〟が出している。それだけに右のあいさつは〝この人間は一個の独立さえ遂げておりません〟と、広場でさらし者の刑に処しているようなものである。

明治という時代は、江戸期のもたれあいの社会から脱出しないかぎり、一国の独立はあやういという危機

感から出発した。

「独立とは」

と、福沢諭吉はいう。『学問のすゝめ』のなかの一節である。

「自分にて自分の身を支配し、他に依《よ》りすがる心なきを云ふ」

刊行は、明治五年である。さらには「一身独立して一国独立」するともいった。

中村敬宇《けいう》（正直《まさなお》）も、独立をいう。敬宇は幕府の儒者だった。幕末、英国に留学し、幕府が瓦解した明治元年、帰国する船中で、サミュエル・スマイルズの『自助論《セルフ・ヘルプ》』を読んで感動し、それを『西国立志編』という題で翻訳刊行した。明治三年のことで、自助をすすめる以外、日本の将来はないと敬宇はおもった。

両書は、明治の精神をふるいたたせ、聖書的なベストセラーになった。

また、幕末・維新に大いに活動した大隈重信も、早稲田の一隅で一私学を興して「倜儻《てきとう》不《ふ》羈《き》」（独立して拘束されぬこと）の人材を育てることを理想にした。

薩摩藩士族には、城下士と郷士の差別慣習があった。維新後、西郷隆盛は城下士を近衛陸軍に入れ、郷士を東京警視庁に入れた。郷士出身の川路《かわじ》利良《としなが》は明治六年、フランスの警視庁制度を見学し、帰国後、大警視として日本の警察制度をつくるのだが、明治十年、かれにとって最大の難事が出来《しゅったい》した。故郷が反乱（西南戦争）をおこしたのである。川路は鎮圧側に立つにあたって、

「人ト生レテ、自助独立ノ権ナク、己《おの》レ生涯ノ利害ヲ人ニ任《まか》シテ、羈縻《きび》（つなぎとめる）セラルハ牛馬ニ均《ひと》シカラズヤ」

という名文でもって同郷出身の部下をはげました。警視庁の創設者もまた、自助・独立の礼讃者だった。

独立という熟語は漢籍での意味は仙人のような存在をさす場合が多いが、明治期のこの言葉は、英語の independent の対訳であったと考えていい。

英国も、カトリックの時代（十六世紀まで）は、村びとたちは教会にくるまってくらし、教会も村民に対し、儒教や徳川幕府と同様〝由《よ》らしむべし、知らしむべからず〟という態度だった。

その後、新教の思想がひろまり、工業社会が活性化してくると、独立という思想がひろまり、英国そのものをつくった。

いまでも英国ではこの慣習がつづいている。十八歳になると、息子も娘も家を出て独立せねばならない。ある者は大学の寄宿舎に入り、ある者は町に職と住をもとめて、家を去ってゆく。

「母親が、二十歳の息子をつれて借家さがしをしても、どの家主も貸しません」

ジョン君が、いった。

動物の世界は、むろん独立の世界である。たとえばワシの子は尾羽《おは》がはえそろうと、親によって巣を追いだされ、自分自身のエサ場（領域）をもとめて別の谷の上を舞う。

『自助論』の故郷の国で寄せ鍋をつつきながら、明治のころを考えたり、現代の親御さんたちや若い諸君諸嬢のことを思ったりした。さらには、べったりと政治家と選挙民がよりそう政治風土を連想したりもして、腹も心も温まるいとまがなかった。

私どもは、明治草創の精神をもう一度ふりかえる必要があるのではないか。

（一九八九年二月六日）

34 威張る話

人はどうして威張りたがるのだろう。

むろんこの世はよくできていて、威張らない人のほうが、はるかに多い。だからこそ威張る人に稀少価値があり、観察にもあたいする。たれかこういう同好会をつくって、ほうぼうに見学にゆけばどうだろう。

むかし国鉄といった官業があって、そこでは威張る職員が多かった。名古屋の切符売場などは、威張る名所のようにいわれていた。

もっとも新幹線の開通早々、航空会社との競争ということもあって、おなじ国鉄ながら在来線は古風に威張り、新幹線は愛想がよかった。

そんな新幹線の従業員でも、開通のころは伝統の保持者がいて、私が新大阪駅の改札口を通過したとき、どのフォームにゆけばいいかということを改札掛にきいたところ、かれは氷のような表情で、あごをちょっと右にしゃくったただけだった。

「むこうですか」

辞を低くしてもう一度きいた。

「うむ」

ともいわず、ふたたびあごをわずかにひいた。ほれぼれするような威張り方だった。


明治初年、国鉄の職員は官員様だった。なにしろ、軍人のようにサーベルを吊っていたそうで、士農工商でいえば士であり、民百姓どもに乗せてやるという態度だった。そういう〝文化〟が国鉄の終焉《しゅうえん》まで一部にのこっていたのである。

〝企業文化〟というのは、その企業が誕生した時代の気分や精神が体質遺伝してゆくものらしい。

たとえば、日本航空は戦後誕生した。おかげで、搭乗しさえすればたれもが紳士・淑女として遇せられたし、いまもそうである。おなじ客が旧国鉄の改札口を通ると、江戸時代の百姓のあつかいをうけた。もし、スチュワーデスに、あごで物を言えといえば彼女らは苦しむだろう。旧国鉄職員なららくらくとそれができた。まさに文化人類学の世界だった。


去年、人口三万の旧城下町（Z市としておく）でタクシーに乗った。堂々たる体格の運転手さんで、感じもわるくなかったのだが、どこか威張りの虫がうずいているような人柄だった。

「私はこのZ市の人間じゃありません」

と、ことさらにその人はいうのである。

「R市の者です」

かれがいうR市は人口がZ市の十倍の三十万もある。つまりは、そのR市は戦後商工業都市として急成長し、そこにあったタクシー会社までが、人口増加にともなって大きくなった。ついに、人口三万のZ市の老舗《しにせ》の小さなタクシー会社を吸収合併して、親会社になってしまった。


私を乗せてくれた運転手はその〝親〟のほうから〝子〟のほうへ出向した社員で、その任務は〝子〟の運転手を教育するためだという。そのことを、私にそれとなく気づかせたいようであった。

日本では、中央が地方に対し、どこか威張っている。運転手さんにわる気はないのだが、つい日本文化の型が出てしまったということだろう。

私は入院患者になったことがない。

ただ、人を見舞ったり、つき添ったりして、医者の〝威〟におそれ入ったことはある。

しかし、私が知っている研究医や勤務医は、みなすばらしい人たちで、風評一般のようではない。そのなかで、威張りの風評を肯定する人もいる。

「たしかに勤務医の何割かは威張っています。それに対し患者はおびえているんです。こんなばかなことがあっていいものでしょうか」

その人は、わが国の代表的な国立医療機関の長である。さらには、日本の医者の威張りの根っこには江戸時代の〝御典医〟と〝百姓〟の関係があります、ともその人はいった。

江戸時代、将軍や大名は、民間の医師（これは百姓身分だった）から名医を吸いあげて、奥御《おくお》医師《いし》や御典医にした。百姓がそれらに診《み》てもらおうと思えばよほどのツテがなければならず、しかもいざ診察となると、医師のほうは大名待遇もしくは士分で、患者との身分のひらきがありすぎたのである。日本最初の西洋式病院だった幕府の長崎養生所《ようじょうしょ》などでも、医師は士分であったために、患者は卑屈にならざるをえなかった。

これらの話をざっといえば、旧国鉄改札掛は明治の官員の孫で、民間航空が戦後民主主義の子ということになる。とすれば、勤務医は江戸時代の末裔《まつえい》といえるのではないか。

近ごろ、感動的な話をきいた。

話してくれたのは、アイルランドのダブリンで、文学研究のために留学している若い女性である。彼女は現地で大手術をうけるはめになった。

結果としてヨーロッパがいかに日本とちがうかという貴重な体験をした。手術を担当する初老の教授は、ひたすらに人間以外のなにものでもなかった。

教授は心もとない彼女のために、数日かけてその病気についての説明をしてくれた。手術について図解して説明し、また同じ病気でなおった患者を紹介してその体験談まできかせたりした。最後に彼女が手術台に横たわったときは、希望にみち、予後も、孤独や不安を一度も感じなかったという。

アイルランドはギネスのビールとガラス工芸会社のほか企業らしいものはない。日本とくらべれば貧しい国なのだが、しかし文明はゆたかなのである。文明とは右のようなことをいうのではないか。

（一九八九年三月六日）

35

若葉と新学期

新学期である。この季節、街で出あうどの新高校生も新大学生も、みな若葉が照り映えるようにいい顔をしている。人生でいちばんいい季節であるらしい。

いうまでもないことだが、大学はもとより、高校のどの教科をみても、あつかわれていることは、人類のことか、天地の状態、もしくはその法則についてのことなのである。ほんの百数十年前とは、ずいぶんちがう。

一世紀あまり前の私どもの近い先祖は、五、六十戸の村のなかでうまれ、生涯を終えた。

日常、稲の出来ぐあいや畑ものの世話など具体的労働のくりかえしのなかですごし、つきあう人もかぎられ、あらゆる人事的話題は互いに顔を見知る男女のみについてだった。

およそ物事を抽象化して考えるというような必要はなく、懸念することといえば、雨と晴、そして年貢ぐらいのもので、すべて目に見え、手でさわることができる具体的世界だった。むろん、天才はべつだったが。

そのように、すべて具体的な事物への関心で（あるいは何万年も）すごしてきた者の曾孫か玄孫が、こんにち高校や大学に入ることによって、にわかに抽象的世界に入るのである。生物学的にみて、とても環境馴化《じゅんか》ができているとは思えない。

「つらいだろうな」

と、以前、私は高校一年生になったN夫という甥をなぐさめたことがある。むかしなら、父親の百姓の手伝いをまじめにしていればほめられた。いまは、学校という抽象のみの世界にさらわれてしまっている。

たとえば数学である。このヘンな世界は、あらゆる具体的現象を数と数学記号と数式というものに抽象化してしまい、また数学そのものが、いきもののように数学を生み、成長させるというものである。さらにはあらゆる具体的現象を数学で説明したり、予見したりもする。いっそ、見えざる生物というべきではないか。

「むかしなら、カボチャをつくっていればよかったのにね」

N夫は言ってから、クビをかしげ、こういった。

「しかし、曾祖父《ひいじい》さんが、本当にカボチャをつくっていたのだろうか」

実際にカボチャをつくるのは人ではなく日光と土と水なのである。だから学校では、〝きょうは天気がよい〟というのどかな具体的世界はあつかわず、日光をいきなり物理学にしてしまうし、カボチャは有機化学に、水は無機化学にしてしまう。さらにはそれらを説明する言語は、数学という抽象語なのである。

N夫は数学や物理化学は好きなのだが、国語がにがてだという。そういうN夫たちに国語への親しみをもたせるために、先生は、

――国語は、学科というよりみなが使っている日本語なんだよ。なんでもないんだ。

といってくれたという。

とはいえ、日常、たいていの家庭では、首尾一貫した論理で会話がかわされているわけではない。

また気のきいた修辞をつかう両親というのはすくなく、ふつう、四、五百語の生活単語で間にあわせている。水、めし、疲れた、寒い、暑い、ふろ、おなかがすいた、あるいはあすは雨だろうか、という範囲で、つまるところ、古代穴居人とかわらない。それをすこしでも高度にしようというのが、国語科の目的のひとつである。

言語が、一つの国が千年以上かけた最大の文化遺産であることはいうまでもない。これによって人は、森羅万象《しんらばんしよう》を、知的に、あるいは情緒的にとらえることができる。そういう言語の教育は、学校の国語科の教室でしかとりあつかわれないのである。

国際化などというが、知的世界というのは、すべて普遍的なものなのである。

国境によって変るのは言語だけで、法理論や経済学説史や生化学や理論物理学が変るはずもないから、高校や大学にゆくということじたい、すでに国際化で、さらには古今東西の世界に身を置くことなのである。

学問の思考は、昆虫標本をつくるように、昆虫という具体的なものをたくさんあつめてくることから出発する。

まず「採集」がある。ついで、その「形態」を見、また同種同士に「分類」する。そして、同種ごとに〝これはこんな生態〟という「概念」をあたえる。ついには〝生物とはなんぞや〟という抽象的思考世界の

なかに入る。

このことは、人間観察にも、あてはまる。たとえば、「廉潔《れんけつ》」

これは、抽象概念である。この資性は、人間とくに政治家と官吏につよく要求される。私どもは、平素、人間を多数見て（採集）、それらの考え方を同種ごとに分類し、概念化して〝あれはいいやつだな〟という結論に達する。ついには、どういう人が廉潔であるかを考えるとき、事実群をあつめるだけでなく、高度の抽象的思考を用いる。

学校は、そういうことを養う場所なのである。

（一九八九年四月三日）

36

〝宇和島へゆきたい〟

婚礼のことで、四国にわたり、愛媛県の宇和島へ行った。

ついでながら、四国は人口約四百二十万、面積約一万八千八百平方キロメートル、この人文の宝石のような島が、私にはつねになつかしい。ひとつには、四国の四つの県を、それぞれ小説に書いたからでもある。

土佐（高知県）のことは、『竜馬がゆく』に登場する。讃岐《さぬき》（香川県）は、いうまでもなく空海《くうかい》がそこでうまれた（『空海の風景』）。

阿波（徳島県）については、江戸時代、淡路島が阿波蜂須賀藩領だったということで、淡路うまれの高田屋嘉兵衛という気分のいい船頭を主人公にして『菜の花の沖』を書いた。

『坂の上の雲』は、伊予（愛媛県）松山うまれの三人の人物が主人公だった。四作に共通しているのは、海である。

おかげで私は、四十前後から二十年間、畳の上の航海者として終始した。


古代の日本は、外洋航海の点でおくれていた。空海たちを運んだ第十六次（八〇四年出航）遣唐使船だけでなく、遣唐使船一般に、〃佐伯《さえき》〃とか〃速鳥《はやどり》〃といったような名がつき、従五位下《じゅごいのげ》という貴族なみの官位がさずけられ、官服のように原色でいろどられていた。

しかし、かんじんの船の構造は、外洋に適していなかった。船底がタライみたいに平らで、船のまわりを戸板で張りめぐらしただけの弱い構造だった。その上、当時の航海者は東シナ海の季節風を知らず、わざわざ台風シーズンに出航して難破したりした。

多くの人が遭難したが、それでもなお、留学生《るがくしょう》・留《る》学僧《がくそう》を志願する者が多かったのは、日本史をつらぬくばねともいうべき知識欲の旺盛さと敢為《かんい》というか、あえておこなう心というものがあったのである。

江戸初期、幕府は〃海外〃をおそれ、国内では帆の多い大船の建造を禁じた。

ところがこまったことに、そのことに反比例してたぎりたつように商品経済が活発になったのである。このため商船が大量に必要になり、いわゆる千石船という特異な江戸時代型の船が登場した。

それらが日本列島沿岸という荒海を周航しつづけた。この船によって、二世紀半、江戸時代の経済と文化がどれほど活性化したか、はかりしれない。


「あれ（千石船）は、危険な船だ」

といった人物がいた。嘉永六（一八五三）年六月、江戸湾に押しこんできた米国艦隊のペリー司令長官である。

いわれるまでもなく、江戸時代の船乗りたちにとって千石船の危険さは百も承知の上だった。

幕府によって多帆が禁じられているため、一枚の帆を大きく張って面積を大きくせざるをえなかったのである。

このため風圧が一枚の帆にかかり、勢い、方向転換のための梶《かじ》（舵）の面積を大きくせざるをえない。梶面積が大きいと、水圧で梶がこわれやすい。梶がこわれると、当然難船するという悪循環になった。

それに、甲板《かんぱん》がなかった。積荷をできるだけ多く積みたいためで、いわば、お椀《わん》を水にうかべて物を盛りあげたような形になった。すべて危険を覚悟の上の構造だったのである。

ペリーが入ってきた江戸湾頭で、べつなことがおこった。岸に立ってペリーの蒸気船をはじめてみた大名の伊達《だて》宗城《むねなり》は、かれらの自走性におどろく一方、これをつくりたいと思いたち、四国の西南のすみのかれの領地（伊予宇和島十万石）に帰ると、すぐ着手した。三年後に似たようなものを造ってしまったのである。

命ぜられて、蒸気機関を想像と見当でつくったのは、城下で仏壇の修理業を営む嘉蔵という器用貧乏の職人だった。かれはむろんペリーの黒船などは見たこともなかった。

船体のほうは、藩の客分の蘭方医村田蔵六が、オランダの書物をみて、半ば想像でつくりあげた。三人とも、敢為というほかない。

先日、アラブのバーレーンの大学教授がきて、どの外国人も日本人にききたがるように、かれも、日本がなぜこんにちのようになったか、ということを質問した。私は、右の嘉蔵について話をした。

「嘉蔵のような日本人がたくさんいたからです」

「その船はうまく動きましたか」

と、バーレーンの教授がきいた。

「いや、船体のわりには機関が小さすぎました。宇和島湾内で試運転したとき、よろよろと進んで、小さな波がくると、押しかえされたりしましたから、失敗でしたな」

「すばらしい失敗！」

教授は大笑いしたあと、

「私はその宇和島へゆきたい」

と真顔でいった。

ついでながら、旧城下の宇和島はいまも江戸期の静けさをのこしたまま、七万余のひとびとがおだやかに住んでいる。

（一九八九年五月一日）

37 〝公〟と私

こんにち〝公〟という概念が、宙空にあって輝いている。その色は清らかでその性質は無私で、ひたすらにひとびとの役に立つという存在である（手の内をあかすと、私は、いま世界じゅうが注目している中国の政権について考えながらこれを書いている。要人たちが〝公〟の感覚をうしなったことが、こんどの騒ぎの大因ではないかということである）。

〝公〟は社会主義にも資本主義にも共通し、現代の神とさえいえるのではないか。

ここでいう〝公〟とは、国家、社会はむろんのこと、仲間や自然環境をもさす。ちょっと余談になるが、英国では私立学校のことをパブリック・スクールという。仲《なか》歴史的に仲間が金を出しあって運営してきたから、仲《なか》間立《まりつ》ということがパブリックなのである。

福沢諭吉は、立国のもとは私なり、といった。公にあらざるなり、ともいったが、明治初年のこの場合の私とは、主として私企業のことで、民間において企業が活発になることが国をおこすもとだ、ということである。いわば〝公〟とは、国家のみをさす。ただし、いまは〝公〟の意味が拡大している。

こんにちの〝公〟の意味は、深化しているのである。たとえば私企業といえども、その内部においては（社長や社員にとって）企業が〝公〟であらねばならない。すくなくとも日本では大正以後、その意識が進行してきた。

また日本では新聞のことを〝社会の公器〟などという。しかし従業員三人しかいない町工場においても、社長にとってその企業は公器であるべきで、なぜなら三人の従業員が、生活のためだけでなく、人生そのものを持ち寄っているのである。

日本では、企業を公器と考える思想が、つよく根づいているように思える。

たとえば、住友や三井、三菱などにおいて、その企業は創業家系の私物ではなくなっている。世界に誇るべきものではないか。

　現代史の世界が、過去にくらべてきらきらと輝いてみえるのは、〝公〟がどうやらかつての神と同様の価値に近づいてきたということにあるのではないか。水、空気、森林、海浜などすべてが〝公〟で私物ではないという思想がひろまっているのである。

　ところで、中国の革命軍は、歴世、私軍だった。いつの世でも王朝が衰えると、四方に流民がおこった。その流民を地域ごとにまとめて食わせることが、英雄というものであった。

　たとえば、三国時代、劉備《りゅうび》が蜀《しょく》で流民団を食わせ、曹操《そうそう》が中原《ちゅうげん》で流民団を食わせ、孫権《そんけん》が長江流域で流民団を食わせた。流民が、兵を兼ねた。つまり革命軍であった。

　歴世、政府軍のことを官軍といった。官軍の兵はむりやりに徴集されたために一般的に弱く、流民である私兵のほうがはるかにつよかった。やがてその勢いによって王朝が倒され、流民の大親玉が、つぎの王朝をつくった。

　清《シン》末にも、似たような現象がおこった。太平天国ノ乱という一大流民さわぎがおこって、この勢いの前に官軍がじつに弱かった。

　この一大流民さわぎに対し、官僚の曾国藩《そうこくはん》（一八一一～七二）が故郷で私的な義勇軍をつのり、大いに太平天国軍をやぶった。この義勇軍が、有名な湘勇《しょうゆう》軍（勇とは志願兵のこと）である。

　湘勇軍にならって、曾国藩の弟子の官僚李鴻章《りこうしょう》（一八二三～一九〇一）が、故郷で淮勇《わいゆう》軍を編成し、湘と淮がたがいにきそって内乱を鎮めた。

　曾国藩はのちに李鴻章に湘勇軍をゆずった。これによって李鴻章の私兵である淮勇軍が強大になり、武装も洋式化して、清朝最大の陸軍に成長した。本質的には国軍ではなく、清朝の大番頭である李鴻章の私兵だったのである。かれの権力は、圧倒的にその上に成立していた。

　中国革命を成功させた紅軍も、もとはといえば体操教師出身の朱徳（一八八六～一九七六）と毛沢東（一八九三～一九七六）の私軍（紅軍第四軍）から出発している。

　それが革命成立後に人民解放軍という、国軍になった。この場合、人民とは〝公〟の別称である。

ただし、各軍の軍長たちの意識は、遠い過去からの伝統をひきずっていて、自分の管轄下の軍を〝私〟として見る感覚がつよい。だからこそ、一部の軍長が、その軍の要職に息子や娘婿、甥などをつけて、軍を家族の私物にしている。まことに近代的〝公〟からみれば信じがたい現象といっていい。

軍だけでなく、高級幹部のあいだにも、右のような古代以来の〝私〟がはびこっている。

過去ではそれでもよかったが、現代では〝公〟という最高の価値基準が、世界と同様、中国においても普遍化していて、そのように、地球や人類規模での〝公〟をかかげるひとびとが天安門広場にあつまったのである。

そのような若者たちの〝公〟の感覚からみれば、中国の官・軍の一部は、存在そのものが腐肉以下といえる。

ひとびとは、

——高級幹部たちは〝公〟であれかし。

と、ねがっている。これに対し〝私〟を守ろうとする高級幹部もまた、〝私益〟をまもるために懸命にならざるをえない。負ければ、自分が殺されてしまう。

そういうわけで〝私益派〟が国権をにぎり、あらたな〝公〟の感覚を共有するひとびとを〝反乱分子〟としてしめあげているのである。

いまの中国の事態の奥はそんなふうだと理解すれば、ほぼまちがいない。

（一九八九年六月九日）

38

たかが身長のために

身長の話をしたい。なにしろ娘さんたちはノッポの西洋人が出るコマーシャルを見すぎている。

そのせいか、縁談などで、

「セは？」

と、まっさきにきく。セといっても背中のことでなく、この場合、せたけ、みのたけ、身長のことである。いやみとして申しあげておくが、セということばは日本語のなかでも、不安定な単語で、

「ええ、セナカなら、ありますよ」

と、他の意味にもとれる。

大体、日本語では奈良朝ぐらいから明治ごろまで、身長のことはふつう「たけ（丈）」といった。樋口一葉の『たけくらべ』をおもえばいい。要するに、ことばが不安定というのは、かつては身長など、大小どちらでもよかったということだろう。

魅力的な高校生がいて、かれは手先が器用らしい。将来、腕のいい左官とか、ヴァイオリン作りになりたい旨の手紙をくれた。左官、ヴァイオリンのいずれにせよ、もし不世出の名人がおられるならその人に就《つ》きたい、それによって両者のいずれかを選択したいという。

つねにことばづかいが的確で、明晰な文章で書かれていた。

ところが、最後にくれた手紙は、意外だった。医学部に入ってしまったというのである。

転換した理由は、ただ一つしかないという。

「僕は、セが小さいんです」

〃小さな左官さん〃といわれるよりも、〃小さなお医者さん〃といわれるほうが、嫁の来手《きて》があるのではないか、とおもったという。

百科事典の「身長」の項をみると、日本人の成人男子の平均身長は、まことに小さくて明治初期で一五五センチメートルだったそうである。

小村寿太郎（明治の名外相）は一五〇センチメートルほどで、右の平均より低かった。明治初年、ハーバ

ード大学法学部に留学したとき、同学の学生だけでなく、大学界隈の町の人たちまでがこの異国の学生を尊敬したといわれる。

小村は、たれがみても高潔さと、精神の肉質のひきしまった存在感を感じさせる人物だった。日向《ひゅうが》の飫肥《おび》藩で武士として育った。


江戸後期、自分の店の船で千島付近を航海中、ロシア軍艦にとらわれ、カムチャツカに送られた高田屋嘉兵衛（一七六九〜一八二七）も、セが当時の平均より小さく、しかも頭が大きくて、ほとんど五等身にちかかった。

ふれあったロシア人は、たれもが嘉兵衛の見映えのわるさをいわず、その聡明さと勇気、それにたかだかとした正直な人柄に感動した。

嘉兵衛は、死後も、人を動かした。かれとふれあったロシアの海軍少佐が書いた『日本幽囚記』にあっては、物語といっていいほどにその人柄のすばらしさについて書かれている。

人は、人をよぶらしく、右の『幽囚記』の読者の一人だったニコライというロシアの若い神学生は嘉兵衛に魅せられ、かれに会うために幕末の函館にやってきた。むろん、とっくの昔に、当人は死んでいてこの世にいない。ニコライは終生日本に住み嘉兵衛のような日本人をさがした。

明治人は、ニコライ神父を愛した。神田のニコライ堂は、かれの名が冠せられた愛称であることはいうまでもない。


私などテレビのない時代に成人したから、自分のセが高くないことに気づいたのは、三十すぎてからだった。十歳わかい同僚があぐらをかいているのをみて、すねの長さにおどろき、

「どうしてお前のすねはヘンなんだ」

と質問して、逆襲された。私のすねのほうが旧世代に属していて、短かったのである。


「自分の形質を他と比較して傷ついたりするのは無意味なことです。どうしてノッポで有名なアフリカ・マサイ族にうまれなかったのかと後悔するほど退屈することはありません。自分は固有日本人であって、まことにその点、いい気持であるとおもうほうが、生きてゆく気分が充実するでしょう」

と、私は若者に返事を書いた。ともかくも、セの偏

見によって未来の名工を一人うしなったことだけは、たしかである。

（一九八九年七月三日）

39 日本というものの把握を

孤島ということもあって、明治後の日本はなんでも自国でつくった。二十世紀初頭では、戦艦からマッチまで国産品だった。

「家具なら、となりのデンマークに行って買いますよ」

というふうに、スウェーデン人ならいうだろう。ヨーロッパの国々は業種ごとに住みわけてきた。

「機械は、イギリスがとびきり良品です。一手販売します」

というのは、十八世紀後半、産業革命を成功させた英国だった。以後、英国は大いに栄えた。

が、二十世紀初頭、ドイツという新興の機械屋におびやかされ、営業不振におちいった。

ドイツはドイツで、市場拡大をあせるためにむりにむりをかさね、今世紀中に二度も大戦をおこしてしまった。

いまは、見ちがえるようにおだやかになって、ヨーロッパにおける〝住みわけ地図〟の一員におさまっている。

なにしろ過去のドイツ人ときたら、物をつくる能力がありすぎたわりには、そのエネルギーを統御する能力（政治のことである）を欠いていた。

たとえば、自分のパワーをうまくおさえこんで瀉血《しゃけつ》したり、あるいは小出しにしたり、ともかくもながい歳月をかけて、他の店に迷惑にならぬようにしてゆく〝政治能力〟に欠けていたのである。この場合の〝政治能力〟とは、世界を総合的にみた上での国民個々の自制という意味にしたい。

むろん、そんな聖者のような能力は当時のドイツ人に（いまは十分以上にある）あろうはずがなく、結局、カイゼルの強烈な軍国主義にゆだねた。それが破産すると、信じがたいことにヒトラーの国家社会主義で解決しようとし、ごらんのとおりになった。

一方、機械屋の英国も、衰弱した。ドイツと二度死闘したあげく、アメリカにお株をとられてしまったのである。

機械屋としてのアメリカの歴史はあたらしく、二十世紀初頭からだが、第二次大戦後の二十数年は、圧倒的な黄金時代をきずいた。

そのかげりがみえてきたところへ、新しい機械屋として日本が出てきた。

この国は、既成の店からみれば、かつてのドイツ以上に異質だった。十九世紀後半に文明開化して以来、なんでも自国でつくってきたという点で、ヨーロッパふう住みわけ地図の外にいつづけた。

このために、一時は、世界じゅうを多様な商品でもって土砂降りにさせた。

それに、ながい年の孤島自給自足主義の伝統があるために、他店に物を売っても、他店から物を買うくせがついていない。

せめてコメでも、とアメリカがいっても、コメの自給は国防上大切である（それも一理がある。すべてこの世の森羅万象には一理がある。一理では片づかない）といったり、

「コメは日本人にとって神聖です」

とか、日本人の腸が長いんです、とかいって、すっきりとビジネスの公論の場に立とうとはしなかった。

いわば、一億人が、店さきにすわっている因業《いんごう》オヤジのようになっている。

金はもらう、しかしビタ一文も、よその店の物を買うのに使いませんよ。

機械商売を営みながら、裏庭で自家の食い扶持《ぶち》の田ンボまで持ち、作り手に対しては、店のあがりをまわしてきた。つまり農業を、世界や国内の競争原理の外に置いてきた。

「せめて国際的な協力費を出せ」

という声が高いので、そういう種類のカネは出すようになった。

そのカネは年々ふえる。機械を売れば売るほど、そういう無償のカネが出てゆき、将来、ぼう大なものになるにちがいないが、いずれその財源に窮してくる。

ともかくも、そういう矛盾のかたまりのような国になってしまったのである。

さきに、住みわけに参加するまでの近代ドイツの凄《せい》惨《さん》な例をあげた。〝政治能力〟とは、国民個々のゆるやかな自制心であるということについてもふれた。

いまのような日本国は、日本人も、世界のひとびとも経験しなかった国である。

どうすればいいのか、というのを、政治家たちは、なぜ手の内をあかして語らないのか。日本は、世界と、自国の子孫をふくめた視野のもとで、つねに自分の場をさがしつづけねばならない。

やっかいなほどにパワーをもってしまった日本国というもののいっさいを、みなで話しあうべきではないか。

むろん過去の理論などは、なんの役にも立たないし、まして大衆を扇動するようなことはよくない。

消費税の是非などは、小さな一部にすぎないのである。私どもは、日本国というものを、丸ごと、それも精密に、さらには冷静に考える政治感覚をもたねば、世界じゅうが迷惑する。日本の破滅だけではすまないのである。


（一九八九年八月八日）

40 靴をぬぐ話

私どもの文化では家屋のなかでは靴をはかない。

このため、クツシタ・タビハダシでいることが、清浄であるという感覚ができた。また相手を敬する姿でもあり、どんな型やぶりの人でも、他家の座敷に靴のままあがる人はいない。

私は七歳のころ（昭和五年）、大阪・心斎橋の大丸百貨店のエレベーターの前で、ていねいに草履をぬいでなかに入ってゆく老婦人を見た。この記憶に、前後がなくて、あれは何だったんだろうといまでも首をかしげている。

「日本では、はきものをぬぐことのほうが、相手に対する礼儀ですな」

と、いったことがある。

「そうなんだよ、おれの村（大分県）なんざ、村じゅうの子供がハダシで走りまわっていたんだ」

と、一九〇三年うまれの人がいった。私のいう意味と主題がちがうのだが、村じゅうの子供がハダシとは、それはそれですごい。

帝政ロシアのころ、官憲が被疑者を尋問する場合、ドロを吐かないとなると、相手の足をひねり、靴をぬがした、という。

たいていの〝罪人〟は、ケモノにされたような気分になって参ったらしい。

私など、新幹線の座席で、つい靴をぬぐ。中国人や欧米人が、日本のこういう車中の〝風俗〟を見て、びっくりするらしい。

中国は、紀元前の漢代では、宮殿でも庶民の家でも、その後の日本同様、床《ゆか》式で、ひとびとはその上では靴をぬいでくらした。

ところが、七、八世紀の唐代になると、一変してひとびとは土間（宮殿なら敷きつめられた磚《せん》）の上で靴（沓《くつ》）をはいてすごし、寝台でねた。寝るとき以外、家屋の中でも沓のくらしだった。

この習慣がずっとつづいて、このため中国人も、ヨーロッパ人と同様、車中のクツシタ・ハダシを異様に感ずるのである。

韓国の家屋は、日本同様、床で起居する。家の中で沓を用いないというのも、日本同様である。ただ、古来、外では沓をはくから、近代に入ってゲタや草履ばきの日本人と大量に接したとき、チョッパリという悪称をつくった。〝足割れめ〟という意味である。

スウェーデンの家屋は、日本のように靴をぬいで上へあがる構造のものが多いという。が、ヨーロッパ一般は、家屋内でも靴をはく構造であることはいうまでもない。

また、ヨーロッパ文化は靴に固執する文化でもあった。十五世紀の英国では貴族とそうでないひとびとは靴の形をみればわかるといわれた。

四世紀後半の民族大移動のとき、ヨーロッパに侵入したアジア系遊牧民族が長靴《ブーツ》をはいていた。

まず、ドイツ人の先祖が影響されてそれを用い、ついでヨーロッパじゅうにひろまり、ブーツは貴族の象徴とされた。二十世紀に入ってヒトラーのナチスが、ブーツを偏愛し、一兵にいたるまで上等のブーツをはかせ、均《ひと》しなみに陶酔させた。いまでもナチス関係の映画などで、兵士たちがいっせいにブーツをあげて行進する光景をみることができる。

おそらくブーツと、それに似あったあの制服がなければ、ナチスがあれだけ当時のドイツ人を魅了しなかったろう。

くりかえしいうが、長靴はゲルマンの古俗であることがナショナリズムを刺激し、また貴族の象徴だったものを一兵にいたるまではかせたところに、国家社会主義らしい戦術的魅力点があったといえる。

新幹線のなかで、家内はまわりに乗客がすくないのをみて、そっと靴をぬぐ。それでも落ちつかないのか、いつも私に靴をぬぐことをすすめるのである。野蛮人は一人でいると孤独だが、二人いると一勢力になる。

(新幹線はお座敷だと思え)

と、私は自分に言いきかせてエレベーターの老婦人のように靴をぬぐ。ときどき、帝政時代のロシア人だったら、大変だなと思ったりもする。

私どもは、ややこしい混合文化のなかにいる。

(一九八九年九月四日)

41 金太郎の自由

人間はうまれついて自由と平等をもっている。

そんなことは、十八世紀末のフランス革命に教えられなくても、古代以来、たれもが一瞬は考えてきた。

ただ、歴史の実情はそうではない。

おとぎ噺《ばなし》のなかの金太郎さんは、山のなかで自由だった。

顔を真赤にして、マサカリをかつぎ、熊にのって、山じゅうをかけまわっていた。仲間は鳥やケモノだけという、まことに自由な境涯だった。

金太郎（坂田ノ金時あるいは公時《きんとき》）噺の原形は平安末期十二世紀の『今昔物語集』の時代からあったそうだが、噺として完成するのは、江戸期であった。

江戸期は窮屈な社会だったから、金太郎の自由をうらやましがるところが作者たちにあったのにちがいない。

そのくせ、作者たちは金太郎を浮世という不自由な社会に就職させるのである。このあたりは、〝仕官〟が大好きだった泰平の江戸期の気分をよく反映している。

いうまでもなく、金太郎は長じて坂田ノ金時（公時）になる。金時は、二十一歳のときに都の武家の棟梁《とうりよう》の源頼光《らいこう》に見出され、その四天王の一人になって、三十六歳のとき酒呑童子《しゆてんどうじ》退治に加わる。どの人生にもヤマ場があるように、かれにとって生涯の語り草であった。

しかし江戸期の人は、贅沢である。そこでめでたしめでたしにせず、頼光の没後、金太郎をふたたび足柄《あしがら》山《やま》の自由の境涯にもどし、あとは足跡がわからない、とする。

いったんは浮世のおもしろさと不自由さも味わわせ、晩年はもう一度山林の自由のなかにもどすのである。ただし、かれは生涯独身だった。

さて、イメージを大昔にさかのぼらせる。

縄文の世、どの山や浜にも、金太郎のような人は無数にいて、山ではウサギやイノシシを獲《と》って暮らしていた。

　独身でおわる縄文金太郎は、すばらしい自由を享受したにちがいないが、しかし「社会」をもたないために短命だったのではないか。雨露をふせぐ小屋もついいい加減なつくりになり、病気になったとき、いたわりのことばをかけてくれる相手がいないために、生きる気力が落ち、つい早世する。いま思い出したが、縄文人の平均寿命は二十七、八だったという説もある。

　一方、妻をえた金太郎的縄文人は、やがてちがう運命をたどる。家族を食わせるために山でイノシシやシカを獲り、獲れないときは里に降りて、サトイモやアワを借りる。ここで、世間に組みこまれるのである。

　自由がそのぶんだけ欠けるのだが、やがてあらたにイノシシを獲ってその股肉《ももにく》でイモの借りを返済したとき、かれは自由をとりもどす。〝文句あっか〟という高度の自由である。


　やがて里で弥生式という海外から伝わった水田農耕がひろまり、ムラができ、人口がアリの数ほどにふえ、領主が興り、不文律とはいえ法や慣習、あるいは宗教ができて、数世紀のちには古代国家ができる。食えるかわりに、人は自由を売ったことになる。


　縄文の金太郎たちはどうかといえば、えびすという名の原住民あつかいをうけるようになり、奈良朝ごろには〝討伐〟されて水田農民になることを強要され、律令国家にくみこまれた。

　以上が、日本古代史である。

　はるかにくだって、ここ百年、世はおしなべて工業社会になり、加えて情報社会が裏打ちされ、学歴構造が付随し、さらには地面までが多分に心理的に金銭化され、それらのすべてを法がとりしきるという精密な社会になった。

　自由はある。法と道徳のワク内での自由で、ワク内であればこそ、いわば炭素が化《な》り変ったダイヤモンドのように貴重なのである。

　が、そういう貴金属のような自由を保有しつつ、

（金太郎にもどりたい）

という古代以来の贅沢な願望を、たれもがあわせもっているのではないか。


　ただ、金太郎噺のようにはうまくいかない。金時や英国の貴族のように田園に隠棲しようにも、土地が過熱しているからである。

　そんな世でも、全国には、宅地がタダ同然の過疎村

や廃村が無数にある。〃一人金時〃がさびしければ、会社人間は会社仲間でまとまって、たとえば鳥取県の山中に移住すればよく、町内人間や同窓会人間は、たとえば奄美諸島の加計呂麻島《かけろまじま》の海浜に移住すればいい。貯金で十分、ガラスいっぱいのすてきな家がたてられる。

ただし、足柄山はだめらしい。すでに不動産資本が入りこんで、金太郎のころとはちがっている。

（一九八九年十月二日）

42 国　土

オランダへは、三度目の旅だった。

いつ行っても、古いころ、新教でつちかわれた清潔さにうたれる。

国土は日本の九州ぐらいしかないのに、また人口密度が世界一なのに、全土が森と芝生におおわれた公園のようなのである（ただし、九州との単純比較には註が要る。九州には山が多いが、オランダは南部のほんの一部をのぞくほか、すべて平地である）。

ともかく、人間の欲望によって荒らされた場所はかけらもない。

かの国は世界企業をいくつかもつ大工業国でもある。そのくせ工場が造成された森林でかくされていたりして、車窓から景色をみていても、気分がささくれだつことがない。

とても日本はおよばない。

むろんオランダは代表的な資本主義国である。むしろアメリカよりもつよく市場原理が働いている。商品は市場で商品として競争させよ、権力は介入するな。

たとえば、ながく欧州における最有力の家電メーカーでありつづけたフィリップス社が、日本の同種企業の攻勢によってややかげりをみせているのだが、かといって政府は日本の同種企業の進出をさまたげようとしないそうである。

私がいいたいのはそんなことよりも、それほど市場原理が尊重されていながら、土地投機だけは絶無ということなのである。

土地問題が、日本国とその社会と日本人のくらしを責め苛《さいな》んでいる。高度成長後の日本人は、もはや国土についての神聖感覚をうしなったかのようである。

土地を投機対象と考え、買い占めて値をつりあげたり、銀行などの金融機関も、必要なカネを貸しつづけてきた。こんなことが、資本主義とか市場主義とかいえるだろうか。

自由の重要な部分は、私権が尊重されることである。しかし、国土に関しては、すこしニュアンスがちがわねばならない。

「これはおれの土地だから何をしてもかまわない」

といって、そこに雲をつくような大男や大女のコンクリート像をつくったりすることが私権の表現だろうか。

わが国では道路をゆくと、ときに空閑地がある。たいていはゴミの山になっている。値上りするまでゴミの置き場にするんだという私権のいけずうずうしさは、すくなくとも戦前の日本にはなかった。

日本の一級道路の両側には、いたるところに古タイヤが積まれ、廃車が死骸のように口をあけて小山をつくり、また意味不明のバラックが点在している。国土は清浄であるべきだというあたりまえの感覚を、日本人は土地問題のいびつのためにうしなったようである。

〝神は世界を造り給うたが、オランダだけはオランダ人がつくった〟とよくいわれる。国土の大半は、千数百年来、海を堤防《ダム》でさえぎり、干拓することによってつくられつづけてきた。

工業だけでなく、農産物や酪農製品を輸出し、国土をおおう芝生で牛や羊が草をたべている。このためつねに芝生がそろっていて、つねに刈られたばかりのようにうつくしい。

「あの広大な芝生を買おうじゃないか」

という料簡《りょうけん》はおこさないほうがいい。オランダでは土地のほとんどは国有なのである。

当然なことで、みなが造成した地面を、得手勝手な私有にゆだねていればこんにちのオランダ王国はなかったろう。土地は公《こう》とされる。みなそれを国から借りている。

だから、遊牧までできる。変り者が、自転車に乗って、犬たちをつかいながら、芝生から芝生へ羊のむれをつれて国じゅうをまわっている。

アムステルダムでは、市民の六〇パーセントが、自分自身を労働力という〝商品〟としてやってきた有色のひとびとである。かれらの権利はすこしも在来のオランダ人とかわりがない。であるばかりか、国籍をもたない駐在員にまで権利の享受がおよぶ。

江戸期は、オランダ学を学びつつ、明治後、遠ざかった。

もう一度オランダに目をむけて、日本という国土を見なおす気持を私どもはもっていいと思うのである。

（一九八九年十一月六日）

43 差別

差別は、ダサイ。

平等は、高貴である。そういう観念は、人類史のほんのこのあいだまで星のように高い理想だったが、いまは十円玉のようにたれのポケットにも入っている。

そんな時代でもなお、世界のどこかで、

「あいつはイスラム××派だから」

とか、

「かれの皮膚は黒い。だから」

などとひと様を差別したがるひとびとがいる。

差別ほどうすぎたないものはない。よほど自己に自信がないか、あるいは自我の確立ができていないか、それとも自分についての春の海のようにゆったりとした誇りをもてずにいるか、どちらかにちがいない。

うっかり下着をトイレで汚したまま人前に出てしまった場合、いくら着かざっていても、心がひるむ。そんなとき、口臭のつよい人があらわれた場合、

――こいつの口はくさい。

と、飛びあがるほどの気分で、自分のひるみという汚物をその人の肩に載せたがる。差別とは、自分のひるみの投影にすぎない。

「ヨーロッパで二十年も住んでいますが、家族をふくめて、差別をうけたという感じを、一瞬ももったことがありません」

ホテルの支配人（日本人）がいった。むろんヨーロッパ人は、内心の奥の奥で、私を黄色いやつだと思っているかもしれません、なにしろヨーロッパは人種優《レイ》越感情《シズム》の本家だったんですから、とその人はいう。

「それが、いまは片鱗《へんりん》も見せないんです。教育のおかげというほかありません。オランダでは小学校に入ると、徹底的に差別否定教育をやるんです」

アムステルダムの日本系ホテルのロビィの一隅でそんな話をきいたとき、ヨーロッパはいまも文明の先頭にいる、とくやしいが、そう思った。

第二次大戦がおわって、ドイツが陥没した。

しかし単なる敗戦以上に、ドイツは素裸で世界史の

辻に曝《さら》されたような思いをもったはずである。

ヒトラーという変な男の旗ふりに従って、白人優位、ゲルマン礼讃を合唱し、さらにはユダヤ人を差別し、ついには大虐殺をやった。

戦後、良心的なドイツ人の多くは、もはや子々孫々にまでヨーロッパあるいは地球に住めないのではないか、という気分さえもったはずである。

差別をすると、おのれにもどる、という教訓をヨーロッパ人にあたえたのは、二十世紀のナチス・ドイツだった。

二年前、ロンドンのヒースロー空港に着いたとき、まちがってインドにきたのではないかと思ったほどに、インド人やパキスタン人が多かった。

第二次大戦後、英国が、かつての植民地を解体してゆくつど、それらをひきとった結果である。

ターバンこそ巻いているが、かれらはれっきとした英国人で、かれらを差別していては、英国そのものが沈没してしまうことを、ひそかにモトの英国人は思っている。

だからこそ英国政府は、南アフリカ共和国の人種差別を、おのれへの教訓もふくめてはげしく攻撃しているのだろう。

かつて植民地をもっていたオランダも同じで、アムステルダムの人口の六〇パーセントは有色人だという。

「かれらはオランダ国民なんです。オランダには国民という一種類しかありません」

と、オランダでは小学一年生から教えつづける。そうせねば、一つには将来、内乱がおこる、という恐怖があるのではないか。

むろん、ゆくすえ、選挙によってかれらが政治をおこなうようになってもいいという見定めまである。世は変ったのである。

英国は、二十世紀のある時期までインドを支配したが、原住民に対して超然とし、ほとんど混血しなかった。

これにひきかえ、十五、六世紀以後、南米におけるスペイン人は性的に見さかいがなく、さかんに混血をおこなった。そのことを思うと、英国の大旦那主義というのは、歴史の一偉観（?）ではある。

が、いまの英国人は、ちがう。

いま適齢の英国人男性で、フィリピン女性と結婚したがる傾向がふえているというのである。

マニラにもロンドンにもかれらを見合いさせる周旋業者がいて、業務は大変多忙だというから、世界は変ったといわざるをえない。

「他民族を概念で見るな、とくに目の前の個人を、つくられた〝民族概念〟で見るな」

と、私はおもっている。あたりまえのことである。

この当然のことが、あたらしい地球文明の基本であるだけでなく、私どもが世界史的に試されている医学用試験紙でもあるらしい。むろんほとんどの日本人が——たとえば在日韓国・朝鮮人に対して——健康であることを私は信じているが。

（一九八九年十二月十一日）

44 日本的感性

『孟子』に、〝木ニ縁《よ》リテ魚《うお》ヲ求ム〟という比喩《ひゆ》があって、木に登って魚をとるようなものだというのだが、しかし孟子はよく知らなかったのか、木と魚はきわめて因縁がふかい。

こんにちの水産関係者は、木が魚をよぶことを知っている。岬などに林があって、それを伐採すれば、魚群がよりつかなくなってしまうのである。

林が海におとす影やそれを透《とお》しての日光のぐあいなどを、魚たちはやすらぎとして身をよせているのである。むろん、魚たちは海藻の群落や岩礁、沈没船などにくるまっても生きている。

人間もまた文化というものにくるまって生きている。

「文化」についての私の定義は、

「それにくるまれていて安らぐもの・楽しいもの」

というもので、たとえば旅から自宅にかえると、ほっとして、「家ほどいいところはない」とつぶやく。要するに自分の文化に、再びくるまることができるからである。

個人の文化もあれば、民族が共有する文化もある。これは慣習・習慣といっていい。

例をあげると、日本料理には一定の作法と道具（箸や椀、皿など）が伴っており、それなしでは単に食品か、魚の死骸の一片にすぎない。

以上は文化人類学での文化、あるいは伝統文化としての文化だが、もう一つ、芸術などの創造的な文化がある。

すぐれた音楽を聴いたり、すばらしい名画を見るのは楽しい。

そういう創造的な文化もまた〝それにくるまれていると、楽しい〟という定義に入る。

たとえば音楽会などは、参加するという仕掛けまであって、夕刻、服をあらためて家を出てゆくところから、すでに〝楽しみ〟の動作がはじまっている。

また、娘さんがセンスのいい服を身につける。これも、創造的な文化である。

「これを着て、あの町角を歩きたい」

と、彼女は思う。一面、そういう町角をたくさんもっているというのが、都市の文化の一つでもある。

人間は高度に生きるのがいいにきまっている。生涯七、八十年という物理的時間の密度も質も、高い文化を感じうるかどうかによってちがうものになる。人生の良否をきめるのはカネではなく、感受性かとおもわれる。

さて、創造力ということでは、私どもはどうだろう。

どうも強烈な個性がこの風土では育ちにくいために、たとえば絵でいうとピカソといった巨大な個性は生まれにくいようである。私どもの絵画はともすれば光琳《こうりん》(江戸中期）ふうになってしまう。

むろん、私は光琳が大好きである。しかし光琳の作品ではゴッホやムンクのような人間根源の悲しみというものは表現されようもない。

光琳においては、美しく様式化される。流れる水も、散る紅葉《もみじ》も、咲くあやめもすべて美しく平面化され、装飾風になる。ダイナミズムに欠けるが、それらにかこまれていると、浄土にいるように浄《きよ》められるのである。ピカソはかえって無明《むみょう》ではないか。

あわただしく決めることはないが、日本文化は、たとえば光琳や日本庭園、あるいは漆器や陶芸、さらには数寄屋普請《すきやぶしん》でみるように、人間をわしづかみに表現するよりも、高雅な装飾性のほうを得意としているように見うけられる。言いかえれば、立体化された凄さよりも、座敷と明り障子のように、平面的ながら、やすらぎをあたえる作用においてまさっている。

そういう〝心地よさ〟を創出することが日本人の特技のようで、それらがいま工場製の工芸品（自動車など）のよさになってあらわれているのではないか。

「そんなわけで、日本の文化は、どうしても工業製品のデザインにむすびついているようです」

と、外国人に説明したくなるが、しかしそれだけかといわれればさびしくもある。

もっともこのごろは、音楽やオペラ、アニメーションの諸分野で、人間の感情をまるごと立体的な秩序のなかにほうりこんでくれる作品がだいぶ出ているから、一概に光琳スタイルのみとはいえなくなっている。

しかし伝統に根ざしていえば、日本的感性が世界に貢献できるのは、光琳をふくめた浄土的なやすらぎの芸術や工芸的なもの、あるいは工業意匠的なものではないかと思うのである。

たとえば、白木《しらき》や布を多用して平面演出された室内装飾が、すでに源流の日本から離れて世界にひろがっていてひとびとに浄らかさと安らぎをあたえているのだが、本家の私どもは気づかずにいる。これも、多少は世界文化に貢献していることになりはしないか。

（一九九〇年一月八日）

45 海岸砂丘

日本には、沙漠がない。

だからこそ私どもは魅《ひ》かれるらしい。

駱駝《らくだ》の列がつづき、金の鞍には王子さまが乗っている。銀の鞍には王女さまが乗り、ふたりで月の沙漠をこえてゆく。そんな童謡的イメージはたとえば現代の中国人（唐代の中国人はちがう）にはもてないらしい。とんでもないよ、あんなところ、と北京の若い友人が以前大笑いした。日本人は物好きだよ、シルクロードだなんて。

七、八世紀、タクラマカン沙漠をはさみ、東西文明の一大交流がなされたことが、東海の多湿な孤島にいる日本人にとって、史実以上に、一大詩劇のように感じられている。この感じ方は、すでに平安朝のころに見られるのである。

十三世紀、ゴビ沙漠の北の草原から興ったチンギス・ハーンが、世界帝国をたてることによって東西の歴史に深刻な変化をあたえた。

日本もまた元寇《げんこう》という被害をうけた。うけつつも、ヨーロッパ人ほどなまなましくモンゴル帝国を憎まずにいるのは、そこに沙漠のイメージが介在しているからにちがいなく、そういうことでいえば沙漠はわれわれにとって詩であり、であるがためにすべてを浄化する存在であるらしい。

日本にも、似たものはある。

鳥取県の海岸砂丘である。

世界の大沙漠からみれば小指のツメほどの面積ながら、戦後、

——日本にも〝沙漠〟がある。

と、さわがれ、見なおされた。このため一時期、観光地として繁昌した。行ってきた人は、〝方向がわからなくなって〟とうれしそうに体験談を語ったりした。

日本海の風濤《ふうとう》でできあがった鳥取砂丘は、むろん上代から存在するのだが、戦後、にわかにもてはやされたのは、敗戦と占領によって、日本人の精神が閉所にとじこめられた状況にあったことも作用しているだろ

う。

「日本も地球の一部なのだ、その証拠に沙漠まであるじゃないか」

むろん海岸砂丘であって沙漠ではないとはいえ、そのように見立てることによって、占領下の閉所感覚からわずかながら解放された。

以上は、前書きである。

以下は、鳥取県と農学部を中心とした鳥取大学が、戦後四十余年、海岸砂丘という〝ミニ沙漠〟をたんねんにあつかってきたことへの礼讃である。

私がはじめて鳥取の海岸砂丘に行ったのは昭和三十年代で、まだ沙漠の感覚が十分にあり、風紋のようなものもみた。

そのとき、砂丘が移動する、ともきいた。冬の風で砂がはげしく飛び、砂の堆積を移動させたり、砂丘地帯を拡大させたりするということだった。

が、二十年後に行ってみると、かつての記憶の風景はそこになく、雄大なラッキョウ畑だったり、クロマツの林だったりして、緑に一変していた。わずかな面積の砂丘が「天然記念物」として残されてはいるものの、多くは青々とした丘陵群になっていた。

この地を研究対象にしてきた鳥取大学は、研究所というほどの大きな機関をもつことなく、「研究施設」とよばれる貧しい規模でもって、じつに大きな業績をあげてきた。砂丘をいきものとして見、無用に拡大させないために、まず砂どめの方法を考案した。

材料はどの国に応用してもすぐさま活用できるような簡単なものばかりで、たとえばソダのようなものを一定間隔で挿してゆくだけで大きな効果をあげたりもした。ソダのつぎはクロマツなどを植え、やがて防砂林に発展させるというものだった。

砂地は、本来、ナガイモのような根菜のものや、チューリップ、ラッキョウ、ニンニクのような球根の植物を育てるのに適《む》いているのである。砂丘は農園化され、これによって鳥取県の農業は大きく特徴づけられるようになった。

むろん海岸砂丘と沙漠とはちがう。鳥取大学では、海岸砂丘を見つめつつ、遠い沙漠を連想した。最初は空想にすぎなかったが、やがて海岸砂丘から飛躍して、沙漠の研究をはじめた。

――沙漠での農業は可能か。

という主題のもとに、永年、多方面から研究し、業績をあげ、げんにいくつかの世界の沙漠で、ブドウその他の栽培を成功させてきている。

最近の新聞記事によると、この主題の推進者の一人だった遠山正瑛《せいえい》名誉教授（八十三歳）が、アフリカのザンビアの乾燥地にメタセコイア一億二千万本を植え、大森林をつくろうということをはじめたそうである。

日本人の沙漠好きは、詩的関心からこんな段階にまで入った。

（一九九〇年二月五日）

46　カセット人間

世界は歴史の節目《ふしめ》をむかえている。

日本もまた、明治以後の――あるいは戦後このかたの――ながい少年期を終えて、成熟期に入ろうとしている。

ただし、成熟にはまだ馴れていない。

なにしろ成熟による内外の変化は、二千年来の私どもの先輩たちが一瞬も経験したことのないほどのもので、アメリカからは叩かれるし、国内では〝日本人は日本のコメを食え〟と農民から言われつづけるし、このため総選挙までが、各党、民の魂《たま》なだめだけの呪文《じゅもん》をとなえつづけた。物ぐるいというほかない。

そんな騒然としたなかで、「風塵抄」が、茶室に入りこんだように、日常不変の、あるいは不易《ふえき》の、さらには些末《さまつ》な暮らしにのみ即したことを書いているのは気がひける。

同時に、ぜいたくでもある。以下は、そのぜいたくの一つである。

年をとると、話がくどくなる。

「その話、ききましたよ」

と相手がいっても、そんな人は堂に入ったもので、平然としている。

さきに、「産経新聞」の「テーマ投稿」欄に、和歌山県の橋本の公務員北森久雄氏（五十二歳）が、〝エンドレス人間になるまい〟ということを書いておられた。べつの言い方をすればくりかえしの〝カセット人間〟という意味のようで、頭の中の数個のテープが、チリ紙交換の放送のように鳴っている人のことをさしておられるのにちがいない。むろんくりかえしは老化現象である。

ただし、

「四十歳ですでにエンドレス人間になっている人をよく見かけます」

と、北森さんはいう。私も若いころ身辺にそういう人が数人いて、凄惨な思いがした。

四十にして朽《く》ちているのである。

つまりその人の頭のなかのテープは三つか四つしかなく、主として、体験談か自慢ばなしだった。

——人間とは、それだけのものか。

と当時の私はおもった。

ほとんどの人は、永く生きたようなつもりでいながら、じつは語るに足るほどの体験は数件ほどもない。短編小説として絞りとれば、三編もできあがらない。

あとは日常の連続で、習慣と条件反射で人は暮らすのである。

古代や中世の人は、とくにそうだった。娯楽のすくなかった江戸期の農村のひとびとも、四十になれば自分の過去のできごとをくりかえし語って、死んで灰になるまで、語りつづけたはずである。もっとも当時はのどかで、「また長六《ちょうろく》どんの十八番《おはこ》がはじまった」と笑いながら、きいてくれたかもしれない。

その日付の「産経新聞」の「討論のひろば」に、工藤悦子氏（四十歳）が、中学生の娘さんから、なぜ勉強をせねばならないのか、と質問されて、答えられなかった、という。

私も、小中学生を相手にこのテーマで返答をせよ、

といわれれば、どう答えていいかわからない。ただ、

「いい学校なんかゆかなくていいよ」

とだけは、答えられる。

もっとも、その子が、三十歳ほどの大人に成熟すれば、私もくっきり答えることができる。北森さんのいう〝エンドレス人間〟というか、〝カセット人間〟にならないためだ、ということである。

人間は、言語で自分と世界をつかまえている。言語を豊富にするためには、教育をうけたほうがいい。自然科学や人文科学などの概念をふやすことができ、自然と人間世界が、刻々の劇場のように倦《あ》きないものになる。


いい芸術は高度な快感の体系といっていい。それに接するには、少年少女期からの蓄積が要る。蓄積が感受性をするどくさせるのである。そのためには、ほどほどの教育はうけねばならない。

ただし、こんなことを中学生に、すくなくとも母親というなまなましい存在の口から言えるものではない。家庭内のふだん着の言語は、こういうテーマにはむかないのである。

やはり学校の先生が、教壇から、折り目をただしておっしゃってくださらねばならない。

「君たちは、自分の人生を退屈させないように、さらには人を退屈させないように、教育というものがあるんだ」

老人としてくりかえすが、一個の人生は、ヤマ場だけいえば、数個のカセット・テープでしかない。

しかし、感受性がゆたかであれば、世界と社会ほどおもしろいものはない。きょう一日の新聞だけで、無数の劇場を提供してくれているのに、私どもは無感動でいるだけである。

明治の人なら、おたがい、「励まざるべけんや」とでもいうところである。


（一九九〇年三月六日）

47 花祭

人は、死ぬ。そのことによって土が肥え、草木がよろこび、つややかになった葉や、みのって赤く熟した実を鳥やケモノがたべる。

同時に、生きた人も養われる。

「だからこそ天地はかがやいているのです」

というのが、大乗仏教である。

万物が関連しあい、盛衰・生死というごうごうたる廻転のなかで生きている。これほどの華やぎがあろうか、と大乗経典はいう。

大乗経典にあっては、死こそよろこびであり、再生は即座に保証される。それどころか、死のなかにすでに生が芽ばえ、また一個の生命のなかでも、細胞が刻々死に、刻々よみがえっている。

だからといって、あなたという人がもう一度この世にもどってくることはない、と暗黙のうちにいう。

「それでは、あんまりだ」

という苦情に対しては、

「そう思う自分自身から離れなさい」

と、大乗経典はいう。

「離れれば、すぐさま天地があなたのなかに入ってきます。あなた自身、天地になることが、永遠ということなのです」

それが、悟りである。

悟れば、天地がかがやいてみえ、生命のなかの細胞の一つずつまでも光を帯びてくる。

その光の巨大な総和こそ、仏だとする。東大寺大仏殿のビルシャナ仏もそうだし、大日如来《だいにちにょらい》もそうであり、また阿弥陀如来もそうである。名がちがっているだけで、光の総和であることにかわりがない。

もし自力《じりき》で悟る力をもっていないなら、他力《たりき》(仏)にすがりなさい、ともいう。生命が生死することをありがたく思い、光にむかって感謝せよ。

それもなまなかな感謝ではなく、

「おどりあがってよろこべ」

歓喜踊躍《かんぎゆやく》せよ、という。このむずかしい仏教語は、むかしは民間のふつうのことばだったらしく、おどろくべきことに、十七世紀初頭、イエズス会が編んだ日本語の辞書『日葡辞書』にも Quangui yuyacu と、ポルトガル語表記で出ている。

四月八日は、花祭である。

仏教の始祖であるお釈迦さんの誕生日を祝う行事で、とりどりの花でかざった小さな御堂《みどう》（花御堂）に誕生仏を安置し、甘茶を灌《そそ》ぎかける。

そういうところから、灌仏会《かんぶつえ》ともいい、また仏生会《ぶっしょうえ》ともよばれた。

タイなどでは、さかんに祝われるのである。

日本はふしぎな国で、キリスト誕生（クリスマス）については世間がにぎわうが、釈迦がうまれた日についての関心はうすい。花祭ということばさえ知らないこどもが多いのではないか。

一般の印象として、仏教は陰気で泥くさく、しばしばうとまれたりもする。たとえば、

「仏滅」

という大凶日がある。こんなものは室町期に入った中国の迷信のひとつで、仏教とはなんの関係もない。はじめ虚亡《くぼう》あるいは物滅と書かれたりした。やがて物滅が仏滅になった。

ひどい迷妄である。仏教がさかんだったはずの室町期でさえ、このように、忌《い》むべき悪日に仏《ぶつ》の字が当てられたことをみると、日本の俗仏教は、ひょっとすると、チリの山のような誤解の上に成立しているのではないか。

以上、花にちなみ、また「花と緑の万国博」になぞらえ、さらには日本思想史にとって重要な釈迦の花祭を前にして。

（一九九〇年四月三日）

48 大丈夫でしょうか

どこかの奥さんが、

「このデンキガマ大丈夫でしょうか」

と、電気屋さんにきく。

べつの奥さんが、学校の先生に、

「うちの息子、あの大学に、大丈夫でしょうか」

あるいは、中年の管理職が、医者の前で、

「ところで私の胃、大丈夫でしょうか」

質問はさまざまながら、問われた側は、一様に太鼓判をおす。

「ええ、大丈夫ですとも」

大丈夫とは、へんなコトバである。


大丈夫というコトバの先祖は、むろん大相撲の横綱のような体をもち、精神もしっかりした男子のことをいう。


ところが、江戸末期からこんにちの使い方が出てきて、明治期になると、圧倒的に多用された。

明治期から多用されるようになったというのは、封建時代よりも近代のほうがはるかに不安にみちているということである。

「このクルマ、大丈夫かね」

「わが社は大丈夫だろうか」

と、毎日、くりかえし問いあっている。

英語の「安全」というのはすこしちがう。たとえば、証券のセールスマンに顧客が、

「君のすすめる株、大丈夫かね」

ときけば、たいていのセールスマンは、はい、大丈夫ですとも、と答える。

「安全かね」

とべつの表現できくと、態度がかわる。

「株に安全ということはありませんよ」

大丈夫と安全とは、ときに矛盾することばなのである。


でありながら、大丈夫というコトバには、安全という意味も入り、あいまいさも入り、ハッタリも入り、気勢《きお》いも入り、しばしば安全でない、という意味さえ

入って、ウドン粉をこねたようにどんな形にでもなる。

「インパール作戦を実施します」

という報告をうけたとき（昭和十九年一月七日）、東条英機は官邸の風呂場にいた。かれは首相であり、かつ陸軍大臣と参謀総長を兼ねて、日本国の唯一無二の責任者だった。

「補給は大丈夫か」

戸ごしに、型のように問いかえした。

実際は空想と願望のほか、実質的な補給の手当など、なにもなされていなかった。

「大丈夫であります」

「よし」

結果は、空前の大敗北になり、兵士の多くが弾にあたるよりも密林のなかで餓死した。

「食管法は堅持します。一粒たりとも外国のコメは日本に入れません」

という要路の人の発言をきいたり読んだりしたとき、国民の多くは、大丈夫かいな、とおもうはずである。この場合の大丈夫は、国家の前途への不安をあらわしている。

以下のような使い方もある。瀕死の重傷の人に、介抱する人が、「大丈夫だ」と声をはげましていう。死が、髪の毛のさきまできているのにである。

いまの日本はいい社会だが、土地によってほろびるだろうと私が思ったのは三十年前だった。

歴史的にも倫理的にも土地は公のものであるはずなのに、いまの日本では土地という暗黙の公有物が商品にされてしまい、ついには投機の対象になり、狂騰して、たれもがフライパンの上でアヒルのように足をばたつかせ、人心まで荒《すさ》ませている。

〝土地〟が日本経済そのものに空洞《うろ》をひろげつつある。

「日本は大丈夫でしょうか」

おそらくたれにきいていいかわからないだろう。日本じゅうがたがいに加害しあって〝土地まみれ〟なのである。

「大丈夫です」

通行人であれ、大臣であれ、たれかが言ってくれても、以上のべてきたように、この日本語ばかりは、あてにならない。日本人が総がかりで土地離れする以外にないのだが、みなさん、できますか。大丈夫でしょうか。

大丈夫です、とたとえいわれても、字義どおりにうけとるわけにいかない。へんなコトバである。

（一九九〇年五月六日）

49 好き

「好き」

というのは、刃《やいば》の上を素足でわたるようにきわどい。気をゆるめれば、足の裏が二つに裂かれてしまう。

ことしになって、二件も不穏なはなしをきいた。人妻でありながら他の人が好きになり、夫と二児を置いて出奔《しゅっぽん》したという。いずれも、女性は四十を越えていて、十七、八の見さかいのないとしではない。

十四、五世紀ごろの室町の世こそ、日本文化の一大光源といっていい。この時代、好きが是認された。

ただし色恋をささず、茶の湯などをさした。道具に凝り、高値《こうじき》な茶碗などを買い、武士ならば奉公をしくじり、商人ならば財産《しんしょう》をつぶしかねない物ぐるいのことをいった。

地獄と極楽の境の塀の上を歩くようなものである。

このため、好きということばに、わざわざ数奇・数寄というきわどい漢字があてられたのである。数奇《すうき》とは、数が運命をさし、奇は不遇を意味する。

これほどおそろしい文字をことさらにスキと訓《よ》ませたあたりに、室町びとの心意気がある。

好きを認める精神は、儒教にはなかった。

儒教は、慣用句でいうと、まず身を修め、家を斉《ととの》えるのである。しかるのち国を治め、天下を平《たい》らかにする(修身斉家治国平天下)。まことに実利的である。

二十世紀初頭まで儒教をもって国の大本としてきた中国や韓国にあっては、好きなどというものは不埒《ふらち》で、ゆるされなかった。

どうも、室町という、十四、五世紀をさかいに、日本文化は右の両国の文化とちがったものになったようである。

「亭主の好きな赤烏帽子《あかえぼし》」

ということばがあった。

烏帽子は、黒にきまっていた。

室町の大名で松浦《まつら》肥前守というのが〃数奇〃の心をもち、その面で評判の人物だった。

あるとき、かれは妻女に赤烏帽子をつくらせ、場所もあろうにその姿のまま殿中にまかりこした。

室町の殿中でも服制は礼の基本である。この肥前守の粋狂には、ひとびとは仰天させられた。

肥前守はむろん切腹を覚悟で赤烏帽子をかぶり、将軍の前に出たのである。ところが将軍義教《よしのり》はかれの覚悟と数奇の心を嘉《よみ》し、わざわざ筆をとって肥前守のその姿を写生してあたえ、そのきわどい行為をゆるした。

数奇は、芸術的創造の気分といっていい。

ただ、自分の身を破ることがあっても、他の人に迷惑をかけるのは、数奇では決してない。オートバイをとどろかせて走るのは数奇ではないのである。

さらには、色情による出奔ともちがう。四十にもなって、衝動が十代のようになまであるというのは、なんとも品下《しなさが》りではないか。

芸術は、色情の高度に昇華したものである。そのためにこそ芸術がある。

いまの世には数奇の道が多く、手近なものとして詩や短歌をつくって諸欲を昇華させることもできる。それがめんどうなら、赤烏帽子を見ならうだけでも十分に浮世はたのしいのである。

（一九九〇年六月四日）

50 お天気屋

お天気屋。これは神も救えない。

まさか法によって罰するわけにもいかず、さらには精神医学者でもお天気屋の正体ばかりはつかめない。

また、小説の主人公にもならない。そんな小説、たれが読みますか。

幸い私の周囲にはいないが、若いころにはいた。大いそぎでいっておかねばならないが、お天気屋は、精神医学でいう躁鬱《そううつ》気質のことではない。躁鬱の人はむしろ社交的で他人とのあいだにわけへだてをおかない気質である。

爽快なときは耳もとでヒバリがないているように気分がいいそうで、ときに憂鬱にかたむくが、そういう場合でもまわりに迷惑をかけることをおそれ、人によっては、

「きょうは、多少鬱でね」

と、予告してくれる。

お天気屋はそうではなく、むしろ——おそろしいことに——他人をわけへだてする。

お天気屋は自分に好意をもってくれている人や、その美質に理解をもってくれている人たちをずるく見わけている。そのくせ、そのような〝善なる他者〟に対し、わざと差別的に冷たくふるまったり、ひどいときはシャッターをおろした夜の商店のようにダンマリをきめこむ。沈黙ほど、いやな攻撃はない。

お天気屋は、男女ともにいる。

不定期に、理由もなく鎧戸《よろいど》をおろしてしまう。商店でさえ、そんな場合、理由をハリ紙に書いたりするが、お天気屋氏は決して理由をいわず、謎めかしい。

「察せよ」

といわんばかりに暗い顔をしている。当方が理由をあれこれ内省し、どこにも理由が見つからないときは疲れはてる。なんともやりきれない疲労を、私もむかし職場で経験した。

疲れのあまり、ついに人間が人間に対しお天気である権利があるのだろうかと叫びたくなったり、

（これは煉獄《れんごく》だ）

と思ったりした。

仏教には極楽と地獄があって、中間の煉獄はない。しかし、カトリックには、中間の煉獄がある。天国にも地獄にもゆけない霊魂（どうせ私などはそうだろう）は死後、罪が浄《きよ》められるまでのあいだ、拘置所のような煉獄にとどまる。

煉獄というのを英語の辞書でひいてみると、パーガトリ purgatory とあり、ピュア pure が語根になっている。要するに煉獄とは浄めの場所のことである。

浄めの場所とはいえ、火にあぶられたりする点では地獄とかわらない。ただ、有期刑というだけが救いなのである。いつかは天国にゆける。

ついでながら煉獄におち入るのは、地獄へゆくほどでもない小罪をおかした霊魂である。

煉獄に収容中の霊魂はつねに内省を強いられる。

お天気屋を仲間に持った場合も、煉獄に入れられたようなものである。

（おれはこの人に対しどんな罪をおかしたのだろう）

当方はその小罪が思いあたらないために苦しい。煉獄の苦しみとは、罪が思いあたらぬことなのである。

これは小説的情景だが、C子さんは美人である。典雅で、ひかえ目で教養もあり、職能技術も低くなく、職場グループにとって戦力でもある。

こんなすばらしい人がどういうわけでお天気屋なのか。

彼女は同性の、しかも彼女に好意をもつ同僚たちに対し、しばしば沈黙という攻撃に出るばかりか、ときに面当《つらあて》のように、他のさほど親しくない同性を場当りにえらび、見よがしの親密演技をしてみせるのである。

お天気屋に理由などはないらしい。彼女が収容所長になってひとびとを容《い》れる煉獄は、お互いの転任や退職によって、やがて有期刑としておわるはずである。そうおもって自分を慰めるしかない。

ところで、配偶者がお天気屋だとどうなります、という設問がありうる。しかしこれには答えないことにする。夫婦はべつなものだからである。

（一九九〇年七月二日）

51 変る

古典落語で、中国の故事にふれるとき、

「むかし、もろこしに」

と枕詞（まくらことば）のようにいう。呂蒙《りよもう》（一七八〜二一九）という方がいらっしゃいました。若いころ、呉《ど》というまちでごろついていらっしゃいまして、それがもう、無知で無学で。——

呉とは、いまの蘇州市のことである。繁華で、いきな都市だった。呂蒙はそこに住んでいたから、〝呉下の阿蒙〟といわれた。

阿は軽い敬称である。いわば、蒙ちゃん。きっと不良っぽい若者だったのだろう。『三国志』のころのことである。

やがて月日が経った。

呉の将軍に、魯粛《ろしゆく》という人がいた。かれは同僚の呂蒙将軍の学識と武略、それに人柄を深く敬していた。

ところがある日、呂将軍がむかし呉のまちでごろついていた蒙ちゃんであることを知ってぼう然とした。

「まさか」

「将軍、ざんねんながらわしがその〝呉下阿蒙〟だったんだよ」


この故事は『十八史略』にも掲載されていて、二つの名句を生んだ。一つは「呉下ノ阿蒙ニアラズ」。わしはもう無学な蒙ちゃんではないよ。

さらに、呂蒙は魯粛に対していった。

「士、別レテ三日《さんじつ》ナレバ、即《すなは》チ当《まさ》ニ刮目《かつもく》シテ相待《あひま》ツベシ」

刮目とは、目をこすって見直すという動作のことである。

本当に人間は呂蒙のように変るものなのか。


話が、かわる。

Sちゃんは女子高校生のとき土だらけのイモのような子だった。

卒業後も変化はなく、頬《ほお》に黄色っぽい脂が浮いて、心身ともに鈍重な感じがした。

家は飲食店である。

ある日、入ってみて、キラキラ光った目の女の子が、調理とお運びという多様なしごとをリズミカルにこなしているのを見た。顔から指さきまで輝いているような娘なのである。

この話は家内の実見談である。

「いい子がきたじゃないの」

家内は、店主のお母さんにむかってほめた。お母さんは童詩のような詩を書く人である。

「あれ、うちのSちゃんよ」

家内と同行した数人は、仰天した。みなSちゃんの以前を知っていたのである。

そのうちの一人にいたってはSちゃんと同年の娘で、三年前に出会った。

同いどしの娘同士はたがいに対してきびしいものだが、そういう目をもってしてさえ、目の前で涼しげに笑っているSちゃんは別人だった。

呉下の阿蒙は、あるときその無学を人にいわれ、以後、漢文どおりにいえば、「始メテ学ニ就《つ》キ、篤志《とくし》倦《う》マズ」という刻苦勉励の時期があったらしいが、Sちゃんは、ある女性キャスターをテレビで見て勃然《ぼつぜん》と自己改造を志し、キャスターさんがもっている媚《こ》びのなさ、光るような明るさ、精神の歯切れよさを見習おうと志した。

まず、自己をすてた。

日本舞踊の修業法として、はじめは自己をすて、模範である師匠のふりのコピーになりきるという。

ついでそれをやぶり、さらにはごく自然に個性や主張を出す。

Sちゃんはそれをよく心得ていて、まったくのコピーになってしまった。モデルとは、小宮悦子さんのことである。

「ぐ（目鼻だち）だけはちがうけどね」

と、自分を客観化して大笑いしたりするのだが、ともかくも金メッキでなく、どうみても本物の金だったという。

故小林秀雄氏は、若いころ、友人と歌舞伎をみていたとき、その友人が、役者の某について、かれはうまくなったね、以前は大根だったが、とささやいた。小林さんは性癖としてにわかに怒る人だった。このときも、

「てめえの目のほうが節穴《ふしあな》なんだ」

と、どなった。もともとかれははじめからいい要素をもっているんだ、見抜けなかったてめえのほうがばかじゃないか。――

私は、ごく一般的にいって人間は変らないとおもっているのだが、ときに呂蒙やSちゃんのような人があらわれるから、人の世は愉快である。

（一九九〇年八月七日）

52 病　院

ライシャワー（Reischauer）さんといえば、何人もいる。

初代は、明治人である。アメリカ長老派教会の牧師として明治三十八（一九〇五）年に来日した。明治学院で教え、東京女子大をつくることにも参画した。さらには、帰国後、著作によって日本文化（とくに日本仏教）を紹介してくれた人でもある。

もう一人は、一九〇七年、明治学院構内の宣教師館でうまれた長男のロバート・ライシャワーである。若くして死んだが、日本古代史のすぐれた学者だった。

ロバートさんは日中戦争がはじまったとし（昭和十二年）の十二月、プリンストン大学の教え子たちを引率して上海にゆき、宿泊先のカセイ・ホテルで死んだ。国籍不明とされる飛行機が飛来してホテルを爆撃し、そのため三十そこそこで死んだのである。日本人として深い悼《いた》みをささげねばならない。

次男のエドウィン・ライシャワーさんはその三つ下で、同じく明治学院の宣教師館でうまれた。

兄のロバートが日本古代の氏族研究で高い評価をうけていたように、弟のエドウィンは、平安初期の僧（円仁《えんにん》）の中国旅行の旅行記を研究して、不滅の業績がある。

運命が、昭和三十六年、この学究を駐日大使にした。大使としての業績は大きかったが、三年目の三月二十四日、この人も受難した。

赤坂の大使館の裏玄関を出たところを、待ち構えていた十九歳の日本の少年によって、右モモを深く刺されたのである。犯人に政治的意図がなく、妄想によるものだったらしい。

傷口は五〇センチで、深さは大腿骨に達するという重傷だった。幸いそばに高名な病院があったので、そこに運ばれた。

当時、名医として評判の高かった院長の沖中重雄博士が医師団を指揮し、医療のすべてが申しぶんなかった。その詳細が、『ライシャワー自伝』（徳岡孝夫訳・文藝春秋刊）に書かれている。

じつは、私はエドウィン・ライシャワーさんのことを書こうとしているのではなく、日本の国公立病院の汚さについて書こうとしているのである。

——日本の国公立病院には、メインテナンス(補修)の思想が乏しいのではないでしょうか。

そんなふうに言う内外人が多い。

私の近所の市立病院などは廊下に、むきだしになったパイプ類に埃《ほこり》がたまるなど、歩いていて気が滅入るほどに汚い。「毎日、拭けばどうでしょう」とその病院の人に言うと、

「予算がありません」

と、にべもなかった。

東大、京大、阪大の付属病院も同様の印象をうける。

日本人は私的な空間(たとえば自宅)ではそのあたりを丹念に拭き清めて極端なほどに清潔好きだとされているが、公的な場所——たとえば公園の公衆便所——となると、どうもただごとではない。

むろんそれは日本人の公共心うんぬんの問題ではなく、役所の問題である。役所が公衆便所をたてる以上、建築費を越える営繕と清掃の費用を覚悟してのことでなければならない。

ちかごろの私立病院のなかには欧米なみにきれいな例が多く、ときに夢のように美しい病院があるが、そのなかにあって、国公立病院だけが孤立している。

建物を保全したり、年々美しくするという思想(予算上の)が欠けているのである。

「国立病院だけじゃありません」

と、ごく最近、国立総合大学の学長さんがなげいた。いまの国立大学の建物・設備全体が汚い、というのである。

ライシャワーさんは、日本の右の病院に三週間いて、ハワイへゆき、アメリカの病院に移った。

この人は、自分の受難が日米間の感情問題にならないように、渾身《こんしん》の気づかいをした。

以下のことは『自伝』にはない。

当時、新聞・雑誌で読んだ私の記憶では、ライシャワーさんは、アメリカからたくさんの見舞客がくる、そういう人たちが日本の病院を見て、日本に対し、なにかの偏見をもつといけない(もつにきまっている)というのが、この移動の理由だったという。

私はこの記事を読んだとき、この人の配慮に感動し、

二十六年経っても、記憶が古びない。いつも病院に人を見舞いにゆくたびにそのことを思いだすのである
(この稿を書いているときにライシャワーさんの訃報に接した。偉大な生涯だった)。

(一九九〇年九月三日)

53 忠恕のみ

たしかな小説を読むのは未知のまちを歩くようなもので、思わぬ景色に出くわす。

七〇年代のアメリカの小説だが、主人公のベトナム帰還兵が——ひげを剃りながら——こうつぶやく。

「第二次大戦後、日本が一度でもまちがったことがあったか」

この場合の日本とは、その外交姿勢や政策をさしている。右の小説では、それにひきかえ、アメリカはどうだ、と主人公は言いたいらしいのだが、この稿では関係がない。

私は主人公のつぶやきを読んで、なるほどそういえば戦後四十余年の日本外交は大筋においてまちがっていなかったことに気づかされた。

むろん、戦後外交は、それに反対するさまざまな声

や勢力にもまれた。一般的には弱腰といわれ、左の立場からは対米追随とけなされ、右の立場からは国家的戦略をもて、などと叱咤《しった》されてきた。

そのことは、措《お》く。

それよりもいまの日本に、じつにいい感じのものが育っていることをたがいによろこびあいたい。

世界が、国家や民族的確執を越えて、地球レベルの「公」の時代に入ったことに、日本人の多くが自分の問題として感じているということである。この場合、

「公」

というのは、自他の人権を守ることであり、また、ヒトや他の生物が生命を託しているこの地球を守ろうという意識のことである。これを〝公〟とする意識は、半世紀前には日本の議会にも学校にも、家々の茶ノ間にも存在しなかった。

が、世界が厄介なのは、国々が均等に進まないことである。

私は、ペルシア湾岸問題を念頭において、以上のことを書いている。

同時に、かつての日本のことも思いあわせてもいる。かつての日本が一世紀も遅れて古ぼけた西欧流の帝国主義の熱病にとりつかれたように、イラクは世界史がもう免疫になったはずの国家的熱病によって自他を焦《こが》している。いうまでもないが、熱病とは、重軍備主義と、力による国家的情欲処理のことである。さらには、民族主義という、発火性の高い旗をふることによって民心を操作することをいう。

あわててつけ加えるが、イラクの地が、七千年前、人類最初の文明の華がひらいた地であることを、私どもは知っている。また、十世紀まではヨーロッパより文明が高かったことも知っている。

でありながら、こんにち世界や人類を〝公〟としない点で、イラクが決定的に遅れた国だということに仰天している。

かといって日本に、なすすべはわずかしかない。ひたすらに、

「忠恕《ちゅうじょ》」

をもって行動するしかない。忠恕など聞きなれぬことばかもしれないが、儒教の勉強がさかんだった江戸時代はふつうの日本語だった。

しかも日本人の気質によく適《あ》った徳目で、いまなお

日本社会を支えてもいる。ことばが忘れられるほど自然に忠恕が身についているのである。

辞書をひけばわかるが、忠恕の忠はまごころ・まじめということで、「忠実」「忠告」の忠と思えばいい。

忠は、第三義ぐらいに、忠義や忠君という意味が出てきて、このほうはかつての日本のお得意芸だった。

くどいようだが、ここでいう忠とはあくまでも第一義のほうの忠、忠実の忠をさす。

恕とは、思いやること・ゆるすこと。

右のことばは、『論語』にある。『論語』が孔子の語録であることはいうまでもない。

孔子の弟子の曾子（曾参《そうしん》）がひとにきかれた。〃夫《ふう》子《し》（孔子）の道は、ひとことでいえばどんなことでしょうか〃。曾子は、答えた。

「忠恕而已矣《のみ》」（『論語』の「里仁篇」）

憲法に対しても忠恕、イラクへの対応についても忠恕。人質問題についても忠恕。また世界の明日についても忠恕。忠恕とはじつに日本にとって演じやすい徳目ではないか。

ついでながら忠恕というのは地味なもので、決して英雄劇の主題になるようなものではない。忠恕ではスタンドプレイもできず、対決もできず、ありようは、花見の喧嘩を仲裁する人のようにドジでオロオロしていて、一見愚に似た行動しかできない。

しかし、真の勇気が忠恕にあることはいうまでもない。

忠恕でありきれば、やがて内外のひとびとが気づくにちがいなく、気づかなければくりかえし説明すればいい。それでなお理解されなければ、相手のほうがおかしい。

いまあらためて思うのだが、戦後日本を誤りながらしめたものも、日本的忠恕だったのである。

（一九九〇年十月二日）

54 スマート

薩摩の西郷と大久保のことである。

西郷隆盛は、革命家でありつつ、渾身の仁者《じんしゃ》でもあった。仁者である反面、倒幕運動の時代にはしたたかな政略も用いた。

が、幕府が倒れると、ぼう然とした。どんな国家をつくればよいのか、設計案をもっていなかったのである。

理想はあったが、それらは多分に気体のようなもので、その一部に自分が否定したはずの封建士族への強い愛惜も含まれていた。

西郷は当然ながら維新政府の首班になるべき存在だったが、政治からすこしずつ身をひいた。

西郷は、世界史の政治家像のなかでも、まれにみるほど正直だった。維新が成立したとき、かれは功績第一等であるのに、自分はもはや無用の存在だとおもっていた。つねに死をおもい、死に場所ばかりをさがしていた。しかも圧倒的な声望があった。野《や》にくだれば、当時の政府にとって危険この上なかった。

結局、故郷に隠退した。そのあげく、明治十年の薩摩士族の反乱軍（西南戦争）にかつがれるのである。

かれの矛盾は、自分がつくった政府をこわすなど夢にもおもっていなかったことである。でありながら、かれを師と仰ぐ〝反徒〟にかつがれた。死屍をあたえたつもりだったろう。

西郷は封建制をたおした。

このため旧主筋から叛臣といわれただけでなく、またべつの理由で、盟友であった大久保から、卑怯《ひきょう》よばわりされたことがある。

「卑怯」

ということばは漢語にはない。

室町期の乱世にできあがった日本語である。当初は、スマートでない、という意味だった。

室町中期の国語辞書である『節用集』には「懦弱《だじゃく》」とある。

江戸期に入ると、意味が深刻になった。とくに薩摩では、死に値するほどに深まった。当時の薩摩人は、卑怯とよばれれば相手を殺すか、自分が死ぬしかなかった。

西郷は、政府をすて、故郷《くに》へ帰るにあたって、後事を大久保に押しつけた。

このとき大久保はたまりかね、言うべからざることばを吐いたのである。

「卑怯でござろう」

この難事を逃げるのか、という意味である。薩人にとって、このことばが刃よりもするどいことを大久保はよく知っている。

西郷は一貫してスマートだった。また自省心がつよく、かつ聡明な男だったから、内心大久保のいう意味が理解できたはずであった。

それだけに、心の骨が挫《くじ》かれた。でなければいよいよ自分を無用の人間だとおもったはずである。その後の西郷には、寂寥《せきりよう》感が深かった。

旧海軍は、初期の範を英国海軍にとりつつ、明治の薩摩人たちがつくったといわれている。

土俗のにおいのつよかった旧陸軍にくらべ、旧海軍には〝海軍文明〟というべきにおいがあった。

暗かった第二次大戦中の日本で、ふしぎなことに海軍だけに一種の明朗さがあった。

とくに軍医、技術、主計、といった傍流から海軍に参加してきた青年たちの多くがこの〝文明〟を感じたようで、たとえばかれらが速成で士官になったとき、しばしば海軍側の訓示はただひとことだったといわれている。

「スマートであれ」

右は、戦時下の軍医のひとりだった元阪大総長の故山村雄一博士からきいた。

このスマートというのは、卑怯であるな、という意味をふくんでいたはずで、どこか明治初年までの薩摩風であった。

ついでながら、大久保は終始スマートだった。批難のなかでよく耐えたこともスマートというほかなく、また暗殺されることをつねづね覚悟していて、兇漢に襲われたときも、いったん制止し、読んでいた書類をふくさに包みおわって、兇刃に伏した。

スマートは、本来、打算を越え、ときに命がけのものなのである。以上は、むろん、中東湾岸問題における私どものことを頭にうかべつつ書いた。

（一九九〇年十一月五日）

55 物怪《もののけ》

私は一時期、日本人をやめたくなっていた。二十年ほど前からの地価の異常高騰のことにともなってである。事態はやや沈静したが、基本的にはいまもつづいている。

昭和四十年代からはじまった地価高騰は、後世の歴史家はこれを経済現象とはせず、人間集団への裏切りとか、反社会行為といったふうなどす黒い印象としてうけとるに相違ない。

むろん心理現象でもある。心理が、幻術にでもかけられたように、経済行為に変化した。地価をゆさぶる者もゆさぶられる者も、心理もしくは気分がてこになっている。

肉質のしまった資本主義とは、物をつくったり売ったり運んだりすることが基本だということはいうまでもない。

昭和四十年前後、製造会社が、新工場をつくるために銀行からカネを借り、僻遠《へきえん》の地で土地を買うことが多かった。つられてまわりの農地や山林までが高騰し、その会社に労せずして含み資産がふえた。つい一部を切り売りする場合が多く、そのおかげで大儲けしたが、これを経済といえば、サギも経済になる。

このころから、労働への神聖観がゆらぎはじめた。ミレーの名画「種まく人」という感動的な風景をおもいうかべればいい。

もしあの絵画が、いまの日本の都市近郊の田畑でのことであるとすればどうだろう。宅地転換すれば数億円になる地面に、その人は転換待ちのために種をまいていることになる。これ以上の退廃はない。

私たちの国土がゆらいでいる。むろんゆさぶっているのは、日本社会が総がかりでつくった〝地価心理〟という大狸《おおだぬき》である。一時は、たれもが、恒心《こうしん》をうしなった。

以下は正確な〝経済史〟ではないが、銀行などの金融機関は、さすがに当初、大狸の信者になることにひかえめだったと私は信じている。

資本主義が倫理をうしなえば元も子もない、ということを、銀行従業者たちは学校で学び、実務のなかで知り、さらに明治以来の銀行の倫理的伝統のなかでそのことを体得して、いわば知りぬいているはずだからである。

しかし、戦前の陸海軍と戦後の銀行は秀才をあつめてきた。

私は秀才になったことがないから傍目《はため》で見るだけだが、秀才のなかには〝一番屋〟という異常人がまれにいることは知っている。

〝一番屋〟についてはべつの機会にのべるが、ともかくも戦前の陸軍はそれで国をほろぼした。

「ぜひ当行は、一番の儲け銀行にならねばならぬ」

信じがたいことを考えた銀行の人たちがいた。

銀行が信用のみの機関であることは、たれもが知っている。それが、積極的に金儲けをめざそうとした。そんな経営はどんな銀行論にも書かれていないし、先例にもない。

銀行が大儲けするには、日本じゅうを徘徊《はいかい》している大狸の眷族《けんぞく》になることだった。

東京の都市部に代々住んでいる人が、他の区に転居する必要があって、あちこちの地所にあたると、ほとんどの地所が同じ社名の銀行か、その関連会社の持ち土地だったという。こんなばかな銀行経営が、過去にあったろうか。

「日本の心理的〝地価〟こそ、日本をほろぼします。日本人に、働く希望をうしなわせるばかりか、愛国心をもあやうくさせます。日本経済にとっても、最大の害です」

と、さとすべき立場の銀行が、みずから日本をおおう大狸になっていたなどということは、私にはいまでも夢のように思える。

おそらく、一時の迷いだったろうと信じたい。そういう〝世間の気分〟が、銀行そのものを迷わせたのにちがいない。太平洋戦争をおこしたのも〝気分〟だったことを思いだす。〝気分〟が、国家をほろぼしたのである。

以上の憂いについては、十余年前、『土地と日本人』という本でふれたが、当時、ほとんど反響がなかった。いまは憂えなくても、いっさいの実情が露呈されて、世間はもはや憑《つ》きものから離れた。

おそらく、名誉と信用をとりもどそうとしている銀行関係者こそ、もっともつよく右のことを感じているのにちがいない。太平洋戦争のあとの日本人のようにである。

（一九九〇年十二月三日）

56 新について

新年らしく、以下は、新の字について。

この漢字は、語源的には、木ヲ斤《き》ルということから出た。故藤堂明保氏によると、木の切り口のなまなましさをあらわすという。切ったばかりの木の切り口は、樹液にぬれて、吸いこんでみると、いのちがよみがえるような香気を放っている。

ちょっと、講釈になる。紀元前約一六〇〇年にはじまった中国の古代王朝殷《いん》についてである。この古代王朝が、高度の農耕文化と青銅冶金の能力をもっていたことは、よく知られている。

いまは一望の平野である華北は、古代、密林でおおわれていたという。殷文明の拡大によって伐採され、田園になった。青銅冶金も、森林を破壊した。

木がしきりに切られ、その切り口の樹液のみずみずしさや香りは、殷人のよく知るところだったろう。

「新」

は、木の切り口から出た字である。

殷を興した湯《とう》という王は、『孟子』の「尽心章句」によると、うまれついての聖人だった堯《ぎょう》・舜《しゅん》とちがい、努力してそうなったという。

湯王は名臣伊尹《いいん》の補佐をうけた。伊尹は、

「時《こ》レ乃《すなは》チ日ニ新《あらた》ナリ」

ということばが好きだった。

徳を古びさせるな、ということである。徳とは、人に生きるよろこびをあたえるための人格的原理といっていい。

中国の古代的理想は、政治家は民のためにある、とされた。伊尹は、政治とは「民を新たにすることだ」といった。

伊尹は、料理人出身だったといわれている。

とすれば、かれは生体のあたらしさということをよく知っていたにちがいない。

かれはしきりに新ということをいった。

いまふうに解釈すれば、生体の細胞はつねにあたらしい、ということである。

私どもの生命は、時々刻々に代謝《たいしゃ》（新陳代謝）している。しかもふしぎなことに、総体としては、恒常性をたもっている。Ａさんは、Ａさんのままである。

ただし、Ａさんのいのちを日に新たにしている代謝がとまれば、Ａさんは死ぬ。Ａさんであるがままに、この世を去る。だから生命は荘厳なのである。

民を新たにしつつ（新民）みずからも新た（自新）にならねばならない。

伊尹の王の湯は、毎朝顔をあらった。かれはそのための青銅製盤に、九つの文字を彫りつけた。その銘にいう。苟日新　日日新　又日新。

苟《まこと》ニ日ニ新《あらた》ナリ
日日新ナリ
又《また》日ニ新ナリ

新ということばが反復（リフレイン）されていて、こころよい。

この詩句には近代の憂愁や倦怠《けんたい》がなく、湯王が勢いよく顔を一洗して、おれはきのうのおれではないぞ、さらに一洗して、きょうはまたうまれかわったぞ、という素朴な明るさにあふれている。

この話は、『大学』という本に出ている。孔子の遺言の書ともいわれる。門人の曾参《そうしん》が編んだものとされ、江戸時代では基本的な教養の書であった。

とくに日新ということばが、江戸期の日本人は好きだった。

たとえば、会津藩の有名な藩校が日新館であり、また近江仁正寺《にしょうじ》藩（滋賀県日野町）や美濃苗木藩の藩校も同名である。美濃高須藩の場合、日新堂だった。

電池にかぎりがあるように、生体にも組織にも衰死がある。

日本国は戦後に電池を入れかえたのだが、私は組織電池の寿命は三、四十年だと思っている。

政治・行政の組織もつねづね点検して細胞を〝日に新〟たにせねば、部分的な死があり、やがて全体も死ぬ。

以上は、個人のことにかぎってのべたつもりながら、生体であるという点では、組織も個人もかわらない。

くりかえすが、杉の木はその杉の木でありつつ、一面、代謝からみてきのうの杉の木ではなく、日に新たなりというのが、生命の常態なのである。新たでない生命などはありえず、その平凡な事実を知るときに、精神があらためて奮いたつ。要するに新とは生命のことなのである。

（一九九一年一月七日）

57 石油

二つか、二つ以上のものをならべて、一つの考えのもとで、それらがどうちがうか、あるいはどんな点で同じか、ということをひきだす作業が、比較というものである。

比較は知識や学問のはじまりといっていい。

ただ、やっかいなことに、比較は自由な社会でなければできない。

たとえば、戦前の軍国主義の時代では、自国の軍事力を他と公開の場でくらべてみることはできなかった。日米開戦という重大段階の直前でさえ、両者の比較が新聞紙上にあらわれることはなかった。

おそるべきことに、当時の日本のご自慢の海軍でさえ石油の備蓄は二年分しかなく、それも平時の使用量だった。

陸軍にいたっては、日露戦争当時に毛のはえた程度の装備でしかなかったが、であるだけに当時の日本の軍部は、呪文をひとびとに与えた。
「わが日本は比較を絶した（比類なき）存在である」
という狂気の思想だった。この狂気は、自由を圧殺した。われわれは、自由がなければ国がほろびるという貴重な経験をしたのである。

湾岸戦争で、軍事評論家たちがテレビに出ている。民間に軍事評論家をもっていることは、自由な社会であることのあざやかな証拠といえる。テレビをみながら、ふと、
（こんな分析家たちが昭和一けたに五、六人もいたら、昭和史は変っていたろう）
と妄想した。むろん、たわごとにすぎず、昭和一けたの時代にそんな自由はなかった。

せめて大正デモクラシー時代にこういうひとびとが出て、前時代の日露戦争を徹底的に解剖してくれていたら、とも思ったりもする。以後の日本人の理性——国家を等身大でみる能力——が大きく成長したに相違ない。

ただ、大正時代は軍縮の時代で、自由と平和が謳歌《おうか》された。軍人が軍服のままで東京の市電に乗ることさえ憚《はばか》られた。混みあった車中で長靴《ちょうか》を蹴られる軍人もいたそうである。たしかに大正時代は自由だった。しかし油断した自由だった。自由でありながら、民間人で軍事研究をする粋狂な人はいなかった。大正時代に冷静な軍事研究が民間でおこなわれていれば、昭和に入っての軍人のファナティシズムの爆発は、不発か、より軽度だったにちがいない。

さて、石油のことである。湾岸問題が石油からおこったことは、いうまでもない。

イラクは名だたる産油国である。地下からドルが湧きだすようにめぐまれたこの国が、そのありあまるドルで充実した大学をつくったり、たとえばガン研究のための世界一の研究所をひらいたりするかと思ったのだが、実際には兵器を買いあつめて世界第四位の軍備をもつ道をえらんだ。石油は、ありあまっていても国家を物狂いにさせる。

かつての日本をも狂わせた。

この場合は、石油がないために狂った。

石油文明は、せいぜい七十余年このかたのことである。第一次大戦が、兵器を一変させた。自動貨車《トラック》で軍隊が運ばれ、戦車と飛行機が登場し、さらには戦艦が石油でうごくようになった。ところが、日本には、石油が出なかった。このとき、

——日本は列強の軍備競争の列から降りるべきだ。

とする考え方が展開されるべきだったのだが、当時の知識人は怠った。というより、当時、たれも石油が国家を狂わせるという仕掛けに気づかなかったのである。

昭和初年、軍は、石油という〝実〟よりも、国家的狂気という〝虚〟をえらび、国をほろぼした。

戦後の日本は、世界が平和である以外に生きられない。

平和維持のためには、金と手間が要る。

戦後の平和運動が、軍国主義時代の戦前とおなじ呪文主義（平和平和と絶叫していればなんとかなるという考え方）だったことも反省せねばならない。平和には、戦争以上の金が要る。また、けた外れの聡明さと努力が必要なのである。

以上のこととはテーマのちがうことだが、いまの文

明が石油に依存しすぎていることは、たれもが気づいている。

ただちに石油離れすることは不可能であるにせよ、この異常なほどの石油文明を大きく減速させねば、ついに人類は地球そのものをうしなってしまう。

湾岸戦争がどんな決着をむかえるにせよ、そのあと、そんな課題が夢でなく、正気で国際間で議せられるにちがいない。たとえ、それによって世界経済が後退してもである。

いずれにせよ、湾岸戦争が、一つの現代史の終りをなすような気がしてならない。


（一九九一年二月四日）

58 平和

私どもの国は、多分に浄土念仏が古くからの思想風土になっている。念仏をとなえ参らせよ、余《よ》のことはするな、唱名《しょうみょう》だけで、浄土に往生《おうじょう》できる。……

つい、平和についても、唱名をする。平和念仏主義というべきものである。

いうまでもないが、天国や浄土は神や仏に属しているのである。これに対し、平和は人間のみに属している。念仏では平和は維持できないのである。

平和とは、まことにはかない概念である。

単に戦争の対語にすぎず、〝戦争のない状態〟をさすだけのことで、天国や浄土のように高度な次元ではない。あくまでも人間に属する。平和を維持するためには、人脂《ひとあぶら》のべとつくような手《て》練《れん》手《て》管《くだ》が要る。

平和維持にはしばしば犯罪まがいのおどしや、商人が利を逐《お》うような懸命の奔走も要る。

さらには複雑な方法や計算を積みかさねるために、奸悪の評判までとりかねないものである。例として、徳川家康の豊臣家処分をおもえばいい。家康は三百年の太平をひらいた。が、家康は信長や秀吉にくらべて人気が薄い。平和とは、そういうものである。

以下は、空想である。国々が、紛争の解決に、たとえばスポーツのようにただ一種類のルールを共通の場で設ける。ルールは、すべてを超越し、支配する。つまり国家・民族あるいは宗教から超越する（国連が、その空想にやや近い）。

右の空想は決して実現できない。そのことも私どもこわす。平和をねがう者は、考えたすえであるべきである。たとえば、悪を憎むという尊い心の働きでさえ、平和をこわす。

半面、悪を憎む心がなくては人の世は、一瞬も保てない。崇高な二律背反といっていい。

電車のなかで、暴漢がいきなり一人の女性の足を射ちぬき、ひきよせてからその金をうばった、とする。さらに、暴漢がどなる。

「この女は、もともとおれのものだったんだ。なにしろ、たがいにむかしの家主（オスマン・トルコ帝国）の店子《たなこ》だったんだからな。文句あるか」

乗客たちがいっせいに暴漢に対しひれ伏せばそれが平和だという考え方がある。サダム・フセインによる平和である。

つまりはハイジャッカーによる平和である。そんな情けない平和が是認されるとすれば、私などは貝にうまれかわるほうがいい。

乗客の何人かが、女を救い、暴漢にとびかかってこらしめようとしてこそ、人の世の秩序が維持できる。この場合、こまったことに、膺懲《ようちょう》もまた暴力だということである。

話が、かわる。

ここで、当然の現象として、ひとびとが暴漢の短銃からのがれるために逃げまどう。

たれかが、叫ぶ。

「逃げまどう人たちを安全地帯に運ぶための労力と費用をわれわれが提供しましょう」

つまり湾岸事変における日本の立場だが、演劇的にはやや滑稽な役ながら、これもすばらしい立場だと私はおもっている。

最悪の情景は〝被害者を後送することも、一種の実力行為です。私は絶対反対です〟といっているひとびとである。こんな姿勢で、平和という、人間に属する血みどろな作業がやれるはずがない。


空想をつづける。要するに、暴漢が出るような事態がおこらなければばいい。

そのためには、サッカーや野球のようにこの地球上にルールをつくればいい。

ルールはつぎの四カ条だけでいい。

むろん、どの国もそれに服さねばならない。他国を侵略するな。自国民に対する専制をやめよ。他国からカネを借りれば、かならず返せ。過剰な軍備をするな。

ただし、今世紀ではまだむりのようである。

さらに空想をしてみる。各国代表は、議場に入る前、手荷物預り所に〝宗教〟と〝国益〟と〝民族感情〟という三つをあずけてしまうということである。なぜなら、この三つがつねに爆弾になる。

「その三つをあずければ、国家も民族も人間もなくなる」

と、激情をもって叫ぶような政治家は、近ごろすくなくなっている。だから私どもは、半世紀前より進歩しているかのようである。誇りをもっていうが、わが日本の戦前と戦後をみよ。国というのは、まれなことだが、変るのである。

二十一世紀には、右の〝空想〟の世が来たらんことを。


（一九九一年三月四日）

59

胸の中

特定のことこそ、ニュースである。新聞はそれによって世に益している。

ただし、この「風塵抄」は、特定のことは書かない。特定のこととは、たとえば何丁目の角の八百屋の何月何日にならんでいた右はしのリンゴ一個が傷《いた》んでいた、ということである。

この「風塵抄」は、どのリンゴが傷んだかよりも、リンゴは一般的になぜ傷むかという、いわばのどかなことを、読者とともに考えたい。

とはおもいつつも、兵庫県立農業高校（加古川市）でおこった〝特定のこと〟には、気が滅入る。

校長先生とその私的支配下の先生が答案改竄《かいざん》という破天荒なことをなさったのは陰惨このうえない。

さらには手錠をかけられて教育の現場から曳《ひ》かれてゆくなど、世の崩れを感じた。

これに対し、同窓会の理事長さんが、テレビ・カメラを前に朗々たる態度で応対されていたのも、尋常でなかった。なぜ不正に対し激怒なさらないのか。

古来、人は世をつくり、世によって生かされてきた。世がこわれずに維持されているのは二つの要素による。二つとは、公を大切にする心（あるいは慣習）と素朴な正義感（あるいは慣習）である。

話を農業のことに変えたい。

日本近代史は、

「明治農学」

というかがやかしい分野を展開させた。

明治初期、政府は〝欧米農学〟を導入した。これが、わが国の実際に適《あ》わなかった。このため〝本邦農学〟（あるいは農法）とのあいだではげしく対立し、やがて君子の争いのように双方のよいところをとり入れ、また小気味よく刺激しあって、明治の珠玉ともいうべき「明治農学」ができあがった。

その「明治農学」が、各農学校に分配され、実地にうつされた。農学校は日本の近代化を細かくみる上で重要な存在だった。

また、

「戦後農学」

と名づけるべき分野があった。

第二次大戦中から戦後十年ほどの間、農学は食糧難の解決という大命題のもとに躍進し、水稲やサツマイモなど主食をつくる上できらびやかな業績をあげた。

むろん、そのノウハウも分配された。戦後、農学校から農業高校に改称した学校にである。

が、歴史が激変した。

昭和三十年代から食糧事情が好転し、農業も主食中心主義から他の作物に力点をおかざるをえなくなった。

やがて、大正の米騒動いらいの米の需給不安を基盤として確立された食管法が、ありあまった米とのあいだで矛盾を来すようになった。

国民の食生活も多様になった。紀元前の弥生式水稲農業の伝来以来、米に依存(ほとんど神聖依存)してきた私どもの〝この世〟の基盤が変りはじめたのである。

その上、近年、アメリカによる〝市場開放〟の要求がつよくなってもいる。日本農業はきたるべき大変動の予感におびえている。

それ以上に農業の意識に悪しき変化をおこしたのは(右の事件と、私の頭ではいきなり結びつくのだが)土地高騰であった。

私は昭和三十年代の末、播州海岸の農村を歩いたことがあるが、そのころその地で出会った青年会議所の会員の多くが、農家の子弟だった。私は農業のはなしをききたかった。

が、その青年たちがにぎやかに交わしていた話題のほとんどが、海外観光旅行のことだった。三十年前のことだから、世間一般はまだ貧しく、海外旅行は多くの場合、夢だっただけに、私は仰天した。

じつは当時、そのあたり一帯が巨大な臨海工業地帯になろうとしていて、土地が高騰し、農業問題が変質していたのである。そのことが、三十年かけてあのあたりの人心を浮き足だたせたのだろうか。

まことに戦後日本の経済社会の激変は、私どもに過去の倫理観を押しながすほど急速なものであった。しかし残念なことに新しい倫理観の芽が、十分には出ていない。

こんどの事件は、その(新しい倫理観の)芽がまだひ

抄

よわなときにおきた。これは一地方の珍事ではなく、

塵

われわれすべての胸のなかの問題ではないか。それに

風

しても事が陰惨で珍妙で悪質すぎるが。

（一九九一年四月一日）

60 大きなお荷物

おとぎばなしは、

「むかし、むかし」

からはじまる。この呪文ひとつで、桃の実から赤ちゃんが生まれても、ふしぎではなくなる。

おとぎの夢から醒《さ》めてしまった人に説明させると、「むかし」というのは、バカな時代でした、ということになる。

川だってさかさに流れるんです。いまの悪がむかしは正義であり、こんにちの愚はむかしはかしこいことでした。たとえば領土拡張ということもそうでした。

……

「さあ、国の面積をうんと大きくしましょう。なんだか、うれしくて、すばらしいことじゃありませんか」

家来たちが、皇帝に申しあげる。

そういうおとぎのような夢の思想が、二十世紀前半まで、一部の国々にはのこっていた。

たとえばナチス支配下のドイツや、思いだしたくもないことながら、軍部支配下の日本などにである。

「それは、結果として大損になります」

とは、当時たれもいわなかった。

出銭《でせん》がふえて、入るカネはほとんどなく、領土拡張ほどひきあわぬことはなかった。まず鉄道や通信をふくめた国土の建設と運営の費用。

それに諸民族のお世話をする行政費が、べらぼうに高くつく（このあたりで、イメージを昔から今にもどして、ソ連や中国といった地球規模の巨大国家のことを、思いあわせていただきたい）。

広大な面積を支配するためには、巨大な軍事力が要る。面積的巨大国家における軍事力というのは、もとはといえば、国内への統制とおどしのためのものであった。

もしソ連に軍事力がなければ、連邦は早くに解体していたにちがいない。

また、中国に巨大な人民解放軍という軍隊がなければ、とっくのむかしに、新疆《しんきょう》やチベットは独立していたろう。これらの地は、漢民族にとっての異民族王朝である清王朝に併合されたもので、ごくあたらしいものなのである。清朝は果敢に辺境を領土化した。

ついでながら、チベットは日本史の年表でいうと明治四十三（一九一〇）年に清軍が進駐して直轄領になった。

また新疆は明治十七（一八八四）年に、清国が直接統治する省になった。

こんにちの中国は清朝の版図を継承している。出費は大変である。

中国の首相の李鵬さんは、ときどき思いだしたように、〝日本軍国主義の復活を懸念する〟という旨の発言をされるが、おそらく別の意図に相違なく、いまどきの日本人で他人の大きな荷物（領土）をとりたいというような人はひとりもいないことを、聡明な李鵬さんはよくご存じのはずである。

いまは、面積的小国の時代である。たとえば小さな台湾のほうが、大陸中国よりはるかに国民生産高が高く、科学技術においてもすぐれ、国民の教育水準も高

い。もし歴史の神様が、いまの台湾に、
——大陸中国の経営をしてくれ。
とたのんだとしても、台湾のほうがふるえあがってことわるにちがいない。大版図をかかえると、台湾そのものが破産してしまう。

大版図時代の英国についてもそうである。歴史の神様が、イギリス君、きみはいま幸い面積的小国になっているが、もう一度大英帝国を復活させてかれらの面倒をみてやってくれないか、といっても、むろんいまの英国は青くなってことわるだろう。

英国が大国であることで利益があったのは遠いむかしのことである。

繊維や機械類の生産と販売を寡占《かせん》していた十八世紀後半からせいぜい百年間たらずのことで、いまは事情がちがう。

帝政ロシアの場合、日本の江戸時代、コサックたちが〝走る宝石〟といわれた黒貂《くろてん》を追っかけてシベリアをうばいつづけ、その土地をことごとく皇帝《ツァーリ》にささげた。黒貂をフランスの貴婦人に売って国家経済がうるおう程度の経済規模の時代だったからこそ、当時はそれでよかったのである。

ともかくも、ソ連も中国も大領土をかかえて大苦労をしている。それも双方、せいぜい十七世紀以後の大版図なのである。

——大版図を一元的に支配するなど、不可能だし、今日的でない。多様化しよう。

そういう気分がソ連の一部にあるが、そうなれば四分五裂するというおそれがある。かといって一元主義をまもりつづけると、経済が鈍化し、国家が窮迫する。

中国も似たようなくるしみがある。なんだか滑稽で大時代なくるしみのようで、面積的小国からみれば、助言の仕様がない。

（一九九一年五月六日）

61 ピサロ

ヤキイモ一個。

「はい、ひとつ五百万円です」

といえば、笑ってたれも買わないが、美術史上の著名な画家の絵なら、買い手がある。

ヤキイモというのは、焦げた皮が美しい。植物でありながら、皮革質の光沢もあり、色面に変化があって、見つめていると、質感《マチエール》も微妙で重厚である。

「すばらしいヤキイモだ」

感激のあまり、それを一個一億円で売りにゆく人はいない。

絵なら、人にわかりにくい。

「ね、この絵、空気の質まで出ているでしょう、ペルーのピサロ一代の傑作です。五億円なら買いものです、来年になれば十億になります」

ペルーのピサロとはいうまでもなく十六世紀のスペインの大悪漢で、南米へ黄金をとりにゆき、インディオをさんざん殺した。もっとも、十九世紀の印象派の画家にもピサロがいるが、これはフランス人である。が、〝絵画ブーム〟におどった商人たちは素人同士だから、ピサロがなんであれ、おたがい頓着ない。

「鑑定書もあります」

それも、〝金板経〟の場合のように、どこかの素人が書いたものである。素人が素人に売るのだから、素人の鑑定書があってもいい。

「はい、あつあつのヤキイモ、一億円」

と、他の商人に渡すようなものである。

買った商人はいそいでべつの商人にわたす。

「十億円です」

と、さらにべつの商人にころがす。この場合、欲のないただの人が出てくれれば、泡がはじける。

「これは、あなた、ただのヤキイモじゃありませんか」

私は絵は好きだが、買おうとはおもわない。

本も好きである。が、読みちらして赤エンピツで線などをひいて、さんざんな目にあわせてしまう。とき

にそれが明治の作家の初版本だったりすれば、

「これは、高いですよ、台なしですね」

と、好事家《こうずか》に叱られる。

好事家とは、『広辞苑』では、「①ものずきの人②風流韻事を好む人」とある。

好事家同士の仲間うちこそお花畑である。たがいに見せあって、楽しむ。

「漱石の『夢十夜』の春陽堂版の初版ですね。惜しいことに表紙が水をかぶっていますな」

そんな無垢《むく》な人たちが全国に三百人もいれば多いほうである。

以前は、その三百人のあいだでめずらしい本がたらいまわしされて、かぼそく相場が立っていた。

ある時期から、そのお花畑に商人が踏み込んできた。

「さる私学（あるいは宗教団体）が稀覯本《きこうぼん》をあつめています」

そういう闖入者《ちんにゅうしゃ》が法外な値で買いはじめると、たちまちお花畑の花は枯れる。

絵画観賞も、好事家だけのひよわい世界だった。

絵画はヤキイモの味のようにたれにでもわかるというものではない。またわからなくても決して恥ではない。

「きみは、この絵のよさがわからないのかね」

といわれて知能の欠陥でも指摘されたようにおびえるのは、学校教育の副作用である。

絵は、うまさではない。

人間のなかには異様なほど美に過敏な才質をもつ人がいて、執念のあげく展開したのが、〃名画〃である。展開されてみると、描き手の執念が消えて、観る側には快感の体系になる。

それをおのれの快感として感じるのは、気質的にはすでに好事家である。

好事家の感情は、聖女崇拝に似ている。

処女のけだかさを感ずるのである。ときに肉欲を感じても（たとえば売って他のものを買うというのも）ゆるされる。

ただ、土足で踏みこんで、聖女を売春業者に売ったり転売したりするのは、女衒《ぜげん》である。

まして、なにほどでもない絵画一点を何千万、何億円で売買するなど、女衒どころか、ピサロとしか言いようがない。


（一九九一年六月三日）

62 悲しみ

人間はたいしたものである。

たれでも、理性と感性の中間あたりに悟性という能力をもっていて、ほとんどの人が、コトやモノをみたとき、大づかみにその本質を察する。「あの犬は、病気だな」というふうに。

それと同様、

「人生は、むなしい」

ということは、お釈迦さまにいわれなくても、たれもがわかっているのである。

でありながら、人はけなげにも世を捨てない。

高校生は受験勉強をし、大学生は知力と体をきたえ、サラリーマンは会社のために人生のほとんどの時間をささげ、商人は小さな店を守って客の顔をみてよろこび、母親は、母乳をのまないこどものために四苦八苦する。

〝無常迅速〟を売りものにするなまなかなお坊さんより凡夫のほうがえらいのは、人生のむなしさを知っていながら、そのむなしさの上に自分の人生を日々構築してゆく点にある。

さらにえらい凡夫は、百万遍も人の世の無常を感じつつ、そのつど自分流の哲学をもって人生を再構築する。

こういう人には、ユーモリストが多い。ユーモアを一枚の紙にたとえると、上質のむなしさと、気品のある楽天主義とが表裏をなしている。そのはざまで弾けるのがユーモアで、洒落《しゃれ》や冗談とはちがう。

夏目漱石（一八六七～一九一六）もそういう人であった。

どういうわけか、ちかごろ漱石のことが懐かしくてたまらない。

漱石は、少年期にありがちな大ぼら（壮志といっていいが）のなかった人で、ただ漢文・漢詩を好み、その分野の塾に通っていて、子供ながら充足していた。それじゃ時代に合わない、と人がいったのかどうか、大きらいだった英語の塾に転じた。

結局、帝国大学文科大学で英文学をおさめた。在学中『方丈記』を英訳するなど、卓越した語学力を示し、卒業して英語を教える人になった。

終生、漱石は人生において場ちがいを感じていた。英文学を研究する自分に疑問をもち、また漢文を通じて感得した〝文学〟と英文学とのへだたりの大きさに愚直なほど悩んだ。

一時はノイローゼ気味になった。

文部省から英国留学を命ぜられ、当初辞退し、結局説得されて承知した。〝官命だから従った〟という旨、『文学論』の序文に書いている。

帰国後、東京帝国大学で「英文学形式論」を講義した。当然ながら教授のイスが暗に約束されていたはずだが、結局は大学を去った。

そのように、作家以前の漱石は、明治の世俗でいえば、すでにえらい人だった。

が、そのことに空しさと苦痛を感じ、そのような自分を去私《きょし》（自己否定）する場として俳句を見出した。自慰ではなく、空しさからの小さな再構築の作業であった。

私は以下の句については、ごく最近まで知らなかった。坪内稔典氏の編の岩波文庫『漱石俳句集』に明治三十年、三十歳の作の欄にある。熊本の五高教授のころの作である。

菫《すみれ》ほどな小さき人に生れたし

私自身の思い入れのせいか、漱石の人と生涯と作品が、この一句でわかるような気がする。

句は、現在の自分を否定している。しかし再構築が、否定の勢いにくらべてよわよわしく、そのためユーモアになりきらずに、つまり〝お釣り〟として悲しみが掌《てのひら》にのこった。

文学の基本が、人間本然《ほんねん》の悲しみの表出であることは、いうまでもない。

（一九九一年七月一日）

63 常人の国

「博愛」

という倫理を考えだした人は、人間の魔性《ましよう》に気づいていた人だったにちがいない。

ことばとしては、儒教にもある。

明治のころ、欧州語がやってきて、対訳語をつくるとき、漢籍からえらびだした。

博愛とは、要するに、民族・宗教・人種的偏見を越えた愛のことをいう。二十世紀の病気ともいうべき正義体系《イデオロギー》をも、むろん越える。

人間は、社会を組んで生き、その恩恵を蒙《こうむ》っている。

そのくせ、人間は、単に社会というだけでは興奮しない。「社会のために、野球に勝て」という言い方は、文脈としてなりたちにくい。人間の厄介さである。

しかし、

「われわれの（あるいは、わが）」

と、限定されると、人間の情念はにわかに揮発性のガスを帯びる。わが母校、われらが巨人軍、わが社、わが民族。

いずれも、自己愛というなまの内臓を気体にしたようなもので、人はそれを共有して吸うとき、甘美になる。

なにしろ、ちかごろは結婚披露宴の場でさえ、花婿・花嫁のどちらかが早稲田である場合、「都の西北」が合唱される。民族《エスニック》ばやりというほかない。

民族《エスニック》というのは、もとは古代ギリシア語だそうで、自分たちからみた異教徒集団というのが、もとのイメージだったらしい。

他民族というのは、風俗・習慣・歴史を異にしているだけでいかがわしく、こちらの虫の居所によっては、魔物のようにみえる。

たれもが、固有の感情として、愛国心や民族愛を多量にもっている。それをわざわざ煽《あお》って気化させ、爆発させることで政治的効果をあげたのが、ヒトラーであった。

いまもアフリカやバルカンで、過剰民族主義の現象がみられる。

さて、おだやかに、社会についてふれる。

社会は、私どもに、水道というかたちで水をくばり、牛乳をとどけ、急病になると、病院に運んでくれる。

社会には、ばくち好きな人のために株式市場があり、また競馬、競輪がある。もしそこに不公平や不正があったり、ギャングが介入して腐蝕すれば、すぐさまに修正されるはずである。修正される能力が高いほど、よき社会である。

さらにいい社会には奉仕の精神がみなぎっている。また、精度のよくない他国の社会のために働きましょう、という精神がその社会にあれば、いうことがない。

日本の場合、海外協力機関に働く人たちのおかげで、私どもの社会にも博愛が存在することを、確認させてもらっている。

そういう人たちが、ペルーで殺された。

殺したのは、民族主義もしくは正義体系《イデオロギー》の集団である。

「絶対的正義」

というマルクス主義以来の幻想が、なお一部で共有されているのは、おどろくほかない。

自分の大脳を絶対という暗箱のなかに閉じこめ、あたえられた訓言《ドグマ》で世界を見、自分の目で見ようとはしないのである。

絶対というのは、この世にない。仏教も科学も相対論的であるため日本人にはわかりにくい概念だが、しいて日本的にいえば、〝ダメなものはダメ〟という姿勢である。相対という、他と話しあえる掛け橋を焼きはらってしまうのである。

絶対的思考には、かならず〝敵〟が設けられる。概念の上での〝敵〟を現実に倒したときのみ、閃光のように幻想が現実化する。無差別テロのことを、思いうかべている。

日本は、常人の国である。それが、私どもの誇りでもある。

常人の国は、つねづね非・常人の思想とどうつきあうかを、愛としたたかさをもって考えておかねばならない。でなければかえって〃世界などどうでもいい〃という非・常人の考え方におち入りかねない。

常人には、どんな非・常人よりも、勇気と英知が要るのである。

（一九九一年八月六日）

64 大領土

帝国主義をひとことで定義すると、収奪の機構である。

ロシア史は、帝政のころから、すくなくとも、その版図内において強烈な帝国主義だった。この特色はソ連になってからもかわらず、深刻に強化された。

内側の帝国主義には、三つの道具が要る。強大な軍隊と秘密警察で、あと一つは後述する。

それらの道具でもって、国内の異民族や同民族をしめあげるほかに巨大版図の支配方法がなかった。ソ連七十余年をみればわかる。

国家は、ひとびとが食べ、かつ楽しみ、安穏な生涯が送れることを保障する機構である。

それには、適正サイズが要る。

中国人は多能な民族である。しかしたとえば四川省がフランスと似た面積・人口であるにもかかわらず、この省がいまも前近代的な経済段階にとどまっているのは中国の版図の破格な巨大さによる。このことは、ソ連にもあてはまる。

ソ連は無意味なほどに広大である。

四百年前から銃砲によって版図を拡大しつづけ、ついにはシベリアと中央アジアと欧州にまたがる大空間を支配した。

そのことによって、尋常な国家ではなくなった。獲《え》た領土を守るために巨大軍隊を維持せねばならなかった。

最近までの例でいえば、毎年メーデーの日に、赤の広場で軍隊が行進し、新兵器が誇示された。

この古代的奇習は、連邦各共和国に対し、モスクワにはとてもかなわないと恐れ入らせるためだったと私はおもっている。

かれら統治者にとって、人民とは、統制し、恐怖させねばならない存在であった。さらには、人民に対し、〝敵〟を設定し、それを嫌悪させ、たえず緊張させねばならなかった。すべて地球規模の版図を保持するためだった。

右の二つの道具のほかに、国教が必要であった。つまり唯一の訓言《ドグマ》によって人民の心を支配せねばならなかった。

帝政のころはロシア正教で、ソ連になってマルクス・レーニン主義が採用された。

これも巨大領土の支配という事情があってこそで、でなければこんなばかげたことを、人間という聡明な生きものがやるはずがない。

ただ、この新旧の支配原理のちがいは、ロシア正教が愛を説いたのに対し、社会主義は憎悪を説いたことである。〝世界じゅうがロシア革命をつぶそうとして包囲している〟として大軍を建設し、秘密警察をつくり、内部の〝敵〟を容赦なく殺した。建国以来、二千万人が国家によって殺されたといわれる。流刑をふくめると、六千万人ほどが処刑された。

「内外の敵から社会主義を守れ」

という意味のことを、ソ連体制の動揺後、平壌《ピョンヤン》放送が人民によびかけたというが、なつかしいばかりに古典的なせりふだった。

日本の江戸期は、前近代的商工業が緻密《ちみつ》だった。明治の近代化がそのことで可能だったことはいうまでもない。

前近代の商工業の密度という点からいうと、帝政ロシアは末期でも西欧からみて希薄で、そればかりか農民の大半が農奴の段階にとどめられていた。

帝政末期、西欧的開明性で知られたウィッテ（一八四九〜一九一五）でさえ、

「ロシアに必要なのは、専制である」

と、その回想録のなかで書いた。広大なロシア領土を維持するための唯一の方法ということであり、その代償として農奴的蒙昧《もうまい》はやむをえない、ということになる。

この前近代的な商工業の未発達の上に、ソ連という国家が湧きあがった。本来、どの社会も経るべき段階をとびこえ、たまたま西欧で熟しつつあった大工業システムを一挙に入れた。

たとえば完成品をつくる靴屋が巨大国営製靴工場の鋲《びょう》打ちになり、官僚が工場長になった。

ソ連的専制のやり方は、比喩的にいうと、

「大脳主義」

というべきものであった。

経済という生きものも、大脳に支配された。

ただし、兵器製造だけは、社会主義という命令経済（大脳支配）でも可能だった。大脳は手足（重工業）だけは動かしうるのである。

しかし、大脳が内臓を動かしたり、細胞の代謝をしたりすることができないように、命令経済は経済の多くの分野で空論であった。

にもかかわらず、ソ連はそれを強行しつづけ、ついに経済社会が、大地震のときに土壌が液状化するようにして崩壊した。どう建てなおしていいのか、たれにもわからない。

いまソ連は、共産党を解体し、秘密警察と軍を休止させている。

つまり、広大なソ連邦は、情勢としてはゴルバチョフ・ソ連大統領という一個の存在をのぞいて消滅したにひとしい。

が、これらをこわしたひとびと、たとえばロシア共和国のエリツィン氏に大領土主義をすてるという覚悟があるのかとなると、疑わしい（むろん捨てねば、ソ連は自滅する）。

ひとびとの側も、自由と民主主義、さらには食える状態を、と叫ぶが、そのことが大領土・大版図主義をすてるのと同義だということがわかっているのかどうか。

もし、わかっているとすれば、こんどのソ連のさわぎは、本物といっていい。普通の国になるということにおいてである。

（一九九一年九月二日）

空に徹しぬいた偉大さ

私どもの日常はつづいているのに、〝昭和〟が、一瞬で歴史になってしまったのですね。

このことは、他の国のひとたちに説明するのに、たくさんのことばが必要かもしれません。たとえば、大統領の交代による政変でもなく、またこれによって法体制に変化があるわけでもなく、さらには、文化様式にちがいが生ずるわけでもありません。にもかかわらず、一つの時代が、去ったのです。その感覚のふるえのなかに、私どもはいます。

ちょっと、間遠《まどお》いようなことを言います。

明治二十二（一八八九）年に発布された明治憲法によって、国民国家が成立しました。

フランス革命を皮きりに、ヨーロッパで成立した国民国家は、封建の世とはちがい、まず第一に国民は法のもとで等質であることでした。国民たちがたがいに等質であるがゆえに、自己と国家とを同一視するようになったといわれています。明治立憲国家においても、このことはかわりません。

憲法をもった日本は法による国家になりました。明治は、その手習い時代でした。明治政府は、二人の法学者を英国とドイツに派遣して、解釈学を確立させました。

確立されたのは、やっと大正初年でした。皇太子だった昭和天皇は、徹底的に憲法教育をうけられたのです。

その生涯は、渾身でもって憲法の人でした。

明治憲法は、三権（立法・行政・司法）が分立している点で、堂々たるものでした。行政の代表はむろん内閣でした。首相もまた国務大臣の一員で、さらに重要なことは、その国務大臣たちが、一人ずつ天皇に対して輔弼《ほひつ》（たすけること。法律用語でした）するという責任をもっているということでした。

しかもその責任は首相以下の国務大臣において最終だったのです。

最終とは、責任が天皇にまで及ばないということでした。

このことは、法という以上に哲学に似た微妙な内容をもっています。このあたり、英国の国王における〝君臨すれども統治せず〟というのに似ていますが、明治憲法下での天皇という場は、仏教でいう空《くう》という哲学概念が法制化されたものと理解したほうが、いいかと思います。

憲法上の天皇が、空の場にいるということは、政治・行政でのいかなる行為もしないというものでした。くりかえしますが、責任はすべて首相以下の国務大臣、および参謀総長（陸軍）・軍令部長（海軍）などにありました。

ところが、昭和に入って、三権のそとにあった陸軍の参謀本部が「統帥権《とうすいけん》」というとほうもないものをもちだしたのです。

この権によって軍は昭和六（一九三一）年に〝満洲事変〟をおこし、とくに昭和十三（一九三八）年には国家総動員法というものがつくられ、事実上、軍（統帥権）が国家をまるごと呑みこんだかたちになりました。

つまりは、統帥権が、立憲のいのちともいうべき三権に超越する存在になったのです。

七年後に、かれらは国家そのものをつぶしたことは、説明するまでもありません。

統帥権をここまで肥大させたのは、〃法による国家〃(立憲国家)を愛しぬく情熱が、一般にまだ未熟だったのかもしれません。

そのような前述の〃七年間〃においても、天皇は憲法上のご自分の〃空の場〃をつらぬかれ、ナマミの政治行為者になるという〃違憲〃を決して犯されなかったのです。

説明風に申しますが、陸軍の参謀総長もまた、内閣の国務大臣と同様、輔弼の責任をもっていました。責任は、この場合も、参謀総長において最終でした。最終であるということは、前述の〃七年間〃にあっては、参謀本部さえその気になれば、議会にも首相にも内緒でなにをやってもいいというものだったのです。げんに日中戦争をやりながら、太平洋戦争もやるという、信じがたいことをかれらはやりました。

この〃七年間〃の局面においてさえ、天皇は空に徹しぬかれました。くりかえしますが、それが天皇の明治憲法における立場だったのです。

世界史のなかで億兆の人生が生死しましたが、このふしぎな法的存在についての苦悩ばかりは、たれも味わったことのない性質のものでした。

もっとも、ただ一度だけ、この空の場から出られたことがあります。鈴木貫太郎首相以下に示された終戦のご決断でした。天皇としては、違憲行為でした。

戦後の日本国憲法で、天皇は「象徴」ということになりました。これもまた人類の歴史に経験例のない法的存在でした。それを、ナマミの感情と肉体をもちながら、みずから法に化したがごとくになしとげられたのです。

私どもの涙は、そういう稀有《けう》な偉大さにこそそそがれるべきだと思うのです。ただ、そのことを思うと、あらたに涙のあふれる思いがします。後世のひとびとも、きっとそうにちがいありません。

(一九八九年一月八日)

あとがき

私は若いころ十三年間、新聞記者をしていた。

三十代の後半に退社し、自分ひとりの仕事をするようになったが、当座、さびしかったのをおぼえている。

会社につとめるというのは、どの業種であれ、前提なしで話ができる多くの仲間をもっているということである。これればかりはこちらから金を払いたくなるほどに結構なもので、言いがたい幸福といっていい。

ひとり仕事のくらしというのは、たとえていえば、寒いなかを帰宅したやもめが、自分で自分の部屋の電灯をつけ、自分の体温で室温を暖め、チャブ台を出してめしを食うようなものである。

だからやめた当座は、精神の内圧と外圧とがくいちがっていて、一種の金属疲労のようなものを感じた。

三十年ちかくを経て、自分がかつてそこにいた新聞になにか書けといわれ、以上のようなことを書き、いまも書いている。もとの気圧のなかにもどったようなやすらぎがある。月一回、月はじめの第一月曜日に掲載してきた。

題の風塵というのは、いうまでもなく世間ということである。風塵抄とは、小間《こま》切《ぎ》れの世間ばなしと解してもらえばありがたい。

なるべく、日常の、いわば身体髪膚《しんたいはつぷ》に即したことを書こうと私《ひそ》かにきめたのだが、やがて内外に前代未聞の事件が相次いでおこり、日常に即してばかりもいられなくなった。

船にも飛行機にも、あるいは私ども生物にも耐用年数があるように、国家にも社会にも団体にもそれがある。

戦後秩序が現実にあわないほどに古び、そのことによる大事件が内外でおこっている。

ついそういうほうに気をとられる。

ただ心掛けとしては、風塵のなかにあっての恒心について書こうとしている。恒とはいうまでもなく、つね、あるいはかわらぬもの、ということで、恒心とはすなおで不動のものという意味である。ひとびとに恒心がなければ、社会はくずれる。

一冊の本になってみれば、一章ずつの枚数がすくないこともあって、書いていることがしばしば象徴化してしまい、読みにくいものになっていることに気づいた。象徴というのは〝思わせぶり〟ということで、つい読者の〝思わせ〟の能力に負担をかけることになった。

そんな後悔もあるが、ともかく紙を綴《と》じて、本にした。

一九九一年九月

二

65 兵庫船

上方《かみがた》の古典落語に「兵庫船《ひようごぶね》」というのがあって、米朝さんが演《や》ると、乗客の一人になってゆられているような思いがする。

江戸時代、兵庫から大坂まで乗合船が出ていた。噺《はなし》のなかで、その船が気持よく帆走するうち、沖でうごかなくなってしまう。

「このあたりには悪性《あくしよう》な鱶《ふか》がうようよいてな、そのせいじゃ」

船頭がいう。鱶が乗客の一人に魅入って、そのために船を止めているというのである。やがて鱶に魅入られているのが船首にいる巡礼の娘ということがわかり、母親ともども悲嘆に暮れる。

米朝さんの演出では、船頭は薄情で、「みなのためじゃ、どうか飛びこんで一同をたすけてくだされ」。

私も似たような経験をしたことがある。

昭和五十七(一九八二)年秋のことで、スペインにゆき、パリにもどり、大阪へ帰る途中のことだった。

乗っていた日本航空機が、モスクワ空港にいったん降りた。

給油がすめばすぐ発《た》つはずだったのに、深夜数時間も止められてしまったのである。

「故障でしょうか」

と、乗務員にきく人が多かった。

「故障ではございません」

要するにソ連側が機長に対して理由を示すことなく出発をとめたのである。

私どもは、機内から空港待合室に移された。

そのうち、ソ連名物の国境警備隊という武装した兵隊が一個分隊ほどあらわれ、旅客機と空港待合室のあいだの移動式通路にならんだ。むろんどの銃も装弾されていた。

旅客機は日本籍である。だから国際法によって日本国領土である。つまりは移動式通路が国境になるという解釈らしい。

この国境警備隊は、高名な秘密警察KGB《カーゲーベー》の組織内にあった。KGBとはいうまでもなく共産党を守るための諜報《ちょうほう》と謀略と謀殺の機関である。前身のGPU《ゲーペーウー》以来、数千万人の同国人を殺したり、監禁したりしてきた。

もっともごく最近、KGBはソ連共産党とともに消滅同然になった。

深夜の待合室は、売店もシャッターがおろされ、ぜんたいにヤニ色で薄暗かった。私どもは、銃で監視されている。一瞬で収容所ができあがるというふしぎな権力の慣習を味わった。

四時間ほど経ち、日本航空の係員から報らせがあって、私どもは釈放され、機内にもどった。が、飛行機は飛ばず、なおも人を待っている様子だった。

やがて通路のむこうから陽気な笑い声がきこえてきて、一人の初老の日本婦人がソ連の役人につきそわれ、ファースト・クラスに入った。

それを待っていたようにエンジンがかかり、機体が滑走路にむかって動きはじめた。

それだけの話である。

私はその婦人を、そのころテレビを通して知っていた。

ことわっておかねばならないが、彼女は政治的なひとではないばかりか、気の毒なほどに無邪気さを感じさせる人で、すべて彼女に問題はない。

問題なのは、〝兵庫船〟を止めているソ連権力という鱶だった。想像するに彼女はモスクワのホテルかなにかでよほど高位な人と談笑していたにちがいなく、その間、おそらく彼女のほうで飛行機の時間を気にしていたかと思われる。

「なに、気にしなくてもいいよ」

と高官がかるがるとＫＧＢに指示したのであろう。ＫＧＢが空港長に命令をくだし、日本籍の飛行機を釘付けしたものに相違ない。


落語の「兵庫船」では、やがて乗客のなかで居眠っていた男がさわぎを知るのである。これを、ソ連の民衆に見たててもよい。

男は、ある事情で鱶がこわくなかった。ゆらゆらと船ばたに出、鱶にむかって、

「鱶の分際で人間様に迷惑をかけるとはなにごとだ、磨《す》りつぶすぞ。それがいやなら口をあけろ」

と、どなる。鱶が、あっけないほどにおとなしく口を開ける。

「もっと大きく」

と、開けさせたその口の中に、キセルをはたいてポンと吸殻をほうりこむ。それだけで鱶は恐れ入って海中に沈みこんでしまう。

乗客があきれてこの男に商売をきくと、

「雑喉場《ざこば》のカマボコ屋じゃ」

ここで、はなしが落ちる。

ソ連の場合、鱶自身がペレストロイカの影響をうけて自分のばかばかしさに気づきはじめていたということがあるだろう。

そのかねあいもあって民衆が権力をおそれなくなっていた。鱶が吸殻一つで沈むというのは、ときに本当である。どの歴史の変革期にもある。


（一九九一年十月八日）

66 日本国首相

政治についてである。

このことばは、明治になってできた。明治初年、西洋語の対訳語として造られたのである（幕末、政事ということばはあった）。

それ以前、庶民のことばとして、

「お上《かみ》の御政道」

という江戸語があった。

御政道では、政治ということばがもつ、けだかさや悪さは収容しきれない。

政治は、一つの単語のなかに崇高と醜悪、あるいは権力と民意、または国家の理念と小集団の利害など二律背反するエネルギーが入っているのである。その当事者は神の代理者にも悪魔の代理者にもなれる。

ことばからして、おそろしい。

英語の辞書をひくと、政治にはいくつかのことばがあるようで、もとの言葉はいうまでもなくポリティックスである。もとの言葉はいうまでもなくポリティックで、「賢明な」という意味と、「ずるい」という意味をあわせ持っている。

だから、ポリティクス（政治）という単語はリンカーンの有名な「人民の、人民による、人民のための政治」というたかだかとした理念をのべる場合には使いにくいらしく、この場合の政治は、ガヴァメントになる。もしポリティクスという単語を使えば、せっかくの名句も「派閥感情の、派閥感情による、派閥感情のための政治」という意味にもなりかねない。

近代日本の政治史上の大人物のひとりに伊藤博文（一八四一～一九〇九）がいる。

長州萩にそだったかれは、年少のころ吉田松陰にまなんだ。松陰は門人の特質をつかむ名人だった。

十八歳の博文について、松陰は、「中々周旋家になりそうな」とか、「俊輔、周旋の才あり」といったふうに他への書簡のなかで書いた。

博文はうれしくなかったにちがいない。

晩年、人に問われたとき、自分は松陰門下ではない、などといったのも、そのあたりに根があったのかもしれない。

　幕末、諸藩に周旋方という役職ができ、周旋はいわば公的用語になった。英語でいうとポリティクスである。

「外部勢力の間で奔走してとりもちをし、解決の糸口をみつける営み」のことをいう。

　なんだか戦前の駅前の不動産屋じみていて、高度な理念や理想が感じられず、博文はいやだったに相違ない。

　博文は経綸家《けいりんか》（ステイツマン）といってほしかったろうし、げんに後年そのようになった。

　政治ということばは、それほどにきわどい。

　たれがいったのか、政治は感情である、という有名なことばがある。この場合の政治とは、ポリティシャンとしての政治である。電圧はむろん低い。

　戦後憲法では、戦前のような「大命降下」ではなく、国会議員から首相がえらばれるのだが、それだけに議員のなかには、

「あんなやつが」

　という感情が当然ある。

が、ふつう抑制される。懸命に抑えられねば、感情群が数を恃《たの》み、ときに首相を左右し、場合によっては首相の生命を断つ。あるいは国家の進路をゆがめる。

「自分たちが首相にしてやった」

　というのも、感情である。

「だから、勝手なまねはさせない」となると、最悪の感情になる。

「新首相に何を望むか」

　などという新聞・テレビの企画があるが、そういう企画は、まず日本国首相の足もとにどれだけのスペースがあるか、という企画をやってからすべきではないか。ひょっとすると、靴の裏だけのスペースかもしれないのである。

　日本国首相を、もし感情群という満員電車に押しこみ、やっと吊り革にぶらさがっている状態に追いこむようなことになれば——つまり首相演技だけをさせるなら——さきにふれてきた政治のいかなる定義にもあてはまらなくなり、政治は一種の遊戯になる。

　これでは、崇高であるべき政治が、五十以上の男の最後の愉《たの》しみという医学的課題になってしまうのである。

神よ、日本国首相に自由を与え給え。

（一九九一年十一月四日）

67 真珠湾（1）

昭和前期（元年から二十年まで）にはげしく欠けているものは、他国や他民族への思いやりである。もっともこれは、日本だけでなく二十世紀前半の特徴といえるかもしれない。スターリンのソ連、ヒトラーのドイツをみよ。

この種の狭隘《きょうあい》さこそ愛国心だと考える傾向は昭和初年、にわかに濃厚になった。一種の病気だが、この病気はいまもむかしも、その国々での後進性に根ざしている。

日本の場合、この〝日本だけよければよい〟という思想が、明治人が命をかけてつくった国家を、たった二十年でつぶした。

日本が真珠湾攻撃をして、五十年になるという。きょう、その前日にあたる。めでたいことに、私どもはすこしは開けている。

世界史をふりかえってみると、二十世紀前半というのは、無明《むみょう》の世界だった。この無明は、大恐慌からはじまった。

ギリシア神話のなかの牧神パンはたえず葦笛《あしぶえ》を吹き、美少女とみれば追いかけ、気まぐれでもある。突如怒りだし、羊や牛馬たちを走らせる。パニックという語の源になった。

一九二九（昭和四）年のアメリカの株式市場にパニックがおこった。つづいてやってきた大恐慌は、史上最大のものだった。世界じゅうの経済を崩壊させ、瀕死の大不況がはじまった。

各国は、懸命に大不況から脱出すべくあがいた。ドイツやイタリアという、植民地をもたない新興工業国は、〝共栄圏《アウタルキー》〟の創設をおもいついた。自国の製品を〝勢力圏《なわばり》〟の国々に売りつけるというやり方であった。

が、縄張りは、力ずくでつくりあげねばならない。そのために、まず自国の国内から自由をうばい、一国《ファ》統制主義《ツシズム》で束《たば》ね、国家を戦争機械にする必要があった。ムッソリーニやヒトラーの出現である。

かれらは、人間ならたれもがもっている郷土主義《ナショナリズム》というガスを国家という鉄の筒に詰めこみ、いやが上にも揮発性を高めた。

日本の場合、陸軍軍人が主導した。

かれらは政界人や言論人とむすんで皇道主義という、明治の森鷗外や夏目漱石も知らなかった異常なナショナリズムを鼓吹した。

一方、一中佐にすぎなかった石原莞爾《かんじ》らが私的にグループをつくって謀略し、満洲事変をおこして国家に追認させ、満洲国をつくった。一九三一（昭和六）年のことである。中国人の愛国心や民族感情はまったく無視された。

以後、日本国は崩れにむかう。

世界じゅうで、日本国の国力を知らないのは、日本人だけという時代になった。国内のほとんどは、猫が虎になった夢を見ているように密林を駆けはじめた。新聞は鳴物入りでこの幻想を囃《はや》したてた。

現実の日本は、アメリカに絹織物や雑貨を売ってほそぼそと暮らしをたてている国で、機械については他国に売るほどの製品はなかった。

地上軍の装備は日露戦争当時に毛がはえた程度の古ぼけたものであった。海軍の場合、石油で艦船がうごく時代になったため、連合艦隊が一ヵ月も走れる石油はなかった。

その石油もアメリカから買っていた。このような国で、大戦争など、おこせるはずがなかったのである。

ごく最近、中原茂敏元大佐の「国力なき戦争指導」(同台経済クラブ編『昭和軍事秘話』)という精密な実歴談を読んだ。

この人は兵器製造の専門家だが、日本の弾丸製造のための機械は日清戦争のころのボロ機械ばかりだったという。また、国力は日中戦争をはじめた昭和十二年でアメリカの約七分ノ一、昭和二十年には、百四十分ノ一にすぎなかった。

このような実情だったのに、幻想の虎は、十五年におよぶ戦争をやった。

日米開戦のぎりぎり前まで日米間の交渉がつづいた。

ついに、ハル米国務長官が、最後通牒的な覚書(〝ハル・ノート〟)を日本側にわたすことになる。内容は満洲事変以前にもどれ、という。

中国その他すべての占領地から兵をひけ、という。もとの猫にもどれという。

このとしの十月まで首相だった近衛文麿は、ほぼハル覚書に近い考えをもっていたが、全国民が虎の幻想を持っているのに、猫にもどすような政治力は持たなかった。近衛ならずとも、古今東西のどんな大政治家でも、これはむりだった。いったん酔わせた国民を醒まさせることはできないのである。

開戦の二ヵ月前、近衛は辞職してしまった。

陸軍は元気を得、海軍を抱きこんだ。海軍首脳の心ある者(たとえば米内光政や山本五十六)は日本の滅亡を予感しつつ、結局、同調した。

あとは、真珠湾攻撃になる。

政治も言論も、つねに正気でなければならないという平凡なことを、——国民を酔わせると大崩壊まで醒めないということを——日本も世界も、高い授業料を払って知ったのである。

(一九九一年十二月七日)

68

真珠湾 (2)

この話は私蔵するに忍びないので、書きとめておく。聞いた話である。

拙作『坂の上の雲』の調べをしているとき、父君が正規士官として日本海海戦（一九〇五年＝明治三十八年）に参加し、しかもご当人も海軍士官で、海軍大学校を出たひとたち五人に集まっていただいた。思い出というのは、玄人から玄人に伝わる場合、聞きちがいがすくない。

場所は、横須賀に固定保存されている「三笠」の士官《ガ》次室《ンルーム》だった。二十数年前のことである。

最後に、日本の海軍大学校の戦術教育について伺った。

「ふしぎなものでした」

元大佐が、いわれた。このひとは昭和十四年に入校した。ついでながら、海軍大学校というのはその国の戦術の秘奥を研究し、伝える機関である。

教課のなかに、兵棋《へいき》演習というのがあった。

まず大会戦が想定される。大きな盤上に敵味方（青と赤）の艦艇の兵棋がならべられ、学生を敵味方にわかれさせて、会戦の細部から大局にいたるまでを学生に実施させるのである。そのあと統裁官（戦術教官）が、青が四割沈んだとか、赤は六割沈んだなどと判決をのべる。

あるとき、右の元大佐（当時、中尉ぐらいだったろう）が、平素疑問に感じていたことを、統裁官に質問した。

「それで、しまいでしょうか」

「しまいだ」

統裁官はうなずきつつも、いやな顔をした。

「しかし、戦争はその後もつづきます。四割とか六割沈んで、そのあとの戦争はどうなるのです」

「これで、しまいなのだ」

統裁官は声を荒らげ、あとは察せよ、といわんばかりだったという。

このことでも、日本海軍が、対米決戦用の連合艦隊を一《ワン》セットしかもっていなかったことがわかる。海軍が日米交渉のぎりぎりまで戦争回避の態度を持しつづけたのは、当然といっていい。

右の兵棋演習でおもしろいのは、つねに設定がきまっていたことである。

まず、アメリカ海軍らしい赤軍は、きまってフィリピン諸島に集結するのである。次いで沖縄列島をつたって北上する。ちょうど、一九〇五（明治三十八）年のロシアのバルチック艦隊のようにである。

これに対し、日本海軍に擬《ぎ》せられる青軍は、北上する敵を対馬沖で待ち伏せする。一九〇五年の東郷平八郎の連合艦隊のようにである。そこで両艦隊が大艦巨砲による叩きあいをする。

毎度おなじ設定というのは、想像するに、一セットしかない連合艦隊として、そのように状況をもってゆくしか仕方がなかったのかもしれない。

さらにいえば、日本近海での待ち伏せなら、石油の節約もできる。日本は産油国でないため（石油はアメリカから買っていた）、多少の備蓄はあったものの、大海を大艦隊で走りまわるという石油浪費は避けねばならなかった。

日本海軍は潜水艦運用においても、ユニークだった。アメリカの潜水艦やドイツのUボートなどのように通商破壊が主目的でなかったのである。

フィリピン沖からくるであろうアメリカ艦隊に対し、決戦時の兵力をすこしでも減らしておくためにあった。とくに戦艦を狙わせるのが目的だった。

そんなわけで、日本海軍は太平洋戦争の場合のように、太平洋の処々方々で大小の決戦をくりかえすようにはつくられていなかった。

日米戦争は、海軍が陸軍にひきずられた形になった。陸軍にとっても、海軍がお荷物だったろう。海軍は石油で動いている。

このため、産油地の南方をねらい、当然の帰結として陸海軍とも南太平洋で大展開するはめになった。その結果、明治以来の国防思想にはなかった、兵力の極端な分散になった。兵力分散が愚であることは、古今東西の兵書がいましめている。

要するに、太平洋戦争は、軍事的にはリアリティの薄いものだった。

とくに、国土防衛が主眼だった日本海軍にとって、その固有の運動思想から大きくはずれていた。

「私たちは、そのようには作られていない」

と、海軍は陸軍にどうして正直にいわなかったのだろう。

むろん、そのことが、もし〝情報公開〟されていたら国民も納得し、戦争などおこらなかったはずである。

太平洋戦争における海軍はミッドウェイ以来十回の海戦をおこなったが、ことごとく不利におわり、終戦時には、無にひとしくなった。

さきに兵棋演習において、フィリピン沖から北上する艦隊を潜水艦攻撃で減らすことで、艦隊決戦時の彼《ひ》我《が》の差をすくなくする、ということをのべた。

その線上の思想が真珠湾攻撃だった。飛行機による攻撃によって、米海軍のとくに戦艦の数を減らそうとし、げんに減らした。

開戦前、アメリカの国内世論は、対独戦への反戦・非戦論がつよかった。

このことは、対独参戦をひそかに決意していたルーズベルト大統領にとって頭痛のたねだった。

げんにこのとしの十月三十日、ニューヨークのマディソン・スクウェア・ガーデンでひらかれた反戦集会は、翌三十一日付の「ニューヨーク・タイムズ」が紙面を大きく割いて報道した。

が、真珠湾攻撃は、アメリカ人のすべてを起ちあがらせる結果を生んだ。

戦艦の数を減らせるというちまちまとした戦術的行動が、米英側の政・戦略に大きく利したのである。

私は、ふるい戦争ばなしをしているのではない。こんにちの日本について考えている。

どの程度、旧日本の殻を脱したかを検証したい気分でいる。

（一九九一年十二月八日）

69 議　論（ディベイト）

江戸時代、初等教科書のことを、「往来物」といった。

その種の古本は、どんな貧しい家にも、二冊や三冊はころがっていたらしい。

新井白石（一六五七〜一七二五）は、いうまでもなく江戸時代きっての学者で、独創的思想家であった。白石は貧窮のなかに育ったから、

「たゞ往来物の類《たぐひ》などをよみならふのみなりき」

と、その自叙伝『折《おり》たく柴《しば》の記』にある。

往来物は、寺子屋でつかわれた。

内容は〃世の中早わかり〃といったようなもので、歴史や地理も書かれていれば、産業や経済のことも出ている。江戸時代、印刷本だけで数百種もあった。

寺子屋の師匠によっては板物《はんもの》をきらい、みずから書きおろしたりした。そんな手書き本までふくめると、江戸末期の大坂だけで数千種近くもあったらしい。

科挙《かきょ》という官吏登用試験は中国・朝鮮史をつらぬく大きな特徴であった。合格すれば〃一代貴族〃になれた。

が、一面、神の子ほどの賢さにうまれつかないかぎり、文字を学ぶことはむだという風もうまれた。そのせいかどうか、中国はむかしから無字の人が多く、いまなお、四割ほどが無字だという。

日本の江戸期の場合、寺子屋は庶民の子のための塾であった。

庶民の子は、どうせ丁稚《でっち》奉公にゆく。文字を識《し》らねば帳簿がつけられず、ゆくゆく番頭・手代にもなれない。船乗りになっても、船頭にはなれなかった。

たかが醬油屋の番頭や荷船の船頭になるつもりで学問をしたのである。近代以前の中国のように聖賢の書を読むか、でなければ無字ですごすかというはげしい選択はなかった。文字を識る目的はごく卑俗なところにあった。

このおかげで、江戸末期の識字率は腰だめでみて七〇パーセント以上だったという。これは同時代の世界

で比類がない。

「むしろ低かった」

と、逆なことを私に論じこんできた人がある。

大阪の千里の阪急ホテルのあかるいバーで酒をのんでいたときのことで、近所の民族学博物館での会合から流れてきたアメリカ人の若い学者だった。

「そんなことはない」

と私が否定すると、

「いや、そうじゃない」

と、陽気にしがみついてくる。

流暢《りゅうちょう》な日本語を喋った。要するに、アメリカ風の議論《ディベイト》を楽しんでいるのである。

ディベイトは、欧米人にとってほとんど風土的なほどのもので、「神はあるか」という神学論義を千数百年もつづけてきた文化的遺伝であるかもしれない。

アメリカでは、ディベイトは高校の教科のなかに入っていて、きょうはその〝試合〟という日、母親が子供を「負けるな」とはげましで送りだすそうである。

私は議論がにがてで、しかもうとましくおもうほうである。たとえば、

「二宮金次郎は泥棒である」

というテーゼを持ちだされて、それに対し甲論乙駁《こうろんおつばく》する気にはなれない。

金次郎の家は貧しくて持山《もちやま》などあるはずがないのに、薪《たきぎ》を背負って山を降りてくる。つまり泥棒である、という意見に対し、どうこうと議論する気になれないのである。

日本人の場合、議論よりも、説明をする。これを説明すれば、

「明治以前はどの村にも入会山《いりあいやま》という村落の共有林がありました。金次郎の場合、そこから薪を採《と》ってきたのでしょう」

ということになる。ディベイトの場合、相手は、

「証拠があるか」

と、突っこんでくる。そんなものは無い。当時はみなそうだったんです、とやむなく状況論に話をもちこむ。

「いいえ、状況をきいているのではありません。金次郎一個の場合はどうかときいているのです」

となる。

江戸時代の識字率の高さも、べつに統計があったわ

けではないから、前記のように状況からの推論である。

バーでのディベイトは、私の〝説明〟は正しいのだが、しかしレスリングのように相手の両肩をマットに着けられなかったということでは、私の負けである。

これからの若い人は、ぜひそのほうの技術を身につけてもらいたい。

日米会議の席上でも、酒場でも、相手の両肩をマットにつけてほしいものである。むろん論理と修辞のほかに相手が負けて喜ぶような機智がほしい。機智なき議論は、犬の噛みあいにすぎない。


（一九九二年一月六日）

70 鼻　水

私にはアレルギー性の鼻炎がある。冴えないはなしだが、朝、しきりに鼻をかむ。きょうもかみながら、考えた。

鼻孔からでるこの水様《みずよう》の液体のことを、『広辞苑』でひくと、鼻水という。

俳句のほうでは「水洟《みずばな》」といって、ありがたくも冬の季語になっている。

「水洟や七敵《しちてき》躱《かわ》し帰りきて」（神林信一）

この句は、『草田《くさた》男《お》季寄せ』（萬緑発行所刊）にある。作者は、外出中に水洟が出てこらえかね、出会う人ごとにそぞろにあいさつしつつ身をかわしてやっと家にたどりついた。

七敵というのがいい。男は家を出れば七人の敵がいる。そんな俚諺《りげん》を挿入することで滑稽さがふくらむ。

『広辞苑』には、「鼻汁」という言葉もある。

汁は分泌液を想像させてきたならしい。

ちかごろの日本語では汁ということばを避ける気配がある。料理屋の献立表などでも、味噌汁・すまし汁と書かず、

「味噌椀・すまし椀」

などと書く場合が多い。いかにも、きたなさに過敏な日本語らしくて、おかしい。

ずいぶん以前、すでに故人になった食通の大家とレストランで同席したとき、スープのコンソメのことを、

「おすまし」

といって注文した。ややキザながら、好もしくもあった。

「すましじるをくれ」

では、語感がわるい。

〝めしと汁〟というのは、伝統的な日本語ながら、どちらも、使われる頻度がすくなくなった。

表現の豊かな人がいて、あるとき、安宿にとまり、湿ったふとんに寝かされた。

「汁の出そうなふとんでした」

なんだか、煮た油揚げをふとんにしているようで、汁という言葉が久しぶりで生きていた。しかし汁はきたない。

ふるい漢語では、鼻汁のことを泗《し》という。現代中国音でいうと、スーである。鼻汁が出て吸いこむときの音である。

英語の辞書をひくと、鼻汁はスナット（snot）で、これも音から出たことばにちがいない。

ひょっとすると、スープも音から出たことばかもしれず、辞書の例文をみると、しる同様、生理的分泌液にもつかわれることがあるようである。しかし、英語は日本語のように癇性病《かんしょうや》み（病的なきれい好き）ではなさそうだから、「しる」が「わん」になるような急変は、おこるまいと思われる。

チャールズ・ブロンソンは、アメリカの映画俳優としては、ふしぎなほど日本人に好かれた。

「その俳優の名、日本人はよく話題に出しますが、私は存在すら知らないのです」

と、人間関係論のアメリカの教授が、興ふかげにいったことがある。そのことはべつとして、ブロンソンが主演した「狼よさらば」では、昼は建築会社の設計部長だが、夜は一連のチンピラ射殺事件の真犯人とい

う役なのである。そのことを老練な警部がつきとめる。

この警部の役は、むずかしい。容赦ない刑事でありながら、あろうことか建築設計家の〝正義〟に同情し、職務上の正義を私《ひそか》にまげる。

「他の州に転勤してくれないか」

と、とぼけてブロンソンにいう。警部はひどいアレルギー性鼻炎で、いつも丸めたハンカチを鼻にあてている。この一事で、この警部の好もしい〝間抜け〟がよく表現されている。

ジョルジュ・シムノンの「メグレ警視」は、頑丈な体をもっている。

ところが風邪をひくと鼻水があふれ、ハンカチでふさぐ。それだけで、メグレの意外な鈍重さが人間くさく表現される。

花粉によるアレルギー性鼻炎が冬でも流行している。

遺伝学と免疫学の最新の学説の一つに、人類の遠い先祖が、鼻の奥かなにかに寄生虫をつけていたころの名残りだというのがある。

人類が進歩し、寄生虫とは無縁になっても、体の免疫機能だけが残り、花粉などの異物がくっつくと、馬鹿正直に鼻水を流すというのである。

その伝でゆけば、私の寒冷アレルギーなどは、一、二万年前、先祖がシベリアのバイカル湖畔に住んでいたときの名残りかもしれない。

当時、シベリアは温暖で、ほどなく寒冷化した。

寒さから逃げて、人類学でいう〝黄色人種《モンゴロイド》の南下運動〟がおこり、私の先祖も「七敵を躱《かわ》し」つつ南下した。そのころのアレルギーの末裔《まつえい》がこの鼻水かと思えば、気宇壮大になる。

何事も、苦痛はよき伴侶《はんりょ》としてつきあうしか仕方がない。

（一九九二年二月三日）

71　写真家の証言

技術と製造。

この二つを、仮りに〝神〟として考えたい。この〝神〟は、十八・十九世紀のイギリスを、世界の帝国にした。

「ヱゲレス」

と、江戸後期の在野の経世思想家本多利明《としあき》（一七四三～一八二〇）は、『西域物語』（一七九八年）のなかで、英国のことをそうよんでいる。かれは日本も将来、ヱゲレス島とならんで大きく富んだ国になるだろう、と予言した。ふしぎな天才というほかない。

江戸期日本の鎖国がおびやかされたのは、嘉永六（一八五三）年のペリー・ショックによる。

日本国の上下が大さわぎしているとき、江戸湾に侵入した蒸気船を生まれてはじめて見て、わが藩であれを製造しようと決心した人物が、三人もいた。薩摩侯、肥前佐賀侯、それに伊予宇和島侯で、三年後に、それぞれ不完全ながらもつくりあげた。

「技術と製造」

という〝神〟の徳性は、この三人に見られるように、技術への信仰と高度な好奇心にささえられている。

右の〝神〟は、ある時期までの英国のように、質のいい労働力と、技術をおもしろがる社会に宿るらしい。時は過ぎ、日本の明治十一（一八七八）年、英国のシドニー・G・トマスという発明家が、製鋼における厄介な燐《りん》をとりのぞく方法を発表した。

以前ならば旺盛な関心を示すはずの英国の鉄鋼協会は、これを黙殺した。この鈍感さは、〝神〟が英国から去ろうとしている徴候だったのかもしれない。

このトマス式を大よろこびしてとり入れたのは、当時のドイツとアメリカだった。

ドイツの製造業はこの時期あたりから興隆し、やがて十九世紀末には英国の機械を圧倒しはじめた。

一九一四年におこった第一次世界大戦でドイツは英国にたたかれてつぶれたが、たたいた英国に〝神〟がもどることはなかった。〝神〟はアメリカに移った。

日本の大正時代から昭和初年にかけてのことである。

マーガレット・バーク＝ホワイト（一九〇四〜七一）という女性名は、いまも世界の写真家にとって、ギリシア神話の女神たちよりも神聖な名であるに相違ない。

ちかごろ、彼女についてのいい伝記が出た。ビッキー・ゴールドバーグという美術評論家が書き、佐復《さまた》秀樹氏が訳した『美しき「ライフ」の伝説』（平凡社刊）である。

マーガレットは無名の機械の発明家の娘だった。父親は生涯恵まれなかったが、機械が大好きで、娘に、工業的光景はなによりも美しいという思想を手わたした。

彼女の時代のアメリカは、技術と製造の文明が沸騰していた。

同書に、当時のアメリカについてうまい表現がある。

「工場を建てる者は寺院を建てているのであり、そこで働く者はそれを崇拝する」

「アメリカではビジネスが一種の宗教のようになり、ビジネスマンは聖職者」であった、という。またビジネスマンこそ「倫理と行動の基準を創る者」だったともいい、さらには、「ヘンリー・フォード同様に『機械は新しい救世主だ』」とアメリカ人はおもっていたという。

彼女は大学を出てほどなく工場に入りびたって、その幾何学的な美しさを、光と影で表現しつづけた。

これらの作品は、写真を芸術に高めただけでなく、機械化社会という新文明における言語にまで仕上げた。機械と製造の〝神〟の『聖書』のあたらしい言語は、彼女の写真だったといっていい。

当時の写真機やフィルムでは、熔鉱炉の火は撮影しにくかった。

彼女自身が、発明家だった。

彼女は炉の前でシャッターを数秒露出しておいて、照明弾を炸裂させ、その照明によって炉のなかで弾けとぶ火花をフィルムに感光させた。

一九二七（昭和二）年のことである。やがて大恐慌がくる。が、彼女の美学はたじろがず、「ライフ」の思想的支柱であり、看板娘でありつづけた。セクシーで恋多き女性だったが、これはこの稿では余分である。

以上は、書評のつもりで書いた。読みつつ、一方、日本国首相の発言を歪曲してまで日本たたきの空さわぎをせねばならないアメリカに、不安を感じた。

右の〝神〟はアメリカをもっとも居心地のよい神殿にしてきたし、今後もそうありつづけることを世界のひとびとともに祈りたい。

ただアメリカが自国の産業を保護し、そのかがやかしい自由貿易の旗を半旗にすれば、〝神〟はたちどころに去るにちがいない。むろん、世界に混乱がおこる。

この稿の結論は、読者にまかせる。


（一九九二年三月二日）

72 窓を閉めた顔

夜道を歩いていて、窓の灯《ともしび》をみると、心がなごむ。反対に、繁華街などで、そこだけシャッターがおりていると、ただの通りすがりの身ながらも、街にケチがついているような気になる。

人の顔もおなじである。

「中国人の顔は、リラックスしている」

と、むかし日本通のアメリカ人にいわれたことがあった。つまり、窓があいている。しかし、残念ながら日本人の印象はそうでない、という。

むろん、十把《じっぱ》ひとからげにはいえない。私は、仏教哲学の碩学《せきがく》中村元《はじめ》博士にお会いしたのは一度きりだが、すばらしいお顔だった。

「――どなたも、ご自由にお入りください」

というふうに、お顔の窓が快くあいていた。

これも一度きり、それもわずか二十分ほどだったが、故本田宗一郎氏と会ったときの印象もそうだった。

なにしろ一代で本田技研を築きあげながら、会社は〝公〟で私物ではないという信念をつらぬいた人だけに、風が吹きとおっているような人柄で、いまも思いだすたびに心の風鈴が鳴るような思いがする。

日本人は、むかしもいまも礼儀正しい民族だとされている。

が、電気ジャーのように、知っている人がボタンを押すと、礼儀という温かいお湯を出してくれる。

そうでなければ、〝閉〟のままで、仏頂面《ぶっちょうづら》をして、バス停やプラットフォームに立っている。

先日、ニューヨークに行った。

街頭で、何度も、むこうからやってくる日本人のビジネスマンをみた。二、三の例をのぞき、どの顔も、窓やシャッターが閉じられていて、いかにも自己中心のようにみえた。むろんご当人のお人柄はそうでないにせよ、である。

私は、戦後ベトナムに残留した日本陸軍の元曹長に出あったことがある。私と同年輩ながら、

（こんなおじさんが、戦前、町内にたくさんいたなあ）

と、たまらないほどの懐かしさをおぼえた。

いまは韓国系アメリカ人になっているミセス・イムが、いった。

「あの人、戦前の日本人の顔つきをしているんです」

と、静岡県出身の三十代の夫婦のことをいい、だから好きなんです、といった。

ミセス・イムは戦前の上海の日本女学校の出身である。戦前の日本人がぜんぶいい人ではなかったにせよ、いい人はみなあの人のような感じだった、という。

笠智衆《りゅうちしゅう》と高倉健への人気について、考えたことがある。

ファンは心の奥で、この二人に〝戦前の日本人〟を感じているのではないか、ということである。

ニューヨークでは、おなじホテルに十数泊した。

毎晩、ホテルのメインバーで、酒をのんだ。

遠見でみると、極東の紳士たちはバーの従業員に対

して横柄《おうへい》であるようにみえた。

「運チャン、新宿まで行ってくれ」

という、東京でしばしば見かけるのと同質の横柄さである。

もっとも運転手のほうも、ちかごろはしばしば不貞《ふて》腐《くさ》れている。ときに、最悪の日本人二人が、一つ車で走っている。


右のホテルのバーは、ウェイトレスが一人だけできりもりしていた。

彼女はニューヨーク大学の修士課程の女子学生で、最後の夜、家内に対し、涙をうかべて別れを惜しんでくれた。

「しかし、日本のビジネスマンは、大きらいです」

と、彼女がつけ加えたことが、こたえた。

以上は、私どもが、以前の日本人でなくなっていることを考えたいために書いた。この調子なら、いずれ大がかりな仕返しをうけて（戦前のＡＢＣＤラインのように）日本は衰亡の道をたどるかもしれない。

この悲観論とそっくりなことを、さきに大阪で山片《やまがた》蟠桃《ばんとう》賞をうけたサイデンスティッカー博士が、傲慢《ごうまん》になった日本人について、愛と不安をこめて語った。かならず報復される、と。

みなで、まず顔をリラックスさせることからはじめるべきではないか。


（一九九二年四月六日）

73 電　池

蓄電池、とくに乾電池を想像されたい。

「さあ、あたらしい電池をいれたぞ」

坊やが、懐中電灯のスイッチを勢いよく前に押す。大げさでなく、闇黒という地球誕生以来つづいてきた世界に、人間が生みだした可憐なエネルギーが、わずかな面積ながら、光明を生みだす。

自然人に寿命があるように、団体や法人にも――まして政党にも――寿命がある。むろん電池にも。

戦後、さまざまな在野の美術団体が興った。行動美術、新制作など、いずれも大変な熱気で、新品の電池が入った。

そのころ、新聞社の受付で、

「独立です」

と、叫んだ五、六人の画家たちがいた。いずれもジャングルの水から這《は》い出てきたばかりのような顔だちをしていたので、受付の娘さんが東南アジアから志士たちがやってきたのかとカンちがいして編集局につたえた。

記者たちが色めきたって降りてみると、〝独立〟と略称される独立美術協会の画家たちだった。この協会は戦前にもあったが、戦後再建されて、電池が新品になった。

そんな勢いは、もうこんにちどの既成美術団体にもない。

電池が減ったのである。

私は、団体の電池の寿命は、三、四十年だとおもっている。

政党の場合はなおさらで、与野党の党首発言をきいてもわかる。電気を感じさせないのである。

とくに政党の党首の場合、吐く言葉の一つずつが電流になり、さまざまなモーターが動きだすべきものなのである。それだけの権限を法や党人や国民からあたえられている。

しかしこんにち、あきらかに電池が切れているか、切れたも同然になっている。

日本社会党は明治三十九（一九〇六）年の結党だが、敗戦直後（一九四五年）に再出発したから、もう四十七年になる。すでに切れている。

一方、保守系政党は、戦後、離合集散をくりかえしつつ、昭和三十年に自由民主党として一本化した。そのとき、電池が入れかわったとして、もう三十七年になる。

光度が消え入るように弱い。

「抜本的政治改革をおこないます」

というはげしい表現が、前首相以来くりかえされてきた。

バッポンというふしぎな日本語は、辞書をひくと、中国の史書『春秋』の注釈書『左氏伝』の〝抜本塞源〟からきている。

こんな紀元前の言葉を大がかりな表現としてつかわねばならないのは、せめてスイッチを押す音だけでも高くせざるをえないからだろう。電池が生きていれば「政治改革をする」というひとことだけで満堂が粛然とし、満天下が奮《ふる》う。

保守党というのは、語義からいって、〝中庸・穏健〟ということである。英国の保守党の場合、〝穏健な進歩主義〟というべき特徴をもっている。これが、自己改造の能力につながる。

この能力があればこそ英国の政党にむかしは汚職が常習としてつきまとっていたのに、いまは無いにひとしい。

英国では若いサラリーマンの貯金程度の費用で選挙ができ、法定額を越えればたとえ当選しても無効になる。こんな自己改革ができたのも、右の〝穏健な進歩主義〟のおかげである。

つまりは、みずからの手で、節目節目《ふしめふしめ》で電池を入れかえてきたのである。

日本の政党は、今後どうなるのだろう。〝政治改革〟という電池の入れかえをとなえつつも、決して点灯することのない懐中電灯のスイッチを、カチカチと鳴らしているだけである。

電池の切れた政党では、首相の座に、たれがついてもそうなる。

（一九九二年五月四日）

74 悪魔

村びとA「われわれは、同じ顔つきをしている。習慣も言葉もおなじだ」

村びとB「そう、だまっていても心が通じあう。寄りそっていると、心がやすまるじゃないか」

安らぎという日常そのものを共有するのが、集団というものである。民族といってもいい。

が、〝敵〟が設けられると、形相が一変する。

「むこうのやつらとは、われわれはちがう」

と誰かが叫び、〝民族〟が結束する。結束すると、理性がなくなって、おだやかな人達が別の人間になる。ヒトラーに煽られたドイツ人のようにである。

「やつらを殺せ」

解体されたユーゴスラビア連邦のように、たがいに殺しあい、相手の街を焼き、戦車で押しつぶしあう。他者からみると、地獄をつくりあっている。


人間の奥底には、悪魔がひそんでいるそうである。すくなくとも民族間紛争は、悪魔のしわざというほかない。

でなければ、人口二千三百万ほどの旧ユーゴスラビア連邦で、十カ月もつづく内乱のために百五十万人もの難民が生み出されるはずがない。しかも逃げまどう人達が、ご一統がなぜ戦いあっているのか、よくわからないのである。

「近所のセルビア人とは仲良くやってきた。祭日も一緒に祝ってきたのに」

「ニューズウィーク」のなかで、自宅をキリスト教（ギリシア正教の）セルビア人兵士たちに焼かれたイスラム系の住民がこぼしている。この難民がいうように人間は日常、個人のレベルではいい人ばかりだった、ということだろう。しかし、人間が同質でもって固まると、ときに悪魔を生む。

「無意識世界」が、その巣窟《そうくつ》らしい。精神医学者のユング（一八七五～一九六一）が、そういう。

意識については、私どもは、百も承知している。

その奥に、本人も気づかない地下世界があって、ユングはそれを無意識という（私には、十分にはなっとくしがたいが）。

ユングは、人間の無意識は二重になっているという。一つは個人的無意識である。

もう一つが厄介で、集合的無意識（普遍的無意識）だとユングはいうのである。

しかも後者は人間ぜんぶに共通しているという。古代人も、文明人も、未開人も、そしていまのわれわれにも。

ユングによると、この厄介な集合的無意識には元型《アーキタイプ》（archetype）があって、当然、ロスの黒人にも韓国人にもそれがある。一方は奪い、一方はそれを殺す。正気の沙汰ではない。

やはり、元型のなかに、悪魔が棲んでいるらしい。

キリスト教では、神は三位《さんみ》一体だという。父なる神と子なるイエスと、それに聖霊である。

「しかし、四位一体というべきで、悪魔こそ四番目だ」

と、ユングは考えた。ユングはスイスの牧師の子で、キリスト教的ふんいきで育った。長じて、ひろくインドや中国、さらには鬼子母神《きしもじん》（本来、インド神）のような日本の土俗信仰にも目をむけた。

キリスト教では、以前、悪魔という名を口にすることさえ憚《はばか》った。口に出せば、いそいで十字を切る。むろん、悪魔もまた神の創造物である。

カトリック（旧教）では、悪魔を忌《い》みつつも、その存在をたえず説いた。が、プロテスタント（新教）になって、そんな古くさいはなしは、しなくなった。

「それがよくなかった」

と、ユングはヒトラーによるドイツ人の民族的狂気をおもうとき、よくいっていたらしい。

私はユングについては河合隼雄氏などの著作で知るのみだが、ちかごろ意外な本のなかで、ユングの鮮烈なことばに出あった。『モラヴィア自伝』（河出書房新社刊）である。

この人は、一昨年、八十二で亡くなったイタリアの代表的な作家である。

第二次大戦のあと、モラヴィアは雑誌にたのまれて、スイスのチューリッヒ郊外に住むユングを訪ねた。ユングはすでに高齢だった。かれは、第一次世界大戦前夜のことを、いった。

「新教は、悪魔を閉じこめたんだ。ひとびとは、無意識世界などはないとおもうようになった。閉塞された無意識が、ヨーロッパ文明に、悪魔的で自殺的な行為をおこさせた。破壊と死を恍惚《こうこつ》として眺めるようになった」（ユングの言葉の要約）

ユングはそう言いながら、一九一四年におけるベルリンの情景をいきいきと表現したという。

「熱狂した新兵を満載した列車と、それを引っぱる、花で飾られた機関車」

と、ユングはいったという。つまり集合的無意識世界の光景である。

むろん第二次大戦のナチスの悪魔的所業についても、ユングはおなじ説明法で語った。

民族という存在は、諸刃《もろは》の刃を素手でつかんでいるようなものである。自分の民族に誇りと根をもたない人間は信用できないのと同時に、民族共有の地下宮殿（集合的無意識）にはつねに悪魔がひそんでいることを知っておかねば、世界は民族間紛争であけ暮れるだろう。

（一九九二年六月一日）

75 地　雷

カンボジアは、本来、ゆたかな国である。いかに物《もの》成《な》りのいい国かということについて、

「あそこじゃ、耳を澄ましていると、稲の伸びる音がきこえるんだよ」

という話を、以前、ベトナムできいた。むろん国内のすべてがそうではないだろうが。

カンボジアに住むクメール人の能力のあかしとして、十二世紀のアンコールワットの遺跡がある。

砂岩で多くの聖殿をつくり、無数の彫刻をのこした。江戸初期の寛永九（一六三二）年、ここを訪れた日本の武士森本右近太夫《うこんだゆう》は感動をこめて、落書きを聖殿の壁にのこした。ここぞ祇園精舎《ぎおんしょうじゃ》だとおもったらしい。

が、この祇園精舎の国も、自分で自分を統治するこ

とは上手でないようである。政治上手の国民の第一能力は、〝統治されることが上手〟ということなのである。

政治は――老荘の思想がそうだが――政治の過剰ということがよくない。

ただ、世界史に〝政治の過剰〟という例はあまりなく、その例は近現代に集中している。ナチズム、スターリン主義。

さらには毛沢東主義である。

このうとましいほどに子供っぽい政治の過剰は、この国に深刻な惨禍をのこしただけでなく、カンボジアにまで輸出された。

ポル・ポト派である。カンボジア共産党書記ポル・ポト氏は一九七七年、〝われわれは毛沢東主義をモデルとした独自の共産党である〟という途方もない言明をした。

毛語録の〝農村は都市を包囲せよ〟のいうとおりに、一九七五年、首都プノンペンを制圧することに成功した。

そのあと、じつに奇抜な〝過剰〟をやった。

二百万市民のぜんぶを首都から追いだし、百万人は殺したのである。

さらに、通貨も悪であるとし、いっさい廃止し、銀行もつぶした。

四年間、カンボジアを支配した。

毛沢東は〝革命は銃口からうまれる〟といったが、ポル・ポト派も兵器ですべて解決しようとした。兵器が、政治だった。それらの兵器は、中国から送られてきた。

いまはポル・ポト派も和平のテーブルについているが、国連による武装解除を拒否している。

兵器こそ政治であり、思想であり、さらには自分自身だとおもっているのかもしれない。捨てれば、自分がタダの人になる。銃をうしなったハイジャッカーのようにである。

裏返せば、兵器で国民の命をおびやかして表現せねばならない政治や思想など、その程度のものなのである。

カンボジアの国土にうずめられた地雷は、五十万個あるいはそれ以上といわれ、排除するには十年はかかるといわれる。

その多くが、中国から与えられたものである。

その除去を国連がやる。すでに英国やニュージーランドなど多くのひとたちが、その作業をやりはじめている。

いまの地雷はプラスチック製もある。それらには金属探知機も有効でなく、一人の技術者が地を這い、地面に針をさし、針のさきに地雷を感じてはじめてそこにあることを知る。一つまちがえば、いのちが吹っとぶ。

この世に、こんな作業があるだろうか。

人間は、古代以来、戦って死ぬことには、歴史として慣れている（善悪をいっているのではない）。

が、見ず知らずの他人の平和のためにいのちを賭《と》して非演劇的な作業をするということには、人は歴史として慣れていない。

それを、何百、何千人の人間が、団体を組んでやろうというのである。

平和のためとか人類のためなどというのは、口では言うことはたやすい。

が、いまなお、平和も人類ということばも多分に観念語で、人間をうごかしている諸欲からみれば、絵空《えそら》事《ごと》に近い。

その絵空事が魂の中に入っていなければ、このような作業はできるものではない。この世に祇園精舎の平和を実現するためにとでも思わねば、やれるものではないのである。

崇高としか言いようがないが、この地雷を製造した国々も、この崇高さに参加してみてはどうか。

ついでながら、森本右近太夫は、乱世を経た。かれの父は加藤清正の遺臣だった。当時、プノンペンに日本人町があったから、この地にやってきたのにちがいない。

（一九九二年七月七日）

76 壺中の天

私にも、軍歴がある。

旧憲法の時代、兵役は納税・教育とともに国民の三大義務の一つであった。いまなお私はそれを果たしたことを誇りにおもっている。納税期に税を払ったようにである。

兵科はたまたま戦車科だった。

機械がこみ入っているためか、将校の多くは士官学校出で、下士官のほとんどは現役であった。要するに末期の部隊のような寄せあつめではなく、平均年齢も若かった。

それらのせいか、戦後四十七年、さまざまに報道されてきたような不祥事は、見たことも聞いたこともない。

私どもの連隊は、いわゆる満洲にいた。中国人とのあいだはうまく行っていたつもりでいたし、見聞の範囲では、暴慢な者など一人もいなかった。最後は、本土防衛のために栃木県に駐屯した。

私自身の軍隊経験は二年でしかなかった。しかし私の部下になってくれた軍曹も他の古参下士官も、ほとんどがマレー作戦からシンガポール攻略戦、さらには初期ビルマ戦を経験していた。どの人も若いころから古風で、『論語』「泰伯」篇の「以《もっ》テ六尺《りくせき》ノ孤《こ》ヲ託スベシ」といった人柄の人ばかりである。

べつに、旧軍隊の弁護をしているわけではない。管見をのべているだけである。管見とはほそい管《くだ》をのぞいて外界を見ること。

管見をつづける。この連隊は、栃木県佐野で、敗戦後、整然と解散した。解散の前に一准尉が、連隊のカンヅメを何個か私物にしたという事件があって、このきまじめな部隊としては〝大事件〟だった。

いまでも、中隊の仲間が、年一度、集まりをする。たがいに世話になったことを感謝するためである。すでに二十数回をかさねた。

くどいようだが、自分や仲間たちの経験を絶対化するなど、壺の中の仙人のようなものだということはわかっている。

　暑気しのぎに、壺の中という寓話を紹介しておく。『後《ご》漢書《かんじょ》』のなかの「費長房《ひちょうぼう》伝」ではなしである。

　費長房は、後漢の道士であった。

　かれがまだ道士になっていないころ、ある日、楼上から市《いち》をながめていると、老翁が薬を売っていた。老翁のかたわらには、壺が置かれている。市がおわると、老翁はひょいと壺の中に入ってしまう。

　市の人達はたれも気づかず、費長房だけが、楼上からそれを見てしまった。

　あとでかれは老翁に頼みこみ、二人して壺の中に入った。

　なかはひろびろとした金殿玉楼だった。ご馳走がふんだんにあって、費長房は大いに飲み食いした。

　費長房はさらに老翁にたのみ、仙術を学ぶべく山に入った。

　しかし身につかず、あきらめて山を降りた。その間、わずか十日だったのに、里《さと》では十数年も経っていた。

「壺中《こちゅう》の天」

　ということばはこの故事からおこった。

　自分だけの理想郷というすばらしく肯定的な意味と、きわめて狭小で手前勝手の見解という否定的な意味とをあわせ持っている。

　日本国は、国家そのものが壺中の天になりはてたことがある。

　明治・大正の日本は、壺中の天ではなかった。

　昭和になって、国ぐるみ壺の中に入った。三権分立の近代憲法をもちながら、昭和初年、〝三権のほかに統帥権がある〟という解釈がのさばり、あわれな有害憲法になった。統帥権とは、軍に無限の権能をあたえるものであった。

　ついには、太平洋戦争をひきおこした。

　〝統帥権〟の時代は、あの時代だけに限られた限定事象である。そんな条件がない以上（今後もありえない）、二度とあんな時代はやって来ない。

　費長房の好きな日々は、みじかかった。

　かれは仙人からもらった符《ふ》のおかげで諸人の病いをなおし金持になったが、のちその符を失うことによって、鬼にとり殺された。

　万能の符を持つためにほろんだのである。

　昭和陸軍もまた明治憲法の〝統帥権〟という符を持

ち、それによって日本を〝壺中の天〟に閉じこめ、自他の国民に深刻な害をあたえた。

費長房と同様、国家もろともにほろんだ。

右の壺中の天と、私どもの戦友会という小さな〝壺中の天〟とは、じかに関係はない。会員のほとんどが私よりすこし年上である。

この会の元軍曹や元上等兵は、戦中も戦後も律義に生きた。その会ではいまだに、カンヅメを十個ばかりごまかした准尉の件が、大事件として語られるのである。

以上、昭和史における小さな証言として。


（一九九二年八月三日）

77 オランダ

オランダの話をしたい。

十六世紀には、〝海の乞食〟などといわれたこの国は、十七世紀前後に独立し、貿易によってにわかに黄金時代を迎えた。世界史の驚異といっていい。

十七世紀のオランダは、多くの遺産を後世にのこした。海事施設にせよ、レンブラントなどの絵画にせよ、すばらしい文化財は、みなこの繁栄の世紀のものである。当時、国民生産高は、ヨーロッパ第一等だった。

背まで大きくなった。

それ以前のオランダ兵の軍装や骨董品の寝台をみると、ひところの日本人の平均身長とかわらなそうにみえる。むろんいまは世界でもノッポの国の一つである。

「ええ、オランダ人はインドネシアを植民地にして（十七世紀初頭）から、よく食べて、背が高くなったんです」
と、江上波夫博士は、ケーキの切り口のような明快さでいわれたことがある。

おどろくべきことは、この黄金時代のオランダの人口は、百五十万でしかなかったことである。さぞひとびとは多忙だったろう。

男たちの多くは船乗りになった。

他の人達は、海面同様もしくは低いといわれる国土を造成した。ときに女だけで土を運び、ダムを築き、干拓地をつくった。俚諺《りげん》に、「神は世界を創り給うた。しかしオランダだけは、オランダ人がつくった」というのがある。

百五十万のなかには、むろん学者もいた。かれらはライデン大学に拠《よ》って、エラスムス以来の人文学や、解剖学、植物学、化学などの分野でヨーロッパの先頭に立った。

老人たちは、航海用の望遠鏡のレンズ磨きをした。哲学者のスピノザは老人ではなかったが、資産をすて、レンズ磨きで生計をたてて、偉大な哲学的生産をおこなった。「スピノザは純然たる仙人なり」と、わが三宅雪嶺がいった（明治二十二年刊『哲学涓滴《けんてき》』）。奇人と解してもいい。

そういえば、当時のオランダは、奇人だらけだった。

画家たちもそうで、他国の画家のように有力貴族からの肖像画やカトリック教会からの宗教画の注文によって食うわけにゆかなかったため、果物や野原や、無名の農婦を描いた。美術史上、静物画や風景画がはじまるのは、この時代のオランダからである。

肖像画を注文してくれる有力貴族がいなかったために、画家たちは市民たちの相乗りによる複数の肖像画を描いた。画料は、割り勘（ダッチ・アカウント）だった。世界第一等名画ともいうべきレンブラントの「夜警」も、このようにして出来た。

嫉妬は個人だけに属する感情ではない。

当時のオランダの富裕を、他国が嫉妬した。嫉妬は理不尽な戦争で表現された。

英国がもっともはなはだしかった。嫉妬のあまり、フランスとしめしあわせ、海と陸からオランダをしめあげた。

このしめつけで、十七世紀末、オランダの黄金時代は七、八十年でおわることになる。

十七世紀のオランダといまの日本が似ていなくもない。

厄介な要求を各国からつきつけられて、応接にいとまがない。苦情のたねがなければ、過去の旧悪までほじくり出され、「侵略戦争の反省が足りない」などといわれる。

日本としては、みずからの旧悪については剛直に事実をあきらかにし、償《つぐな》うべきことについては、武士の国の末裔らしい淡泊さをもって、そうすべきである。幸い、いまは十七世紀ではないから、戦争まで仕掛けられることはなさそうである。

十七世紀といえば、その初頭(徳川初期)、日本も活力があった。平和が到来した時代でもあり、富力もそれに伴い、後世にのこる記念碑的文化財を生んだ。

建築でいえば、姫路城も桂離宮も、この時代にできた。その後、これだけの建築がつくられただろうか。

問題は、いまの日本に後世に遺すに足る有形・無形の文化財が生み出されようとしているかどうかである。いま、百五十万のオランダの奇人たちの時代を、一億人という劃一性の高い私どもは、参考にしてみる必要があるのではないか。

むろん、奇人といったのは、独創的思考者と言いなおしていい。

(一九九二年九月七日)

78 バナナ

日本じゅうが、政界の陋劣《ろうれつ》さに滅入っている。

それとは関係はないが、ひさしぶりにバナナを食ってみると、のどかな気分になった。

バナナについて考えてみた。

一九七三（昭和四十八）年の四月、米軍が去ったあとのベトナムのサイゴンに行ったとき、産経新聞社の支局長だった故近藤紘一氏に出会った。このすばらしい感受性の人は他人の苦痛がそのまま自分の苦しみになってもだえるところがあって、それが記事を書く源泉にもなっていた。かれはサイゴン庶民の窮状の話をした。

「まだ一部ですが、バナナを食っている人もいます」

そりゃ旨いだろう、と思うのは見当ちがいである。肥沃《ひよく》なメコンデルタではバナナはただ同然のもので、古来、それだけを食うというのは、貧のたとえなのである。

バナナという世界語は、新村出《しんむらいずる》博士の『琅玕《ろうかん》記』によると、アラブ語だそうである。手足の指〝バナーン〟からきているらしいという。なるほど房状の実をみると、手の指をおもわせる。

中世のアラブ人は、「シンドバッドの冒険」でもわかるように、航海と冒険の民であった。東南アジアに香料を買いに行って富を得つづけたが、ついでにバナナも船につみこんだにちがいなく、やがてヨーロッパにまで知られるようになった。

日本人がバナナを知るのは、むろん明治になってからである。

ただ、古くからその木は知っていた。芭蕉である。中国南部から渡来したもので、平安朝から親しまれ、カナでは〝はせう〟とか〝はせを〟とかと表記した。日本の芭蕉の木でも小さな実をつけることがあるが、食って旨いという記録は見あたらない。

バナナは、草である。

その茎はときに大木のように成長する。ただ茎を剝《む》くと、ラッキョウと同様、ついに中身がない。

仏教はインドでできたから、仏典にバナナが出てくる。

旨いというたとえはなく、〝実体のないもの〟のたとえに使われる。

中村元博士の『仏教語大辞典』によると、『大日経』の住心品や『瑜伽《ゆが》論』などに使用例があり、「芭蕉泡《ほう》沫《まつ》の世」（『雑阿含経《ぞうあごんきょう》』）という言いかたがある。

この世というのは、〝バナナの木を剝くように、あるいは泡のように空《むな》しい〟というのである。

「まったく芭蕉のような世だ」

と、お釈迦さまもおっしゃったろうか。

芭蕉葉は、やぶれやすい。

その破れた風情《ふぜい》が勇ましくもあり、いさぎよくもある、というので、日本の戦国時代、武者たちの旗指物《はたさしもの》のデザインとして愛された。この旗指物をはためかせて馬上疾駆するとき、いかにも不惜身命《ふしゃくしんみょう》のいさぎよささを感じさせた。芭蕉葉にこういう美的思想をもたせたのは日本文化だけではあるまいか。

伊賀の国に上野城があり、藤堂《とうどう》家の嗣子《しし》に仕えた松尾という若い武士が、おなじく年若な主人の死に遭い、出奔して江戸に出た。

年を経て、深川六間堀に住み、小庭に芭蕉をうえた。塀ごしに葉がさかえ、遠目にもよくみえたので、ひとびとは芭蕉庵とよび、自分でもそれを俳号にした。

芭蕉翁はむろん芭蕉の仏教語としての意味をよく知っていたはずである。

日本人の精神生活を活気づけてきたのは、草や木であった。

俳句以前から、日本文化は草や木の名をじつによく知っていて、名まで風情のうちとして楽しんできた。

「日本人から草の名をきかれると、じつにこまります」

中国人の通訳がいったことがある。中国人のくらしに草や木の名はほとんど出て来ないから、通訳も知らない。

「日本人の特技ですね」

と、韓国の知識人から愛をこめてからかわれたことがある。

韓国の文化も、草や木の名については、大ざっぱなのである。

以上、バナナの精神史を思って、濁世《じょくせ》からうける落ちこみをまぎらわせることにする。


（一九九二年十月五日）

79
法

スポーツがルールでできあがっているように、近代国家も、法という人工的なものでできあがっている。ただし古代以来の雑菌にまみれた自然土壌も残っていなくはない。

自然がすべて善だというのは、迷信である。

むろん人体が、大腸菌をも含んだ自然の存在である以上、自然を忘れてなにごとも存在できない。が、自然が悪である場合もある。ヒトという動物は、社会を組んで生きている。もしヒトがもつ自然――欲望――を野放しにすれば、たがいに食いあって社会をほろぼしてしまう。

これをおさえるために法がある。

ここでいう欲望について注釈しておくと、食欲や性欲という生存に必要な欲望ではなく、見境いのない物欲というぎらついたものである。

むろん、近代は物欲に寛容な上に、それを法と道徳で飼いならして、社会の清潔なエネルギーにしている。ただ即物的にそれを叶《かな》えることを、法をあげて禁じている。即物主義というのは、アメリカのマフィアや日本のヤクザのようなあり方である。

古い時代ではこの種のあり方は小悪党の愛嬌《あいきょう》としてときに美化され、演劇などになって社会がそれを包んでいた。

しかし現代では、その存在がけたはずれに巨大になり、健康な社会への滲透のしかたも巧妙で、形も、ときに棒より液体のようなものになっている。ひとたび皮膚に付着すれば、糜爛《びらん》性毒ガスのように、細胞毒となって命のシンまで侵すのである。

社会というのは、この種の細胞毒には紙細工のようにもろい。

いうまでもないが、社会がくずれれば、日本など一望の荒野になる。

近代は諸分野の力が大きい。

近代法が、社会の強力な守り手になっているのは、当然なのである。東海道を二人のカゴかきが一人の人間をのせて歩いていた時代は、法もかぼそくてもよかった。JRや民間航空会社がひとびとを運ぶ世の中は、法律家でもおぼえきれないほどに、多くの法で鋲打《びょうう》ちされている。

法治国家としての日本は相当なレベルに達していて、冒頭でいった意味での〝自然〟という雑菌の部分はすくなくなっている。

言いかえると、法が国家にまでなっている。英語で古代以来、自然にそこにある国をネーションと言い、憲法を柱にして法で構築された国家はステイトとよばれる。いうまでもないが、法は、服従されることによってのみ成立する。

私どもはそういう国に住んでいる。明治二十二年、旧憲法の発布以来、百余年の法治国家によく馴れ、さらには国民がよく法に服すること、まずまず世界の範たるべきレベルにまでなった。

こういう国民の能力を、英語でガヴァナビリティ(統治される能力)というそうである。受身ながら、文明もよき社会も、この能力をもつ国民によってのみつくられる。

ただ、統治する側にまわる国民は、厄介にも選挙というものを経ねばならない。

子供の喧嘩でも、汚物を投げつければ勝つにきまっているのに、かれらでさえそれをやらない。が、選挙では、それをやる場合がある。選挙民の一部に対し、かれらの遠い先祖が持っていた汚物のような欲望をめざめさせてそれを刺激するという方法である。

このくだり、新潟県人には失礼ながら、田中角栄の越山会方式といっていい。

むかし、吉田茂は高知県から選出されたが、地元に即物的利益を還元したことがなかった。

高知県は日本でもめずらしいほど鉄道のすくない県だった。

が、県民はそういう要求を吉田茂につきつけたことがなかった。明治の土佐自由民権運動以来の伝統で、ガラス張りの法治国家をよろこぶという美質があった。

世の中が、わるくなってきている。選挙のたびに、被選挙人たちは、選挙民の古《こ》アジア性を掘りだし、たがいに自然の欲望のダンゴになるようにしむけてきた。

そのやり方をつづけるうち、被選挙人の形相までかわってきて、世間をおびやかすような雑菌まみれの自然悪の顔がふえてきた。

これを救済するのは、法だけである。法は国会がつくる。代議士諸公は鏡の中でもしそういう自分の顔を見出した場合、腐敗防止法という法をつくって、大いそぎで自分自身を縛りあげて、国民よりまず自分から救いだしてもらいたい。英国では、早い時期にそのようにして、腐敗を根絶した。

被選挙人は、選挙のたびに、お願いします、を連呼している。

以上、わかりきったことを申しあげて、お願いします。

（一九九二年十一月二日）

80

涙

わずか百三十二年前のはなしである。

万延元(一八六〇)年五月、幕臣の勝海舟が、咸臨《かんりん》丸渡米の任をはたし、老中たちに報告すべく登城した。

「さて」

と、老中のひとりが、尊大に口をひらいた。

「アメリカというのは、どのような国じゃ」

老中とは、閣僚で、譜代大名から選ばれる。むろん、家柄で選ばれるために、歴代、有能な人がすくなかった。

この時期の海舟の心には、〝危険思想〟が宿りはじめていた。

幕藩体制を越えた〝日本国〟という、当時では多分に架空の国家像である。

「はい、アメリカというのは、賢い人が上にいる国でございます」

居ならぶ老中たちは、みないやな顔をしたという。いわでものことだが、八年後に幕府は瓦解する。

海舟ばなしをつづける。

かれの友人に肥後熊本藩の儒者横井小楠《しょうなん》という人がいた。

小楠はよく耕された思考力をもっていた。かれは海舟に、アメリカ大統領の制度について質問した。海舟が、四年に一度、選挙によってえらばれる、というと、

「堯舜《ぎょうしゅん》の世ですな」

と、すばやい理解を示した。

儒教は、古代に理想をもとめる体系である。堯と舜という理想の古代帝王がいたとされる。

堯は天文暦数を究めるなど、天下に秩序をもたらした。まだ壮年というのに、子の丹朱には位をゆずらず、群臣に問い、賤しい身分の舜をえらんで帝王にした。

舜もよく働いた。かれもまた跡目を子にゆずらず、禹《う》をえらんで帝王にした。

幕府は、海舟の器量を用いきれなかった。

海舟はそのような不遇感もあって、摂津の神戸村(いまの神戸)の浜で海軍塾をひらき、諸方の士をあつ

めた。

　塾頭が、土佐の坂本竜馬だった。竜馬は当初、ワシントン家が、たとえば徳川家のように世々世襲していると思い、

「ワシントン殿のご子孫はどうなされております」

　と、きいた。海舟は、「子孫がどうしているか、アメリカ人の誰もが知らない」といったことから、竜馬は頓悟《とんご》した。

　さらに問うた。アメリカ大統領というのは、平素何を懸念《けねん》しておられます。

「たとえば下働き女たちの給料のことを心配している」

　と、海舟。こういう言い方は海舟の表現癖というべきもので、具体例を一つ挙げ、あとは象徴として相手に理解させる。

　この一言が、竜馬の革命思想になった。後日、長州藩革命派の代表の桂小五郎（木戸孝允《たかよし》）にいった。

「日本の将軍は歴代一度たりともそんな心配をしたことがあるか」

　咸臨丸で海舟とともに渡米した福沢諭吉は、明治初年（五年から九年まで）『学問のすゝめ』を書き、大いに読まれた。

　そのなかで、福沢は国民と政府の定義を説いている。

「人民は家元なり、また主人なり。政府は名代人《みょうだいにん》なり、また支配人なり」

　福沢は、国じゅうの人民がみな政治をするわけにいかないからこそ「政府なるものを設けてこれに国政を任せ」る、ともいう。竜馬の頓悟は、おそらくそういうものであったろう。

　要するに明治維新をうごかした思想の重要な因子は、数人の者たちがかすかに見聞した〝アメリカ〟だったといえる。

　先日、日本にいる一アメリカ人が、大統領選でクリントン候補の圧勝のニュースをきいたとき、おもわず涙がこぼれたという話をきいた。

　その人は、政治にほとんど無関心な人だが、このままではアメリカの前途はくらいと感じていた。

　来るべきクリントンがどの程度の男かはべつとして、国民多数の期待によって、実力以上の存在になり、いまよりましな世がくることを、アメリカ人として知っているのである。

　つまりは、制度が希望を生むようになっている。右

の涙は、希望という制度がもたらしたものであり、そのように、ひとびとの希望を吸い寄せる制度のおもしろさは、海舟や小楠、竜馬、あるいは諭吉たちが理解し、感じたものとおなじだったにちがいない。

日本の選挙民は、みなかれらの子孫であることをわすれてはならない。

（一九九二年十二月七日）

81 在りようを言えば　(1)ジッチョク

私が二十年来、ミセス・イムとよんできた任忠実さんは、色白で中高《なかだか》の顔をもった女性である。

声がハスキーで、彼女がせきこんで喋るときなど、いい音楽をきいているように心があかるくなる。

敗戦の前、彼女は上海の日本女学校に在学していた。日本瓦解後、ソウルに帰ったが、日本語が懐かしくて、同窓でもある姉君と日本語を喋るのが、若い時期のたのしみだった。

結婚したあと、ソウルの梨花女子大に入学した。在学中に朝鮮戦争になり、釜山まで逃げ、以後、辛酸がつづいた。

「いまでも平壌《ピョンヤン》放送をきくと、北朝鮮兵士のズーズー弁を思いだして、ぞっとします」

朝鮮戦争がおわると、夫君が事業に失敗し、旅行社に働きに出た。

その後、未亡人になった。

いまは、アメリカで〝老後〟を送っている。

彼女はときどき日本にきては、団体さんにまじって旅行をする。

そういう彼女の旅行の日程の終わりと、私どもが成田から旅立つ日とがかさなって、空港ホテルで落ちあった。

「——この人たち」

と、彼女は三十代の日本人夫妻に紹介してくれた。

「いいでしょう？　すばらしい人たちでしょう？」

と、その夫妻について、手放しでほめた。が、私にはどこにもいる私ども日本人の仲間のようにみえた。

夫君の内山さんは無口で、ひかえめで、問われたことしか喋らず、家庭では棚を吊ったり、水道のパッキングをつけかえることの上手そうな、いわば実直で骨惜しみをせず、自分の等身だけで誠実に生きている人のようにおもわれた。

話をうかがうと、千葉県の会社に勤め、夫人も仕事をもっている。夫人のほうも、大柄な身長のわりには、決して出すぎた態度を示さない。

ミセス・イムは、私のわからなさをもどかしがった。

「内山さんは、むかしならたくさんいた、よき日本人なのです。女学校の先生にもいたし、町の郵便局にもいて」

といったとき、私はやっとわかった。私の中学校の先生のなかにもいたし、近所のおじさんにもいたし、私自身の父親もそうだったかもしれない。

ミセス・イムは、内山さんのなかに、少女期にみたよき日本人の原型のようなものをみつけて、五、六年来、交友をつづけている。

ミセス・イムの話から、英男翁のことを、思いだした。

このひとは少壮のころ、事業で浮沈しつつも、賀川豊彦の貧民救済運動に参加したりして、半生いかにして善をなすべきかを考えつづけた。

明治三十八（一九〇五）年、岩手県の釜石の没落商家にうまれた。土地の高等小学校を出て、岩手銀行釜石支店に少年社員（書記補）として入った。大正九（一九二〇）年のことである。

そのころ、その銀行では十万円貯まると、十円札にして遠野《とおの》の銀行に運んだのだそうである。

運搬は、十五の少年ひとりの仕事だった。唐草《からくさ》模様の一反《いったん》ぶろしきに札束を包んだものを背負ってゆく。山を越え、はるかに遠野の支店まで徒歩で運んでゆくのである。

途中、仙人峠という難所を越えてゆくのだが、出あうひとびとはみな親切で、茶をふるまってくれたり、声をかけてくれたりした。自分たちが汗水流して貯めたお金をこの少年《わらし》が運んでくれるのである。

「泥棒？　そんなものは出やしませんよ。そのころはどんな家でも、戸締まりなどせずに寝ていた時代ですから」

英男さんはことし八十七歳である。

この人もさることながら、それ以上に、釜石から遠野までに出会うひとびとは、小泉八雲の作品のなかに住む明治の日本人たちがまだ生きていたことをおもわせる。

昭和になって、軍人や右翼的風潮が、日本を業火《ごうか》のなかにたたきこんだ。

その結果、アジアにおける日本像まで変えてしまったが、しかし、日本が大崩壊から秩序をとりもどしたのは、先祖からひきついできた実直さのおかげだったことは、まぎれもない。

ジッチョクというのは、英語にも訳しにくいことばにちがいない。誠実という言葉ほどには劇的でなく、正直という言葉ほどには倫理的輪郭がくっきりしない。しかし、それらよりも、実直のほうが持続的常態性がある。

いま世界に映っている日本人についての平均的印象は、やはり古来の実直という像ではないかと思える。日本人もその国家も、このむかしからのシンを充実したり、すこしは華麗に表現してゆく以外に、道がないのではないか。

人も民族も、遺伝子から離れられないとすればである。

（一九九三年一月四日）

82 在りようを言えば　(2)物指し

実直についてつづける。

この徳目とも性格とも性分ともつかぬものが、日本人の平均的特徴であることはのべた。とくに歴史的にみて、そうである。

日本の国家像にしても、かわらない（ただし軍閥が支配した昭和のはじめの十五年という、戦争狂の時代はさしおく。あの時代は、常態的日本史にとって〝鬼胎〟ともいうべき時代で、なぜ〝鬼胎〟だったかについては、べつの場所でのべた）。

たとえば、近代化へ出発した明治維新（一八六八年）には、日本が手に持っていた外貨はゼロだった。その上、旧幕府の対外債務まで背負ってもいたし、外貨を稼げるものといえば、生《き》糸《いと》ぐらいで、しかも外国には頼れなかった。頼れば植民地にされてしまう時代だった。

そんな貧しいなかから、外債を返済しつづけたし、また祖国防衛戦争ともいうべき日露戦争での外債も、その後、窮乏のなかから返した。

実直というのは、無用の金を他から借りないことでもある。たとえ借りても、その間、虎と同穴しているようにおびえ、暮らしを切りつめるという小心さと表裏している。

が、世界はさまざまである。

アジアには、さんざん他国から輸入をして代金を支払わない国もある。そのことが当該責任者の功績にもなっていた。決済上の信用をなくせば国際的に相手にされなくなり、亡国につながるのに、支払わないことが〝愛国〟だったのである。

「あの借金は、じつは支払えません」

と、わざわざ大統領が、外国特派員たちをよんで発表する国も、南半球にあった。世界はまことに同質ではない。

アジアでは、ときに国家の外交行為でも、〝パガジ〟がおこなわれる場合もある。

〝パガジ〟とは、朝鮮語である。ヒョウタンの一種で、乾燥させて米や豆を容れる容器になったり、ヒシャクとしてつかわれたりする。仮面劇のお面も、パガジでつくられる。転じて別の意味にもなる。毛ほどの損害を電柱ほどに誇張して、「一億円出せ」という場合にもつかわれるのである。意味は、吹っかける。実直とは、正反対の意味といっていい。

（あの外交は、パガジだな）

テレビの視聴者として、感無量の思いで見ていた外交交渉があった。

幸いにも、テレビの画面のなかの日本側の代表者は、ひたすらに〝実直〟を通した。

そんな場合、ふつう実直な側は、芝居の白浪物《しらなみ》の弁天小僧の場面のおどされる側のお店《たな》の手代じみていて、みじめなものである。

が、この場合の日本側の外務省の代表者は、実直という古風な実質のなかに、勇気と正義感と公正な法感覚を加えて、まことに〝毅然たる実直〟をつらぬきとおした。

（実直もまた、普遍的になりうるではないか）

と、私はあざやかな思いをもった。さらには、ここで実直が敗ければ、今後の日本の対アジア協調外交の全体が鈍《なま》ってしまうのではないかとおもい、その会談の継続と進行をみていた。

ありがたいことに、日本側が実直を通したために、パガジ側とは幸運な物別れにおわった。

そのときの日本側代表の顔と名は、私には記憶があった。

二十余年前に一度だけ訪ねて来られた人で、その後、たがいに音信がない。

当時、たしか南アジアの日本大使館の一等書記官をつとめておられた。たまたま帰国されたとき、思いあまったような表情で、〝日本は大丈夫でしょうか〟といわれた。当時、毛沢東思想ばりの学生騒動が全国にひろがっていて、それらのニュースを外国で読んでいると、おそらく〝日本沈没〟といった危機感を感じさせるものがあったのに相違ない。

その人は、自分のような人間が、晏然《あんぜん》と宮仕えしているより、なにかなすべきことがあるのではないか、といった。官をやめるという。

このひとは、土佐にしかない姓と、その風土の人らしい気骨をもっていた。

幕末、土佐人の多くが風雲の中に身をすてたが、ほとんどが実直なひとびとだった。その願望は、功名よりも死処を得たい、ということで共通していた。私の訪問客は、そういう風土からいきなり出てきたような骨柄《こつがら》をおもわせた。

当時、その人は、おそらく私の不得要領な応対に失望してそのまま任地にもどったのだが、テレビで見るそのころの紅顔はすでに老い、頭髪には白い風霜がつもっていた。

テレビを見つつ、実直もまた対外的な基準になりうるということを、当時とは逆に、私に教えてくれた。

この外交は、今後のアジアの協調外交に、一つの基準の種子《たね》をまいたといえるのではないか。

（一九九三年一月五日）

83　在りようを言えば　(3)実と虚

実直が、日本国および日本人の文化的な遺伝子だということをのべてきた。

むろん手ばなしでいっているつもりはない。国も人々も、その固有なるものから離れにくいという苦《にが》さを感じながらのことである。

今回は、実直のマイナス面にふれる。

むろん、実直といっても、一国を平均的にみてそうだというだけで、そうでない虚喝《きょかつ》の人も多くいる。虚喝という言葉は、幕末のころの流行語だった。カラオドシということである。

こんにち、世間が複雑になっているから、虚喝で世を渡る職業的な生き方まで存在する。虚喝でめしが食えるというのは、実直の人口が圧倒的に多いからでもある。

『孟子』ふうの古風な論法でいうと、もしここに虚喝の国があって、ひとびとがたがいに虚喝しあって暮らしているとすれば、食糧や商品をつくる人達がいなくなり、国じゅうが食えなくなる。だから、そんな国はこの世にない。

実直の人口が多ければこそ、安んじて虚喝の渡世ができる。となると、虚喝は、社会的にいえば実直の裏返しの事象といっていい。

実直は自然の性分であって、倫理用語ではないということは、さきにのべた。

たとえば、実直は不格好な鉱石にすぎない。が、冶金的に精錬されると、かがやかしい金が採れる。倫理は、金にあたる。

実直という自然の性分から、もし誠実や英知という金を採ろうとすれば、大変な手続きと精力が要る。

実直の民から誠実という金をとりだすしごとは、職業でいえば、教育者や政治家や宗教家という、三つの聖職のうけもちになる。滑稽なことだが、この三つの職業は、人によってはしばしば虚喝におち入りやすい。

いっそ、自分の冶金は自分自身でやるのがいちばんいい。

もしこれを怠れば、実直はしばしば単にお人好しになる。

むろん虚喝漢の食いものにもなる。たとえば黒澤明の「七人の侍」の前半の農民たちのようにである。

江戸時代、日本の都市的なしごとは、農村からきた次男坊以下によってささえられた。

そのころ、田地を相続できないかれらは、江戸や大坂の商家に奉公して商売を身につけるか、大工左官、屋根ふき、金属細工、船具づくり、鍛冶、鋳物、織物、陶磁焼きなどの職仕事の徒弟に入り、〝手に職〟をつけて、商品生産をになった。

「職人は金を貯めるな、宵越《よいど》しの金はもつな」

と、とくに江戸の大工や左官の親方は、弟子たちにいった。いい腕をもてば金は自然についてくる、ということを教えたのである。

明治の近代化が、江戸時代の右のような商品経済の充実の上に成立したことは、いうまでもない。

明治になると、そこそこの富農の家では、長男は師範学校か農学校にやり、次男坊以下には、財産わけのかわりに高学歴を身につけさせた。

そうでない場合、次男坊以下は、小学校を出て軍隊に入ると、しばしば志願して下士官になった。下級の職業軍人である。

昭和初年までの平和な時代、下士官の最高位である准尉が三十二、三で退職すると、退職金で二、三枚の田地が買え、都市ならタバコ屋の老舗《しにせ》が買えた。陸海軍が、そのように配慮していたのである。

話がすこし外《そ》れるが、戦前、そういう実直社会を——社会が実直であることをいいことにして——自在に動かそうとした虚喝グループが、昭和軍閥だったといえる。あまりにも実直社会だったればこその他愛なさだった。「まるで、羊だったですね。欧米人なら、あんな時期、だまってはいませんよ」とアメリカの学者にいわれたことがある。

なにぶん、実直者たちは、具体的思考にあっては精密だが、具体性からすこし離れて形而上的に考えることが不得意なのである。

このために、実直国家は、しばしば虚喝集団に大きく足をすくわれる。土地神話や証券神話に踊らされたのも、実直者たちは〝実〟には賢くても、〝虚〟には疎《うと》かったためである。

ついでながら、ここでいう形而上とか、〝虚〟とは、客観的に世界を把握するという思考法と解されたい。

今回は、理屈っぽすぎた。

その上、紙数の都合から、説明不足にもなった。意のあるところを汲まれたい。

（一九九三年一月六日）

84 在りようを言えば ⑷十円で買える文明

戦国末期にきたポルトガルの宣教師の編んだ『日葡辞書』に、すでに「名代《みょうだい》」という言葉が出ている。意味は〝自分の代りに、他のひとを代理に立たせること〟で、むろん主人は自分である。

福沢諭吉が、明治初年、『学問のすゝめ』のなかで、このことばをつかい、政府というのは国民の名代である、と規定した。

それまでの幕府がお上《かみ》だったことをおもうと、天地がさかさになった。

にわかに親方になれるはずがないから、いそぎそれを身につけよ、というのが、『学問のすゝめ』の趣旨であった。

結局は、明治初期政府は庶民の能力を信ぜず、当座は〝お上〟として君臨するようになった。

明治二十二年の憲法発布後、十数年経った日露戦争中、ロシアのウラジオストックの艦隊が日本海の交通を潰滅《かいめつ》すべく出没した。これを、上村彦之丞《かみむらひこのじょう》の第二艦隊が追うのだが、濃霧にさまたげられて、つねにとりのがした。これを議員たちがはげしく追及し、

「海軍は濃霧濃霧と弁解するが、反対によんで無能というだけのことではないか」

と叱咤《しった》し、軍は小さくなっていた。すでに国民が政府のオーナーであるという姿勢がうかがえる。

明治は、成熟したのである。

昭和の不幸は、政党・議会の堕落腐敗からはじまったといっていい。軍閥という魔性《ましょう》の誕生は、そのことと無縁ではない。

それでも、三権のうち行政府（政府）は、辛うじて堅牢だった。かれらは、軍に与《くみ》せず、健全財政を守るべく懸命に努力した。

そのあと、健全財政の守り手たちはつぎつぎに右翼テロによって狙撃された。昭和五年には浜口雄幸《おさち》首相、同七年には犬養毅《いぬかいつよし》首相、同十一年には大蔵大臣高橋是清《これきよ》が殺された。とくに命を賭して健全な財政を守ろ

うとした高橋の愛国的姿勢に明治人の気骨の象徴がうかがわれた。

あとは、軍閥という虚喝集団が支配する世になり、日本は亡国への坂をころがる。

すでにふれたが、

「シープ」

という英語の音が、その人の口から出たとき、通訳にも私にも、唐突すぎてわからなかった。

やがて羊のことだと気づいた。昭和初年から十年代の日本人は羊としかみえない、という。

そういったのは、アルヴィン・D・クックスという一九二四年うまれのアメリカでの日本研究者である。日本軍事史の権威であり、昭和十四年のノモンハン事変についての精密な著作『ノモンハン』上下もある。日本への愛も、浅からずある。

実直は、わるくすると、羊になる。群がって草を食《は》んでいればいい、というだけでは、政府の主人であることをわすれた姿といっていい。

年末、政界腐敗のニュースが、世間を暗くした。

そのことについての解説や論評が多く出たが、作家の石川好《よしみ》氏の意見（「朝日新聞」掲載）の文章が、さすがに若いころカリフォルニアの農場で四年間も肉体労働した人だけに、思考が筋肉質である。意訳すると、

「政界の大物が、運送会社の社長から五億円をもらった。この不祥事は、主人である国民の責任である。国民が十円ずつ出して国民の名で五億円を運送会社に返そう」

というのである。

一見、奇抜ながら、国民という主人の立場をこれほど明快に切りとった文章はない。子の不始末を親がつぐなう。むろん議員の法的責任とはべつである。

もしここまで国民の責任の透明度が高くなれば、江戸期に発して江戸期の臍《へそ》の痕跡をのこしている実直も、立憲百余年をへてようやく文明としての輝きを帯びるのではないか。わずか十円で購《あがな》える文明である。

もっとも、道ゆく人が、

「よしきた」

と、すぐさま十円を出してくれる世はまだまだに相違なく、おそらくはいちいち千万言を費やさせねばなるまい。

あと一歩で、十円の文明がやってくるような気もするのだが。

（一九九三年一月八日）

85

在りようを言えば ⑸山椒魚

くりかえす。

わが国もわが国民も、概していえば実直であることについてのべてきた。実直には多少とも倫理的成分をふくんでいて、その意味において誇るべく尊ぶべきだということも。

ただ、実直の弱味はときに虚喝にしてやられることである。そのことについても、昭和前期の軍部の例をあげてふれた。

「お前さんは、実直だねえ」

と、大家《おおや》さんがいう。

「よく働いて、借金はきちんと返して。嫁でも世話しようか」

いわれても、とくにうれしくはない。実直は日本人にとってあたり前のことだからである。

できれば、すこしはウチワであおいでもらいたい。

「熊さん、町内じゃ、みなお前さんを男伊達だといってるよ、こないだ、隣りの町内の火事場にかけこんで、五人もたすけ出したというじゃないか」

熊さんははじめて笑う。

日本がカンボジアで展開しはじめているPKO（平和維持活動）などは、火事場の熊さんだろう。

もっとも日本がPKOに参加するには、国内で大反対があった。

「この町内には古くから申しあわせがあって、隣りの町内がどうなろうとも、火事装束で鳶口《とびぐち》かかえて行っちゃいけないんだよ。遠くからぽかんと見てろ。なにぶん半世紀前に、この町内が火つけと火事泥をやった前歴は、世間が知っている。この世でなにが大切かは知っているかね、いいかね、平和なんだよ、平和」

一種類だけの論拠に、高貴な理念をくっつけて、ブローチのデザインでもするように空論をたてるのは、明治や大正時代にはなかった。昭和になってはじまった。

昭和初年、満蒙は生命線である、という解析無用のような言い方があった。そのことばに〝東洋平和のため〟がくっつく。

昭和十年代になると、満蒙が大東亜共栄圏になった。それにも〝東洋平和のため〟ということばの貴金属がつく。


敗戦後もあらたまらなかった。

昭和二十年代には、二年間ほど〝全面講和運動〟という平和論がさかんになり、当時の革新勢力から中間層までまきこんでの大さわぎになった。

敗戦国である日本と旧連合国とが講和条約をむすぶのにさいし、アメリカがソ連とその版図の国、あるいは新中国など七カ国をのぞいた四十八ヵ国でおこなおうとしたのである。

これに対し、おそらくソ連の対日工作によるものだろうが、ソ連をはじめとする七カ国もふくめて〝全面講和〟にせよ、という運動が砂塵《さじん》を巻きあげるようにしておこった。〝全面講和運動〟だった。現実からみれば、空論にすぎなかった。

結局は昭和二十六（一九五一）年九月、アメリカの世界構想という現実を吉田茂首相が受けいれ、サンフランシスコ講和条約を結んだ。

あの時期ほど、反米が叫ばれたことはない。反米の同義語が平和だった。

同時に平和が念仏になったのも、あのころからであった。いわば風土化された。


あのころ、井伏鱒二の名作『山椒魚《さんしょううお》』と、日本的心理を思いあわせたことがある。


山椒魚は悲しんだ。

彼は彼の棲家である岩屋から外へ出てみようとしたのであるが、頭が出口につかえて外に出ることができなかったのである。


これが、井伏さんの冒頭の文章である。山椒魚は岩屋のなかでなが年棲《す》むうち、体が大きくなってしまい、外に出られなくなった。この場合、岩屋は、日本人の鎖国心理であるに相違ない。

鎖国心理は、いまもつづいている。なにしろ明治後も、日本は世界の舞台で責任のあるしごとをやったことがないどころか、できれば岩屋のなかでひっこんでいたいと無意識下で念じつづけている。

消費税反対さわぎのときも、そう思った。あのとき、政府があっさりと、

「日本は世界のためにカネがふんだんに要る国になった。みんなで負担しよう」

と、説明すればよかったのに、国民の内ごもりの〝岩屋心理〟をおそれてか、そうはいわず、あるいは言っても、当時の熱気はうけつけなかった。

明治維新（一八六八年）後、百二十五回目の新春をむかえた。お互い、そろそろ岩屋から這い出てはどうだろう。英語が喋れなくても、山椒魚語でしゃべればいいんです。


（一九九三年一月九日）

86

台湾で考えたこと　⑴公と私

いま台北《タイペイ》にいる。

私は中学生のころから正月がきらいで、いつもどこかにいた。同窓の陳舜臣氏が、台北で正月をすごすのがいいのではないか、といってくれたおかげで、いまそこにいる。忠孝東路の宿の十一階から、車であふれる市街をみている。

土地の人に、「旅が好きだときいているが、なぜ台湾だけ来なかったのか」ときかれた。

「ひとつは、自分の文化とかけ離れていなくて、めずらしい所ではなかったから。もうひとつは、トシをとって親類が恋しくなった」というと、大笑いされた。

なにしろ外貨準備高が世界一という土地なのである。街をゆく若い女性や中年婦人の服装がさりげなく贅沢で、思わずわが女房の質素な旅行着をふりかえったほ

どだった。

台湾資本の百貨店は上等な商品であふれている。家庭用電気器具のフロアをみると、日本製、ドイツ製、フランス製の商品が、それぞれ機能の工夫を競いあっていた。イタリアにいたっては、中華料理用の大きな包丁までつくって売っているのである。

ただ美国（アメリカ）製がすくないのをみて、アメリカ経済が、こういうこまごまとした商品の開発努力を怠っていることを、台湾という、世界の商品が自由に入る市場にきて、あらためて思い知らされた。

夜、産経の吉田信行特派員と、歩道を歩いた。「産経新聞」は「日本工業新聞」とともに日本ではただ二社だけここに支局を置いている。

歩道に段差が多く、あやうく転びそうになった。歩道は公道なのだが、どの商店も、自分の店の前だけは適当に高くしている。高さに高低がある。

「〝私〟がのさばっていますな」

と、冗談をいった。中国文明は偉大だが、古来、〝私〟の文化でありつづけてきた。皇帝も〝私〟であれば大官も〝私〟だったし、庶民もむろんそうだった。〝私〟を壮麗な倫理体系にしたのが、儒教であった。

孝を最高の倫理とするのはみごとだが、孝は身の安全と家族の平穏ということのみの願望になりやすい。

近代中国の父といわれる孫文は、このことをなげいた。色紙をたのまれると、「天下為公」（天下をもって公となす）と書いた。また、その著『三民主義』の冒頭にも、〝中国人は砂だ、にぎってもかたまらない〟といった。〝公〟という粘土質に欠けているということをなげいたのである。

中国の強みは、近代以前において商品生産がさかんだったことで、それも紀元前からだった。この点、商品生産の乏しかった帝政ロシアとくらべものにならない。現在のロシアの不幸は、この点にある。

台北の百貨店を案内してくださった吉田夫人が、

「除潮棒」

という電気製品を買われた。潮は湿気という意味である。この竿《さお》のような道具がどういう仕掛けで除湿するのか知らないが、台湾人の発明であるらしい。台北は湿気がつよい。吉田夫人の話では洋服ダンスのネクタイがカビるという。

歩道を歩きながら、私は吉田氏に、

「倫理という自制的タガのない資本主義は大変ですね。資本主義というのは、めいめいの力の誇示ですから、ハートのない巨人群のつかみあいになりますしね。政治家や役人を抱きこんで、ついには国家も社会も自滅しかねない」

と、つい多弁になった。

資本主義は、自律・自制・自浄がないと保《も》たない。

孫文も、そのことを憂えていた。

かれの〝天下為公〟は、マックス・ウェーバーの『プロテスタンティズムの倫理と資本主義の精神』を四つの文字に簡約したようなものである。

かれは、中国の近代化を志すにあたって中国人の〝私〟についてときに恐怖し、ときに絶望していた。

官吏が私腹を肥やすことは清《シン》末までの諸王朝では当然、もしくはそれが在り方だったし、また歴世の庶民にとって王朝は〝飢えた虎〟といわれたように、本質として〝私〟だった。蔣介石氏が英雄であったことはいうまでもないにせよ、その〝王朝〟が伝統的な〝私〟であったことはまぎれもない。

しかし台湾ほどに資本主義が発達すれば、生物の本能のように〝公〟がめばえてくる。五年前、無欲でおよそ権力に似つかわしくなく、しかも蔣氏とともに大陸からきた人でない本島人（本省人）の李登輝さんが元首（総統）にえらばれたのは、〝公〟の意識の芽ばえであるかとおもえる。

（一九九三年一月十三日）

87　台湾で考えたこと　⑵権力

まだ台北での私の〝正月休み〟がつづいている。

陳舜臣氏の誘いでここまできたことはすでにのべた。学校の同窓ということを越えて、この人と同席していると、毛穴を開けっぱなしにしているような安らぎがある。

台湾そのものが、そうだといえる。たとえばソウルなら、私のようなノンキ者でさえ、〝概念としての日本人〟としての緊張を覚えざるをえないが、台湾にはそれがない。人間を〝概念〟で見ない。古いことばでいえば襟度《きんど》の寛《ひろ》やかさを感じさせるということである。

「李登輝（総統）さんも、昭和十八年の学徒出陣組の一人だった」

と、陳さんがいう。私と陸軍が同期ということになる。

ただし李登輝さんは生粋《きっすい》のタイワニーズ（台湾うまれ）である。旧制台北高から旧制京大にすすみ、農業経済を専攻し、戦後、渡米して、統計学で学位をえた。

蔣氏の二代（介石総統、経国総統）の時代、官吏になり、官選の台北市長をつとめたり、副総統に任ぜられたりした。

第二代経国氏のえらさは、古代以来の中国的な〝私〟をみずから絶ったことである。「私のあと蔣家の者が総統になることはない」と表明し、やがて自分の死後は副総統を昇格させよ、といい、その点にかぎっていえば、近代国家らしい〝公〟の精神を、鮮明にした。

台湾の近代は、この一言からはじまったといっていい。その結果としての李登輝氏である。

台湾のテレビは、ドラマでも演説でも、字幕が出る。初老の人達までは普通語（北京語）ができるとはいえ、方言がまだナマでつかわれている。大陸系、福建語系、広東語系、客家《ハッカ》語系などがこの島に混在しているために、〝ただ一種類のタイワニーズ〟が形成される近未来までは、この字幕の習慣はつづくにちがいない。

私の台北滞在中、李登輝さんの施政演説がテレビで実況放送された。字幕のおかげで、大意を知ることができた。

「過去より未来を見よう」

という意味のことばがあった。過去とは日本における戦後、国民党が台湾を支配した時代の弾圧の記憶のことである。年配の台湾人なら兄弟親族のたれかが、ときに十人以上も、投獄されたり死刑になったりして、そのことが、〝運命共同体〟成立に影をおとしつづけている。李登輝氏も生粋の本島人であり、そのころの恐怖を共有した。

台湾人は日本人と同様、小柄な人が多いが、李登輝さんは長身で、風貌もますらおめいている。

陳舜臣氏にとって、旧友でもある。おかげで夜八時、お茶を招《よ》ばれた。

李登輝氏はよく語った。

「退隠したら、自分にとって新しい学問をやりたい」

分子生物学と哲学だという。

「権力」

についての話も出た。

私は人間にとって、〝権力〟がセックスとともに、ついに科学によって解析できない最後のものだろう、といった。まことに権力はバケモノであり、麻薬である。

「そうかもしれないが、私の場合はちがう。私は権力を、科学的に、あるいはプラグマティズム（実際主義）として、さらには合理主義的な方法で解明でき、運用できるものだと思っている」

と、おそらくアジア史上の元首として最初のことをいった。じつに新鮮だった。

このシャイな知識人でこそ言えることばである。

「私の魂には、ピュアな（純粋な）〝日本人〟の精神があります」

誤解してはいけない。〝ピュアな日本人〟など日本のどこにもいない。日本時代の台湾で初等、中等、高等教育をうけたとき、日本でもありえないほどの知的武士としての教育をうけとったという意味なのである。

「長じて日本にも別な面があることを知りましたが、いったん受けた教育はなおらない」

李登輝さんは、クリスチャンでもある。

私は、明治人をおもった。とくに武士の世がおわったあと、もっとも武士的な人がプロテスタントになったことをおもった。たとえば新渡戸《にとべ》稲造や内村鑑三の印象とかさねてみたりした。

ともかくも、現実の李登輝さんは、〝大統領〟というイメージよりも、もっとも豊潤な意味での永遠の書生という印象のほうがつよい。

「台湾を、アジアの金融と技術のセンターにしたい。むろん、それはアジアの役に立つための存在としてです」

この人は私が日本人であるという当然のことにはっと気づいたらしく、輝くような笑顔で、

「日本は世界の面倒をみるでしょう。台湾はアジアをうけもちます」

イデオロギーの時代は、たしかにおわった。

（一九九三年一月十四日）

88 一貫さん

一貫さん（仮名）は、近所の友である。

近所の小さな駅前で、いつも客待ちをしている。欲のないドライバーで、沖泳ぎをしない磯魚《いそざかな》に似ていなくもない。

タクシーの仕事仲間がひどい肩凝りを訴えると、非番の日、家までつれてきて、整体法を施してやる。柔道三段だから、よくきく。礼はとらず、それどころか、ついでに金まで借りて、返さないのもいる。

「人間以外のひとかな」

そんなことを言いながら、もう七、八年も一貫さんの厄介になっている人が何人もいる。

高知からときどきやってくる八十あまりの婦人もそうで、空港の出迎えから送りまで無料でしてもらう。

あとは一貫さんに整体をしてもらい、しかもお礼をうけとってもらえない。

四十をすぎて独身である。

昼と夜は、ときどき駅前の一膳めしやに行って、食事をとる。

老婦人は、そのめしやのおかみさんの母親で、それだけの縁なのである。

一貫さんは、遠い南の島でうまれた。

当時、島に高校がなく、就学する者は隣りの島にわたった。一貫さんは、島の中学を首席で出て、隣りの島の高校に入った。

隣りの島へゆくのは、明治の若者がフランス留学するほどに知的で晴れがましかった。

が、入学してほどなく父親がなくなったために、中退した。

そのことがこの人の唯一の無念で、いまでも、どの高校であれ、校庭で競技をしている生徒たちをみるのが、大好きである。悔しさと、生徒たちの幸福をよろこぶ気持で、胸がせまってしまうらしい。

大阪にきて、商店の小僧をしながら定時制高校を出、自衛隊に入った。

抜群の運動神経のもちぬしだし、銃剣術も三段だったから、幹部を志願せよとすすめられた。が、世の中にはもっとおもしろいことがあるにちがいないとおもって、やめた。

一貫さんは、読書家である。

それに耳できく言語理解力もすぐれているが、極端な訥弁《とつべん》だから、人交わりがしにくい。会社員や商人になることは、むりである。

感情の量が人の倍ほどもある。

それも、厄介なことに感情の種類が他者への憐れみという一種類だけだから、損得稼業ができない。

第一、妻子がもてない。

妻子をもつと想像しただけで憐れみがあふれ、耐えられなくなってしまうらしい。だから、いまだに独身でいる。

島にいる母堂も、似たような人のようである。

聖者同士となると、われわれ俗間の者にはうかがえぬ口喧嘩が絶えぬものらしく、たまに帰ると、母堂は一貫さんを追っかけまわしてどなるのだという。それも、ただ一種類のことをいう。

「いつまでも家を成《な》さんと、のらくらしおって」

母堂は隣りの島の女学校を出た人だから、きれいな標準語をつかう。私の家内が電話をもらったときも、息子への不満を、

「……神父さんみたいで」

と、絶妙なたとえでいわれた。


「一生で、行きたいところがある」

と、一貫さんは家内に例の訥弁でいったことがある。あとはだまっている。

「パリ？」

と、家内はたまりかねてきいた。

「うんにゃ」

一問一答のあげくでなければ、一貫さんの話は、出来のわるいあぶりだしの絵みたいになかなか出て来ない。

結局、行きたい所は、自分がうまれた島の、それも生家の裏山の谷であることがわかった。

島では、いまは家庭の燃料にプロパンガスを使っている。しかし一貫さんの中学生時代までの燃料は薪《たきぎ》で、薪とりは子供のしごとだった。

木の芽どきの日曜日、言いつけられて山へゆき、いくつかの谷でしごとをし、ある谷にさしかかったとき、そこだけに光がいっぱい射していて、赤、黄、青のきれいな小鳥が無数に群れ、音楽をきいているようだったという。

「あの日のあんなきれいな島、島でもみたことがない」

と、家内につぶやいた。


去年、島に帰ったとき、一貫さんはもう一度裏山にのぼってみようとおもったが、プロパンガス以来、人間が入らなくなって、小道も消え、のぼれなかったという。

こどもの一貫さんは、天国を見たのではないか。かねがね、私はこの人について、天国からまぎれこんできたのだろうと疑ってきたのだが、この一件をきき、当人がどう抗弁するにせよ、本当だとおもっておくことにしている。


（一九九三年二月二日）

89

独創

明治人はえらかったという話である。

明治は、西洋文明を受容した。世界史上、植民地になることなく、自前で他文明を摂取した国は、〝明治国家〟しかない。

明治初年からほぼ三十余年、日本では大学は東京に一つしかなかった。帝国大学とよばれた。

学問のすべての分野において、外国人教師をやとった。世界でもまれなほどの高給だった。

あわせて、日本人を先進諸国に留学させ、かれらが帰国すると、外国人と交代させた。

同時に、英語のカレッジに相当する専修と実務の学校を各地につくり、東大が受容した学問を、川下に流すように分配した。

この受容と分配のシステムは、じつにうまく行った。

しかし、反面、

「猿マネの国」

とか、

「横文字をタテ文字にするだけの学問」

などという自嘲《じちょう》や批判も出た。

三、四十年経って二番目の総合大学として京都帝大が創設されたときは、マネよりも独創の場をつくろうとした。

日露戦争という大患をはさんで、国の財政は疲弊していた。しかし、建設はすすめられた。明治三十（一八九七）年にはじまり、大正十二（一九二三）年にようやく完成した。

文部省から創設を命ぜられたひとりが、初代の文科大学（文学部）の学長、狩野亨吉《かのうこうきち》（一八六五～一九四二）だった。かれは、

「日本人に独創性があるか」

というゆゆしい疑問をみずからに問うた。

それをしらべるために、前時代（江戸時代）の古本を片っぱしから買って読んだ。

むろん自費であった。この負担のためもあって、生

涯妻子をもたなかった。

狩野は秋田藩士の出で、明治の初期、東京帝大の理科大学で数学を専攻し、文科大学で哲学を学んだ。

京大創設の前は一高校長だった。

「もし日本人に独創性がなければ、あらたに大学などを興してもむだだ」

と、思いつめていた。


あつめた本のほとんどは、筆写本であった。

いわばゴミの山のような古本のなかから、安藤昌《しょう》益《えき》（一七〇三?～六二）を発見した。陸奥《むつ》の八戸《はちのへ》の町医で、『自然真営道《しんえいどう》』をあらわした人物である。

昌益は、一切の世の階層・職業はウソ・マヤカシであることを論証し、徹底した平等思想を説いた。カール・マルクスに似て、それよりも百年前の人である。あるいは、中世の権威を哲学的にこきおろした『痴愚神礼讃』のエラスムスに似ていなくもない。


本多利明（一七四三～一八二〇）も、狩野によって発見された。

本多は、数学・天文学などの素養を基礎に重商主義を説き、農民の負担をへらして国を富ませる方策を展開した。アダム・スミスの『国富論』とほぼ同時代であった。

ほかにも幾人かの独創家を発見し、狩野はやっと安堵した。


生きた人間としては、内藤湖南（虎次郎、一八六六～一九三四）を発見した。それだけでなく、新設の京都大学の中国学の教授としてまねこうとした。

文部省はつよい難色を示した。巷説《こうせつ》だが、係官は、内藤が秋田師範学校しか出ていないことを指摘し、

「たとえ孔子様や孟子様であっても、わが国の帝大は、帝大を出ていなければ、教授にはできません」

といったという。

交渉の困難さは、狩野を厭世《えんせい》的にし、辞職まで決意させた。

結局、内藤を一時期、講師にし、あとで教授にすることで、文部省は承知した。


湖南の学風は、自然科学にかぎりなく近い明晰さをもつもので、従来の漢学から断絶したものであった。

独創をうたう新大学にとって、これ以上適した存在はいなかったろう。

理・工学部も、同様の方針で建設された。戦後、この大学から多くのノーベル賞学者が出た。湯川秀樹、朝永《ともなが》振一郎、福井謙一、利根川進。

いわば最初からそのようにつくられていたのである。天下は春である。

日本の近代という春の時代をしのび、諸大学の運営者や、あらたに学生になるひとたちに、以上のことを参考までに。

（一九九三年三月一日）

90

蟠桃賞

坂本竜馬は、若いころ、平井収二郎という先輩の郷士の妹加尾《かお》さんに簡潔な恋文を書いた。

兄の収二郎は、にがりきって、

「竜馬は、学問がないキニ」

と、妹にいった。江戸時代でいう学問とは、いまの学問の意味ではない。

道学《どうがく》（朱子学）のことだった。だから収二郎のいう意味は、〝竜馬の思考法は朱子学的ルールどおりではないから捕捉しがたい。だから相手にするな〟と解していい。

話が、かわる。

前稿で、慶応二（一八六六）年、秋田県の毛馬内《けまない》にうまれた内藤湖南という学問の天才についてふれた。

また、明治人狩野亭吉が江戸時代の独創家の発見をしたとのべたが、湖南も重要な発見をしている。

明治三十年、湖南三十二歳、『近世文学史論』を書いた。

「三百年間、其一毫《いちがう》人に資《よ》る所なくして、断々たる創見発明の説を為《な》せる者《は》、富永仲基の出定後語《しゆつぢやうごご》、三浦梅園の三語、山片蟠桃《やまがたばんたう》の夢の代《しろ》、三書是《これ》のみ」

と、まことに痛快淋漓《りんり》というほかない。

ここでは、蟠桃（一七四八～一八二一）のみにふれる。

播州の田舎から出てきて大坂の大名貸しの升屋《ますや》に丁《でっ》稚《ち》奉公した。主人が死ぬと幼主を育て、主家を日本一の大名貸しにしたてあげた。

晩年、若い当主に店を継がせ、みずからは退いた。進退に古武士の風《ふう》がある。

番頭だったから蟠桃と号した。ユーモリストだった。

世界史をみると、商品経済や流通経済の隆盛が近代思想を生んでいる。

蟠桃は江戸時代人ながら、脳裡はすでに近代人であった。かれは朱子学を学びつつも、その字句、修辞を藉《か》りるのみで、みずからの思想を赤裸々に生みあげた。

「古今《ここん》、人に上下なし」

と、平等を説いた。

また儒教が、堯舜などの古聖人を崇拝するのに対し、いまの聖人は米相場だという。

「天下ノ智ヲアツメ、血液ヲ通ハシ、大成スルモノハ、大坂ノ米相場ナリ」。さらに米相場は、「知ノ達セザルナク、仁ノ及バザルナシ」。

理論だけでいえば、右の社会をもう一歩すすめれば、民主主義社会ができるだろう。

が、蟠桃は著作のなかでのみ生きた。

さて、話は昨今のことになる。

大阪府は、山片蟠桃の名を冠した賞を設けている。

外国人にして、日本文化の研究と紹介にすぐれた業績を示した人に賞をもらっていただく。

ことしは第十一回目で、受賞者はアメリカ合衆国のプリンストン大学名誉教授マリウス・B・ジャンセン博士である。贈呈式は、三月二十九日。

話を、竜馬にもどす。

明治維新を招来させたひとびとのなかで、坂本竜馬だけが卓越した先見性と開明性をもっていた。いわば、山片蟠桃を実践家にしたような人物だった。

私事だが、私は「産経新聞」に昭和三十七（一九六二）年から四年間『竜馬がゆく』を連載した。当時、不遜《ふそん》にも竜馬の右の本質に気づいたのは自分だけかもしれないとおもっていた。

ところが連載中、たまたま故大岡昇平氏が、丸善で買った右のジャンセン教授の坂本竜馬についての著作を送ってきてくださった。読んで、教授のほうが私より一日《いちじつ》の長《ちょう》があることを知った。

世界は、せまくなった。日本文化や日本史が共有される時代になったのである。

（一九九三年三月二日）

91 古アジア

歴世の中国の皇帝は、私《し》であった。その存在も権力も公ではなかった。このことは、以前にのべた。

その私を儒教が裏打ちしてきた。

孔子の偉大さはいうまでもないが、ものにはほどがある。

中国史ではその教えをなんと二千年以上も国教にしつづけてきたのである。このため社会は多様性をうしない、文明そのものが停滞した。

私である皇帝一人が、その手足になる官僚を、採用した。優劣の選りわけは、作文によった（科挙の考試）。官僚が王朝という私権の執行者であるため、それぞれが私腹を肥やすことは、べつだん悪とされなかった。まれに清官がいたが、〝清官で三代〟といわれた。子孫三代まで徒食できるということであった。

二千年来、民衆にとって王朝は敵だった。民衆にも習俗としての儒教は滲透していたが、この場合、同族の団結や信というヨコの結びつきのための儒教だった。

王朝の苛政《かせい》に対し、民衆はつねに情報を伝達しあい、のがれるみちを工夫した。

一九一一年の辛亥《しんがい》革命で清朝が倒れた。翌年元旦、アジアで最初の共和国である中華民国が成立したが、しかし、二千年来の思想的習俗は一朝で消えるものではなかった。

辛亥革命の相続者である蔣介石の国民党政府は、ほどなく腐敗した。末期には正規軍百二十万、民兵二百二十万という大軍を擁しつつも、在野の共産軍に連敗したのは、〝官軍〟(王朝軍)のほうが、まるごと私欲の装置だったからである。幹部は給料をピンハネし、兵士は掠奪《りゃくだつ》をした。二千年来の官軍の型を、国民党軍は踏襲し、民衆から見放された。

〝民国〟もまた蔣家と蔣介石夫人の実家である宋家、それに孔家と陳家の四大家族の私物であった点、歴朝とかわらなかった(いまの台湾の李登輝政権は、新生台湾をめざす姿勢をとっていて、刮目《かつもく》していい)。

紀元前二〇七年、秦朝を倒したのは、それぞれ農民軍をひきいた項羽《こうう》と劉邦《りゅうほう》であった。以後、どの時代でも王朝に反乱する農民軍は、農村を大切にした。

この点、中国現代史における朱徳・毛沢東にひきいられた中国共産軍も、型を踏んだ。抗日戦争中も、その後の国共戦争においても、農民の人命・財産を尊重した。

が、天下を得た毛沢東もまた、その晩年、〝王朝は私〟という伝統の病気からまぬがれなかった。

現状のすべてが自分に気に入らぬとして、文化大革命という、中国のさまざまを玉石ともに砕くという巨大な政治的ヒステリーをおこした。

日本の場合、儒教は習俗化せず、学問としてのみ存在した。

江戸封建制は不完全ながらも〝法〟の世で、儒教のような人治主義(徳治主義)をとらなかった。

江戸時代は沸騰した二世紀半で、コメ(石高《こくだか》制)とゼニ(流通経済)がせめぎあい、当然ながら賄賂もおこなわれたが、〝清官で三代〟というような深刻なものでなく、概して官道は清廉《せいれん》だった。

明治時代の政治家・官吏が清らかであったことは、アジア史の奇観というべきものだった。明治国家の近代化の唯一の鍵《キー》をあげるとすれば、この一事につきる。

〝金丸的事態〟が、内外を瞠目《どうもく》させている。どこからみても、古アジアの古沼から（アジア的古層から）這いだしてきた古生物のような観がある。

このあいだ、「産経新聞」の台北特派員の吉田信行氏から、手紙をもらった。土地の友人から電話をもらった、という。

「日本はやっと〝中華民国〟に追いつきましたね」

という皮肉な電話だった。

老いた台湾本島人のなかにはいまの日本人よりもわれわれのほうがちゃんとした日本人だと自負している人が多く、この人の皮肉は〝筋目の日本人〟として、〝非伝統的な日本人〟をからかっているようなのである。

それにしてもこのジョークは、笑いよりも悲しみをせきあげさせる。日本史の涙である。

（一九九三年四月五日）

92

私語の論

江戸時代、漢文を学ぶことは、道を修めることだった。道徳とひとつのものだったといっていい。

が、明治末年から大正にかけて、漢学は人文科学にさまがわりした。

そのころ、フランスで中国語がさかんで、漢学千年の伝統をもつ日本の学者も、フランス語が必要になった。

そんなころの一光景である。

桑原隲蔵《じつぞう》教授が新著のフランスの学術雑誌の一論文を読んで感心した。

教室でそれを紹介すると、学生たちは無反響だった。

「どうしたんです」

ときくと、一人の学生が言いにくそうに、「その話は先週、内藤(湖南)先生から伺いました」。

〝湖南という人は新聞記者あがりだから〟と隲蔵先生は苦笑して、息子さんの故桑原武夫氏に回顧した。

内藤湖南(一八六六〜一九三四)が学問の天才であったことは、いうまでもない。無学歴だったことも、よく知られている。

幅がひろく、すべてに創見にみちた人だったから、右のフランス人の学説も、湖南はすでに考えていたはずである。

だからこそ乏しい語学力でも本質をつかみ、学生と知識を共にすべくすぐさま伝えたのに相違ない。

書き出しを誤ってしまった。

じつはこの「風塵抄」では、教室内での私語について書くつもりだった。冒頭の挿話はその逆である。

大正時代の右の学生たちは私語どころではなく、週ごとに交代で講義する両碩学《せきがく》の話を固唾《かたず》をのんできいていたのである。

私は、講演には原則として出かけない。

ただ、二十数年前、小学校の恩師に頼まれ、大阪府八尾市の成人式で話をしたことがある。

満場、砂塵のように私語がわきあがっていて、壇の下を連絡のために往来する者もいたし、しゃがみこんで話している者、笑う者、昼めしの話をする者。

私語というのは、壇上にいる者には物理的な力を及ぼす。無数のねずみに心臓の裏を爪でひっかかれているようであり、立っている自分が滑稽で、むなしくなる。

「一時は、ノイローゼになりました」

と、ごく最近、請われて専修学校の講師になった旧友がいった。私語のためだという。

「まあ、いまでは、サザエがフタをするようにして、貝の声でしゃべっていますが」

あまりの私語のために、ながくつとめた大学をやめた人もいる。

私語側にすれば、〝聴くに値いする講義がないから〟というかもしれないが、この教授は前記の桑原・内藤に比すべき存在で、表現力にも富み、学生への愛もつよい。その愛でさえ、私語の加害力に負けたのである。

「テレビがうえつけたくせでしょう」

という風俗論としての解釈がある。学生たちは茶の間にいるようにしゃべる。この場合、教授は、テレビにうつる画像にすぎない。

いうまでもないが、私語のない大学も多い。

戦後の上智大学の教育レベルを上げたのは、語学の時間に、神父の教授が、授業開始とともに教室のドアを施錠したから、という奇説がある。これならば、もはや私語どころではない。

（一九九三年五月四日）

93 つつしみ

谷や峰を歩いていると、不意に日常にない厳《おごそか》さや、身に謹《つつ》（慎）しみをおぼえる瞬間がある。

室町期の能の世阿弥《ぜあみ》の著の『風姿花伝』は、思想の書としても、美しい。

「能を極めたるとは思ふべからず。ここにて猶《なほ》つつしむべし」

と、世阿弥は、つつしみについて言う。なま身の技などたかが知れたものである、その上に虚空《こくう》があると思え、ということに相違ない。

虚空とは数学上のゼロと同義語で、一切を存在させ、一切の存在を邪魔しない。山で感ずるあの一瞬も、虚空の厳々《いついつ》しさにちがいない。

近代のヨーロッパの王家も、虚空に似かよっている。

デンマーク、スウェーデン、オランダなどはそれぞれ王国である。

いずれも高水準の民主体制をもっていることで知られる。また国民所得と福祉の度合が高く、治安がよく、さらには他国や地球環境に対して、特有の繊細さをもっている。ひとびとに虚空へのつつしみがあるともいえる。

明治憲法下の日本も、本質的にはおなじだった。大正初年に確立された憲法解釈学（美濃部達吉、佐々木惣一両博士）によれば、当時の日本は明快なステイト（法による国家）であった。天皇は、たとえば英国の王と同様、法の下に位置づけられていた。

が、昭和初年になってその解釈がくずれ、虚空の神聖空間を侵す勢力が黒雲のようにわいた。

〃一切を存在させ、一切の存在を邪魔しない〃という憲法上の空間に軍の統帥権が入ることによって、国がほろんだのである。

幸いにもいまは千年の虚空がもどり、皇位は日本国憲法下にある。

私事になる。

いまの陛下がまだ皇太子であられたころ、赤坂の東宮御所の一室で講話のようなものを申しあげた。妃殿下も同席された。

浩宮《ひろのみや》も、おられた。

その浩宮が、徳仁《なるひと》皇太子として、明後日、雅子妃殿下をお迎えになる。

私の記憶のなかのその日の現皇太子は、御両親からひとり離れ、廊下へのドアのそばに単独で腰をかけておられた。そのお姿は、ひろい部屋をわが身一つで護るかのようでもあり、またいつでも雑用に応じるかのようでもあって、私がこの世で見たいかなる若者よりもりりしかった。

私は小用《こよう》が近い。

一時間ほどたつと、陪席の三浦朱門氏の印象では、私は不意に立ちあがったそうである。出入り口の若いプリンスにむかい、「手洗いはどちらでしょう」と申しあげた。

浩宮は、即座に起たれた。みずからドアをあけ、廊下に出、廊下の奥の遠い厠《かわや》まで案内してくださった。わすれがたい思い出である。

オランダのアムステルダムを歩いていたとき、市電の通りにわずかに警官の人影がみられた。

きくと、女王陛下が、ポルトガルの大統領を案内されて、十七世紀の哲学者の旧居を見にゆかれたという。それも、市電に乗ってのことであった。人だかりも、カメラの放列もなかった。

おなじ滞在中、女王陛下が、アムステルダムの百貨店に買物にこられるという話をきいた。

むろん、おひとりであった。他の客たちは、気づかぬふりをしていたそうである。

オランダ市民における虚空へのつつしみ深さといっていい。

べつの主題のことを、雅子妃殿下に申しあげたい。毎日一時間、日記のための時間をおとりになるわけにはいかないものだろうか、ということである。

私的な日記が、王朝以来、日本が誇る最古の文学形式であることはいうまでもない。百年後にもし公開されれば、世界の文学にとって（人文科学にとっても）すばらしいことであるにちがいない。

日記は、はるかな後世にむかって、妃殿下が、一個の人間として今日一日を報告なさるという形式である。この大きな自由を、何ぴとも掣肘《せいちゅう》すべきでない。

（一九九三年六月七日）

94 〝国民〟はつらいよ

横浜は、もとは砂洲《さす》の上の漁村にすぎなかった。開港場になり、魔法のように市街地ができあがったのは、明治維新より九年前、世間はまだ江戸時代のころである。

居留地には外国の商館がたちならび、生糸などの相場が立ち、鳴るように繁昌していた。

そのころ、

「日本には二つの民族がいる」

と、横浜の路傍で大まじめに思った異人さんがいた。たいていの国は、二民族以上でなり立っている。英国が、アングロサクソンと、ケルト系の古民族とで組成されているようにである。

その異人さんがみたのは、異人館のそとで、生糸の相場と連動させる小ばくちをやっている連中だった。ばくちがわるいというわけではないが、なんとも人相が卑しい。自利以外考えない顔つきで、腰をかがめて軒下づたいに走り、鳥のように寄りあつまっては、他愛もなく叫び、わずかな金でよろこぶ。日本の寺々にある地獄絵図の餓鬼に似ていた。

むろん一方でその異人さんは、べつな日本を見ている。左官に職人の毅然とした姿を見、農民のしわに永遠なるものを見、商家の人達に聡明さを感じ、さらには道をゆく武士に容儀のすがすがしさを感じた。

おかしいのは、明治早々の政権参加者たち——たとえば薩長の官員たち——も右の異人さんに似た二分論的感覚をもっていたことである。

自分たち士族以外の者は、精神の上で劣弱であるとみていた。薩長人が自由民権運動をきらった理由の多くは、そこにあった。

たとえば、西郷隆盛でさえ、明治十年の西南戦争の前、阿蘇一円でおこった農民の反政府一揆に対し、これと連合しようとはしなかった。農民はひたすらに治められるべき存在とおもっていたのである。

奇現象がある。明治二十二(一八八九)年に憲法が発布されてから、あれほど盛んだった自由民権運動が、火が消えたように衰えたことである。

私はその理由は、憲法によって〝国民〟が成立したからだとおもっている。

日本人のすべてが法による〝国民〟になった。さらには、選挙によって国政に参加できるようにもなったのである。国中が沸き、当時の新聞は〝歓舞狂喜〟と報じた。

が、それでもなお、この憲法には二分論的な感覚が生きていて、選挙権をもつ者は二十五歳以上の男子で、しかも直接国税を十五円以上払っている者にかぎられていた。

大正十四（一九二五）年、ようやく納税額による制限が除去され、すべての男子による普通選挙の時代になった。やっと〝国民〟らしい権利を、日本人は得たのである。

さらに二十年後の昭和二十（一九四五）年、二十歳以上の男女が平等に選挙権をもつようになった。太平洋戦争とその敗戦という大きな代償を払ってのことであったが。

旧憲法発布以来、五十七年経ち、われわれのすべてが全き〝国民〟になった。

これほどまで歴史の時間をかけた選挙権を、自分の即物的利益や地域エゴのために使う人がいる。また利益誘導でそういう票をあつめる選挙の悪達者《わるだっしゃ》がいる。

こんどの選挙では、そういう悪達者たちまでが〝政治改革〟を叫んでいる。

「過去の私とはちがうのです。べつの人間になったのです」

と、簡訳すれば、そういうふうに聞こえる。

私どもは、大変な世の中に生きてしまっているようである。

こうも正直と不正直が見分けにくい世に生きているくらいなら、いっそ〝国民〟でなかった江戸時代の農民にもどったほうが楽なような気さえしてくる。

「さあ、元気をだして」

と、自分自身に言ってみる。候補者はやたらと元気だが、くたびれきって分別さえうしないそうになっている選挙民を励ましてくれる者は、どこにもいないのである。〝国民〟というのは、つらいですね。

（一九九三年七月六日）

95 させて頂きます

「お蔭で、達者にくらさせて頂いております」

というものである。お蔭というのは室町時代に多用されたことばで、〝神仏の加護〟という意味である。ひょっとすると、おかごがおかげになまったのかもしれない。お蔭のかわりに〝アラーの神〟を入れれば、アラブ世界でも通用する。

もっとも、

「おめえのお蔭で、ソンをした」

と、毒づくのは、相手を貧乏神か疫病神などに見たてた語法である。だから、おかしい。

「たれのお蔭で商売させてもらってるんだ」

と、顔役の子分が恩着せがましく大声を出すのも、潜在的には、自分の親分が縄張りのなかの疫病神みたいなものだと相手に感じさせたいためである。

「世間様のお蔭で」というときもまた、世間様が神仏のかわりになっていると考えていい。

以上は、お蔭についてのべた。以下は〝させて頂きます〟についてふれる。

近江路《おうみじ》（滋賀県）をおもいうかべてもらいたい。ゆたかな湖や何千年も飼いならされてきた美しい野がひろがっている。

「では、帰らせて頂きます」

と、客は起ちあがる。

「いまから一宮にまわらせて頂きますが、夕方にでもこちらへ電話させて頂きます」

この種の〝ナニナニさせて頂きます〟語法がこんどの選挙期間中に多用された。この語法は戦前の東京語にはなかったように思える。

〝ナニナニさせて頂きます〟といっても、相手から何か貰ったわけではない。利益をうけたお礼でもなく、また自分を卑下したことばでもなく、ふしぎな語法である。

本来でいえば、話している相手よりも、神仏と自分との関係で出来たことばなのである。

基本例は、

遠近《おちこち》の村々には真宗寺院の大屋根があり、それを囲むようにして家並みの秩序がある。

真宗は、十三世紀の親鸞《しんらん》を宗祖としている。

近江は、ことさらに〝近江門徒〟とよばれるほどに信心がふかかった。

お蔭とは、阿弥陀如来のことである。

ただし、これを信じても病いはなおらないし、金が儲かるわけでもない。そのような現世利益《げんぜりやく》とは、無縁の教義であった。

親鸞は、空《くう》のことを、阿弥陀如来という擬人名でよんだ。空は光であるといった。生命の根源でもあり、死もまた空の光のなかで輝くという意味のことを、別な表現でいうのである。

万物は、空によって生かされている。

「私どもは生きているのではない。生かされているのです」

という受身の、それも絶対受身の聖なる動詞が、何百年来、近江の村々で説かれつづけてきたのである。

「はい、次男はとなりの町の信用金庫につとめさせて頂いております」

と、べつに裏口入社でもないのに、そんな語法が近江では多用されてきた。

それが、江戸末期あたりに大坂の船場に移植されたのではないか、と私は思っている。

江戸・明治の大坂の有力な商人は、近江人が多かった。たとえば高島郡の人が大坂に出て呉服屋として成功し、やがて百貨店高島屋へ発展する。

船場の番頭・手代には近江人が多かったから、自然〝近江門徒〟ふうの語法が、頻用されたのではないか。

「では、あの品物は当方にひきとらせて頂きます」

となると、さきの空からすこし離れ、相手への奉仕を誓う語法になる。しかも品物を介在して売り手と買い手が、すっきりと平等になる。

政治家が、国民から負託されて政治を代行していることは、いうまでもない。政治は、商業における品物である。

両者のあいだには上下はなく、そこに機能のちがいしかない。

政治家が卑屈になることもなく、また威張ることもない。

げんに、威張らない、という初歩的なことを党内の倫理の一つにしている新政党がある。

顔ぶれをみると、なるほどさきの「たれのお蔭で」という虚喝――疫病神――のにおいがない。

そのかわり、選挙人にも威張らせないのにちがいない。選挙人が、投票を担保《かた》にあとあと私利を得ようとするのを、同時に拒否しているはずである。透きとおった市民性といえる。〃ナニナニさせて頂きます〃語法は、どうやらこれらあたらしい党の候補者たちによって、ごく自然に――当人たちも気づかずに――頻用されたかのようである。

あたらしい思想表現は、古い風土から導き出されてくるものだということを、国民の前で見せてくれたことは、功績だった。ただし、多用は、ことばがべとついて美しくない。


（一九九三年八月二日）

96 一芸の話

幽斎・細川藤孝は、無口な人物だったかのようである。

なにやらその一生涯は、白刃を素足で踏みわたるようなところがあった。

しかし、教養でもって韜晦《とうかい》した。和歌や茶道に長じ、当時の京都文化を代表する存在だった。

明智光秀が、本能寺ノ変（一五八二年）をおこした。光秀は幽斎の親友で、その娘は幽斎の嫡子忠興《ただおき》の嫁だった。

幽斎は光秀との縁をはばかり、豊臣政権の初期、家督を嫡子忠興にゆずり、頭をまるめた。

「二位ノ法印どの」

とよばれた。家禄こそすくないが、従二位《じゅにい》は、豊臣大名では、最高の位であった。しごといえば、秀吉の話相手をするだけだった。

料理の名人でもあった。

あるとき、友人をまねいて茶事をした。幽斎みずからが、包丁をとった。ところが俎《まないた》の上の鮮魚に包丁をあてると、刃に金火箸《かなひばし》があたった。幽斎に嫉妬した料理人が、いたずらをしたのである。

幽斎は無言のまま脇差《わきざし》を抜き、鮮魚を金火箸ごと、真っ二つにした。癇癖《かんぺき》というものであった。

当時、野育ちの多い諸大名が、ひそかに幽斎を畏怖したのは、この武断そのものといっていい癇癖による。

忠興（三斎）も、この癇癖を相続した。

三斎は茶では利休七哲のひとりにかぞえられる。

ほかに兜《かぶと》のデザインという特技があった。

あるとき、さる大名から頼まれた兜に、長大な水牛の角をつけた。ただし本物の角はつかわず、軽くするために桐《きり》材をつかった。あとは、漆《うるし》で処理した。

「折れませんか」

依頼者がかるはずみにもそういったことが、三斎の癇癖にふれた。戦場では角が木の枝にひっかかることがありうる、と三斎は言い、

「そのときやすやすと折れたほうがいい。もっともお手前が角が折れるばかりにお働きなさるかどうかは、別の話ですが」

といって、兜はわたさなかった。

第三世忠利が、肥後熊本五十四万石の初代である。

忠利には一芸があったとは、聞かない。ただ、絶家した先代の肥後国主の家祖加藤清正の霊を、家祖以上にあつく祀《まつ》って肥後の人心を得た。

また、名声が大きすぎてどの家も召抱えることをためらった宮本武蔵を客分としてまねき、しかも御しがたい武蔵の心を、よく攬《と》った。芸以上の芸といえるのではないか。

明治末年、志賀直哉や武者小路実篤ら学習院仲間が刊行した贅沢な同人誌「白樺」が、大正期の文学・美術に果たした功績は、じつに大きい。

この雑誌の毎号の赤字補塡人がたれだったかは謎とされていたが、じつはかれらと同窓だった細川護立《もりたつ》の陰徳だったことが、最近知られるようになった。

護立は美術の鑑賞と鑑定に卓越していて、戦後、美術商の仲間ではその眼力の高さが神秘的なほどに評価されていた。

護貞《もりさだ》氏は京大法学部の出ながら、〝漢唐学〟の素養は、いまでも大学の教授がつとまりそうなほどに深い。明治四十五（一九一二）年うまれである。

戦時中、近衛首相の秘書官だった期間以後は、政治とは縁がない。が、戦時下の日記である『細川日記』は、昭和史の良質な語り手であることをつづけている。

凡庸な東条が独裁的に国権を掌握し、かれ一個によって亡国の様相が深まったとき、救国のため、身を捨てて東条を害しようと思い立ったことがある。このあたり、幽斎の癇癖に酷似している。もっとも、幽斎の場合はただの魚だったが。

以上、一芸の話である。現首相については、歴史になってから、たれかが触れるにちがいない。

（一九九三年九月五日）

97 時

「いかがお過ごしですか」

いいことばではないか。

私たちも万物も時間に寄生している。

時間は、宇宙のはじまる以前からある。宇宙の滅亡後もつづく。

でありながら、時間は、それ自体として目にも見えず、手にもとれない。そのくせ、すべてを支配し、すべてに命令し、すべてを生殺与奪する。

中学校の国語の先生になったつもりで、過ごす、についてのべたい。他動詞である。火が消える、の消えるは自動詞で、火を消すとなると、他動詞になる。日本語は、助詞の〝を〟という回転バネを置くだけで、自動詞がくるりと他動詞になる。

「いかがお過ごしですか」の〝時を過ごす〟という言

い方は、じつに意味がふかい。

　まず他動詞的な言いまわしだから、ひょっとすると、明治後の日本語ではないかと思い、辞書をひくと、すくなくとも十世紀にはすでに使用されていたことに驚かされる。

『蜻蛉日記《かげろうのにき》』に、

「さて二三日もすごしつ」

　とある。

　また『源氏物語』の「若紫」にも、「かくてはいかですごし給はむ」とある。

　英語にも、pass や spend をつかって、一夜を過ごす、とか、退屈せずに時を過ごす、という言い方があるが、日本語のようにあいさつことばにまで及ぶことは、ないのではないか。

「過ごしいい季節になりました」

　と、秋のはじめなど、日本語では手紙の冒頭に書く。なにげない慣用句だが、じつに哲学的である。考えようによっては、これ以上に宗教的な言いまわしもない。真理としての人の生を、ただ一行で言いあらわし、しかも見えざるものへの感謝がこめられている。

　万巻の経巻よりも、仏教の真理はこの一行で尽くされているではないか。

　右のあいさつことばをくどく国語解釈すると、

「時間は、絶対の権力者です」

　ということからはじめねばならないだろう。

「私どもおたがい、その大いなるものから、わずかな時間を借り、身をゆだねて生きています」

　という意味が入っている。さらに、

「この夏は寒熱さだまらず、つらいことでありました。ようやく秋らしくなり、身も心もやわらぐ思いです。同じく時に寄生しているあなたさまもこのよろこびを感じてくださることと存じます」

「日本人には宗教がない」

　と、ときに外国人がいう。知日派の人のなかには、

「かつてはあったが、いまはない」

　などという。

　アラブ圏には素朴な人が多いから、宗教のない人を信用しない。

「ボク、無宗教デス」

　と、日本の若い人などがなにげなくいうと、異星人

を見たようにおどろく。

日本には隠然として、しかも厳として存在しつづける宗教がある。日本語である。すくなくとも、右の語法はそうである。

ついでながら、日本人が時間を感じた例として、壮大な表現がある。九世紀、死を前にした空海が、人類への自分の素願はながく尽きない、という意味のことを、つぎのように表現した。

「虚空尽キ、衆生《しゆじやう》尽キ、涅槃《ねはん》尽キナバ、我ガ願《ねがひ》モ尽キナン」

言葉の響きがいい。

大意は、宇宙が尽き、人類も死に絶え、真理もなくなるほどの未来になれば、自分の役割もおわる。それまでは自分の思想は真理でありつづける、ということである。

以上は、日本人が、

「いかがお過ごしですか」

と互いに言いあっていることの背景である。

（一九九三年九月十三日）

98 飼いならし

ロバが人間の荷物を背負って歩いていたころ、人間たちは思った。人間もロバのように飼いならされなければ人間にならないのではないか。

その飼いならしの体系が、大思想である。

仏教、カトリック、イスラム、あるいは東アジアの儒教などがそれで、これらに共通した特徴は、普遍であるということである。村落・部族・民族を越えている。

普遍的であることが必要だったのは、それほど人類は小グループごとの食いあいがさかんだったからにちがいない。いまも中近東やヨーロッパの局地で憎悪と殺戮《さつりく》がくりかえされているのをみると、そう思わざるをえない。

「あなたの宗教は？」

と、前稿で、アラブ圏で日本人がよく質問される例を引いた。無宗教です、ともし答えたとしたら、「私は飼育されていない野生の人です。野馬みたいに」というにひとしい、という意味のことをのべた。

世界じゅうが、日本について無知である。

もし質問者のなかに日本通がいて、さらにはその人が、大思想の効用は人間を飼いならしてよき社会的動物にするためにあるという機微まで心得た人であるとしたら、たとえその日本人が〝無宗教〟と答えても、よく理解してくれるはずである。

「なにしろ、あなた方は、江戸時代というものを経ているからな」

江戸時代二百七十年というのは、世界史でも、社会の精緻《せいち》さにおいてとびぬけていた。

ただし、仏教はその存在を政府（幕府）に保証されすぎていて怠惰になっていた。たとえば僧侶の品行については本来なら宗門内部で検断されるべきであるのに、幕府の寺社方が、そんなことまで面倒をみていた。

大思想には禁忌《タブー》があり、禁忌はその思想の本質に根ざしている。

日本にも禁忌があった。たとえば江戸時代の終了まで獣肉を遠ざけていたことである。

寺がそれを禁じたのではなく、遠い奈良朝のころ、政府がそれを禁じた。むろん宗教上の理由によるから宗教的禁忌といっていいが。

肉食の禁忌についていうと、『旧約聖書』では食べるべきでない獣類についてこまかく規定している。たとえばウシのような偶蹄類は食べていい。ブタは偶蹄ながら、反芻《はんすう》しないから食べてはいけない、といったふうである。ただしこの禁忌は、ユダヤ教に残り、カトリックでは、消えた。

もっともカトリックでも、ながい間、金曜日には獣肉を食べなかった。「私は魚がきらいだから金曜日は苦しかったよ」という話をきいたことがある。

いまは、その禁忌もない。ある労働者が神父にむかって、

「じゃ、いままで金曜日にステーキを食って地獄に行った連中はどうなるんです」

と、質問した。神父は怒って、

「神のルールに口をはさむな」

と、いった。この挿話は、アメリカの小説で読んだ。

以上で、雑談はおわる。

この雑談の結論は、幾通りにも考えられる。

一つは、日本が、現在、大思想によるなまなましい拘束なしによき社会をつくっていることを、地球や世界の課題のなかで役立てられないか、ということである。これにはむろん、そのためのあたらしい思想が要る。

二つ目は、大思想が衰弱すると、それを奉ずる小集団が、他の小集団に対して悪魔化するのではないか、ということである。この現象は、世界のあちこちで演じられている。

三つ目こそ、大切である。若者が活力をもつためには、社会から馴致《じゅんち》されるな、ということである。古いことばでは、

「不羈《ふき》（羈は手綱《たづな》）」

という。手綱で制御されないという意味である。

ただし、この場合のむずかしさは、自分で自分の論理を手製でつくらねばならないことである。しかも堅牢に、整然とである。でなければ、社会に負かされ、葬られる。

人間は大思想や社会によって馴致されて人間になるといいながら、じつは、古来、真に社会に活力を与え、前進させてきたのは、このような馴致されざるひとびとだった。

（一九九三年十月四日）

99

島の物語

思いだしたから、書きつけておく。

日本の北に、ロシアのカムチャツカ半島が、南に向かって垂れている。その南端から北海道まで、首飾りのように二十四ほどの島々がならんでいるのが、千島列島である。

すべて日本領だった。

いまは日露間の熱い湯のなかにある。

この島々が日本領であることは、明治八（一八七五）年に日露間で調印された〝千島・樺太交換条約〟によって、たとえば東京都が日本領であると同じくらいに明らかなことであった。すくなくとも一九四五年八月十八日まではである。

太平洋戦争中、この列島はアメリカ軍の航空機や艦船の南下路にあたっていたため、日本はここに守備隊を置いた。

カムチャツカ半島南端から数えると、第一島が占守《シュムシュ》島、第二島が幌筵《パラムシル》島で、この両島に一個師団が置かれた。

兵力はやがて他の戦線にひきぬかれたため、末期には六千ほどになった。

日本国が連合国に降伏したのは、周知のように、一九四五年八月十五日である。

すべての戦場で、戦火が熄《や》んだ。

ところが、信じがたいことに、降伏から三日後に戦争をせざるをえなかった部隊があった。さきにふれた八月十八日のことである。ソ連軍が占守島に銃砲火とともに侵入してきたのである。世界戦史上、例がない。

型どおりの夜襲だった。まず同日の午前一時前後、カムチャツカ半島の南端から重砲弾が飛来し、次いで艦砲の砲声がきこえ、未明、島の北端の竹田湾に侵入軍が上陸した。

おどろくべきことだった。おなじことが千葉県や山口県でおこったと想像しても、事態の質は変らない。

当時、島には私の友人たちがいた。高木弘之、芦田章、田中章男、吉村大、木下弥一郎らだった。

みな戦車第十一連隊に属していた。連隊長は池田末《すえ》男《お》大佐で、この人は私どもが戦車学校で教育をうけていたころ、教頭のような職にあった。

いまでも、私は、朝、ひげを剃りながら、自分が池田大佐ならどうするだろうと思い、その困惑の大きさを想像したりする。サッカーのゲームがおわってから、相手チームが突っこんできたようなものである。それも三日後にである。

池田大佐は、午前一時すぎ、隣りの島の師団司令部に命令を仰ぐべく電話をかけたが、司令部もどうしていいかわからなかった。当然ながら、司令部は東京の大本営に電話をした。が、大本営も、当惑した。

くりかえすが、日本はすでに降伏している。降伏後の日本を処理すべき連合軍最高司令官はマッカーサー元帥だが、かれはまだ日本に到着していなかった(日本進駐は八月三十日)。

ソ連も、当然ながら連合国の一員であった。その一員が、いわば野盗のように侵攻してきたのである。

これほどの事態だったのに、いまはよく知られていない。戦後、この大戦についてあらゆることが書かれたが、この〝占守島事件〟については、私は活字で読んだことがない。

先日、なにげなくテレビをつけると、自然としての占守島が映し出された。野に、戦車の残骸がころがっていた。

「戦車ですね」

と、レポーターのつぶやきでおわり、画面はすぐ他の自然へ移った。死者たちのために当時の変事について一言《ひとこと》あってもよさそうなものだったが、レポーターはおそらく事件そのものを知らなかったかと思える。

ついでながら、前記の私の友人たちは、木下弥一郎をのぞいてみな戦死した。戦車の残骸は、私にはかれらの死体のようにみえた。

池田大佐は、撃退することを決心した。

大佐の決心については、世の中も歴史も価値観も変ってしまった平和なこんにち、論議してもはじまらない。池田末男という人は、敵を見れば戦うことを国家から教育され、そのことを義務と思ってきた。

大佐の命令によって、全車輛がエンジンをかけた。が、かんじんの大佐が搭乗する車輛だけが、夜の冷えのためか、エンジンがかからなかった。大佐は他の車輛に飛び乗って出発した。

残された大佐の車輛の操縦手の准尉は、全軍が出て行ってから、車内で拳銃自殺をした。このことも、戦前の日本における倫理的事情であって、こんにちの感覚でその死の当否を論ずる必要はない。

上陸したソ連軍は、撃退された。が、再度上陸してきた。

このため激戦になり、多くの敵味方が死んだ。池田大佐も死んだ。

八月二十一日になってようやく双方白旗をかかげた軍使によって停戦が成立した。日本軍の生者はシベリアへ送られた。

以上のことは、現在のロシアを論ずる上で何の足しにもならない。

ただ、千島列島の〝ロシア領化〟がどのようにしておこなわれたかを、平和と繁栄の明日をめざすロシア市民たちに知っておいてもらいたいのである。知れば、どんな異常な事柄でも、両国にとって好ましい昇華を遂げるものなのである。

（一九九三年十一月一日）

100 文　化

私どもの人体は、じっとしているかぎり、温かい空気の被膜のようなものでつつまれている。風が吹くと、その〝被膜〟が吹き飛ばされる。だから涼しい。あるいは寒い。

狭義の文化は、右の〝被膜〟に似ている。さらに簡単にいえば、習慣・慣習のことである。

外から家に帰ってくると、ほっとする。家は、自分がつくりあげた、自分だけの文化である。胎児が子宮にいるように、サナギがマユにくるまれているように、心を落ちつかせる。

一民族やその社会で共有される文化を、仮りに狭義の文化とする。

私どもが外国から日本に帰ってくるだけで、釣られた魚が、ふたたび海にもどされたほどの安らぎを覚える。

「文化とは、それにくるまれて安らぐもの。あるいは楽しいもの」

と、考えたい。

以下の広義の文化も、定義にかわりはない。

国が富めば、世界一の交響楽団がやってくる。聴くと、楽しさにつつまれる。印象派の華麗な作品群にかこまれて展覧会場ですわっている場合も同じである。広義の文化は、心が高められ、しばしば元気が出る。

以上のような趣旨は、かつて書いたことがある。

ごく最近、四、五人の人と同席して、記者会見を受けるはめになった。

〝文化と国家は関係がない。国家が文化に対してこれを顕彰するなど余計なことではないか〟

という意味の質問があった。

その翌日だったが、民放のニュース番組のなかで、文化についての〝特集〟が組まれていた。右の席上での私の談話が、内容を削られて、出ていた。〝特集〟だから私に著作権や肖像権があるはずだが、無断だった。

「文化と国家は関係がある」

とのみ、画面の私は、前後を切られたまま答えている。つぎの瞬間には伝達主役《キャスター》の顔がうつって、不服らしい表情を作り、しかも無言のままだった。

この欄で答えておく。

以下、事例だけをあげる。

八世紀の天平《てんぴょう》文化（奈良朝文化）といえば、いまも奈良にゆけば見ることができる。

当時の日本は貧しかったが、国家が唐風の技術を導入し、平城京を現出させた。

「当時は、たいていが掘立小屋にすんでたよ」

といっても、理解の足しにはならない。『万葉集』に「青丹《あをに》よし」の歌があるように、当時のひとびとも新来の文化をよろこんだし、後世の私どもも〝天平文化〟という言葉をきくだけで心のふるさとを感ずる。共有のものになっているのである。

琉球は十五世紀から十九世紀まで王国だった。そのもとで音楽や舞踊が、下手《げて》から上手《じょうて》になり、陶芸や織物など美術工芸も、実用品から華やぎのあるものになった。

十七世紀以後、琉球は薩摩藩の武力に屈従した。

しかし文化の上では、征服者の薩摩藩のそれは幕藩体制の紋切り型《ステロタイプ》の〝一支店〟にすぎなかったのに対し、国家としての琉球文化ははるかに華麗でゆたかだった。

右の二例を考えても、国家と文化はべつのものではなく、しばしば国家は文化的総称でもある。

以上、常識的なことながら。

（一九九三年十二月六日）

101 正直さ

林の根方に落葉して、一面に夜露が月光にきらめいている。

「黄金《こがね》だ」

と、世間師《せけんし》のような人が叫び、やがて千、万の声になった。

ひとびとの心が、社会のただ一つの資産である。その無数の心に霧が入りこんだ。個人も大資本も争って各地の落葉（土地）を買いあつめ、それを担保にし、銀行で本物の日本銀行券に換えた。ところがすと、しばしば倍になった。二、三十年、このゲームがつづいた。株も絵画もこの霧のような気分にあおられた。

こんな現象のことを、

「虚仮《こけ》」

という。聖徳太子のころからある日本語である。

「そんなものは、経済ではない」

という警世的なことばが、ついに政治の世界から聞こえて来なかったような気がする。

それどころか、政界にもひそかに落葉を金庫に詰めこみ、これを権力の源泉にしつつ、〝国家・国民のため〟というふしぎな呪文を唱えつづけた人もいた。

いまは、日本じゅうが醒めた。ただし、

「あれは、泡沫《バブル》の時代のことでね」

と、日本人の心と生産の基本をむしばんだこの霧の時代のことをひとことで片づけてしまう傾向がある。太平洋戦争のことを、あれは軍閥がやったことで、とにべもなく言うのに似ている。

第一、バブルなどということばが、経済学用語にあるだろうか。政治学や社会心理学のほうにも無さそうである。定義もないような言葉（バブル）をつかって、その時代の本質を語るわけにはいかない。

それが、ほんのこの間までの過去だった。いまはその〝過去〟にあらためて驚くことからはじめねばならない。

日本には多くの大学に経済学部や研究所がある。そういう機関で、あの現象についての研究が、すでにはじまっているだろうか。なぜ生起し、どのように進行したか。さらにその結果としてのこの——死のような——不況の正体はなにか。また、経済学はこれを予見し、阻止することができなかったのか。

政治家たちも、なにやら漫然としているようにみえる。

過去のことながら、政策論として——解剖病理学的に——論議し、いままでの政治が怠慢もしくはまちがいだったとわかれば、その結果をせめて白書の形ででも——つまり解剖報告のように——あきらかにしてほしい。決して退屈な白書にはならないはずである。

私は偏食で、フォアグラを食べない。この名が〝脂肪で脹《は》れた肝臓〟というフランス語だときいてから、気分がわるくなったのである。

周知のように、製造には、生きたガチョウが使われる。口をあけさせ、管を突っこんで、たべものを流しこみつづけると、肝臓が脂だらけになって脹れあがる。

いまの銀行に似ていなくもない。どの銀行も、担保の流れの落葉(土地)をのどまで詰めこまれ、肝臓どころか、胃も腸も動かなくなっている。経済社会そのものも、ガチョウになっているらしい。

「政府は、不況対策をしろ」

と、国会で質問が出るたびに、驚かされる。

ガチョウになるまで放置——あるいは助長——したことの責任はどうなるのだろう。

経済には果報という不確定要素があるからいつかよくなるにちがいないが、ともかくも、私どもの病気は何でしょうという疑問に対し、正直で根こそぎな回答が出なければ、不況対策もありえないし、経済社会の再建もありえないように思える。

(一九九四年一月三日)

102 泥と飛行艇

わが国の憲法は、首相公選制をとっていない。衆議院において多数を制した党が、首相をきめる。

私ども国民は、国会議員のみを選ぶ。

「私ども国民」

という場合、語感には、清らかな〝永遠のアマチュア主義〟ともいうべき意味が入っている。アマチュアという語感には有能で人格的魅力に富む首相を持ちたいという願いがつねにこめられている。

「選挙の足もとは、泥だらけの習俗です」

という人もある。選挙民を利益や人情で釣り、利権で票をかためる。

結果として、泥の塔のような集票組織ができかねない。累々と立つ泥の塔の上に多数党が形成されて行ったのも、むかしむかしのことと思いたい。

この場合の泥は、「旧習に泥《なず》む」という意味であってもいい。拘泥のことである。

この泥みの構造が、首相を生みだしてきた。

むろん、歴代首相が泥まみれだったというのではなく、泥の側も高度に技術化し、泥中で蓮の花を咲かせるようにして首相が選ばれてきた。ただ、どの首相も、泥に遠慮し、傭われ店長のように自由が稀薄そうだった。

それらの歴世からくらべると、いまの政権はふしぎである。泥から離れ、飛行艇のように飛んでいる。

「実感として、革命政権みたいですね」

と、就任ほどもないころ、首相自身がいったといわれるが、たしかに前代未聞の形態といっていい。

機体を従前の政治習俗から離陸させ、国民の意志という空気に揚力をおこさせて飛んでいるのである。

時と人と有志たちがこの飛行艇をつくったにせよ、設計者の功であることはまぎれもない。

その設計者は機械好きで、機関士として搭乗し、あちこちのボルトを締めたり、出力を調整したりしている。なにかしぐさをするたびに、マスコミが騒ぐ。

「モトコレ泥中ノ人」

などという声もあり、連立の内容についての評価もさまざまである。

しかし、飛行艇形態をつくることによって、政治を閉塞《へいそく》状況から救い出した功は大きい。

なにしろ、この政権は国民がじかの傭主という実感を私どもにもたせている。国民の意志を裏切らない以上、この飛行艇が墜落することは当分なさそうである。

途中、乗員の一部の反乱によって機体が蹴破られ、あわや墜落という危機におち入った。

が、再浮上し、政治改革というその役目をまがりなりにも果たした。

また減税と税制改革という山を越えかけて、大きく失速した。

それでもなお墜落せず、その後も巡航をつづけている。単に人気のせいではない。

機械が堅牢というわけでもない。

揚力による。それほど過去の習俗にもどりたくないという国民一般の思いがつよいのである。さらには墜ちればあとがない、という思いもある。

飛行艇という形態も、この我慢も、明治に憲政がはじまって以来のことである。国民のほうも、素人芝居をみるようにはらはらしている。はらはらまでが揚力になっているというふしぎな経験をわれわれは毎日している。

（一九九四年二月十四日）

103 湯の中

湯にくびまでつかりながら、瓦職人が、問われるままに瓦の焼き方を話している。ただの土が、美しいギンネズミ色の瓦にかわってゆく話をすると、

「ほんとうに、土がギンに変るんですか」

マルチ商法に入会したばかりの人が、何を勘ちがいしたのか、目の色を変えた。

陽射しが大浴場にあふれた春の午後のことである。

「変りますよ」

と、べつの人が、静かにいった。その人はながくて大きな顔を持っている。湯面《ゆおも》に浮かんだその顔が白くて、なにやら筋がついていた。

「変ったお顔ですね」

たれかが不用意にいった。

「差別はいけない」

どすの利いた声で、その人はいった。差別はいかんということばは、時代の磁気を帯びている。

まわりのひとびとは、不用意な人の不用意な発言を責めた。不用意な人が自分の発言をあやまるうちに、その人の表情に海のような寛容な微笑がひろがった。

「いいお顔をしていらっしゃる」

浴槽の南側の人が、感嘆して叫んだ。その叫びがきっかけになって、浴槽じゅうの人達が、その人をとりまき、片言隻句まで聴こうとした。

「アフリカから来られたそうだよ」

と、前列の人が、声の聞きとれない後列の人にそう伝えた。

「なんでも、日本じゅうの村々の鎮守《ちんじゅ》の杜《もり》という杜をまわっておられるそうだ」

「なにか、ごりやくが、ございましたか」

と、浴槽の北側の人が、きいた。

「信州の鍬《くわ》ノ峰の南の降り口の村の鎮守の草がうまかったね」

「草が」

みなどよめき、その草にどんな薬効があります、漢方薬として売り出したいのですが、という人もいた。

「そういう質問がいまの日本の病気だよ」

その人が、いった。

「人の話を、功利的な情報としてしか聞けない。コマーシャルのようにね」


政治について伺いを立てる人もいた。

「行儀がわるい」

と、その人は、電車のなかの日本の若者の無作法を例にあげた。たれもが顰蹙《ひんしゅく》している日本名物だが、この人の口から出ると、世界の奇観のようにきこえる。

顔、姿、世界じゅうであれほど汚らしい肢態はないね。

「漱石が、明治三十年代に、すでに東京の電車のなかでの〝強者優位〟のことをいっていますね、ロンドンのマナーと比較して」

と、物識《し》りが、あいづちを打った。

その人はそのあいづちには乗らず、

「私のいうのは電車の中の話じゃない。政治は気品だということだ」

といった。代議士のほとんどは、アフリカのサバンナの草食動物のむれのように気弱だからね、こと選挙に関しては、とその人はいう。

「そのおびえを衝《つ》く。――」

たれが衝くのか。ひとびとの脳裡に、走る肉食動物がうかんだり、槍を持って忍び寄る人間が浮かんだりした。しかし片言隻句だから、そういう説明はない。

「政治にあってはおどしは必要なものだ。しかし、一人の人間が何度もおどしや謀略をやると、札付《ふだつき》になってしまう。君子ハ為サザルアリ」

といってから、その顔の大きな人は口をつぐんだ。

沈黙が、数分つづいた。

やがてその人の背後にいた人が、湯のぼせしたのか、あわただしく浴槽から出て行った。

「あの人は、なんだ」

「腹話術師だよ」

たれかがいったとき、みな幻覚から醒めた。湯の上にしぼんだ風船がうかんでいる。ひろげてみると、シマウマの顔をしていた。


「自然保護の宣伝だったのかな」

ひとりが、いった。

「いや、アフリカを認識せよ、ということじゃないのか」

「ちがうね、あれはほんとうのシマウマだったんだよ。

わざわざ日本まできて、神社の杜を駐車場にするな、と言ってくれたんだよ」

テレビを一日じゅう見ていると、これと似た幻覚を覚える。以上は、自戒のことばである。

（一九九四年三月七日）

104 誇　り

誇りという、人間にとってきわどい――有用かつ有害な――精神について考えてみたい。

誇りあるいは自尊心は、幼児期にすでに見られる。人間の本然《ほんねん》にちかい感情らしい。

コドモは、ときにたけだけしいほど自尊心がつよい。古来、少年期に教育が行われてきたのは、当然なことだった。感情のなかのその部分を刺激して、教育や訓練がほどこされるのである。

大人になると、ふつう、子供っぽい誇りはほどよく燻《いぶ》される。あるいは精神の良質なものに変化したりする。

そういう好もしい人格的威厳の見本は、たれの身辺にもいる。帳簿の上手、水道工事の達人、腕のいい外科医、老練の鳶職《とびしょく》、篤農家、三十年無事故の運転手といったような人達の風貌を思いだせばいい。

大人になっても子供っぽい誇りが残っている人は、プロ野球やプロサッカーの熱狂的なファンになると、すばらしい。

おだやかな生活人が、観客席でしばしば仔犬《こいぬ》のように叫び、はしゃいでいるのは、むしろ愛嬌のある景色である。

福沢諭吉は、明治初年、立国の基本は個人の独立と自尊にあると説いた。この場合の自尊は、むろん子供っぽい誇りではなく、他を侵さず他から侵されもしない個人の威厳といっていい。

以上は、前提である。

この世は、さまざまである。

国によっては、個人の独立自尊どころか、国家が個人にのしかかり、すべてを国家に奉仕させようという場合もある。

人民個々が、自分を〝主体的に〟犠牲にすることによって国家に栄養をあたえ、国家に名誉を得させようという体制である。

国家の誇りと名誉がふくらめばふくらむほど、そこに溶けた人民個々は、冥々《めいめい》のうちに至福の境地を得る、というあたり、ある種の新興宗教に似ている。

「どうです、わが国の兵器工業の発展はすばらしいでしょう」

と、ひとびとが子供っぽい誇りで胸が満ちるときこそ人民個々にとっての至福である。そういう場合、案内人は、

「それらの発展は、すべてあの方のおかげなのです」

と、大きな銅像を見あげたりする。

童話風にいえば、その銅像は、千万の子供っぽい誇りを吸いこんで、毎日大きくなり、雲を衝くばかりになっている。

「ゲンシバクダンを造って飛ばそうではないか」

と、もしこの銅像とその後継者が命じたとすれば、国家の子供っぽさが極に達したときにちがいない。むろん、バクダンを飛ばすミサイルも製造される。

ときに、ひとびとは餓え、国庫にカネも乏しい。し

かし誇りは、窮乏に逆比例する。

窮乏が極に達したときこそ、誇りの表現として、そのバクダンが要る。

どこへ飛ばすかは、問題ではない。飛ばす能力の誇示こそ、目的である。

子供っぽい誇りが国家としての威厳に転換できるのは、大量殺戮兵器をもつ以外にない。四方が――東京もソウルも――おそれ、ひれ伏すだろうからである。

一大事だが、しかしまわりの国々は、はれものの《ふく》ように膨れあがったその〝国家の威厳〟に対して、あまり攻撃的な騒ぎ方をすべきではない。

静かにおだやかに、練達の心理学者のように相手の理性の場所をさがすしかない。そのうち、時が解決するにちがいない。


（一九九四年四月四日）

105 古人の心

むしゃくしゃするときは、私は地球儀をまわす。以下は、そういう規模の話である。

亜細亜大学の鯉渕信一教授（モンゴル語学）のもとに、ごく最近、老モンゴル人が訪ねてきた。フェルトのモンゴル帽をかぶり、モンゴル服に、舟のように大きいモンゴル靴《ゴトル》をはき、草原からまっすぐきたような――げんにそうだが――人だった。唐突で、未知の訪客である。

ティムル老人と、仮りによぶことにする。

むかしは草原の小学校の校長さんだったが、引退後は、標高三千メートル以上のモンゴル高原で羊を飼っている。夜は、包《ゲル》にくるまれて大きな星空の下で寝る。いわばモンゴル人にとって至福の境涯にいる。

鯉渕家のあたりは、数世代前、武蔵野の雑木林だった。

いまは住宅街になっている。ティムル老はバス停で降り、鯉淵家のベルを押した。

「日本を見ようと思って」

老人は、いった。ついでに海も見たい。佳子《けいこ》夫人はおどろいたが、夫妻とも心のひろい人だから、請じ入れた。以後、老人は一カ月あまり鯉淵家に逗留《とうりゅう》した。

じつをいうと、老人はウランバートル大学で日本語を専攻した一人娘と一緒だった。飛行機が日本着陸姿勢に入ったとき、窓の下に東京の夜の海がひろがった。

老人は、眼下を凝視した。モンゴル人のほとんどは、生涯海を見ずに死ぬ。

老人は、波の上に漁火《いさりび》がちらばっているのを見て、

「あれは、空の星が海に映っているのか」

と、娘にきいた。人間は、他郷にゆくと、巧まずして詩人になるのかもしれない。

食糧持参で来た。

羊二頭だった。一頭は、鯉淵教授にくれた。

「羊を連れて?」

「いや、肉が圧搾されています。一頭分が手にさげられるほどのかさになっているんです」

羊の肉をよく煮、よく干し、こまかくきざみ、さらに干し、小さな袋に圧縮するのである。食べるときは小刀でスライスし、煮こみうどんのなかに入れる。

十三世紀のチンギス・ハーンの遠征のときの兵糧《ひょうろう》がそうだった。私は文献のなかで辛うじてそんな話を知っていたが、いまも存在するとは思わなかった。

モンゴル人は一般に魚を食べない。が、鯉淵家の夕食ではときに魚が出た。

老人は苦しげだった。しかし食べ、

「なにごとも、稽古だ」

といった。来世、ひょっとして日本人にうまれてくるかもわからないというのである。老人にすればそのときの練習だった。

モンゴル人は、古来、草原で水溜まりがあると、大きく迂回する。理由はわからないが、水溜まりには日本の『古事記』にいう禍霊《まがつひ》がいる(げんに水溜まりに細菌がいる)ということと似た考え方があるのかもしれない。

沐浴《ゆあみ》をしないのも、同じ理由による。

むろん高原は乾いている。

垢《あか》がすぐ干からび、あとは風が持ってゆく。日々空気浴をしていると思えばいい。

しかし、鯉淵教授は、ここは湿度の高い日本だから、と入浴をすすめた。

そのつど、ティムル老は否《ビシ》とことわった。浴室は、水溜まりに相当する。

「せめてシャワーだけでも」と言ったとき、やっとその気になってくれた。

しかし手帳をとりだし、しきりに繰っていたが、やがて、

「きょうは、日がわるい」

と微笑した。

教授は、海にも、富士山にも連れて行った。

富士の見える丘にきたとき、老人はひざまずき、岩のように動かなくなった。

ほどなく小さな香炉をとりだし、芝の上に置き、はるかに富士のために香をたいた。

教授は、あやうく涙がこぼれそうになった。富士のほうも、このような古人の心を持った人に対面するのは、何百年ぶりだったかもしれない。

（一九九四年五月二日）

106 永久凍土

ヒトは、地球に住む。

「住み方を考えよう」

という、実効あるアジア会議が、ひらかれていい。

たとえば、北京でひらく。

「中国の工場の煙突から出る有害物質が、周辺の国に酸性雨を降らせています。森林が枯れれば、大気がどう変ってゆくか」

精密なデータのもとに、討論され、もしよき結論が出れば、高度な政治判断によって、当該国が実行に移す。

「よその国の木が枯れようとどうしようと、かまっていられるか」

というような自国優位の議論は、ここでは出ない。

「国土の多くが水面下にあるオランダは、地球温暖化

がすすめば、国がなくなってしまう」

オブザーヴァーのオランダ代表がいえば、各国代表はおなじ地球人として——あるいはオランダ人になった気持で——真剣に討議しあう。

「空論だよ」

というのは、この議場では禁句である。世界の自動車産業が、非ガソリン車——たとえ速度が遅くてコストがかかっても——に切りかえざるをえない時代が、遠からずやってくる、というのが、この会議の前提の一つになっている。

「じつは、わが共和国は食糧が極度に不足している」

と、北朝鮮代表がいうとする。

一国の食糧問題は地球保全の次元の課題ではない、と、スリランカ出身の議長は、そういう理由で、右の提案を議題として採用しなかった。

「それじゃ、ソウルや東京は火の海になってもいいのかね」

北朝鮮代表の声が、激した。

しかしそういう戦争行為は、従来の国家のレベルでのことだから、と議長は迷惑そうである。

「もし核が爆発すれば、地球は汚染される」

と北朝鮮代表にいわれてはじめて、議長はやっとこの会議の議事として取りあげた。しかし国家の行動原理という古いワクでの時代遅れな主題なので、古くからあるアジア食糧問題会議のほうにこの案件をまわすことにした。

議長があつかわねばならないのは、もっと高次元の課題だった。

「さて、つぎは永久凍土《パーマフロースト》の問題です」

と、議長がいう。

北極海を中心に地球の北部の地面をひろくおおっている凍れる土壌のことである。

その固さは、——私も冬の〝満洲〟で経験があるが——ツルハシをふるっても、はねかえされてしまう。

また私事になるが、モンゴル高原に湧きあがる白雲をみて、海もないのになぜ雲が湧くのだろう、という意味の文章を書いたところ、雪氷学の樋口敬二《ひぐちけいじ》博士から、永久凍土の表層が、夏わずかに融けたぶん雲になるのです、というご教示をうけた。

永久凍土層は、シベリア、アラスカ、カナダ、中国奥地など、地球の陸地の一四パーセントという広大な面積を占めている。ときに凍った土壌の深さは千メートルにもおよぶ。

もし地球の温暖化が進行すれば、永久凍土によってとざされてきたぼう大な量の水があふれ、シベリアは水びたしになり、海面の水位もあがるだろう。

「朝鮮も、氷雪学の国際学術機関の調査をうけ入れる必要があると思いますが」

と、議長がいったとき、北朝鮮代表が、もしおだやかな表情でそれを受け、「その課題は、国家主権を越えて重要だ」といったとすれば、これほどめでたいことはない。まだまだ夢物語だろうか。

（一九九四年六月六日）

107 文化の再構築

明治維新という革命は、このままでは日本は亡びるという、危機意識からおこされた。

そのあと、玉石ともに砕く欧化主義がとられた。「ザンギリ頭をたたいてみれば、文明開化の音がする」というように、痴呆的なまでにその勢いがすすんだ。

明治二十年代になって、このまま欧化がすすめば日本も日本人そのものまでなくなってしまう、というあたらしい危機感がおこった。国民文化を中心に自己を再構築せよ、という運動だった。むろん国粋主義でも右傾化でもなかった。

運動を始めた人達には、西欧の学問を十分にやった陸羯南《くがかつなん》のような人が多かった。

羯南は明治期を通じてもっとも魅力的な人格をもつ

ひとりであった。かれは、この運動のために小さな新聞「日本」をおこした。

この人の知性と徳のもとにあつまった若い同人たちは、いまの入社試験ではとても採れそうにない人達ばかりだった。正岡子規、三宅雪嶺、長谷川如是《にょぜ》閑《かん》、鳥居素川《そせん》、丸山侃堂《かんどう》など十指にあまりあった。

たとえば子規は、かれらの新聞「日本」に拠って、うらぶれはてた俳句短歌を革新する運動をおこした。羯南がなければ子規はなく、子規がなければ、俳句も、芭蕉以来の電池の切れた古い懐中電灯の殻同然になっていたろう。

むろん、こんにち世界じゅうで愛されはじめているハイクもありえなかった。

第二次大戦後、二度目の自己否定の大変革があった。敗戦と米軍の占領による衝撃がエネルギーだったとはいえ、日本人は十分にそのことをやりとげた。

ただ戦後の変革は、便利主義という厄介なものをともなっていた。たとえば、農村の家屋にしても、不燃性の新建材をつかえ、という政府の規制のために、日本美そのものというべき農家の建物が消えた。

いまはどこに行っても、農家は醜いウソ材でつくられていて、景観を見る者の心を冷えさせている。燃えにくいというただ一点の便利さのためにである。

「この家じゃ、長男に嫁は迎えられませんよ」

と、私の近所の古格な屋敷に住んでいるひとはいう。せめて台所を変えたいということばに、私などは、もっともだと思ってしまう。

最近、百数十年経ったみごとな庄屋屋敷も、こわされてマンションにかわることになったという話をきいた。

私ども戦後日本人にとって、不便は、便利に抗しがたい。

そのことに歯止めをかけるのは、羯南とその同人のような思想と敢然たる行為以外にないが、言いやすく行いがたい。

この文章を書く気になったのは、たまたま手にした「新・新潟」という、文化の見直しという考え方が盛られた雑誌を読んだことによる。

雑誌に、伊藤文吉氏が語り手として登場している。

伊藤文吉氏は、新潟市の東郊にある豪農の末裔にうまれた。

終戦直後に同家を訪ねた若い進駐軍将校が、日本の封建制はよくない、といいつつも、

「それにしても、あまりに日本の文化は素晴らしい」

といったそうである。そのことから、伊藤さんの行動がはじまった。この人は自分の屋敷を所蔵の美術品とともに美術館として保存することにした。財団法人（北方文化博物館）の認可は終戦の翌年の二月で、戦後最初の私立美術館だった。

この四十余年のあいだに、多くの見学者が訪ねてきてくれた。そのなかに若いころドイツに留学した東山《ひがしやま》魁夷《かいい》画伯がいた。画伯は、

「ドイツの田舎に〝古い家のない町は思い出のない人間と同じである〟という諺《ことわざ》があります」

という言葉をのこしてくれた。

またイギリス人のロータリークラブの会長は、自分は日本にきて近代的なホテルに泊まり、石油コンビナートや自動車のロボット工場を見せられてきたが、この〝伊藤家〟にきてやっと、

「自分の考えていた日本に会えた」

と、いった。

伊藤さんは、その写真をみると、思想的な風貌をもち、県の日米協会の副会長もつとめている。いわば世界にむかって〝日本文化の残存〟の一片を守っている。

読後、明治の羯南は、いまの時代ではこのような思想的実行者として存在してもいるのかと思った。

（一九九四年七月四日）

108 古代・中世

中世とは、西欧でいうと封建の世のことで、日本でいえば鎌倉・室町・戦国の世になる。

東西とも激情が支配した。

男でもときにひと前で号泣した。激情にまかせて、人をも殺した。

自傷もあった。

鎌倉の北条政権が倒れるとき、京の長官（六波羅探題《ろくはらたんだい》）だった北条仲時らが、東帰すべく近江の番場《ばんば》まできたとき、敵にかこまれた。

仲時は、村のお堂に入って自刃した。

堂前で、かれに従ってきた全員（四百三十二人）が、いっせいに腹を切った。仲時に徳があったわけではなく、ひとびとは慣習として――感情と倫理の処理法として――自死したのである。

近代に近づくにつれ、人は哭《な》かなくなる。むろん人間の悲しみに古今があるわけでない。ただ近世も現代も悲しみ方が、多様になった。

誇大な表現も、通用しなくなった。

たとえば、江戸時代、俳句が興った。詩でありながら、水は水のように、石は石のように、その本質を表現しようとした。

さかんな商品経済が、人間を、近世・近現代人に変えたのである。

「この酒は、まずい」

と、江戸落語の登場人物が言う。江戸は、地《じ》の酒がまずかった。ときに登場人物が、

「旦那、いい酒ですね」

とほめるのは、はるかに摂津の西宮湊《にしのみやみなと》から樽廻船《たるかいせん》で運ばれてきた灘《なだ》の酒だった。万人が、ごく自然に商品のめききになっていた。

物事についても、また人についても、商品のように他者を計量計測できるようになった。

北朝鮮報道のなかで、金正日書記をたたえる表現が出てくる。もし江戸時代の人々が、

「この人は、偉大です」

といわれても、容易に信じないだろう。

また現代のブロードウェイの寄席で、一人の人物を、

「この人は、世界の革命的人民に対して絶対的な権威をもつ絶世の偉人です」

という表現で紹介したりすれば、まちがいなく喜劇が開幕する。

もっとも、歴史は一筋縄でいかない。

古代的なものが、近現代にまぎれこむことが、多い。

幕末の革命期には、すでに商品経済が爛熟していたのに、革命家たちは〝尊王攘夷《じょうい》〟という中国の古い思想によって言論を構成し、それをもって起爆剤とした。明治後は、口をぬぐっていわなかった。

太平洋戦争中の言論もそうだった。擬似的古代の思想がさかんに演出され、ひとびとの理性を麻痺《まひ》させた。

教祖崇拝は、現代にもむろん存在する。

江戸時代はこの種の現象を幕府や藩がきらい、〝妖言〟をなすとして、小まめにつぶした。

呪術的な新興宗教の出現は、むしろ明治後である。

現代というのは、多様で、ホラー映画もあり、超能力者もいる。りっぱな人が、教祖に随順してもいる。

ひょっとすると、人によっては、計量的な社会に堪えかね、いっそ古代返りをしたいという芸術的願望(?)をおこすのかもしれない。しかし、決して現代をこわすほどの力にはならない。それほど現代というのは、堅牢である。

それやこれやを思いつつ、現代のなかのふしぎな情景として、北朝鮮をながめている。これは中世なのか、それとも古代なのか。さらにいえば、全員がそのように演技しているのか。

もし演技しているとすれば、いつかは現代に帰還してくる。そのとき、帰還者がすべておだやかで流血もなければ、どんなにいいだろう。

（一九九四年八月一日）

109 黄金のような単純

ミセス小林の絵葉書をうけとった。ヨーロッパの景色のなかに立っていて、贅肉がなく、小気味がいい。

彼女は、つねに群れず頼らず、そのくせいつもひとびとの中にいる。この絵葉書のなかでは一人ぼっちだが。

この人ほど、縁辺《よるべ》の薄さを感じさせない人もめずらしい。熊本から出てきて、京都の学校で国文学を学んだころ、すでに両親はなかったと記憶している。

戦後、結核を病み、療養所に入った。リズミカルな活力があって、同室の患者たちを明るくした。

言葉の区切りがみじかく、早口で、木《こ》っ端《ぱ》が飛びちるように喋る。とくに愛にみちた人物描写が、おもしろい。

また咀嚼力《そしゃくりょく》がよくて、少々難解な哲学書も、独特の自家製方言で嚙みくだいてしまう。

早くに、未亡人になった。ざっと三十年前、ひとに頼まれて、京都にくる留学生の世話をし、半生そのしごとをした。冒頭の〝ミセス小林〟というのは、京都の留学生会館の古いOBたちの呼びならわしである。

「小林さんは、ふしぎですね」

彼女は、地《じ》で生まれたように英語を話す。理由をきくと、「そんなに？」とはじめて気づいたようだった。三十年も前のやりとりである。

どうやら、女学校という制度名の時代に、熊本における新教のミッションスクールを出たこととかかわりがある。

院長、英語担当、それに音楽担当の三人の先生が英語国民で、彼女はその三人とも大好きだった。

英語担当のミス・パッツは、発音記号をきびしく教え、ちがう音《おん》をゆるさなかった。彼女はこの先生が大好きだったから、一つの瓶から他の瓶へ水が移されるように発音が体に入った。

院長のマーサ・エカード嬢は膝関節炎のために歩き方がぎこちなく、その歩き方まで人格の一部になっていた。

ミス・エカードは日本語は十分ではなかったが、それでも式のとき、あのむずかしい「教育勅語」を（戦前のことである）朗誦した。

このひとは『聖書』を担当していた。

『聖書』はいまの口語訳でなく、流麗典雅な文語訳の時代で、その名文が、ミス・エカードの発音によって誦せられるたびに、小林さんは日本語の美しさをもあわせ知った。のちに国文科をえらんだことと、無関係でないらしい。

「小林さんはなぜクリスチャンでないの」

と、きいたことがある。

「私、アカンタレのくせに、女学院の当時はアンチクリスチャンだったんです」

その学校のころ、たれもが、たとえば星よ菫《すみれ》よというふうに洗礼をうけるのをみて気持がわるかった、という。

そのくせ、いまも文語訳の『聖書』を読む。

初期伝道者のパウロが、突如回心し、異邦人に福音を伝えるべくシリアへゆき、何度もエーゲ海沿岸へゆくくだりになると、必ず涙を流す。

ミス・エカードの薫陶《くんとう》は、文脈として彼女のなかに生きているのである。

京都で留学生たちの世話にあけくれているころ、彼女は私服の修道女みたいだった。

館長になってからは、寄付あつめや役所との交渉などで、いかにもつらそうだったが、それでもやりぬいた。代償として、体の調子がいつもよくなかった。

「もうゲームセットです」

といって、すべてをやめ、京都の住まいを売り、宝塚のシルバーマンションに住んだのは、六十のときである。最年少ということで、〝老人仲間〟の会長さんになった。人生の世話係のようなひとである。

ときに、ロンドン郊外を根拠地にして英国やヨーロッパ各地の学生を訪ねる。そのつど、共通の友人についての軽妙な人物評をもらしてくれるのである。

黄金のようにシンプルな生き方といっていい。

（一九九四年九月六日）

110

世界の主題

新井白石は江戸中期の思想家で、儒学という古い学問の徒でありながら、独創的な人文科学的思考をする人でもあり、古代史、言語学の学者でもあった。周知のとおり、政治家でもある。

その自伝『折たく柴の記』は卓越した和文で書かれている。しかも秤《はかり》で物をはかるように、自己が客観的に計量され、江戸時代に住みながら近代人だったことがわかる。

「父にておはせし人」

という語法が、その冒頭にある。〝私の父は〟といえばすむところをこのように持ってまわっていうのは、どの国の言語にもないらしい。

この語法には、虚空《こくう》がある。

虚空は無数の縁によって万物を生む。この概念はキリスト教の神であってもよく、儒教の天であってもいい。

この語法の思想としての背景を考えてゆくと、虚空という名のあるじが、白石にその父をあたえたかのように思えてくる。

以下、虚空についてふれる。

虚空が万物を生むならば、白石も、たとえば私もルワンダにうまれてもよく、中国奥地の全盲者としてうまれてもいい。また日本国で幼時に交通事故に遭って身障者として育っても、すこしのふしぎもない。

日本における人道の感覚は、白石の語法と同様、伝統としてこのあたりに根ざしているかと思える。

たとえば、江戸時代の法制における盲人救済のやり方が世界史のなかでもすぐれたものだったことが最近注目されはじめている。

おそらく江戸の盲人救済の思想的根底に〝ひとごとではない〟という仏教渡来以来の感覚が息づいていたのに相違ない。

〝因縁が一つちがえば自分もそうだ〟という〝他生《たしょう》の縁〟の感覚は、江戸時代人にとって日常のものだったことを思えばいい。

中国や朝鮮の儒教は、先祖代々無数の固有名詞の連鎖の最後の一環として自分があるとした。韓国には、幼時に、何百という先祖の名を暗誦させられた、という人もある。

これが、古代では文明思想だった。

「野蛮人は、四代前の先祖の名を知らない。華(文明)とのちがいである」

と、中国古典は、紀元前の匈奴《きょうど》の風についてそういう。

匈奴は、遊牧民であった。

文化人類学者で遊牧にあかるい国立民族学博物館教授の松原正毅《まさたけ》氏によると、現在のトルコの遊牧の現場では、自分の羊のむれと他人の羊たちとを、時と場所をきめて集団でかけあわせるという。優生学的な配慮である。

そういう知恵は農業社会より優《まさ》っていて、紀元前の匈奴にも、当然あったろう。四代前の先祖の名を知らなくても、べつな文明をもっていたはずなのである。

ついでながら、儒教を創始した孔子は、人智によってとらえがたい運命的なものを「天」とよんだ。天という言語も概念も遊牧社会からきたことは、こんにちでは論考され済みである。

むかしもいまも、遊牧社会では、天という虚空に対する尊崇がつよい。この思想にあっては、四代前の先祖はすでに天に溶けているのである。観念性の上では、歴代の先祖の名を憶えているより上等だといえなくはない。

計算の上手な人に、

「二千年前に二組の夫婦がいて、それぞれ男女二人ずつ生み、代々それをくりかえすと、いまの世界人口ほどになりますか」

とたずねた。

「とんでもない」

その人はいった。幾何級数でゆくと、兆を何個も掛けたようなぼう大な人口になるという。

「すると、千年前だとしたらどうです。五百年前でもいいが」

この答えは、コンピューターをお持ちの人に、もし暇があればやってもらいたい。要するに私どもは、どこでどんな条件で生まれても、数学的にはふしぎでないといいたいのである。

以上は、人道的行為と人権擁護という、こんにちの世界の主題についてのことを頭におきつつ、考えてみた。キリスト教なら自明のことなのだが、われわれアジア人はそうはいかない。

日本の場合、古い思想の収納箱の底をかきさがしてみると、以上のような——近代では錆《さ》びついてしまったが——回路が出てきた。

人権擁護や奉仕、救援という政治や社会の思考にすこしはお役に立つかと思うが、結論のほうは、読者にゆだねたい。〝袖ふれあうも他生の縁〟とか、〝情《なさけ》は他《ひ》人《と》のためならず〟というのは、日本思想の上では非常に重かったことばなのである。

（一九九四年十月四日）

111 日本語の最近

ちかごろ、話されている日本語についての感想二、三。

耳にさわるのは、

「入れこむ」

という動詞である。テレビの画面でよく使われる。たとえば、「最近、釣りに入れこんでいます」というふうに、である。熱中する、という意味らしい。おそらく、「入れあげる」の誤用かとも思われる。入れあげるは、主として遊廓があったころの言葉で、なけなしのカネをその女郎ひとすじにつぎこむことをいう動詞だった。

「ここんとこ、なかの太夫《たゆう》に入れあげて、空《から》っけつだ」というふうに、職人のあいだでつかわれた。

一方、

「入れこむ」

は、旧軍隊の騎兵などでの方言だった。馬が厩舎《きゅうしゃ》で、騒ぐ。一頭だけが前脚をばたつかせたりするさまをいう。

転じて、人間があわてるさまをいう。

「タバコ屋の前であろうことか、借金とりに遭ったんだ。つい入れこんで、タバコ屋の娘をつかまえて、豆腐一丁くれ、というと、娘が笑いもせずに、豆腐屋さんなら筋向いですよ、と言やがった。おらァ、すっかり馬みてえに入れこんで」

だから、〝熱中する〟という意味ではない。

ここで、タバコ屋の娘が評判の美人だったとする。町内の若衆が日に二度も三度もタバコを買いにゆくさまのことを〝入れあげる〟というのである。

泡を食うほうの〝入れこむ〟は軍隊方言だから辞書にはない。小学館の『日本国語大辞典』のその項をひくと、「いれこみ」という名詞は、まったく別の意味である。

大正時代の鰻屋《うなぎや》などは、土間から畳敷きになっていた。客を、老若男女見さかいなしに入れる。つまり入れこむ。

「あの店は入れこみでね。話も何もできなかったよ」

当然ながら、熱中するという意味ではない。

「このキノコ、たべれますか」

も、気になる。むろん、正しくは、たべられますか。さらに入念にいうと、たべることができますか。それを、「たべれますか」といわれると、いかにも品下《しな》がる。

「あのう、このキップで、お芝居のほうも、観れますか」

「みれます」

なにやら浅はかではないか。

「まさに、政局は対決の段階です」

というときに、この副詞はじつに生きる。「まさにこの決戦は天王山です」というふうに、眼前の事態が、古典的事態もしくは古典的な名句(たとえばまさに千載一遇)にぴったりだ、というときに使われる。

「まさに私はハムレットの心境だ」

「まさにかれはドン・キホーテである」

羽田孜《はたつとむ》前首相が、多用した。

羽田さんは言語量の多い人である上に、政治的局面の劇的な頂点に立つときに、さかんに〃まさに〃をつかった。

その後、テレビに出演するたれかれが、べつに強調やメリハリを必要としない事態の場合でも、間投詞がわりに〃まさに〃をつかって、力んでみせた。

このおかげで言葉は感染するものだということがわかった。

さらにいうと、政治が大衆化し、政治家の口癖が感染する時代になったことを思わせた。まさに愉快、というべきかどうか。

政治家の口ぐせといえば、竹下登元首相の場合は、

「粛々《しゆくしゆく》と」

という古風な言葉を復活させた。あるいは頼山陽《らいさんよう》の詩からきているのかもしれない。上杉謙信の大軍が夜陰千曲《ちくま》川をわたる。全軍無言で、一糸みだれず、ただ鞭《むち》の音のみが粛々ときこえる。実行ということの重みが、粛々という擬声語（?）にこめられているのである。

ついでながら粛々は単に擬声語でなく、うやうやしくかしこむ、という意味も入っている。

竹下さんは、このことばを、世上の雑音にわずらわされずに必要なことを声高《こわだか》でなくひたすらにやるという意味につかった。

他の政治家も、ときにつかう。

英語を日常語としている国連の明石康さんまでが、カンボジアで、国連管理の選挙をやったとき、〃粛々とやります〃というふうに感染していたのが、なにやらおもしろかった。

これも、政治の世界では、重宝な方言なのかもしれない。

（一九九四年十一月七日）

112 二人の市長

都市にも、伝説がある。

「池上四郎さんはえらい」

と、母親がいう。子供は、なぜえらいの、ときく。

「関一《はじめ》さんをひっぱってきたから」

わかったような、わからないような話だが、戦前、そんなやりとりが、型としてあった。池上も関もむかしの市長の名である。


明治維新で、大阪は陥没した。

江戸時代、大坂ほど幕府によって保護されていた都市はなかった。たとえば全国の米はいったん大坂に運ばれて堂島《どうじま》で市《いち》を立てねばならなかったし、他の重要商品についても、似たような特権が、幕府からあたえられていた。

いわば仕組みとして——あるいは規制として——金銀が大坂にあつまるようになっていた。

維新後、それらの特権が消滅し、一時、人口まで激減した。

日露戦争のあと、近代工業の勃興や対アジア貿易ですこしは都市らしい活力が出てきた。


大正の世になる。

年号があらたまった翌年（一九一三年）十月、市長になった池上四郎は、建物の密集地にすぎなかったこのまちを都市としてやり替えるべく、東京高商（現・一橋大学）教授の関一が京都にきていたのを訪ね、助役になってくれるように懇請した。

よほどの熱心さだったのか、関は、

「略《ほぼ》応諾ノ意ヲ洩《もら》シタリ」

と、その日記にいう。

大正三年、関は高級助役に就任し、後年、池上のあと市長になった年数をふくめると、ほぼ二十年、大阪という都市の仕立て替えにつくした。ついでながら経済学者としての関の専門は、いまふうにいうと、都市論だった。

関は、その専門を、論文でなく実践において展開したのである。たとえば、大正末年、都市の動脈ともい

うべき幹線道路として御堂筋《みどうすじ》を建設した。当初、市会などで、

「飛行場でもつくるつもりか」

と、冷淡な声もあったという。それまでの御堂筋は、時代劇のロケでもできそうなほどに狭かった。

その御堂筋建設と並行して、その道路下に地下鉄を通した。さらにその道路の両側を、関の持論によって緑化した。

また大阪港を近代化した。はじめて下水道をつくった。

公設市場も設立した。いくつかの市民図書館も建てた。また学問の実用化を旨とする大学（大阪市立大学）を建設した。

重要なことは、関にとってベルギー留学以来の持論である人権の尊重が最初に市政に反映されたことであった。

死に上手でもあった。戦争の時代を見ることなく、昭和十（一九三五）年、在任中、腸チブスで急逝した。六十一歳、葬儀にはその死をなげく市民が、八万人もあつまったという。

ふたりとも、大阪の出身ではなかった。

池上は本州最北端の青森県の下北半島の出である。維新のあと、会津藩は一藩流罪のようなかたちで、下北半島にうつされた。池上は会津士族という負《ふ》のなかで幼少時代を送った。

関は、静岡県うまれで、旧幕臣の出である。

要するに、へんぺんたる郷土愛がこの二人にそうさせたのではなく、一個の都市を旧套《きゅうとう》から脱出させようという情熱だった。

関一は、こんにち学問の対象になり、いまも政策論を中心に研究されている。宮本憲一教授らの「関一研究会」で、この会から数年前、『関一日記』（東京大学出版会刊）というぶあつい本が出た。

いまその『日記』をながめつつ、昨今の政治と思いあわせ、今昔の政治のどこが変ったのか、不安になった。たしかにいえることは、池上も関も、尊敬されていたことである。関が病んだとき、平癒祈願をする市民が多かったという話が、生国魂《いくたま》神社に残っている。

（一九九四年十二月五日）

113 戦前の日本人

韓国人のイム女史は、教養があって、あかるく、典雅でもある。戦前の上海うまれで――古い話だが――上海の日本女学校に通学していた。

彼女は、日本にくると、千葉県在住の三十代の内山夫妻と、たがいに久闊《きゅうかつ》を叙《じょ》しあう。三人は、一族のように仲がいい。

イム女史のご主人が倒産して、彼女がソウルで観光ガイドをしていたころに、内山さんと知りあったそうである。母子ほどの年齢のちがいがあるのに、その後、つきあいがつづいている。

「この人」

と、イムさんは、内山さんを指した。

「むかしの日本人みたいでしょう？」

それが懐かしい、という。いっておくが、こういう人間関係には、過去の両国のあいだの社会科学的問題は入りこみにくい。

私は、内山さんをしげしげと見た。

いかにも質実そうで、きまじめで、無口である。

「わかりました？」

と、イム女史は私の同意を得たがっているのだが、私にはわかりにくい。自分自身、むかしの日本人を二十二歳まで経験したのに、一九四五年までの日本人の平均的印象については、鈍感である。

隣国からは、よく見えるのだろう。これも二十年ばかり前、私より年上の在日朝鮮人のTさんが、

「どうも、両民族の外貌的なちがいは、ひたいにあるようですな。すくなくとも戦前の日本人には、ひたいに力があったように思う」

と、ほめて(?)くれた。これも、よくわからなかった。

決して、私は戦前をよしとしているのではない。ただ自分が子供のころの日本人は、外からみると、どんな貌《かお》だったかが、気になっているだけのことである。

いま、青木さんという人を、思いだしている。この人は、太平洋戦争のあと、そのままベトナムに居つづけた。二十年ほど前、浦島太郎のように日本に帰ってきた。

戦中は地上勤務の航空兵で、元陸軍曹長だった。

終戦のあとベトナム独立運動にまきこまれ、ベトナム人と寝食を共にした。その後、現地でお嫁さんをもらい、土着した。下関の人で、古風にいえば長州人である。

この人と、一夕食事を共にした。相撲の親方にいそうな風格の人で、大柄で快活で、よく笑った。

私と同年である。しかし、はるか上の世代のようにみえた。たとえば、私が子供のころに田畑や店先に多くいたおじさんの一人と話しているようだった。そういう典型が凍結されて、青木さんの風貌として保存されていた。

その青木さんは、たしかにひたいに力があった。

私が観念的にきめこんでいる戦前の平均的日本人というのは、職種にかかわらず職人型である。

律義でもある。自分の職分については責任感がつよく、寡黙でケレンがない。

情景としていうと、電車がガラ空きに空いていても、一隅をめざしてすわり、肩身を小さくして、ひざをそろえている。目だけは、よく光っている。

「いまの日本の平均的印象はどうでしょう」

と、イム女史にきいてみたが、彼女は笑って答えなかった。

きっと私をふくめて、ぜんたいに水っぽくなり、自我が大きくひろがっているわりには、責任感が稀薄そうにみえるのにちがいない。

ここまで書いて、内山さんのことを思いうかべてみた。

内山さんからむりに昔の日本人をひきだしてみると、巻きあげた時計のようでもあり、また約束の期日に間にあわせるべく夜なべ仕事をしているやや悲しげな表情の金属工のようにもみえる。

口説《くぜつ》は、あまりいわない。戦前のオトナの何割かは、日常、

「腹がへったな」

というぐらいのことしか、いわなかったような気がする。

（一九九五年一月九日）

114 市民の尊厳

神戸の人は、神戸が好きだった。

「――あまりに好きで」

と、雑誌「神戸っ子」を編集している小泉美喜子さんが、いった。

「よそにお嫁に行っても、帰ってきます」

このユーモアに、私は大笑いした。十数年前のことである。

場所は、生田《いくた》神社から、人家の密集した細い枝道を経て大通りに出るあたりで、ふりかえると、小泉さんは真顔だった。

「ほんとです」

この情景は、いまも私のいい思い出になっている。

神戸には、他都市にない気分があった。きわだって都市的な自由と下町的な人情とが、うまいぐあいに溶けあっていた。

日本の都市の多くは江戸時代の城下町から発展したが、神戸は例外的に、明治後の開港場から出発した。外国人居留地の自治制の伝統が、都市の精神や風習の主要成分になっているようにも思われた。

私の思い出のなかの神戸の一つは、坂である。

二十年ほど前、〝異人館〟に住む友人を訪ねるべく北野の坂をのぼった。

のぼりながら、西洋人は丘に住むことを好み、日本人は伝統として低地に住む、としみじみおもった。日本では谷間や低湿地に水田農村が営まれたからである。

明治初年の居留地は低地の海岸通りにあったが、明治二十年代から居留地の西洋人たちは、北野などの高燥地をひらいて住んだ。

一方、神戸の低地では、明治初年から家内工業のマッチ製造が栄え、大正時代にはゴム工業が長田区などでおこった。

『義経』という作品を書いていたころ、一ノ谷合戦を調べるために、神戸を〝地形〟として歩いたことがある。

山系が、海岸にせまっている。その海ぎわの一筋の街道が、日本の東西をつらぬく頸動脈であることは、いまも当時もかわらない。

雄渾《ゆうこん》なほどに、単純な地形である。一たんは屋島に落ちた平家が、頽勢《たいせい》を挽回《ばんかい》すべく、大挙この地に再上陸した。

平家の野戦築城は、この地形では、細長い袋の両端を閉じるだけでよかった。東は生田、西は一ノ谷に木戸を設け、平家はみずから袋の中に入り、源氏の軍勢を待った。


十年ほど前、神戸を知りたいと思い、陳舜臣さんに頼んで、じつに気分のいい集いにまじることができた。いまも終生の思い出になっている。

チョコレートのモロゾフさんが、陽気なアメリカ開拓者のように、たえず笑っていた。

モロゾフさんも、本来、ロシア革命の難民だった。幼いころ、両親とともに神戸にのがれてきた。

英国紳士そのもののような金井さんもそうだった。英国人を父とし、日本人を母として、ロシアのウラジオストックにうまれた。ロシアでの中学のころ、革命さわぎをのがれて、両親とともに神戸に来、この集いのころは、真珠会社の会長さんだった。


この一座で、華僑の徳望家の陳徳仁さんは、幼時、神戸で科挙の試験の受験勉強をさせられたという話をした。

「科挙の試験なんて、とっくに廃止されていたはずですが」

「だって、神戸には伝わっていなかったもの」

と、大笑いされた。

みな太平洋戦争の末期の空襲を経験されて、生き残った。全員が神戸が好きで、神戸という共和国がこの世にあるみたいだった。


この大都市に、災害が襲った。

私は、呆《ぼう》けたように、連日報道まみれの暮らしをした。

感動しつづけたのは、ひとびとの表情だった。神戸だけでなく、西宮、芦屋など摂津の町々のひとたちをふくめ、たれもが人間の尊厳をうしなっていなかった。

暴動の気配もなく、罵《のの》る人もすくなく、扇動者も登場しなかった。たとえ登場しても、たれもが乗らなかったろう。

ひとびとは、家族をうしない、家はなく、途方に暮れつつも、他者をいたわったり、避難所でたすけあったりしていた。わずかな救援に対して、全身で感謝している人が圧倒的に多かった。

神戸は、よき時代の神戸を、モノとしては多く失った。

しかし、冒頭の小泉美喜子さんがいう神戸のユニークな市民の心は、この百難のなかで、かえって輝きを増したように思われた。神戸や阪神間、それに北淡町の人達は、えらかった。


（一九九五年一月三十日）

115 渡辺銀行

日本国家がうまれて千数百年になる。昭和までじつにおだやかで、なにか恩寵《おんちょう》があったとしかおもえないほどである。

が、昭和はちがう。

開幕早々の昭和二（一九二七）年の三月には、金融恐慌がはじまる。

すでに四年前の関東大震災による震災手形が、政府の財政をくるしめていた。また倒産寸前の企業が巷《ちまた》に満ち、さらには台湾銀行までつぶれるといううわさもあった。

昭和前期という悪魔に魅せられたような二十年間は、このようにしてはじまった。

以下の挿話は、日本史のいかなる項目をわすれても、わすれるべきでない。

東京都には、史跡として、

「渡辺銀行跡」

という碑があるだろうか。

渡辺銀行は、当時多かった東京の地方銀行の一つで、第一次大戦の好況期にふくらみ、その後、大震災と不況によって、不良債権をかかえ、四苦八苦していた。

いわでものことながら、銀行はひとの預金を企業に貸しつけて利を得る機能である。もし預金者が大挙銀行に押しかけて自分の預金をひきだしてしまえば、つぶれる。

渡辺銀行は、なんとか持ちこたえるべく、一時的に支払い停止をしようとした。預金者にとって、打撃になる。

同銀行の役員が大蔵省にその旨告げにきた。


その日が、昭和二年三月十四日である。

おりから、衆議院予算総会がひらかれていた。大蔵大臣の片岡直温《なおはる》が答弁に立ち、財政の困難と、倒産企業の救済策について、るる述べているときに、大蔵省の次官から、メモがまわされてきた。片岡蔵相はそれを読み、顔をあげて、

「今日の正午ごろ、渡辺銀行が破綻《はたん》をしました」

といった。正確には休業なのだが、片岡蔵相は早合点した。

議場は騒然となった。

この失言が、昭和史を暗黒におとし入れたといっていい。渡辺銀行がつぶれたばかりか、全国津々浦々の銀行という銀行に取りつけさわぎがおこり、体力のよわい中堅以下の銀行は、軒なみに潰滅《かいめつ》した。庶民が預金をしていた銀行から、華族の銀行ともいわれた十五銀行まで休業した。


昭和は、多くの預金者の立場でいえば、無一文に近いところから、開幕した。

しかも、翌々年、アメリカでおこった「大恐慌」が、日本をふくむ世界をおおうのである。


いまとちがい、世界の一方に誕生早々のソ連があった。

この広大な面積と人口をもつ国だけが社会主義経済をとっていたために、「大恐慌」は及ばなかったとされた。

そのことが、世界に左翼思想がひろがる強烈な原因

になった。
同時に、右翼も生んだ。左翼に反発してのことで、当然のことながら、明治時代には、そんなことばもない。

左翼への反発が、ドイツではナチスを生み、日本の場合、軍部を異常に政治化させた。軍部は、「大恐慌」の翌々年の昭和六（一九三一）年に、いわゆる満洲事変をおこす。

渡辺銀行の倒産からの昭和史は、異常つづきだった。浜口首相が狙撃され（昭和五年）、陸海軍将校らが首相官邸を襲い犬養毅首相を殺した（昭和七年）。また陸軍将校らが暴発して白昼、政府の要人たちを襲った（昭和十一年）。
異常が異常を加算するようにして、ついに大戦争をおこし、国そのものをうしなうのが、昭和前期史である。
事はすべて渡辺銀行の倒産から発している。時の片岡蔵相の答弁を読むと、「政府がこれを救済し、預金者を守らねばならない」という意味のことをのべているが、現実には救済できなかった。

経済の状況はいまと似ている。
あるいはどうちがうのか、専門家のわかりやすい比較をききたいものである。

（一九九五年三月五日）

116

持《じ》衰《さい》

私は大阪府の生駒や金剛の山々のみえる野に住んでいる。震災こそまぬがれたが、情念のなかの震災は、日々心の深部でふるえつづけている。

小さなコーヒーショップをやっているIさんは、タバコを断った。好きなものを断つことで、被災者の苦しみが、億分ノ一グラムでも軽くなれば、という気持らしい。

三世紀の邪馬台国《やまたいこく》のころ、Iさんのような精神文化が、型としてあった。『魏志』「倭人伝」に、倭人は遠くへ航海するとき、船にジサイ（持衰）という巫《かんなぎ》を一人乗せる、というのである。

ジサイは、一身に苦難をひきうけるという理由から、髪はのび、衣服も垢《あか》まみれのまま、物忌《ものい》みをした。

Iさんの禁煙は、その古代の心を思わせる。

近所のUさんも、そうである。

その人は新聞社の管理職だが、合同慰霊祭までは床屋にゆかないということで、蓬頭《ほうとう》のままでいる。

ジサイという、辞書にも見当らない古語を思い出したのは、Uさんのおかげである。会うごとに〝衰《さい》〟を加えている。

私の身辺だけで二人もいるから、日本じゅうに、どれだけ〝持衰〟がいるかわからない。

試みに、私も〝持衰〟の心になってみた。

すると、政府や県や市の首脳の胸ぐらをつかんで、

――対応が遅かったじゃないか。

などと、声高にののしる気分から、およそ遠いことに気づいた。

言いわすれたが、古代の〝持衰〟は、暴風雨がくると、日本武尊《やまとたけるのみこと》伝説のなかの弟橘媛《おとたちばなひめ》がそうしたように、型として海中に身を投ずる。

一説に、乗員が、寄ってたかって、〝持衰〟を海にほうりこんだという。〝持衰〟は、身を犠牲《にえ》にするためにに船中にいるのである。

日本は、英雄の国ではない。

アレクサンドロス大王やチンギス・ハーンを推戴《すいたい》し、その指令に従うという経験をもったことがない。

戦前の軍隊でもそうだった。欧米の歩兵は将官が部隊の先頭近くにいるが、日本の歩兵の場合、後方もしくは中どころにいた。源平時代にさかのぼっても、そうである。

行政組織もそうだった。

たとえば、江戸幕府は武権でありながら、意志決定はつねに遅く、いつも衆議主義で、例外なく突発事態にはおろおろした。

江戸幕府の徳川家康は、江戸に政府をひらくについて、息子の秀忠やその臣僚にまかせ、自分は駿府《すんぷ》（静岡市）に退き、基本方針として、

——組織は、三河の風のとおりにせよ。

と、指示した。家康がまだ三河の小大名だったころから、行政上の評議機関として数人の老中《ろうじゅう》を置き、その下に何人かの若年寄を置いて執行させた。

老中筆頭が、こんにちの首相にあたる。総体に、なまぬるい制度だった。

明治になってからの内閣制度も、首相一人に英雄的な大権限をもたせるというふうではなく、そのあたり、江戸時代に似ていなくもない。

〝持衰〟の気分になってみると、そのなまぬるさがよくわかる。

首脳に英雄になれとは〝持衰〟はおもわない。ただ古来の風土としての誠実さだけをひたすらに期待するのである。

欧米からみると、制度としての日本は毛が三本足りない。

が、〝持衰〟という古代人になってみると、その足りなさを狂おしく指摘するよりも、ありのままの政治と行政を〝持衰〟の祈りによって勇気づけ、はげますほかない。

（一九九五年三月六日）

117 自集団中心主義《エスノセントリズム》

カナダのイヌイット（エスキモー）の人達は、氷原でうまれ、雪の家に住み、アザラシなど海獣を獲り、食べる。犬を従え、ときに太鼓の伴奏で歌い、かつ踊る。

かれらにとって、その氷原の暮らしこそ最良のものなのである。また自分たちの文化を世界一優良なものだと思っている。同時に異文化をきらい、ときに排除する。

服部四郎博士の『一言語学者の随想』（汲古書院刊）を読んでいて、そういう人間固有の感情のことを、アメリカの人類学では、エスノセントリズム（ethnocentrism）とよんでいることを知った。

辞書をひくと、

「自民族（自集団）中心主義」

とある。他民族の文化を低く見、ときに嫌悪する。例としてイヌイットの場合をあげたにすぎない。この感情は、すべての人類に共通のものであり、このおかげでヒトは原始以来、こんにちまで生きのびてくることができた。

ヒトは、世界のあらゆるところに住んでいる。寒帯にも熱帯にも住み、またその中間にも住み、あるいは沙漠にも、さらには雪原にも住んでいる。それを適応させているのが、それぞれの民族の文化なのである。衣食住のありようでもって、風土に適合させてきた。

「だから、われわれの民族が最高なんだ」

と、ヒトにそう思わせる根源が、エスノセントリズムである。

たとえば、イヌイットは、アザラシの脂身をたっぷり摂《と》って寒気に耐える。もしかれらが、暖かいインドの地の菜食主義者の文化をまねすれば、死ぬ。エスノセントリズムのおかげで、そんなことにならずに済んできた。

エスノセントリズムは、そのように、個人にとっても民族にとっても哺育器の効用をもっている。

が、個人や社会が成熟すると、不要なものになる。たとえば、個人の場合、青年になって家族を離れ、大学や職業社会に入ると、異文化を摂取しなければならない。社会の場合、明治の日本のように、国家ぐるみで異文化をとり入れる場合、エスノセントリズムは、心の底に押しこまれる。

それでも、エスノセントリズムは潜在的には息づいている。

たとえば、私は兵営という特殊な経験をした。軍隊は、軍隊であるというただ一種類の原理で動いている。

でありながら、三カ月もたつと、自分の属する班に対し、特殊な、いわばエスニック（民族）に似た感情をもつようになったことを憶えている。自分の班が善良で、他の班が異民族のようにみえてくるのである。（人間というのは、こういうものか）

と、わが心のありように驚いた。

いま思えば、それが、太古から遺伝子のように伝承してきたエスノセントリズムであった。

悪にもなる。ときに凶悪きわまりないことを、良心の呵責《かしゃく》なしにやってのけるのも、この自集団中心主義である。ある新興宗教の場合、信者たちを社会からきり離して集団生活させる。その場合、それぞれのエスノセントリズムを刺激し、社会こそ敵であるという共同幻想を育てるのは、容易なことである。

エスノセントリズムには、目的はない。エスノセントリズムを再生産することにのみ目的がある。他を攻撃する。そのことで、己の集団を結束させる。だから、それをくりかえす。しかし、なにがおもしろいのか。

（一九九五年四月四日）

118 自我の確立

動物には、自然の掟《おきて》として、自立という段階がある。たとえば、タカの母親は、断崖の巣の中で育てたヒナを、成長の段階で蹴《け》落《お》とす。

若タカは泡を食ったようにいったんは落ち、やがて弱い筋力ながらも羽ばたき、そのうち自分の餌場の谷をみつけて、高く舞う。

ヒトも、太古は自立が早かったろう。が、社会が進むにつれ、自立は微妙に遅れる。遅れてもいいが、しぞこねた場合、たとえばなまなましい宗教に自分そのものをゆだねてしまう。

ヒトの巣は、家族と学校である。近代社会になると学校の期間がじつにながく、自然界ならとっくに（個体によっては中学三年ごろに）自立しているのに、齢《とし》を食って、なお巣の中にいる。

自立できる筋力もあり、種の保存ができる性欲もあるのに、社会的訓練のおかげで、ことさらにあどけなく自分を作り成して、ヒナドリであるかのように、親の運んでくる餌を食べている。人間の偉大さのひとつである。

個人差として、遅くオトナになる型のほうが、知的受容がしやすい。秀才といわれる青少年は、たいていしんからコドモっぽい。

一方、べつな少年は、生物としてひそかにオトナになっている。内々オトナであるぶんだけ、学業の受容能力をさまたげる。ときに劣等生のレッテルを貼られる。

話がかわるが、ヒトは成年もしくは老いはてても、自分の中にコドモを、多量に残している。日常、自分の中のオトナとコドモを、精妙な調節弁でもって、場面次第で使いわけて生きているのである。

「本日は、お日柄もよく……」

と、婚礼の席であいさつをしたり、国会で答弁したりするのは、その人のオトナの面である。

一方、すぐれた音楽を聴くのは、その人の精妙なコドモの面がうけもつ。

その音楽を作曲する人は、その人の中のコドモが、それをする。偉大なことに、恋愛もその人の中のコドモがうけもっている。ただし色恋沙汰は、その人のオトナがやる。


ここで、この主題の中の地下室に降りたい。

オトナになる――自立する――ことの厄介さは、自我の確立がともなわねばならないということである。

自我とは、自分自身の中心的な装置のことである。その人の肉体と精神を統御している中軸機関で、それさえ確立していれば、自分をタテ・ヨコからながめることができ、自分を他者のように笑うこともでき、さらには自分についてのいっさいの責任をも持つことができる。


年頃になれば、自立したい。

が、大学院の博士コースまでゆくほどに知的受容が旺盛でも、むしろその知的受容の多忙さにかまけて、うかつにも自我の確立が遅れる場合がある。外容はりっぱでも、中身が――自我が――空っぽのままでいる。


時を経ると、じつにさびしく、心もとなくなる。

そういう自我の空白に、ときに自我に代るものとして、なまなましい宗教が入ってくる場合がある。

厄介なのは、その宗教が自我の代用物になってしまうことである。自我の中に狐憑《きつねつ》きのように棲《す》みついたその宗教が、自我に代って思惟し、反省し、何かを志向し、何かに意欲をもつ。ついには、泥棒をせよ、ヒトを殺せ、とその代用自我が思惟すれば、そのように志向する。


解脱《げだつ》、忍辱《にんにく》などという先人が為しがたいとしたことも、日常の術語として反復されれば、術語が麻酔剤のような作用をして、あたかもそれをなしえたように、一種の人格演技ができるようになる。むろん、うそである。やがて本来の人格は、ぼろぼろになる。

自我の確立ばかりは、たとえ粗末でも、自分の手作りでやらねばならない。


（一九九五年五月八日）

119 〃オウム〃の器具ども

〃オウム〃は、まず観念として人を大量に殺す。その上で、現実化する。

おそろしいことに、無差別である。理由らしい理由もない。

人類の歴史で、これほど人間に対して冷やかな感情を共有して人を殺戮《さつりく》した集団はなかった。しかも、たれもが本来、常人だった。教祖をのぞいてだが。

その教義は、電気器具に似ている。

店先で商品でも買うように、

「解脱」

を買う。

解脱とは一般に、生きて煩悩から脱する——悟ることである。煩悩が生命そのものであるだけに、そこから解脱し、かつ他への慈悲をもち得た人は、伝説上の釈迦以外なかったとさえいえる。

近似値に近い悟り——自分だけの悟り——を持った人は歴史上すくなからずいた。それでも至難のことで、まして本物の悟りなど、不可能に近い。

でありながら、〃オウム〃ではわずかな修行で、おおぜいが悟ったという。禅もそうだが、ヨーガにもある段階で幻覚がおこる。この初期体験が、よき師をもたないと、修行者を狂わせる。冷酷な感覚が宿る。

古来の禅もまた解脱のための体系である。そのぶん毒があるといっていい。

ただ禅は、鎌倉以来、層々と文化を築いてきた。道元の思想文学や、臨済五山の詩、室町時代の数寄《すき》屋普請《やぶしん》、世界でもユニークな庭園、利休の茶道など、すべては禅的な理想境の表現なのである。文化になったぶんだけ、なま解脱による毒がうすれる。だから、禅はいいともいえる。

なま悟りの幻覚的な解脱は、異様としか言いようのない虚無感をうむ。他者がごみのように見える。

あるいは他者が眼前で苦しみ死のうとも無感動で、すべてが流転《るてん》のなかの影絵のようにみえる。いわば、小悪魔のような段階がある。

〝オウム〟でいう解脱はそうだったらしい。

この集団では、電気洗濯機をまわすように、この種のなま解脱を大量生産しようとした。

つぎは、忍辱《にんにく》である。〝オウム〟ではこの仏教用語を多用した。

人は、少年期から生涯他からの侮辱をうけつづける。忍辱とは、そのことに耐え、怒らないことである。

このなしがたい徳目が、〝オウム〟にあっては術語化され、技術化され、自己催眠のように機能化された。いわば電気製品のスイッチを転ずるように〝忍辱〟をやる。

たとえばテレビカメラの前では善人の顔になる。大量殺人を指揮しつづけてきたらしい人が、後ろめたさなどかけらもない善人の顔として登場する。

この集団では、しきりに救済といった。

救済の思想は釈迦当時の仏教にはない。

大乗仏教になって、その基本思想の一つになった。煩悩が生命である以上、人は、解脱しがたい。

大乗仏教では、それでも仏の側が救済してくれるという。その救済の仏の側のシンボルがたとえば観音さまや阿弥陀如来である。救済は大乗仏教の至高の観念といっていい。

〝オウム〟は小乗的解脱を言いつつ、大乗的な救済もいう。ただしこの集団では、救済という術語は、しばしば無差別殺人のことをさす。

つまりは、人間は業《ごう》の果てとして存在している。その業を、個体個体を殺すことによって、親切にも切断してやるのだ、という。いかにも、なま解脱である。なま解脱による幻想、もしくは無感動的感覚が、このような始末になる。

〝オウム〟が製造したのは、電気器具的人間である。解脱、忍辱、救済のどれかのボタンを押すと、手軽に構成員が反応する。洗濯機がまわって、〝解脱〟する。

しかもそれらの洗濯機たちは、〝空飛ぶ洗濯機〟になることも願望しているのである。

その願望が信徒としてのエネルギーになり、共有され、思わぬことに洗濯機が、窃盗もし、拉致《らち》もする。「救済しよう」

と、元兇《げんきょう》がいえば、大量に〝救済〟をした。それが、大量殺人だった。

元兇のおぞましさについては、書く気もおこらない。

（一九九五年六月五日）

120 恥の文化

私は日に一度、雑踏に出る。

駅前までゆき、バスに駆けこむ人や、買物帰りにコーヒーを飲む婦人や、戯れつつ歩道いっぱいに歩く小学生たちをみる。

その日はめがねを替える必要があって、小阪駅というべつの駅前に行った。

ここの商店街は、大正の景気のいいころにひらかれたそうである。

創業者の多くは、他からきた。

たとえば書店の栗林さんははるかな仙台の人で、昭和のはじめごろ救世軍士官として大阪にきたのが縁で、ここで本屋をひらいた。

「栗林さんは、志のある人でした」

と、近所の古い女子大の国文学の教授だった安田《やすだ》章《あや》生《お》氏がいったことがある。その教授も亡くなり、当の栗林さんの姿も、ちかごろ見ない。

めがね屋さんに寄った。

いまのあるじは、検眼に練達した次男坊で、創業の老人はべつに住んでいる。

この日、たまたま入って来られて、その音吐の大きさと、歯切れのいい口跡《こうせき》のために、店先が演劇の舞台のようになった。八十五歳である。

この人は、元来東京の人である。昭和七年にここにきて、店をひらいた。

先日、この人はひさしぶりで墓の修復のために上京した。親類縁者や旧知を訪ねてまわるうち、ある家で岩崎弥太郎（三菱の創業者）の借金の証文というのをみせてもらった、という。

「めずらしいものでした」

その話のつづきはあとできくとして、私はめがねができあがるまでのあいだ、駅前のコーヒー店に入った。

ここも、内装をめったに変えない。十年一日のようにおだやかな中年の婦人が、コーヒーをいれ、見なれた女性が、席まで運んでくれる。

この店で、懇意の質屋さんにときどき会う。

奈良県の百済《くだら》の人である。

広陵町百済というのは名邑《めいゆう》で、古代の一時期、天皇の宮居が営まれたこともあり、また明治以来、どういうわけか大阪での質屋さんを多く輩出した村でもある。大阪の質の業界では、

「大和の百済のうまれ」

というだけで、信用がある。先人たちの余徳といっていい。

このYさんは、べつの駅前の質屋さんと、毎日、時間をきめてお茶をのむ。いい景色である。

質屋さんは孤独な稼業だから、気の合う同業者と毎日お茶をのむだけで、たがいに孤立感からまぬがれる。情報の交換もできる。

この日は、時間がちがうのか、Yさんたちはきていなかった。

めがねは、できていた。

ご隠居がまだ店さきで待ってくれていて、東京での話をつづけた。菩提寺の住職に会い、お布施をつつんだ。

「五万円、つつみました」

　ところが、当のお寺さんはそれが不満で、二十万円以上はほしいということを、ご隠居へじかには言わず、石屋にいわせた。ご隠居は仰天した。

「お寺さんというのはお金のことをいわないもんだと子供のころからそう思いこんできたもんですから、肝をつぶして」

　むろん、以前のお寺さんもお金は欲しかったろうが、それでは人に笑われると思い、むかしは我慢してきたのである。

　福沢諭吉の「瘦我慢《やせがまん》の説」のように、むかしは富貴を得て笑われるよりも、貧に耐えるのがふつうだった。

　日本にキリスト教倫理観が風土のなかにないのは残念だが、その代用として、人に笑われまい、という内的規制の共有によって、千年以上も社会が保たれてきた。

「で、岩崎弥太郎の借金証文は？」

　と、私はきいた。

「すばらしいものでした。貸したのは旧大名家ですが、当の岩崎さんは証文のなかにいついつに返済する、と書き、もしこのことに違《たが》えば、お笑いください、とあるのみなんです」

　お笑い下さい、というのは、明治以前の証文の一つの型だった。その型が、明治以後、日本に近代資本主義を興した弥太郎のなかにも、ひきつがれていたことが、おもしろさの第一である。

　おもしろさの第二は、いまの日本のことである。唯一の民族資産である恥の文化がどれほど薄れてきたかについては、読者のほうが知っている。

（一九九五年七月三日）

121 自由という日本語

長州の吉田松陰は、二十九年の短い生涯ながら、多くの文章を残した。その死のとし（一八五九年＝安政六年）の春、書簡のなかで、

「フレーヘード（自由）」

というオランダ語をつかい、激情を発している。自由という訳語がまだなかった。

ときに、松陰にとって時勢は閉塞《へいそく》状況にあり、幕府も諸大名も頼むに足りない、とし、かくなる上は、

「那波列翁を起してフレーヘードを唱へねば腹悶医《いや》し難《がた》し」

というのである。

ついでながら、当時、西洋史の知識が一般的に乏しく、フランス革命はナポレオンがやったと思われていた。ともかくも、自由というのは、おそろしい語感だった。

この稿は、ことばについて書こうとしている。

自由ということばは明治後、一般化した。

大いに使われるのは明治十年の西南戦争のあとからで、薩長が〝攘夷《じょうい》〟をてこにして明治維新を興したように、反政府運動者たちは、藩閥政府をゆさぶる上でこのおそろしいことばをつかった。やがて自由民権の声は、津々浦々に満ちた。

明治十三（一八八〇）年には、自由を党名にした在野団体までできた。松陰の書簡から二十一年後である。自由党の目標は憲法を制定して国会を設けよ、というものだった。

その団体の幹部の一人に、福島県の土豪出身の河野《こうの》広中《ひろなか》がいた。

かれが自由ということばを知るのは、明治五年刊の旧幕臣中村正直訳『自由之理』によるものだった。

河野は、自由という言葉に灼熱《しゃくねつ》したものを感じつつも、その意味が十分にはわからなかったと正直に述懐している。

以後、日本語では自由という語は、自由という訳一つでやってきた。

辞書ふうにいうと、おなじ自由がもつフリーダムは精神的要素がつよく、リバティは政治的なひびきがつよいという。圧政をはねかえして自由を得るほうの自由は、リバティが多くつかわれるそうである。

自由にちなむ語は、もう一つある。

「リベラル」

で、これには訳語さえない。

多分に政治的なことばながら、明治の政界では使われた形跡がない。

むしろ文学の分野でつかわれた。たとえば、森鷗外が『青年』のなかで、「自然主義をお座敷向きにしようとするリベラルな流義」と書いている。自然主義というのは、当時の文学形態である。その粗野な露悪趣味を上品に見せかけるという意味で、鷗外はいわばお化粧というほどの語感でリベラルをつかった。

昭和八年に「三田文学」に連載されはじめた石坂洋次郎の『若い人』では、リベラリズムは負の意味で用いられていて、わかりやすい。進歩的でありつつも「煮え切らない」思想的態度をさす。

戦後、リベラルは日本ではプラスの意味でつかわれてきた。

ただし、この語は、本質的には旦那衆の側の美徳である。

たとえば、昔の地主で、小作人の立場がよくわかる人を、あの人はリベラルだ、という。

「リベラルな小作人」

という使い方は、ことばとしておかしい。小作人は、リバティかフリーダムを叫ぶべきなのである。

卑俗な例でいうと、年頃の娘が朝帰りした。父親としては大目玉を食らわすべきだが、〝リベラルな父親〟を演出する場合、

「二十をすぎたんだから、自分に責任をもたないとね」

と、いったりする。

思いやりがあって物分かりがいい、ということばながら、あくまでも父親の側の言葉なのである。

政治におけるリベラルは、語感として寛容が入る。ただし、寛容だけでは力を生みにくく、正邪に鈍感になる。その上、行動に力づよさを欠き、ときにいか

がわしく見える。

リベラルというのは、言葉としてすばらしいのだが、政治的態度となるとじつにむずかしそうである。

（一九九五年九月四日）

122

なま解脱

仏教の基本は、森羅万象も人のいのちも空や無のなかにある、という。

空も無も、えらそうな漢字だが、要するに数字のゼロのことである。ゼロの発見には諸説があるが、それを使いこなしたのは古代インド人だった。

古代インド人は、風変りだった。ゼロをひねくりまわしているうちに、ゼロこそ世界そのものだと思うようになった。

つまり、キリスト教の神に相当するものがゼロであると考えた。

ゼロには、巨大（あるいは極微）な数字がプラスとしてそこに入りつつ、同数のマイナスの数字も入っている。生命がうまれ（プラス）、寂滅《じゃくめつ》する（マイナス）という間断なき働きこそ、ゼロから出ているのだと考え、そう考えることが楽しい（為楽《いらく》）とした。たとえば、浄瑠璃の『曾根崎心中』のなかで、心中への道行《みちゆき》の途中、鐘が鳴る。「じゃくめつゐらくとひびくなり」と近松門左衛門が書くように、日本の江戸後期には慣用句にまでなっていたことがわかる。

阿弥陀如来も大日如来も、ゼロの象徴なのである。つまり、われわれはゼロを信じてきた。

「信心」

というのは、四、五世紀以来、大乗仏教によってはじまるが、それまでの仏教は、解脱《げだつ》だった。解脱は、常人にはなしがたい。おそらく伝説の釈迦以外、解脱をなしとげた人はいないのではないか。

「わが身がそのままゼロになる」

という境地をめざすのが、解脱への修行である。十三世紀以来の日本の禅もそうである。インドでは、いまはすたれたが、ヨーガをすることで解脱をめざす派があった。

オウム真理教は、そのへんを悪《あ》しくとり入れた。日本の新興宗教で解脱をめざすなどはめずらしかった。昆虫学者が珍種の昆虫をよろこぶように、一、二の宗教学者が関心を示したのも、むりはない。

ナマ身の人間が解脱できるなど、あり得ることではない。

だが、幻覚はある。

禅やヨーガの修行をするうちに、にわかに光明を見たり、爽快な気分になったりする。

それは悟り（解脱）ではなく、禅では魔境とされてきた。それを錯覚させないように禅宗各派には、お師家《しけ》さんという練達の指導者がいるのである。

オウムの凶悪なところは、古来いわれてきたこの魔境を利用したところにある。人間がやる悪として、これほどの悪はない。

健康な歯を抜けば、その歯はふたたびもとに戻せない。オウムの出家者たちは、職をすて、財産を献上し、抜歯された歯のようになって施設にいる。そのことじたいが、人として異常である。

入信の動機は、仮想の世界滅亡を信じ、自分だけまぬがれるためだったという。帰るべき社会を捨てているために、修行しかない。

当然、魔境に早く達する。そういう魔境では自我が薄れ、恍惚《こうこつ》だけがある。マインドコントロールされやすい。

なま解脱のために俗心は濃く残っている。

「えらい位階を与える」

といわれれば、気《き》勢《お》いたってしまう。

「人を殺せ」

といわれればやる。なま解脱では、万人がもつとされる惻隠《そくいん》の情――他者への思いやり――が、こそげおとされる。

なま解脱の魔境では、世界は空で他人のいのちも空だ、と思いこむ。酷薄になり、残忍になる。

でなければ、たとえば、深夜、他人の家に忍びこみ、若くて幸福そうな夫婦を殺し、その小さな息子まで扼《やく》殺《さつ》するということが、出来るものではない。

しかもかれらは、異常性格者ではなく、どこからみても常人で、この奇妙な心理操作の団体にさえ入らなければ、この世を大過なく送れたはずの人達なのである。

オウムではなま解脱が個々にまかせていては追っつかないために、薬物をつかって幻覚を見させた。いわば大量になま解脱を製造した。それぞれの自我は、損壊された。そのあと、かれらは、一命のもと、社会への犯罪に打って出た。

その後の凄惨さにはことばもない。

（一九九五年十月二日）

123 マクラ西瓜

私は頑健ではない。小食だし、疲れやすく、積極的体力もない。ただ七十年、病気からまぬがれていたことだけが、めっけものだった。

ところが天は公平で、去年の秋、坐骨神経痛にとりつかれ、左脚に火箸を突っこまれるような痛みがつづいて、心身ともに消耗した。

治療法もないから、一時はただ寝ていた。近所の原元造先生の往診をうけたとき、すこしお動きにならないと、とやさしくいわれた。

「動いてこそ人間ですから」

ある日、勇を鼓して、駅前まで歩いてみた。六〇〇メートル歩き、倒れこむようにして喫茶店に入り、コーヒーを注文した。そのうち激痛に耐えられなくなり、店を出た。

帰路、何度も佇《たたず》んだ。途中、おもちゃ専門のスーパーがあって、そこに石段がある。その石段に腰をおろした。頭を垂れていると、上下する人達の靴だけがみえた。物乞いしているような格好だった。

終始ついてきてくれた家内が、車をもっている近所の奥さんに連絡しにゆき、やがてその奥さんが車で迎えにきてくれた。奥さんの若さが——四十七だが——わが身にひきかえ、かがやいてみえた。その車で、わずか二〇〇メートルの距離を、家まで輸送してもらった。

おかげで、人の痛みがわかるようになった。

二十一歳のころ、知りあったO君のことが、毎日思い出された。

(O君は、痛かったろう)

と、きのうのことのように、その動作、表情、声がよみがえった。O君は、よく耐えた。おかげで、七十歳を越えた私が、二十一歳のO君に毎日励まされているみたいな日々だった。

O君は当時、東京美術学校（現・東京芸大）の彫刻科の学生で、私どもと同様、学業途中で兵役にとられ、〝満洲〟の兵舎で私とベッドをならべていた。

かれは命令によって、終日寝ていた。私がその仰臥《ぎょうが》図を描くと、ほっほっほっと笑い、
「ふしぎな線だねえ」
と、ほめようもない下手な絵を、そんなふうにいってくれた。その声は人柄どおりまるくて柔らかで、その後、あんなに感じのいい声をもった人には、一人か二人しか出会っていない。

O君は北海道旭川の人で、たれがみても、才能を感じさせた。もしこの青年が、時の美術思想に惑わされることなく、その声そのままの彫刻をつくったとすれば、不滅の作品を残したのに相違ない。

ただ戦争と戦後の混乱が、O君から、才能にとっていちばん大切な時期をうばい、その後、会社勤めをさせてしまった。

つぎは、西瓜《すいか》の話である。

愛媛県宇和島のみかん農家の一人息子のY君は、まだ未婚の青年である。大学受験の年齢のときに、父をうしなった。
「みかん山を売って、大学にゆかせたほうがいい」
と、親戚でいう人もいたが、母親が、「お父ちゃんが苦労してつくったみかん山ですから」とゆずらず、結局、Y君は農家をつぐことにした。

ただ母親に頼んで、青果市場につとめることにした。市場のしごとが大好きだった。

この人は二十歳のころに腰を痛め、坐骨神経痛を持病にもっている。それが出ると、市場を休む。

休んだぶん、よく働いた。市場の仕事は、なかば力仕事である。かごに入れた青果を運ぶ。二、三年で体つきが大きくなった。

市場で、青果を商品としてみる目ができた。理想的な西瓜をつくってみようと思い、一苗《ひとなえ》だけ休耕田に植えた。

丹精のおかげで、みごとなマクラ西瓜ができた。

その楕円《だえん》形の西瓜が、農業後継者賞を受賞したのである。

そのY君の話に、私はすこし甘い。私は子供のころ、母親に楕円形の西瓜を買ってほしいとねだると、「あれは病院にお見舞いにゆくときの西瓜だから」と、うまくあきらめさせられた。以後、縁がなくて食べたことがない。
「あれを作ったのか」
と、感激のあまり、Y君への反応が、つい過剰にな

った。その上、Y君は、同病なのである。

「坐骨神経痛というのは、なおるものでしょうか」

と、Y君がいう。私は必ずなおる、と答えておいた。

なぜなら、O君の場合、その後どこへ行ったのか、消えてしまったそうなのである。

（一九九五年十一月六日）

124 人間の風韻

樋口敬二教授の半生は、一貫している。暖地の京都にそだちながら、雪にあこがれ、北海道大学に入り、雪博士の中谷《なかや》宇《う》吉郎《きちろう》（一九〇〇〜六二）に就いた。

系譜ふうにいうと、漱石門下の実験物理学者寺田寅彦にさかのぼることができる。

寅彦の弟子中谷宇吉郎博士は、当初理論物理学を志した。在学中関東大震災に遭い、実験物理学に転じ、寅彦の研究室に入った。

宇吉郎はのち北大で雪や低温の研究をして世界に知られた。かつ師の寅彦に似て科学文学ともいうべき随筆の名編を多くのこした人でもある。

樋口敬二さんはそれらを継承し、名古屋大学において雪渓、氷河、永久凍土などの研究をし、さらにはこの系譜の人らしく文章をもって雪の利用法などを提唱してきた。

話がかわるが、私は標高三、四千メートルのモンゴル高原の夏雲のうつくしさに感動した文章を書いたことがある。しかし海から遠いあの高原に、たれが雲をつくるのか、よくわからなかった。

「あれは地下の永久凍土が蒸発して、空に雲を浮かばせているのです」

と、立話しながらあざやかに教えてくれたのは、この人だった。

草原は、薄く硬い表土でおおわれている。その下の永久凍土が、真夏の陽にさそいだされて水蒸気になり、夏雲になる。ときに雨を降らす。

北アジアの生命たちにとって、地下の永久凍土は神のような力をもっているのである。

その樋口敬二さんも、程よく老いられた。

若いころ、中谷教授に命ぜられ、雪で有名な青森県の八甲田山《はっこうださん》の積雪量の調査をしたころのことを思いだされ、手紙を頂戴した。

四十三年前の昭和二十七年のことである。大学の卒業研究のために、敬二青年は雪の八甲田山に籠った。

五月、一段落して、はるかに下界へ降りた。山がつのようなかっこうだった。青森市の目抜き通りへ出、県の物産館でジャムを買い、売り子の娘さんに、

「このへんに、うまいコーヒーを飲ませるところはありませんか」

と問うと、その答えが背後から返ってきた。見ると、品のいい老人が立っていた。

「私もこれから行くところです。よかったら案内しましょう」

途中、敬二青年は老人に、「なにをなさっておられるのですか」ときいた。

「この辺で、ボチボチやっています」

老人は答え、やがて店に入って、二人でコーヒーを飲んだ。

青年は見知らぬ人におごられることをおそれ、気をもんでいたが、老人はひとしきり俳句の話などをしたあと、勘定書をとって手洗いに立った。

たまりかねて敬二青年は隣席の客に、「あの方はどなたですか」とそっとたずねた。

「津島知事さんです」

太宰治の長兄で、長者の風があるといわれた津島文

治翁（一八九八～一九七三）である。戦後の最初の民選知事だった。

以上、ただそれだけの話である。

「この辺で、ボチボチやっています」

とは、言葉というより、人間の風韻が鳴る音なのである。いまの世にこういう風韻をもつ人がどれだけいるかと思えば、心もとない。

（一九九五年十二月四日）

125 若さと老いと

正月だから、古来の日本人の感受性についてふれたい。

日本における老若の神聖感のことである。

なにが老いているといっても、奈良盆地のあちこちに在《おわ》す仏たちほど、老い寂《さ》びているものはない。天平《てんぴょう》のむかしは金色燦然《さんぜん》としていたり、極彩色であったりしたものが、千年の風霜をへて剝落《はくらく》し、寂びのきわみのまま堂塔のなかにおわす。

それを塗りなおすことは、決してしない。剝落に風化の美しさを見出しているのである。多弁にいえば、極彩色のころのなまなましい具象性よりも、風化したあとの象徴性のほうに日本人は神聖感を感じている。

「私には、そこがわからない」

と、ベトナムの信心深い女性にいわれたことがある。仏様に失礼じゃありませんか、鍍金《メッキ》も青や赤の塗料もぼろぼろのままにしては、それとも日本人は信仰心が薄いのかな、と彼女がいった。

「ボクは反対に、ベトナムの仏様がわからない」

と、私はいった。

いまはホーチミン市とよばれるサイゴンで、高名な僧の説経会に行ったことがある。壇には、半裸で肌色に塗られたマネキン人形そのままのお釈迦様がまつられていた。仏が蠟《ろう》人形的リアリズムで表現されてこそひとびとに崇敬心をおこさせるとあれば、自分もおなじアジア人ながら、そういうアジア人からほど遠い。

サイゴンは古い街で、中国系の人も多く住み、清朝時代の道教の観《かん》もあった。

中国人の感覚は、一般的に具象的である。道教における天界の説明には、地上の皇帝制や官僚制がそのまま反映していて、抽象性や象徴性がすくない。

神々の像も、明朝あたりの大官の官服を着、ひげをはやし、鼻毛まではやしていた。それら等身大の彩色像が所せましとひしめくなまなましさは、気味がわるいほどだった。

一方、若さについてである。日本では、神々は若さをよろこぶ。

大阪府の泉南地方の岸和田あたりのダンジリ曳《ひ》きは、毎年大小の事故を出しつつも、神事であるためにその乱暴さをやめない。

おおぜいの若衆がダンジリを曳き、走らせ、直角にまがり、いわば若々しく荒ぶる。

ダンジリの屋根にまたがる若者は、命がけである。あわや落ちるかという場所で身を躍如とさせている。このふるまいを、醜《しこ》るという。古語であり、方言でもある。

醜るとは、若者がいっそうに若さ——強さ、頑丈さ——を神に見せるために危険を冒してふるまうことをいう。

相撲の四股《しこ》を踏むということばも、本来は醜である。四股は当て字である。勝負を前にし、神に対して醜ぶってみせる儀式である。

神道は若さをよろこぶために、とくに風化をよろこぶということはない。

日本人の自然に対する畏敬がそのまま凝《こ》って神道に

なったといえる。従って、教祖も教義もない。強いていえば、清浄というだけのことである。任意の場所を浄めてきよらかに斎《いつ》きさえすれば、そこに神が生《あ》れる。

伊勢神宮は二十年ごとに建てかえられるが、式年遷宮早々の檜《ひのき》の木肌のわかわかしさは、乙女の肌の血潮をおもわせるようで、若さの神聖とはこのことかと思ったりする。

正月には、門ごとに若松をたてる。とくに元旦に最初に汲《く》んだ水も、若くなっている。

水は、年のはじめの水であるために特別に若く、であるために神聖で、いかなる利害の意味もつけずに、ただ尊いがために寿《ことほ》いで飲む。

一方で若さを寿ぎ、一方で古き仏たちの古寂びを尊ぶという二つの感情は、論理として統一されることがなく、たれのなかにも同居している。その無統一が、根源として日本人の活力をつくっていると考えていい。

（一九九六年一月八日）

126

日本に明日をつくるために

この世には、わからぬ事が多い。

私の仕事は、古い書籍にかこまれていなければ、常住、不自由する。

このため、東京オリンピックのあった昭和三十九（一九六四）年に、大阪の西区のアパートから、地価の安い東郊の外れに越してきた。

早くいえば場末で、大阪市内であふれ出た家並みの東限になる。乱雑に家屋や木造アパートが建ちつつあった。

それらの低い建物にかこまれて、半段ほどの青ネギの畑があった。

ときどき耕すとも見まわるともつかぬ態度で、老農婦が姿をみせる。

このひとは、法的に農地から宅地に転用されるまでのあいだ、青ネギを植えているのである。

宅地に転用されれば、坪八万円になるという。法的には、体裁として栽培している。あるいは、擬態として。さらにいえば半段の農地が大金を生みだすための時間待ちとして、一本五円ほどの青ネギをうえているのである。

日本史上、はじめて現出したこの珍事象には、いままでの農業経済論も通用せず、労働の価値論もあてはまらない。

労働のよろこびもなく、農民の誇りもない。

いかにえらい経済学者でも、この現象を、経済学的に説明することは、不可能にちがいない。

青ネギが成長するころ、その農地は大願成就して、木造二階建アパートになり、そのころには、坪数十万円ぐらいになっていた。いかなる荒唐無稽な神話や民話でも、この現象の荒唐性には、およばない。これをもって経済現象といえるだろうか。

日本じゅうが、そのようになっていた。

物価の本をみると、銀座の「三愛」付近の地価は、右の青ネギ畑の翌年の昭和四十年に一坪四百五十万円だったものが、わずか二十二年後の昭和六十二年には、一億五千万円に高騰していた。

坪一億五千万円の地面を買って、食堂をやろうが何をしようが、経済的にひきあうはずがないのである。とりあえず買う。一年も所有すればまた騰《あが》り、売る。

こんなものが、資本主義であろうはずがない。資本主義はモノを作って、拡大再生産のために原価より多少利をつけて売るのが、大原則である。

その大原則のもとで、いわば資本主義はその大原則をまもってつねに筋肉質でなければならず、でなければ亡ぶか、単に水ぶくれになってしまう。さらには、人の心を荒廃させてしまう。

こういう予兆があって、やがてバブルの時代がきた。日本経済は――とくに金融界が――気がくるったように土地投機にむかった。

どの政党も、この奔馬に対して、行手で大手をひろげて立ちはだかろうとはしなかった。

なにしろ、バブル的投機がいかに妖怪であっても、こまったことに、憲法が保障する経済行為なのである。

立法府も行政府も、法を規準としている以上、正面から立ちはだかるのは、立場上、やりにくかったのだろう。

しかし、たれもが、いかがわしさとうしろめたさを感じていたに相違ない。

そのうしろめたさとは、未熟ながらも倫理観といっていい。

日本国の国土は、国民が拠《よ》って立ってきた地面なのである。その地面を投機の対象にして物狂いするなどは、経済であるよりも、倫理の課題であるに相違ない。ただ、歯がみするほど口惜しいのは、

「日本国の地面は、精神の上において、公有という感情の上に立ったものだ」

という倫理書が、書物としてこの間、たれによってでも書かれなかったことである。

たとえば、マックス・ウェーバーが一九〇五年に書いた『プロテスタンティズムの倫理と資本主義の精神』のような本が、土地論として日本の土地投機時代に書かれていたとすれば、いかに兇悍《きょうかん》のひとたちも、すこしは自省したにちがいなく、すくなくともそれが終息したいま、過去を検断するよすがになったにちがいない。

住専の問題がおこっている。

日本国にもはや明日がないようなこの事態に、せめて公的資金でそれを始末するのは当然なことである。

その始末の痛みを通じて、土地を無用にさわることがいかに悪であったかを——思想書を持たぬままながら——国民の一人一人が感じねばならない。でなければ、日本国に明日はない。

（一九九六年二月十二日）

（風塵抄　おわり）

司馬遼太郎の歳月　17

「理論の虚喝」からの脱出

向井　敏

一

司馬遼太郎のものの見方、考え方、またその伝え方、気取っていえば、思考と表現の方法がただ一冊のなかに集約され、しかもその言うところがいちいち腑に落ちる、そういう著作があるだろうかと問われれば何と答えよう。

四十余年にわたる著作歴を通じて、司馬遼太郎が公にしてきた著作の量は、私などには人間業《わざ》とも思えぬ巨大なものだ。この全集版の場合だと全六十八巻、ふつうの単行本に換算すれば二百冊に余るであろうが、小説であれ、随筆であれ、紀行であれ、いずれの著作もこの人ならではの思考のうえに築かれ、どの作品にもこの人独自の表現の工夫がこらされている。その意味では、二百冊のなかからどれか一冊、思いつくままに書名を挙げても、さきの問いに対する答として大過なさそうに見えはするのだが、篤《とく》と考えてみると、作品の主題もしくは著作の形式にはばまれて、存分には語りおおせなかった思考や、略筆ですますしかなかった表現があれこれと思い出されてきて、居心地のわるい思いをすることになるだろう。この人のものの考え方、伝え方は、一冊の書物で蔽うには間口が広すぎるのである。

ためしに、この巻に収める本の一つ、『この国のかたち』第六篇（注1）を選んだとしてみよう。その篇中に、「言語についての感想」（注2）と題するエッセイがある。七章から成り、明治維新によって江戸期の社会で共有されていた文章が瓦解してのち、新しい社会にふさわしい「文章日本語」が形づくられていった経緯と、そのために明治人たちの払った苦心を説いたもので、論旨は明快、構成はよく整って、傾聴に値する。その「文章日本語」の成立にかかわって功の大きかったのは、筆頭が夏目漱石、ついで正岡子規というのが司馬遼太郎の持論で、ここでもそのことが、わけても漱石のことが力説されているのはいうまでもない。

彼はまず、「社会的に共有されるという意味での文章を、ここでは成熟度の高い文章（あるいは文体）とよぶことにしている。そういう文章は、多目的工作機械のように、さまざまな主題の表現のための多用性をもつものと思っている」と前置きしたうえで、漱石の文章について論じはじめるのだが、なかにこういう一節が見える。

かれの文章は、その時代では稀有なほどに多用性に富み、人間に関するすべての事象をその文章で表現することができた。このことは、セザンヌという絵画史上の存在にも適用できる。セザンヌはただ絵を描いたのではなく、絵画を幾何学的に分析して造形理論を展開し、かれの理論を身につけさえすればたれもが絵画を構成することができるという一種の普遍性に達した。これに感動した同時代の後進であるゴーギャンにいたっては、さあ絵を描こう、というとき、〝さあ、セザンヌをやろう〟と言ったほどだったという。

漱石の門下やその私淑者にとって、言葉にこそ出さなかったが、文章については〝漱石をやろう〟という気分だったにちがいない。この意味で、漱石の文章は共有化され、やがて漱石自身とはかかわりなく共有化されてゆく。

一見したところ、著者の言う通りで、異議をさしはさむ余地など、かけらもなさそうに思える。もっとも、近代「文章日本語」の基本ともいうべき「である」体を流布させるのに最も寄与することの大きかったのは、明治二十九年、尾崎紅葉が世に問うて好評を得た長篇小説『多情多恨』ではあるまいかとかねて思うところがあるのだが、漱石はそこからさらに一歩を進めて、「文章日本語」を「社会的共有」というゴールにまで持ちこんだというのであれば、ここはもう、おとなしく引きさがるよりほかにすべはなさそうだ。

それにもかかわらず、とりたてて右の文章を引いたのにはわけがある。躓《つまず》きの石というか、問題は「社会的共有」という概念の譬喩として、セザンヌの造形理論が持ちだされていることだった。それも、「かれの理論を身につけさえすればたれもが絵画を構成することができるという一種の普遍性に達した」と、肯定的に受けとられやすい形で。

「言語についての感想」が発表されたのは昭和五十八

年八月から翌五十九年二月にかけてだが、それとほぼ同じ時期、司馬遼太郎は美術論集『微光のなかの宇宙』（注3）のための序論として、「裸眼で」という文章（注4）を書き下している。ところが、この「裸眼で」の主題が、じつはセザンヌの造形理論批判なのである。それも、ずいぶんと手きびしく。たとえば、「脳裏にセザンヌの造形論を感情的に拒否したい気分がある」とことわって、語勢はげしく、こう論じた。

　セザンヌは、いうまでもなく物の形を幾何学でとらえようとした人である。事実そのようにし、絵画の上でも成功し、かつ理論化した。

　かれは、自然は、人物であれ、風景であれ、円錐と円筒と球体でとらえることができる、とした。まことにそのとおりなのだが、これが芸術というえたいの知れない精神の展開のための基礎理論だろうか。地球はまるく、河原の石はまるく、落ちてくる水滴はまるく、人間の顔もまるく、頸《くび》は円筒で、人間の全体は円錐であり、腎臓や心臓のふくらみも多くの球体の一部のかさなりにすぎない、ということはこの世のたれもがわかっている。あらためてそれを、円錐・円筒・球体という幾何学の術語におきかえて提示された場合、理論ずきな十九世紀人や二十世紀人は目をみはり、慴伏《しょうふく》してしまうのである。私どもは、ダーウィン以来、その種の理論の持ち出され方にきわめて弱い文明時代に存在している。

また、こんなふうにも書いた。語勢はますますはげしい。

　セザンヌがおもおもしく持ちだしてきた円錐・円筒・球体論（論というより警句的なものだが）を押しすすめると、それだけが独り歩きする。理論の創始者であるセザンヌにはなお自然（むろん人物をも）があり、それへの凝視があった。セザンヌにおける理論は、自然をみつめてゆくとそこに幾何学的組みあわせを感じる、としただけであったのに、かれより遅くやってきた冒険者は、逆に幾何学的立方体を通して自然を見、ついには幾何学的立方体のほうに自然を真似させようと試みた。さらには自然と断絶してタブローの中の芸術を、尋常《ただ》の認識世界から独立させるにいたる。

司馬遼太郎はセザンヌの理論を全否定したわけでは

ない。「裸眼で」を通読すればわかることだが、彼は理論がそれを考えだした画家の生身を離れてひとり歩きする、その弊害を強く難じたのであって、セザンヌ自身は「幾何学用語を用いた形態の理論」を連呼することで、当時の画壇を制していた印象派という「光の幻術師たち」から身を守ろうとした、そうした入り組んだ事情にまできちんと眼を届かせている。

　ただし、これは「裸眼で」がもともと美術論で、紙数にも余裕があったからこそできたことなので、「言語についての感想」の場合のように、主題もかけ離れ、紙数も限られた文章ではそうはゆかない。否定するにしろ、肯定するにしろ、相応の説明が要《い》るセザンヌの理論を扱うというのであれば、まして。著者としては、セザンヌの理論の是非はここでは触れず、「社会的共有」という概念の譬喩として用いただけのつもりでも、読者のほうでは、わざわざ持ちだす以上、この著者はセザンヌの理論に好意的なのであろうと受けとめるにちがいない。

二

　仮定の話とはいえ、司馬遼太郎の思考と表現の方法を一冊に集約した本を選ぶなどというのは、元来が無謀な所行なのだが、すでに試みられた方法の集約というのでなく、司馬流思考と表現のいわば種籾《たねもみ》を最も多く蔵した一冊というのであれば、答える用意がないでもない。ほかでもない、『微光のなかの宇宙』がそれである。

「私の美術観」と副題されたこの本は、美術展の図録や画集などに載せたエッセイ風の美術論八篇に、さきにも触れたセザンヌ理論批判「裸眼で」を加えて、都合九篇から成っている。ここで扱われているのは、画家ではセザンヌのほかに、ゴッホ、八大山人、須田国太郎、三岸好太郎、三岸節子、須田剋太、鴨居玲、陶芸家では八木一夫、それに日本密教美術のあり方を定めた空海、と多岐にわたるが、いずれも机上の思案によってのみ成ったものではなく、美術記者だったころの苦い体験に裏打ちされた、力のこもった文章である。苦い体験と書いたが、それはどういうものだったのだろう。「裸眼で」にその体験が記されている。引いてみよう。

　私は、二十代のおわりから三十代の前半まで、絵を見て感想を書くことが、勤めていた新聞社でのしごとだった。

絵を見るというより、正確には、本を買いこんできて絵画理論を頭につめこむことを自分に強いた。まことに滑稽なことであったが、この時期ほどその種の読書に熱中したことはない。とくに繰りかえしセザンヌの理論やその後の造形理論を読み、実際の絵画の中でたしかめ、そのたしかめたことを、制作した人に問いただしたりした。この四年ほどのあいだ、一度も絵を見て楽しんだこともなければ、感動したこともない。

まことにおろかなこの四年間は、セザンヌとその後の理論どもに取り憑《つ》かれることによってもたらされたと自分ではおもっている。このことは、マルクスの理論にこだわりすぎて、実証性をうしない、かんじんの事象すら、ひらたく見ることができなくなってしまった過去の学者たちに似ていて、われながら悔いが多い。

以前にも触れたことだが、年譜によれば、司馬遼太郎は昭和二十三年五月から三十六年三月まで、十三年近く産業経済新聞社（昭和三十三年、社名を産経新聞社に改めた）に勤め、当初は京都支局で大学と宗教の取材を担当、昭和二十七年七月、大阪本社に移り、翌二十八年五月からは文化部に属して、文学と美術を受け持っている。

以来およそ四年のあいだ、文学雑誌を読んで紹介記事を書く一方、大阪や京都で開かれる公募展や個展に出かけては美術評を書くのをこととしていたというが、当時、関西の画壇は抽象美術の全盛期で、公募展には抽象画が氾濫、右に引いた文中にも記されているように、彼は「本を買いこんできて絵画理論を頭につめこむ」のに、大童《おおわらわ》だった。それにしても、なぜ抽象画なのか。同じく「裸眼で」に、そのいわくを解いた一節が見える。

抽象画はその源泉地においては今世紀のはじめにすでに出現しているのだが、日本の場合、昭和初年に国際的に国家が孤立しはじめ、ついで十五年も戦争をし、敗戦によって国際社会に入るという歴史の陥没があったために、昭和二十年代に、今世紀以来の絵画の様式《モード》がいっぺんに上陸するといういきおいになった。

画家たちは、混乱していた。すでに印象派は過去のものになり、野獣派《フォーヴィック》な様式も、戦前からの生き残りの中堅以上の作家たちだけの孤島になっていた。あたらしい旗手たちはあらそって立体派や抽象派に走り、やがて抽象派がふえた。理由は、それが様式史の最先端にあるというだけだった。

画壇全体が抽象々々で浮足だっていた。画家はもとより、その取り巻きも、ジャーナリストも。

新しい形象を見つけだせず、医大の研究室から電子顕微鏡で撮った動植物の細胞写真をもらってきて、それをほとんどそのまま模写する画家。油絵を教えたり習ったりするだけなのに、もっともらしげに洋画研究所という看板をかかげる油絵塾。個展の作品を見ながら、それを描いた画家をつかまえて、大まじめに、「色彩のヴァルール（色価）はどうなっております」と質問する美術記者。

司馬遼太郎は面妖というか滑稽というか、何とも形容しかねる不思議な光景にしばしば出くわし、「異常な世界にまぎれこんだ」気分だったが、そういう彼自身、絵画理論の本をしきりに読み、あげくにその理論に拘束されて、絵を見て楽しむすべを失いかけたそうだから、その「異常な世界」のもつ魔力はよほどのものだったにちがいない。

しかし彼は、あやういところで難をのがれる。美術担当からはずれて、仕事で絵を見る必要がなくなり、それと同時に、絵を見て自由に感動できるようになったのである。その自由を心ゆくまで味わいながら、彼はあらためて、自分がいかに「理論の虚喝」のもとにあったかということに気づく。

「理論の虚喝」からの脱出。さきに、『微光のなかの宇宙』は司馬遼太郎の思考と表現の種籾を最も多く蔵した一冊かもしれないと書いたが、その種籾のなかの種籾ともいうべきものがあるとすれば、それはこの一語に尽きる。

三

理論にとらわれず、主義に媚びず、「自分だけの裸眼で驚きを見つけてゆく」。これは「裸眼で」の結語だが、やがてそれは、美術に関してだけでなく、何ごとについてであれ、司馬遼太郎のものの考え方の掟となった。

たとえば、文学の場合。絵画理論の拘束を脱したのと時を同じくして、彼は小説を書きはじめるのだが、往時を思い起して、「裸眼で」にこういう数行をさしはさんでいる。

もはや私自身を拘束するのは自身以外になくて、文壇などは考えなかった。まして文学上の様式や流派、系譜、徒党性には、知的には関心をもちつつも、そこから自由だった。

彼が「組織と人間」などといった当時の文学界の流行の意匠には眼もくれず、自在な作家活動を展開することで、同時代のどの作家にもまさって文学の間口を押しひろげ、奥行きを深めることができたのも、その思考態度の自由さによるところが大きかったことが、右の文章からもうかがえる。

こうした例をあげてゆくときりがなくなりそうだから、話を『微光のなかの宇宙』に戻して、「裸眼」が発見した驚きを録した条々を二つばかり引いて、この稿をしめくくることにしたい。

その一つ、鴨居玲に関するエピソード。この人はきらびやかな才能をもちながら、抽象画全盛の当時の時流に適《あ》わず、孤立をふかめて、放浪して南米へ行ってしまったという画家だが、昭和三十年代の終りごろ、司馬遼太郎は画家の姉に当る鴨居羊子から鴨居玲の描いた三十枚ばかりの絵のモノクロームの写真を見せられ、そのみごとさに驚嘆する。

絵はいずれも、「木のこぶのような顔をもった西洋老人」を描いたもので、その「面貌や姿態が、ほんのわずかな光だけを用いた暗い色調のなかにうかびあがって」いた。「大きな鼻の頭に毛細血管がうかびあがっていて、どういう話題に驚いているのか、目をみはり、両掌をひろげ、相手の老人と、顔いっぱいで話を交わしている」老人がいる。「明るすぎる真夏の陽が落ち、暗紫色の闇がこめはじめた路傍にかがむ」老人がいる。「固くなった四肢を軋ませるようにしてどの方角かへゆく」老人がいる。司馬遼太郎はそれらの絵がうったえかけてくるものを、こう要約した。

人間の根源的な恐怖として老醜があり、古い紙のようにひからびた人生の記憶だけがあり、それらの無明《むみよう》のあつまりが懸命に美になろうとしてあがいている。

また一つは、明末清初のころの画僧、八大山人の水墨画「魚児図」をはじめて見たときの驚きを叙した文章。司馬遼太郎が見たのは写真版だったのだが、それでも、「このときの驚きこそわすれられない」とうならされるほどの、生命感に満ちた絵だった。

絵の中央よりわずかに左へかたよって、ただ一尾の魚が、前方の一点に目をこらし、凝然とした表情で泳いでいるのである。絵というのは、それだけであった。まことに筆を惜しむことははなはだしく、わずかな線を用い、魚体を淡く暈《ぼか》しているだけの絵なのだが、省筆されている部分に、魚腹がある。当然ながら、白い。その魚腹の白さにぬめりまで出ているのは驚くにあたいしないにしても、あきらかにその白の内部に浮袋が蔵せられ、魚体の浮力がそこから出ていることが眺めていてありありとわかるのである。浮力まで絵画で表現しうることは本来不可能にちかい。

魚という水棲の生物の生命と運動が、この絵にあってはいのちに内在しているものからひき出されているのである。速度まで出ている。背びれ、尾ひれが、魚体の運動につれて水にぼやけつつも、魚体はゆるやかにすすんでいる。

そして三嘆して言うのである。

絵とはこういうものかと思った。この魚は大魚ではないが、小魚でもない。ゆったりとしたその動きは、画面のなかの決定的な一点においておこなわれているため、画面は単に紙の膚質のみであるのに——つまり水についてのいささかの描写もないのに——魚は沈々として流れる長江の水中にあることを思わせる。

鴨居玲の老人図について、また八大山人の「魚児図」について、その評語はすぐれた絵のもたらす驚きと感動をよく伝えて、人の心をゆるがす。こうした評語はこざかしい絵画理論からはけっして生れない。

注1 『この国のかたち 六』
初出「文藝春秋」平成七年十二月号〜平成八年四月号。初刊平成八年、文藝春秋。刊本には「随想集」を併載。

注2 「言語についての感想」
初出『司馬遼太郎全集』月報37号〜43号、昭和五十八年八月〜昭和五十九年二月。のち、前出『この国

のかたち　六』に収める。

注3　『微光のなかの宇宙』

初刊昭和六十三年、中央公論社。

注4　「裸眼で」

書き下し（昭和五十八年十月）。のち、前出『微光のなかの宇宙』に収める。

司馬遼太郎全集 第六十七巻
第三期第十七回配本 この国のかたち 二
風塵抄

平成十二年二月十日第一刷

著 者 司馬遼太郎
発行者 和田 宏
発行所 株式会社文藝春秋
東京都千代田区紀尾井町三―二三
(〒一〇二―八〇〇八)
電話(代表)〇三―三二六五―一二一一
印刷所 大日本印刷
製本所 大口製本
製函所 大口製本

定価は函に表示してあります
万一、落丁乱丁の場合は、送料小社負担でお取替えいたします。小社営業部宛お送りください

ISBN 4-16-510670-4
*

帯用紙　王子製紙株式会社
表紙用クロス　ダイニック株式会社
表紙用芯紙　岡山製紙株式会社
見返・函用紙　特種製紙株式会社
扉用紙　大因州製紙協業組合
月報用紙　三菱製紙株式会社
本文用紙　日本製紙株式会社